Kim Leopold

Sehnsucht und Verrat

Black Heart Chroniken 2

FSC
www.fsc.org
MIX
Papier aus verantwortungsvollen Quellen
FSC® C083411

Impressum

Sehnsucht und Verrat
Black Heart Chroniken 2

Die Deutsche Nationalbibliothek verzeichnet diese Publikation in der Deutschen Nationalbibliografie; detaillierte bibliografische Daten sind im Internet über www.dnb.de abrufbar.

1. Auflage

Antoniusstraße 4
48429 Rheine
mail@kimleopold.de

Lektorat und Korrektorat: Tatjana Weichel, Wortfinesse
Illustrationen: Yvonne von Allmen
Grafische Gestaltung: Kim Leopold
Grafiken unter Lizensierung von 123rf (nadezhdash, tomertu) und Creative Market (Eclectic Anthology, Calamar Studio)

ISBN: 978-3-75920-5506

Herstellung und Druck über tolino media GmbH & Co. KG, Albrechtstr. 14, 80636 München. Printed in Germany. Fragen zu Produktsicherheit an: gpsr@tolino.media.

Kim Leopold

Sehnsucht und Verrat

Black Heart Chroniken II

Sammelband

Es ist so viel dunkler,
wenn ein Licht ausgeht,
als wenn es nie geschienen
hätte.

INHALT

DAS FLÜSTERN DER VERGANGENHEIT

KAPITEL 1

TYROS

MARRAKESCH, 2018

Der Duft nach frischen Gewürzen und fruchtigen Tees liegt in der Luft, als ich aus dem Wagen steige. Es ist warm, so warm, dass ich meine Winterjacke noch am Flughafen in meinem Seesack verstaut habe und nur noch mein langärmeliges Shirt trage, damit es mich vor den Strahlen der Mittagssonne schützt.

In Marrakesch ist es halb elf, und die Innenstadt wimmelt nur so von Menschen, die ihren morgendlichen Markteinkäufen nachgehen. Ich bezahle den Taxifahrer in marokkanischen Dirham, die ich am Flughafen in Düsseldorf zu einem überteuerten Kurs eingetauscht habe, schicke eine kurze Nachricht an Moose, dass ich angekommen bin, und nehme meinen Seesack auf den Rücken.

Es ist achtzehn Jahre her, dass ich das letzte Mal hier gewesen bin, aber die Stadt hat sich kaum verändert. Die Gebäude sind noch die gleichen traditionellen Bauten aus hellem Stein, die immer wieder von Mosaiken und bunt bemalten Torbögen unterbrochen werden. Im Schatten der hohen Bäume sitzen Menschen und unterhalten sich, Rentner spielen Schach, Touristen machen Verschnaufpausen, vielleicht, weil sie überfordert von den ganzen fremden Eindrücken sind.

Ich setze mich in Bewegung und folge den Menschenmassen Richtung Djemaa el-Fna, dem großen Markt hier in der Medina. Schon von Weitem begrüßen mich die Trommel- und Flötenspieler, deren Musik sich mit den Stimmen der Marktschreier vermischt.

Mit den immer stärker werdenden Gerüchen füllt sich meine Seele mit Sehnsucht. Wie sehr habe ich dieses Land mit seinen Farben und Geschmäckern vermisst!

Wie sehr habe ich die Menschen hier vermisst ...

Der Gedanke an *Najam Ahmar*, den Clan, der überfallen wurde, wischt mir allerdings das Lächeln aus dem Gesicht. Malika und Junah standen nicht auf Mooses Liste, also haben sie vielleicht überlebt. Aber so viele Menschen, die mir wichtig waren, sind gestorben.

Ich balle die Hände zu Fäusten und versuche, nicht mehr darüber nachzudenken, denn die Wut ist mir so deutlich anzusehen, dass die Menschen mir schon ausweichen.

Wut hilft dir nicht weiter, sie macht dich unberechenbar, rufe ich mir Youssefs Worte in Erinnerung. Wenn der Clanführer damals nicht gewesen wäre, hätte ich niemals den Weg eingeschlagen, den ich nun gegangen bin. Normalerweise gelingt es mir gut, meine Wut im Zaum zu halten, aber jetzt fühle ich, wie sie mich innerlich auffrisst. Ich will die Verantwortlichen aufspüren und zur Rechenschaft ziehen. Etwas anderes hat in meinem Kopf keinen Platz mehr. Nicht einmal eine Erklärung für Moose hatte ich, aber die Dringlichkeit dieser Reise habe ich ihm trotzdem klargemacht. Er wird Fragen stellen, wenn ich zurückkomme, aber vorerst denke ich lieber nicht darüber nach.

Jetzt muss ich unbedingt Malika und Junah finden.

Bevor ich den Markt auf der anderen Seite wieder verlasse, kaufe ich frisch gepressten Granatapfelsaft und zwei *Matlou*, die gerade erst aus dem Ofen kommen und noch schön warm sind. Der Bäcker schlägt die Gebäckstücke in Zeitungspapier ein und reicht sie mir. Malika liebt die Kombination aus weichem Teig und saftigem Granatapfel immer noch über alles.

Ich weiß, es ist unsinnig, sie für sie zu kaufen, aber ich spüre, wie sich dadurch meine Hoffnung verstärkt, sie wiederzusehen.

Während ich die Sachen in meinem Seesack verstaue, tauche ich in den *Souks* ab. Die kleinen Gassen mit den vielen unterschiedlichen Läden sind gewimmelt voll. Ich bin auf der Suche nach einem ganz bestimmten Geschäft, aber den genauen Weg habe ich nicht mehr in Erinnerung. Es ist so lange her.

Mit einer Karte kommt man hier nicht mehr zurecht, weil dic Gassen so schmal sind, dass sie keine Namen tragen. Also frage ich mich in einem Kauderwelsch aus Arabisch und Französisch bei den Besitzern der verschiedenen Geschäfte durch, bis ich schließlich vor einem Laden stehen bleibe, in dem offensichtlich mit Tierhäuten und anderen skurrilen Gegenständen gehandelt wird.

Ich schiebe ein paar Schlangenhäute beiseite und betrete die Räumlichkeit. Die Frau hinter der Theke fällt mir zunächst gar nicht auf, zu erschlagend sind die vielen verschiedenen Muster und Farben hier. Erst als sie aufsteht und sich ihre Lippen zu einem erstaunten *Oh* öffnen, erkenne ich sie.

»Arifa.«

Sie beginnt zu strahlen und kommt hinter der Theke hervor, um mir zwei Küsse auf die Wangen zu geben.

»Tyros, bist du es wirklich?«, fragt sie auf Französisch und lehnt sich zurück, um mich zu betrachten. »Du bist so erwachsen geworden.«

Und du bist alt geworden, denke ich, spreche es aber aus Respekt nicht aus. Ihre einst dunklen Haare sind beinahe komplett ergraut, die Sonne hat ihrer Haut auch keinen Gefallen getan. Nicht einmal das Leuchten in ihren grünen Augen ist geblieben.

Sie lässt mich los und öffnet die Tür zu ihrem Wohnhaus. »Khadra! Komm mal bitte! Du musst den Laden übernehmen.«

»Wer ist Khadra?«, frage ich neugierig.

»Meine Enkeltochter«, erklärt sie. »Sie ist sechzehn.«

»Wow, ich hab viel verpasst.«

»Nicht allzu viel.« Arifa ruft erneut nach Khadra – Geduld war noch nie ihre Stärke – und wirft mir einen entschuldigenden Blick zu. »Du hast es sicher eilig. Nach allem, was mit *Najam Ahmar* geschehen ist.«

»Du weißt also bereits davon«, stelle ich überrascht fest.

Ein Schatten legt sich über ihr Gesicht. »Youssef hat es mir erzählt.«

Verwirrt blinzle ich sie an, die Hoffnung, Moose hätte sich in seiner Liste geirrt, breitet sich in meinem Magen aus. »Ich dachte ... Hat Youssef den Angriff überlebt?«

Sie schüttelt mit dem Kopf, und ich weiß nicht, was ich schlimmer finde: die Tatsache, dass er wirklich tot ist oder dass sie nach seinem Tod mit ihm gesprochen hat.

Kapitel 2

Freya

Christiania, 1768

Stille kann sich so unterschiedlich anfühlen.

Mal ist sie laut. Mal leise.

Manchmal unberechenbar.

Und manchmal genau das, worauf man gehofft hat.

Dieses Mal habe ich keine Angst, als es still um mich wird. Dieses Mal weiß ich, dass mir meine Magie geholfen hat. Sie hat uns gerettet, wenn auch nur für kurze Zeit.

Ich rapple mich auf und ertaste mir den Weg zu der Stelle, an der ich Mikael vermute. Schnell finde ich ihn. Er hängt an der Wand, weil man seine Hände dort festgebunden hat und er durch die Peitschenschläge in die Knie gezwungen wurde. Ich hocke mich neben ihn und taste nach seinem Herzschlag. Die Berührung meiner Fingerspitzen lässt ihn unruhig werden.

Kurz frage ich mich, ob es mit den anderen auch so wäre. Würden sie aufwachen, wenn ich sie berührte?

»Freya«, murmelt Mikael verwirrt und stöhnt auf. »Was ist passiert?«

»Nicht jetzt.« Ich ziehe den Dolch hervor, den er mir Stunden zuvor geschenkt hat, und durchtrenne seine Fesseln. Unsanft fällt Mikael zu Boden. Ich höre ihn scharf einatmen und verziehe schmerzerfüllt das Gesicht. Wie sehr wünschte ich,

ich könnte sehen, was ich tue. »Wir müssen hier weg. Kannst du laufen?«

Eilig schiebe ich meine Arme unter seine und helfe ihm hoch. Er stützt sich mit seinem heilen Arm bei mir ab. Ich lege meine Hand auf seinen Rücken, er zuckt zusammen und hätte sich beinahe von mir losgerissen.

»Oh nein«, stoße ich leise aus und löse meine Hand sofort von der zerfetzten Haut. »Tut mir leid. Ich wollte dir nicht wehtun.«

Mikael antwortet mit zusammengepressten Lippen. »Schon gut.«

Er bringt uns zur Tür, die er vorsichtig öffnet, damit wir in den Gang lauschen können. Die Wachen am Beginn des Flures sind in ein Gespräch vertieft. Es ist mehr als unwahrscheinlich, dass sie uns nicht entdecken, wenn wir uns anschleichen, um sie zu überwältigen. Abgesehen davon würden wir das sowieso nicht schaffen, wenn ich uns nicht mit der Magie einen unschlagbaren Vorteil verschaffen würde.

»Wir können nicht hierbleiben«, flüstere ich. »Der König wird vielleicht bald aufwachen.«

»Irgendwo muss es einen Geheimgang geben«, raunt Mikael mir zu. »Aber den können wir jetzt nicht suchen. Erst mal brauchen wir ein Versteck.«

Ich nicke und überlege fieberhaft, aber ich kenne nur den Flur und das Königszimmer. Mikael dagegen scheint eine Idee zu haben, denn er greift nach meiner Hand und zieht mich hinaus auf den Flur. So leise wie möglich entfernen wir uns vom Gespräch der Wachen und biegen um eine Ecke. Mikael atmet erleichtert aus und wartet kurz, bevor wir weiterschleichen. Mit jedem Schritt fühle ich die Anspannung von mir abfallen.

Er öffnet eine Tür und zieht mich kurz darauf in einen Raum. Es ist warm und riecht nach Tabak, aber da niemand schreiend aufspringt, sind wir wohl allein. Ich lege den Kopf schief und lausche. Ein knisterndes Kaminfeuer, irgendwo tropft etwas in regelmäßigen Abständen, doch sonst ist es still.

Mikael schließt die Tür mit einem leichten Klicken und führt mich weiter in den Raum hinein. Ich stoße mit den Knien gegen ein Sofapolster, und er bittet mich, Platz zu nehmen. Zögerlich setze ich mich hin und befühle den samtigen Stoff. »Sind wir hier sicher?«

»Vorerst.« Mikael lässt sich neben mir auf das Sofa fallen. Ich taste nach seiner Hand und zeichne die markanten Knöchel nach. Er atmet schwerfällig aus. »Zumindest so lange, bis Struensee zurückkehrt.«

»Wieso?« Alarmiert horche ich auf. Was hat Struensee mit unserem Versteck zu tun?

»Das ist sein Gemach«, erklärt er. »Und er wird nicht erfreut sein, wenn er uns hier entdeckt.«

Kapitel 3

Tyros

Marrakesch, 2018

Khadra wirft ihre langen schwarzen Haare über die Schulter und setzt sich mit höflich-reserviertem Gesichtsausdruck hinter die Theke. Ich kann ihr ansehen, dass sie genervt ist, weil sie für eine Weile den Laden beaufsichtigen muss. Sie guckt genauso wie meine Schüler, wenn ich ihnen eine unliebsame Hausaufgabe gebe.

Arifa führt mich durch das steile Treppenhaus in ihre kleine Wohnung. Das Mosaik im gefliesten Vorraum ist ein großes *Hamza* - oder wie manche auch sagen: die schützende Hand der Fatima -das sie regelmäßig mit schützender Magie auflädt. Ich stelle meinen Seesack ab und schlüpfe aus den Stiefeln. Sie bedankt sich bei mir mit einem aufmerksamen Lächeln, bevor sie mich durch die kleine Wohnküche führt. In ihrer Wohnung riecht es nach Kräutern, Gewürzen und frischem Gebäck. Auf der Küchentheke entdecke ich ein Blech frisch gebackener *Matlous*, die mir das Wasser im Mund zusammenlaufen lassen. Allmählich spüre ich meinen Hunger.

Die warmen Farben, mit denen ihr Wohnzimmer gestrichen ist, vermisse ich in Österreich. Diese marokkanische Wärme, die Herzlichkeit und das leckere Essen – alles Gründe, wieso ich lieber hiergeblieben wäre. Leider hatte ich keine andere Wahl.

Arifa bringt mich in den Raum, in dem vor achtzehn Jahren über meine Zukunft entschieden wurde. Die roten Wände, die Bücherregale mit den schweren, teils handgeschriebenen Büchern, Flaschen mit bunten Flüssigkeiten und Schraubgläsern mit getrockneten Kräutern werfen Erinnerungen an Männer auf, die längst zu Schatten ihrer selbst geworden sind. Ihre Sorge vor einem Krieg in der magischen Welt war es, die mich an den Palast gebracht hat. Nach wie vor frage ich mich, wieso sie ausgerechnet mich ausgewählt haben, um am Palast zu unterrichten und wenig später in den Rat aufgenommen zu werden.

Aber ich schätze, das ist eine der vielen Fragen, die mein Leben lang unbeantwortet bleiben werden. Außerdem bin ich wegen etwas ganz anderem hier.

»Setz dich«, bittet Arifa mich, also nehme ich auf einem der Sitzkissen an dem niedrigen Tisch Platz. »Wie kann ich dir helfen?«

»Ich hatte gehofft, du hilfst mir dabei, Malika zu finden.« Ich bemühe mich um einen neutralen Tonfall, aber das fällt mir verdammt schwer, wenn es um sie geht.

Arifa unterdrückt ein Lächeln. »Ich würde meinen, du wüsstest, wie du sie findest.«

»Ich kann sie nur im Traum erreichen, weil ich keine Handynummer von ihr habe. Aber wir haben die letzten Stunden nicht mehr zusammen geträumt, und ich will keine Zeit verlieren. Ich mache mir Sorgen.«

»Sie wird sich mit Sicherheit vor einfachen Auffindungszaubern verstecken«, gibt Arifa zu bedenken. Sie setzt Wasser auf, um uns Tee zu kochen. »Hast du etwas von ihr dabei?«

Ich greife in meine Hosentasche und ziehe das *Hamza* hervor, dass Malika mir vor vielen, vielen Jahren geschenkt hat. Bilder von uns blitzen vor meinem inneren Auge auf. »Reicht dir das?«

Arifa staunt nicht schlecht, als sie den kleinen bronzefarbenen Anhänger sieht. »Der summt ja geradezu vor Magie.«

»Immer noch?« Verblüfft betrachte ich die kleine Hand, die man hier auch Hand der Fatima nennt. Wie der Lebensbaum bei uns gilt die Hand der Fatima als schützendes Zeichen und wird oft mit Zaubern aufgeladen. »Ich dachte, ein Zauber in einem Amulett lässt nach einer bestimmten Zeit nach.«

»Nicht immer.« Arifa nimmt mir den Anhänger vorsichtig ab, umfasst ihn und schließt ihre Augen. Kurz darauf öffnet sie sie wieder und schaut mich nachdenklich an. »Malika hat es mit Erinnerungen an eure gemeinsame Zeit gefüllt. Jeder Kuss, jede noch so kleine Berührung ... Einer Hexe, die dieses Amulett anfasst, bleibt nichts davon verborgen.« Sie legt es auf den Tisch, wo es verräterisch zwischen uns liegt. »Ich habe mich schon oft gefragt, wie du es mit deinem Gewissen vereinbaren kannst, andere Hexen und Wächter für ihre Liebe zueinander zu verurteilen.«

»Das kann ich nicht«, erwidere ich rau, weil ich weiß, dass sie mir nicht helfen wird, wenn ich nicht ehrlich zu ihr bin.

»Warum bist du dann Ratsvorsitzender? Wie kannst du den Rat leiten, wenn du selbst eine Hexe liebst?«

Ihre Worte jagen mir einen Schauder über den Rücken. Seit achtzehn Jahren hüte ich dieses Geheimnis, und Arifa ist der einzige Mensch, der davon weiß. Jetzt, wo Youssef tot ist.

Sie verschränkt die Arme vor der Brust.

Ich ahme ihre Geste nach, weil ich mich in die Ecke gedrängt fühle. Sie fordert Antworten, die ich ihr nicht geben kann, auf Geheimnisse, die ich mit ins Grab nehmen muss.

»Ich habe dich nie gefragt, aber jetzt muss ich diese Antworten hören, Tyros. Ich kann dir nicht helfen, wenn du nicht ehrlich zu mir bist.« Sie schüttelt enttäuscht mit dem Kopf und geht zur Tür. Panik macht sich in mir breit. Ohne sie werde ich Malika vielleicht nicht rechtzeitig finden.

»Also gut«, schieße ich hervor. »Ich arbeite für den Rat, weil ich so die Macht habe ... gewisse Dinge vor ihm zu verbergen.«

Kapitel 4

Louisa

Düsseldorf, 2018

Rückblickend kommen mir manche Momente vor, als würden sie eine Ewigkeit andauern. Als würde die Zeit stillstehen müssen, weil der Kopf und das Herz sonst nicht schnell genug hinterherkommen.

Aber dann ist Platz für so viele Gedanken. So viele Fragezeichen.

Und so viel Angst.

Der Mann, der aussieht wie eine ältere Version von Liam, hebt vorsichtig die Hände. Ich weiß, er will mich beschwichtigen, mein Kopf weiß das, aber mein Herz macht einen Satz. Panik jagt wie ein Blitz durch meinen Körper und entlädt sich in einem lauten Schrei.

Es kracht so laut, dass ich die Hände auf meine Ohren presse. Ich falle auf die Knie, runtergedrückt von einem unsichtbaren Gewicht, das mich für einen Moment nicht mehr loslässt. Mein Schädel fühlt sich an wie entzweigerissen. Meine Hände zittern, meine Lippen sind feucht. Ich hebe den Blick, der Raum wirkt plötzlich so unscharf. Mit den Fingerspitzen fange ich die Feuchtigkeit meiner Lippen auf. Sie ist rot.

Ist das Blut? Ist das mein Blut?

Was ist passiert?

Verwirrt kneife ich die Augen zusammen und öffne sie wieder, in der Hoffnung, dass sich dadurch meine Sicht schärft. Es gelingt zumindest teilweise. Der Raum dreht sich immer noch um mich.

Allmählich sickern einzelne Eindrücke in mein Bewusstsein durch. Ein zerfetzter Tisch, Holzteile und Elektronik verstreut im Raum. Moose, der sich die Stirn reibt. Ivan, begraben unter einem Bildschirm. Liam oder Daniel oder wie auch immer er heißt, den es an die andere Wand geschleudert hat.

Und Alex.

Oh Gott.

»Alex?«, krächze ich. Meine Stimme klingt ungewohnt rau. Ich krieche über den Boden, schiebe eine kaputte Festplatte und ein paar grobe Holztrümmer beiseite, die mir in die Haut stechen, bevor ich bei Alex ankomme.

Er liegt an der Wand.

Regungslos.

In seinem Oberschenkel steckt ein zersplittertes Stuhlbein.

Vorsichtig, zögerlich strecke ich eine Hand aus, um nach seinem Puls zu tasten. Ich hinterlasse blutige Abdrücke auf seiner weichen Haut und atme erleichtert auf, als ich das schwache Pulsieren unter meinen Fingerspitzen spüre.

Ich versuche mich daran zu erinnern, was ich im Erste-Hilfe-Kurs gelernt habe, aber ich bin so müde. Mein Kopf ist so voll und gleichzeitig so leer. Am liebsten würde ich mich einfach neben ihn legen und warten, bis es ihm wieder besser geht. Er weiß doch sonst auch, was zu tun ist.

Mich auf ihn zu verlassen, erscheint mir gerade sehr sinnvoll, also rolle ich mich neben ihm zusammen und nehme seine Hand in meine.

»Ich lass dich nicht allein«, flüstere ich und schließe die Augen. Die wohlige Wärme in meinem Bauch hüllt mich in Geborgenheit. »Weck mich, wenn es ...« Ich vergesse, was ich sagen wollte. »Du weißt schon ...«

Kapitel 5
Tyros

Marrakesch, 2018

Arifa schaut mich verblüfft an. »Du hintergehst den Rat?«

»Nur, wenn es sich nicht vermeiden lässt«, gebe ich zähneknirschend zu. »Können wir jetzt das Thema wechseln? Wir müssen Malika finden, bevor es zu spät ist.«

»Also gut.« Arifa gibt sich geschlagen, gießt uns einen Granatapfeltee auf und fängt an, eine Paste zuzubereiten. »Ich werde euch beide in den Schlaf befördern. Je nachdem, wo Malika gerade ist und was sie gerade macht ... könnte das sehr gefährlich für sie werden. Sie wird zwar nicht direkt einschlafen, aber sie wird so müde, dass ihr nichts anderes mehr übrig bleibt, als eine Pause zu machen und sich hinzulegen. Wenn sie gerade Auto fährt ...«

»... könnte das schiefgehen«, beende ich ihren Satz und denke kurz über die Konsequenzen nach. Auch wenn Malika gerade auf der Flucht ist, würde ich sie damit so sehr ausbremsen, dass man sie zu fassen bekommt. Aber wenn ich bis zur Nacht warte, und sie nicht in meinem Traum erscheint ... wird mich nicht nur die Sorge um sie umbringen, ich würde mir auch Vorwürfe machen, dass ich nicht eher versucht habe, sie zu erreichen. Dennoch frage ich: »Gibt es keine andere Möglichkeit?«

»Ich kann probieren, sie zu orten, aber ich denke, sie versteckt sich.«

»Wie konnten die Hexenjäger den Clan überhaupt finden?«

Arifa zuckt mit den Schultern. »Ich glaube kaum, dass sie Magie nutzen, um Hexen zu finden. Das würde ihrem erklärten Ziel wohl eher widersprechen.«

»Hm«, mache ich nachdenklich und frage mich, woran ein normaler Mensch Hexen erkennt. Daran, dass sie meistens zurückgezogen leben und kein großes Aufsehen um sich machen? Oder wirkt unser Volk so anders auf die Menschen, dass es ein Leichtes ist, sie zu erkennen, wenn man erst mal weiß, dass Magie tatsächlich existiert?

»Jedenfalls sollte sich der Rat dringend um diese Hexenjäger kümmern, statt Problemen hinterherzujagen, die keine sind.«

Ich seufze. »Wem sagst du das? Ich versuche schon seit Jahren, sie dazu zu bewegen, das Gesetz zur Liebe fallen zu lassen. Aber wenn ich das nicht vorsichtig angehe, schöpfen sie Verdacht ... und wenn ich kein Ratsvorsitzender mehr bin, habe ich nicht mehr die Möglichkeiten und Ressourcen, die ich jetzt habe.«

Arifa nickt verständig und wischt sich die Hände an einem Küchentuch ab, bevor sie den Tee serviert und sich mit der gelben Paste zu mir setzt.

»Wie lange wird das etwa dauern?«

»Du hast zehn Minuten, bevor du langsam wach wirst«, erklärt sie. »Es wird sich anfühlen wie nach einer Vollnarkose. Du wirst eine Weile brauchen, bis dein Kreislauf wieder auf der Höhe ist.«

»Malika auch?«, frage ich nach, obwohl ich die Antwort längst kenne. Ein weiteres Mal frage ich mich, ob ich gerade wirklich die richtige Entscheidung treffe. Was, wenn ich sie in Gefahr bringe? Aber was, wenn sie längst in Gefahr ist, und ich ihr nur helfen kann, wenn ich sie so schnell wie möglich finde?

»Hoffen wir einfach, dass sie gerade sowieso Langeweile hat. Abgesehen davon bin ich sicher, wird sie glücklich sein, dass ihr euch seht und du in Marokko bist.« Arifa bedeutet mir, mich hinzulegen. Ich trinke etwas von meinem Tee und mache es mir dann zwischen den Kissen bequem. Sie entzündet eine rote Kerze und hält das Hamza in sicherem Abstand darüber, während sie ein paar fremde Worte murmelt. Ich beobachte angespannt, wie sie das Schmuckstück schließlich auf meinem Herzen platziert und meine Hand in ihre nimmt.

»Schließ die Augen und denk an Malika«, bittet sie mich. Ich gehorche und spüre kurz darauf, wie sie die gelbe Paste auf meiner Stirn verstreicht. Ihre leise Stimme begleitet mich in die Müdigkeit, sie verkommt zu einem weit entfernten Murmeln, bevor sie schließlich ganz verschwindet und meine Gedanken nur noch von Malika beherrscht werden. Von ihrem sanften Lächeln und dem Leuchten in ihren blauen Augen, wann immer sie mir im Traum begegnet. Von ihrem weichen Haar und dem Pfirsichduft ihrer Haut, von dem Gefühl von Sicherheit, das sie mir vom ersten Moment an vermittelt hat.

Es ist diesig. So diesig, dass die Aussicht nicht weit genug reicht, um in der Ferne irgendwas zu erkennen. Nur an einer alten Tankstelle bleibt mein Blick hängen, weit und breit das einzige Gebäude.

Ich möchte keine Zeit verschwenden und setze mich in Bewegung. Es kann nicht lange dauern, bis Malika auftaucht, wenn sie nicht … Nein, diesen Gedanken führe ich nicht zu Ende.

An der Tankstelle ist nichts los, und ich frage mich unwillkürlich, ob das in Wirklichkeit auch so ist oder ob die Tankstelle nur so deutlich hervorgehoben ist, weil sie der Ort ist, an dem sich Malika aufhält.

Ein großer Baum markiert die Ausfahrt zur Straße. Daneben befindet sich ein Schild, auf dem die Entfernungen nach Marrakesch und El Kelaâ des Sraghna stehen. Das legt zumindest eine ungefähre Richtung fest.

»Tyr?«

Ihre Stimme jagt einen Stromschlag durch meine Adern. Gott sei Dank!

Ich drehe mich um und bin mit wenigen Schritten bei ihr. Sie schließt ihre Arme um mich und presst ihr Gesicht an meine Brust. Ihr Pfirsichduft erfüllt meine Nase.

»Was passiert hier?«, fragt sie und lässt mich los.

Ich gönne mir einen Moment, in dem ich ausschließlich ihr wunderschönes Gesicht betrachte. Die weiche Haut, die geschwungenen Lippen, die Stupsnase. All diese Dinge, die sich auch mit dem Alter kaum verändert haben und die dafür gesorgt haben, dass ich mich auf einen Schlag in sie verliebte. Und obwohl die Zeit knapp ist, ist sie doch auch wertvoll. Ich lege meine Hände sanft um ihre Wangen und küsse sie, die Frau, die ich seit achtzehn Jahren in meinem Herzen trage.

»Wir haben nicht viel Zeit«, flüstere ich dann leise. »Du musst mir verraten, wo du bist, damit wir uns treffen können.«

»Du bist in Marokko?«

»In Marrakesch.« Ich lächle sie sanft an. »Ich lass dich nicht allein nach Junah suchen.«

Ihr Blick wird noch weicher, als er sowieso schon ist, und ich sehe Tränen der Rührung in ihren Augen aufsteigen.

»Arifa hat uns verbunden, damit wir miteinander sprechen können«, erkläre ich.

»Was?«, entfährt es ihr schockiert. »Du bist bei Arifa? Du musst da sofort weg, Tyr.«

Verwirrt blinzle ich sie an. »Wieso das denn?«

»Sie war es.« Malika schaut mich mit weit aufgerissenen Augen an. Die Angst ist ihr deutlich ins Gesicht geschrieben. »Sie hat Najam Ahmar an die Hexenjäger verraten.«

Kapitel 6

Freya

Christiania, 1768

Mikaels Worte bereiten mir Sorge, aber noch mehr fürchte ich mich davor, dass seine Verletzungen ihn letztendlich doch bezwingen. Er hat viel Blut verloren, nicht nur durch die Peitschenhiebe, sondern vor allem, weil seine Wunde wieder aufgerissen ist. Der Schock sitzt ihm immer noch in den Knochen. Auch wenn er vorgibt, alles unter Kontrolle zu haben, spüre ich instinktiv, wie er bei jedem noch so leisen Geräusch zusammenzuckt.

Ich will seine Wunden reinigen, aber er lässt mich nicht. Er hat zu viel Angst davor, dass er seine Schreie nicht unterdrücken kann und sie uns finden. Also sitzen wir stattdessen hier und tüfteln einen Plan aus.

»Es gibt nur drei Wege. Entweder gehen wir so raus, wie wir gekommen sind«, zählt er leise auf. »Wir klettern aus dem Fenster oder wir finden den Geheimgang.«

Meine Hoffnung schwindet. »Wie sollen wir das bloß schaffen? Das ist unmöglich.«

»Nein.« Mikael steht auf und bewegt sich durch den Raum. »Nicht unmöglich. Nur wahnsinnig. Aus dem Fenster klettern können wir nicht. Die Wand ist nahezu eben, außerdem ist die Wahrscheinlichkeit groß, dass du hinunterfällst, weil du nichts siehst. Abgesehen davon glaube ich auch nicht, dass *ich* klettern kann.«

»Also bleiben uns nur zwei Optionen.« Ich seufze und versuche angestrengt nachzudenken, wo ich einen Geheimgang verstecken würde, wenn ich das Schloss erbaut hätte.

»Um Mitternacht ist die Wachablösung.« Mikael kehrt zu mir zurück und setzt sich wieder hin. Er kann ein Stöhnen kaum unterdrücken. »Das wäre unsere Möglichkeit zu entkommen.«

Ich schüttle leicht mit dem Kopf. Wie hat er sich das vorgestellt? Wir würden ja nicht einmal zwei Wachen besiegen können, wie sollen wir es da mit vier Männern aufnehmen?

»Wir haben noch vier Stunden, um uns zu erholen und darauf vorzubereiten«, fährt er fort und erläutert mir seine haarsträubende Idee.

»Das ist verrückt«, flüstere ich. »Das wird niemals gut gehen.«

»Und doch ist es unsere einzige Chance, wenn sich der Geheimgang nicht ausgerechnet in Struensees Kammer befindet. Wir nutzen die Zeit zwischen den Wachgängen geschickt und verlassen dieses Schloss lebendig.« Er nimmt meine Hand und streichelt sie sanft. »Freya, wir können nicht hierbleiben. Wir haben keine andere Wahl.«

Ich atme tief ein und nicke dann. Auch wenn sein Plan waghalsig ist, es ist der einzige, der mit viel Glück klappen kann. Aber nicht, wenn es Mikael nicht besser geht.

Mir kommt ein irrwitziger Gedanke. Was, wenn ich ihn heilen kann? Ich habe meine Magie doch gerade schon benutzt. Ich weiß jetzt, wie sie sich anfühlt. Und ich weiß, dass ich ihn damit gerettet habe. Vielleicht ... vielleicht hat mein Geist jetzt genug Vertrauen geschöpft, um diese Macht nutzen zu können.

»Lass mich versuchen, dich zu heilen«, bitte ich ihn, bevor ich es mir anders überlegen kann.

»Bist du sicher, dass du genug Kraft dafür hast?«, fragt er.

Keine Zweifel, kein Misstrauen. Bloß die Sorge um mich.

Mir wird warm ums Herz. Ist es möglich, sich innerhalb so kurzer Zeit zu verlieben? Anders kann ich das Gefühl in meinem Inneren nicht deuten.

Ich räuspere mich. »Ich will es wenigstens versuchen.«

»Ich vertraue dir«, murmelt er leise und drückt meine Hand.

Mehr brauche ich nicht. Ich rutsche vom Sofa und bitte ihn, es sich bequem zu machen. Leider habe ich keine Ahnung, was ich hier tue und hoffe, dass es reicht, mich auf seine Heilung zu konzentrieren. Wenn ich mir doch bloß nicht so dumm dabei vorkommen würde, wie ich hier neben ihm knie und meine Hände über seinem zerfetzten Rücken ausstrecke.

Um mich von diesen wenig hilfreichen Gedanken abzulenken, rufe ich mir in Erinnerung, wie es sich angefühlt hat, die Magie zu benutzen. Dieses Kribbeln in meinen Fingerspitzen, der schnellere Herzschlag, das Pulsieren der Macht.

Bevor ich aber etwas Vernichtendes damit anrichte, konzentriere ich mich auf das, was ich von der Magie will. Ich stelle mir vor, wie sie aus meinen Händen herausgleitet und sich auf seinen Rücken legt. Wie sie eine sanfte Schutzschicht bildet und unter sich die Wunden heilt. Ich male mir aus, wie sie tief in ihn eindringt und keine Narben mehr zurückbleiben, und atme erstaunt ein, als sich das Kribbeln in meinen Fingerspitzen tatsächlich einstellt.

Aber genauso schnell, wie es gekommen ist, verschwindet es auch wieder.

Merkwürdig.

Ich reibe meine Fingerspitzen aneinander und starte einen neuen Versuch. Dieses Mal dauert es etwas länger, bis das Kribbeln zurückkehrt. Aber auch jetzt verschwindet es, kaum, dass es da ist.

»Geht es dir gut?«, fragt Mikael besorgt.

»Ja.« Ich runzle verwirrt die Stirn. »Ich denke schon.«

Wieso bleibt die Magie nicht, bis sie ihre Arbeit erledigt hat?

»Was ist denn los?«

Ich erkläre ihm, was mein Problem ist, und er überlegt eine Weile.

»Vielleicht denkst du an etwas anderes, sobald das Kribbeln auftaucht?«, fragt er dann, und mir wird klar, dass er recht hat. Wann immer ich die Magie aufkommen spüre, bin ich zu sehr darauf bedacht, sie zu halten, nicht darauf, ihn zu heilen.

Also versuche ich es noch ein drittes Mal, fest entschlossen, dieses Mal nur an Mikael und seine Heilung zu denken. Ich schließe die Augen, strecke die Hände aus und konzentriere mich, bis ich das Kribbeln spüre und weit darüber hinaus. Erst als ich mich darüber freue, dass ich es länger halten kann, verblasst es und verschwindet schließlich ganz.

Es ist also tatsächlich eine Sache der Konzentration.

»Wie geht es dir?«, frage ich, neugierig, ob meine laienhaften Versuche schon eine Verbesserung gebracht haben.

»Es juckt.« Er lacht leise auf. Das Geräusch wird von einem Kissen gedämpft, aber es tut trotzdem gut, sein Lachen zu hören. Das muss bedeuten, dass es ihm besser geht, oder?

Ich beschließe, es sicherheitshalber nicht dabei zu belassen und wiederhole das, was ich bisher getan habe. Mit jedem Mal hält das Kribbeln in meinen Fingerspitzen länger an, aber irgendwann kann ich nicht mehr. Ich bin auf einmal unsagbar erschöpft.

»Freya.« Er klingt erstaunt. »Es ist so viel besser. Was ... was ist los? Hat es geklappt?«

»Ich bin so müde«, wispere ich und gähne herzhaft. Mir kommt es vor, als hätte seine Heilung meinem Körper sämtliche Kraft entzogen. Es fällt mir nun sogar schwer, aufzustehen. Mikael zieht mich sanft hoch, und ich lasse mich in die Kissen sinken. »Ich glaube, ich ... ich schlaf gleich ein.«

»Ich wecke dich, wenn wir weiter müssen.« Mikael lehnt sich über mich und küsst meine Stirn. »Schlaf ruhig, meine Heldin.«

Kapitel 7

Tyros

Marokko, 2018

In meinem Kopf wabert ein dicker Nebel, meine Glieder sind taub, und auf meiner Zunge hat sich ein pelziger Belag gebildet, während meine Gedanken immer klarer werden.

Sie hat Najam Ahmar an die Hexenjäger verraten. Malikas Worte sind mir scharf im Gedächtnis geblieben, doch trotz der Dringlichkeit will es mir nicht gelingen, aus diesem Dunst aufzuwachen. Ich kann die Augen nicht aufschlagen. Es ist, als wären sie zugeklebt.

Ich bin noch so weit weg, dass es mir schwerfällt, meinen Atem zu regulieren. So angenehm es war, Malika zu sehen, so grauenvoll ist dieses taube Gefühl und das, was sie mir erzählt hat.

Es dauert eine Weile, bis sich der Nebel in meinem Kopf lichtet und mein Körper mir wieder gehorcht. Endlich kann ich die Augen öffnen und bin trotzdem umhüllt von Dunkelheit.

Ist es bereits Nacht?

Verwirrt schaue ich mich um, doch ich kann nicht einmal die Hand vor Augen erkennen. Ich will mich aufrichten, und in diesem Moment werden mir verschiedene Dinge bewusst. Ich kann mich nicht bewegen, weil ich gefesselt bin. Und ich kann nichts sehen, weil man mir einen Sack über den Kopf gestülpt hat.

Scheiße. Schlagartig bin ich wach.

Deshalb ist es so stickig hier, und das pelzige Gefühl auf meiner Zunge ist keine Nebenwirkung von der Magie, sondern kommt von dem Knebel, mit dem man mich stillhalten will.

Zugegebenermaßen verstehen meine Entführer ihr Werk. Hände und Füße zusammengebunden, vollkommene Orientierungslosigkeit, nicht die leisesten Geräusche bis auf meinen eigenen Atem, der mir unwirklich laut vorkommt.

Jetzt bloß keine Panikattacke bekommen. Ich war schon oft genug in brenzligen Situationen, und dass sie mich gefesselt und geknebelt haben, ist ein gutes Zeichen. Das bedeutet, sie wollen mich lebend.

Nur wer sind sie?

Hexenjäger?

Gestaltwandler?

Oder irgendeine dritte Macht, die etwas gegen Wächter und Hexen hat?

Eins ist klar. Arifa hat nicht nur den Clan und Youssef verraten, sondern auch mich. Youssef. Das macht den Schmerz noch bitterer. Warum hat sie das getan? Sollte sie als Hexe nicht eigentlich auf unserer Seite stehen?

Mühsam versuche ich meine Glieder zu bewegen, um die Fesseln etwas zu lockern. Mir fällt das kleine Messer in meinem Stiefel ein, doch da komme ich so einfach nicht dran. Wenn sich nichts an meiner Situation ändert, muss ich einschlafen und Malika bitten, Unterstützung aus dem Palast anzufordern. Nur hat mich der Zauber so sehr durcheinandergebracht, dass ich keine Ahnung habe, wie spät es ist. Nachmittag oder bereits Abend? Schläft sie vielleicht schon wieder?

Je länger ich darüber nachdenke, umso auswegloser erscheint mir meine Situation. Selbst wenn ich Malika erreichen würde und sie ein paar Wächter nach Marokko schicken, um uns zu helfen ... Es würde zu lange dauern, und wie sollen sie mich finden, wenn ich selbst keinen einzigen Anhaltspunkt für meinen Aufenthaltsort habe? Und was wird geschehen, wenn sie von unserer Verbindung erfahren? All die Jahre habe ich unser Traumband so gut geheim gehalten, um sie zu schützen. Wenn sie nun um Hilfe bittet, wird das Fragen aufwerfen, die mich nicht nur meine Stelle als Ratsvorsitzenden kosten könnten, sondern unter Umständen sogar mein Leben.

Am einfachsten wäre es, wenn sie Alex kontaktiert. Nur dass Alex eigentlich nicht helfen kann, weil ich Ivan und Daniel die Anweisung gegeben habe, ihn im Auge zu behalten. Außerdem würde er Fragen stellen, die ich nicht gebrauchen kann – gerade jetzt, in seiner Situation. Silas kommt ebenfalls nicht infrage. Auch wenn ich ihn für vertrauenswürdig halte, ist er einer der wenigen Strategen und Kämpfer, die gerade noch im Palast sind, und dort sollte er bleiben.

Moose. Das ist es. Wenn Malika Moose kontaktiert, könnte er vor dem Rat behaupten, ich hätte ihm eine Nachricht zukommen lassen. So ist Malika fein raus, und er kann ein Team zusammenstellen, das mich befreit, wenn ich es nicht in der Zwischenzeit allein schaffe. Er wird ganz sicher auch Fragen stellen, aber er ist der Einzige, der loyal genug ist, mich nicht zu verraten, bevor er nicht mit mir gesprochen hat.

Zufrieden mit meinem Einfall entspanne ich mich etwas und versuche mich bequemer hinzulegen. Wenigstens habe ich jetzt einen Plan.

Kapitel 8

Louisa

Düsseldorf, 2018

Ich sitze auf einem großen Stein am Wegrand und blicke einen Felsspalt empor, aus dem das Wasser mit lautem Tosen hinunterstürzt. Ein paar Tropfen spritzen bis zu mir und befeuchten mein Gesicht und die Hände.

Es ist warm, aber nicht zu warm. Der Wasserfall gibt genau das richtige Maß an Erfrischung ab.

Ein knackender Ast hinter mir lässt mich aufmerksam werden. Ich drehe mich um und presse die Lippen aufeinander, um nicht wie eine Irre zu grinsen.

Alex kommt den Weg entlang. Sein graues Shirt klebt an seinem trainierten Oberkörper. Er sieht aus, als wäre er einige Kilometer gewandert. Unsere Blicke treffen sich, und er lächelt mich an.

Mein Herz macht einen Sprung und hinterlässt ein kribbliges Gefühl in meiner Magengrube.

»Hey«, begrüßt er mich, nachdem er mich endlich erreicht hat. Seine Augen leuchten. Ob das an der Sonne liegt oder daran, dass er mich wiedersieht?

»Hey«, erwidere ich schüchtern und stehe schnell auf. Werden wir uns wieder küssen? Wieso kann ich an nichts anderes mehr denken als an seine Lippen?

»Geht's dir gut?« Er runzelt besorgt die Stirn.

Verwirrt blicke ich ihn an. »Ja, wieso?«

»Erinnerst du dich nicht?«

Woran … Ach ja. Vage Bilder tauchen in meinem Kopf auf. Liam, ein verwüstetes Wohnzimmer, blutige Fingerspitzen, Alex.

»Geht es dir *gut?«, frage ich angsterfüllt. Durch meine Panikattacke muss die Magie aus mir herausgebrochen sein, so wie in der ersten Nacht, doch der Schub hatte wohl so viel Kraft, dass es das halbe Wohnzimmer zerlegt hat.*

»Wenn's mir nicht gutgehen würde, würde ich nicht träumen.« Er zuckt mit den Schultern. »So schlimm kann es also nicht sein.«

»Weißt du *denn, was passiert ist?« Irgendwie kann ich mir nicht vorstellen, dass er so gelassen reagieren würde, wenn er wüsste, dass er ein kaputtes Stuhlbein im Oberschenkel stecken hat. Ich spiele kurz mit dem Gedanken, ihm davon zu erzählen, aber ich weiß nicht, ob die Angst nicht sein Aufwachen auslösen könnte, und vielleicht ist es besser, wenn er vorerst noch nicht aufwacht.*

Oder?

Was, wenn es den anderen auch nicht gut geht? Was, wenn aufwachen seine einzige Chance zu überleben ist?

Der Gedanke lässt das Bild vor mir aufflackern.

Alex schaut mich erstaunt an. »Was ist los?«

»Ich weiß nicht«, erwidere ich und spüre ein Ziehen in meinem Bauch. Ich schließe die Augen.

Als ich sie wieder öffne, blicke ich in blaue Augen hinter dicken Brillengläsern.

»Lou, hey. Bist du okay?« Moose lächelt mich unsicher an. Auf seiner Stirn ist eine Schramme, aber sonst scheint er keinen Kratzer abbekommen zu haben.

Ich mache eine innerliche Bestandsaufnahme. Schmerzender Kopf, schmerzender Hals, meine Nase fühlt sich irgendwie immer noch taub an, aber das warme Gefühl in meiner Bauchmitte ist geblieben. Ich bewege meine Arme und Beine und bin erleichtert, dass ich noch heile bin. Schließlich nicke ich nur, weil ich meiner Stimme nicht traue.

»Kannst du aufstehen?« Er streckt mir seine Hände hin, um mir aufzuhelfen.

Ich fühle mich noch etwas schwach auf den Beinen. »Was ist mit Alex?«, krächze ich, weil ich ihn nirgendwo entdecken kann. In mir breitet sich Sorge um ihn aus. Was, wenn unser Traum beendet wurde, weil er … »Geht es ihm gut?«

»Er lebt.« Moose verzieht besorgt das Gesicht. »Aber gutgehen ist anders.«

»Wo ist er?«, frage ich und reiße mich von Moose los, um ein paar vorsichtige Schritte zu machen. Das Wohnzimmer hat es in alle Einzelteile zerlegt. Nicht nur der Tisch, die Stühle und die ganze teure Elektronik liegt in Bruchstücken im Raum herum, auch die Wand hat der Druckwelle nicht standgehalten.

»War … war ich das?«, frage ich, entsetzt vom Ausmaß der Zerstörung. Für einen Augenblick denke ich nicht mehr an Alex. Wie ist sowas überhaupt möglich? Wie kann ich so viel Kraft haben?

»Du hast eine Panikattacke bekommen, als du Daniel gesehen hast. Du hast ihn Liam genannt«, erklärt mir Moose, aber daran erinnere ich mich noch sehr genau.

»Er sieht aus wie Liam«, flüstere ich. »Das kann doch kein Zufall sein.«

»Ist es auch nicht.« Moose sammelt ein paar Einzelteile der Elektronik ein, nachdem er sich vergewissert hat, dass ich nicht wieder umkippe. »Liam war Daniels Bruder. Er ist vor etwa fünf Jahren bei einem Einsatz ums Leben gekommen.«

Scharf atme ich ein. »Soll das heißen … Liam war irgendwie … real?«

»Davon kannst du ausgehen. Aber wieso für dich … das müssen wir wohl herausfinden.« Moose stopft ein paar Sachen in seinen Rucksack und nimmt meine Hand. »Jetzt müssen wir erst mal hier weg, bevor jemand kommt und unangenehme Fragen stellt.«

»Was? Wir lassen das jetzt einfach so?«

»In den Nachrichten werden sie nachher von einer explodierten Gasleitung sprechen. Dafür sorgen ein paar unserer Leute.«

Zweifelnd werfe ich einen Blick auf das Loch in der Wand. »Und die anderen? Alex?«

»Sind schon beim Auto. Ivan und Daniel haben ihn runtergebracht.« Er zieht mich aus der Wohnung, aber ich reiße mich noch einmal los, um meine Sachen zu holen. Ungeduldig wartet er in der Tür und nimmt mir den Koffer ab, bevor wir den Flur durch den Notausgang verlassen und die Feuertreppe hinuntereilen.

»Halt den Kopf unten und versuch unauffällig zu bleiben«, weist mich Moose an. Verwirrt blicke ich auf, weil mir nicht klar ist, wieso er diese Anweisung gibt, aber dann sehe ich die Menschenmenge, die sich vor dem Mehrfamilienhaus gebildet hat. Sie sind auf das Loch in der Wand und die Feuerwehr konzentriert, die gerade angerauscht kommt, so dass uns niemand große Aufmerksamkeit widmet und wir ungesehen zum Auto gelangen können.

Daniels Anblick lässt mich erschaudern. Selbst wenn er nicht Liam ist, ist es immer noch gruselig genug, dass er ihm so ähnlich sieht. Er wirft mir einen entschuldigenden Blick zu.

»Wie geht es Alex?«, frage ich mit rauer Stimme. Meine Stimmbänder fühlen sich an, als hätte ich den ganzen Tag geschrien.

»Er hat viel Blut verloren«, erklärt Daniel, weil Ivan über Alex gebeugt ist, um ihn zu versorgen. »Ist immer noch ohnmächtig. Eigentlich müssten wir ihn in ein Krankenhaus bringen.«

»Das geht nicht.« Moose seufzt, nimmt die Brille ab und massiert seinen Nasenrücken, bevor er sie wieder aufsetzt. »Da werden sie Fragen stellen. Ich versuch es noch mal bei Diana. Vielleicht haben wir dieses Mal Glück.«

Er zückt sein Handy und entfernt sich etwas vom Auto. Daniel nimmt mir meinen Koffer ab, um ihn zusammen mit den Überresten der Elektronik im Kofferraum zu verstauen. Als er wieder zurückkommt, reicht er mir eine Flasche Cola.

»Danke.« Ich bin überrascht, dass er ausgerechnet jetzt daran denkt, meinen Kreislauf wieder in Schwung zu bringen.

»Gern.« Er lächelt freundlich. »Auch wenn unser Start etwas holprig war: Ich freu mich, dich kennenzulernen, Louisa. Ich bin Daniel.«

Etwas nervös reiche ich ihm meine Hand, weil es das Normalste ist, was ich in dieser Situation tun könnte. Und wenn ich nicht langsam ein bisschen Normalität habe, drehe ich am Rad.

»Willst du dich nicht schon mal ins Auto setzen?« Daniel führt mich zur Beifahrertür, und ich rutsche widerwillig auf den Sitz, bloß um mich gleich darauf zur Rückbank umzudrehen und nach Alex zu schauen.

Er sieht nicht gut aus.

Er ist blass um die Nase. Ein Zeichen dafür, dass er zu viel Blut verloren hat. Ivan hat sein Bein abgebunden und die Wunde notdürftig versorgt, aber das Stuhlbein steckt immer noch drin. Normalerweise habe ich kein Problem mit Blut, aber zu wissen, dass es Alex ist, der da gerade liegt, lässt meinen Kreislauf zurück in den Keller fallen.

Ich wende mich ab, rutsche in meinen Sitz und schließe für einen kurzen Moment die Augen, um tief durchzuatmen. Nur einen Augenblick lang das Chaos aus Menschen, Sirenen und Schreien auszublenden, um mein eigenes Chaos zur Ruhe zu bringen.

Er kommt wieder in Ordnung.

Wir finden jemanden, der ihm helfen kann.

Es ist deine Schuld.

Feuerwehr, Rettungssanitäter und Polizisten ... sie alle suchen in dem Haus nach Verletzten.

Nach Toten sogar.

Wenn ich mich nicht unter Kontrolle kriege, dauert es nicht mehr lange und ich bringe noch aus Versehen jemanden um.

Mit zitternden Händen öffne ich die Flasche Cola und trinke ein paar großzügige Schlucke. Ich brauche dringend etwas

Stärkung. Aber die Süße sorgt bloß dafür, dass mir noch übler wird.

Vielleicht stehe ich auch unter Schock.

Wieder einmal.

Am liebsten wäre ich jetzt in meinem Zimmer und würde mich unter meiner Decke verkriechen. So sehr ich Alex mag, gerade wünschte ich mir, ich hätte ihn niemals getroffen. Dass er mich niemals in diese Welt hineingezogen hätte.

Moose reißt die Fahrertür auf. »Ich hab Diana erreicht. Sie ist in Köln und wartet auf uns. Schafft er das?«

Für einen Moment frage ich mich, wer diese Diana überhaupt ist und warum sie so wichtig ist. Aber der Gedanke verschwindet wieder, sobald Moose seine Tür zuzieht.

»Er muss«, erwidert Ivan finster.

Daniel lehnt sich an meine Tür und schaut ins Auto. »Ich kümmere mich drum, dass hier alles in Ordnung ist und komme dann nach.«

Moose nickt. Ivan steigt aus, schließt die Tür und steigt auf der anderen Seite wieder ein, so dass er Alex' Kopf auf seinem Schoß platzieren kann. Schweigend blickt er mich aus seinen grünen Augen an. Kommt es mir nur so vor oder gibt er mir die Schuld an allem?

Kapitel 9
Tyros

Marokko, 2018

Tyros?« Malika stürmt auf mich zu und fällt mir um den Hals. »Ich dachte, du wärst tot. Wieso bist du nicht zum Treffpunkt gekommen?«

Ich vergrabe meine Nase in ihrem Haar und atme tief ein. Wie sehr ich mich darauf gefreut habe, sie endlich wieder im echten Leben zu berühren, wird mir erst jetzt klar. Und obwohl ich sie wenigstens im Traum noch länger halten würde, löse ich mich von ihr, um ihr zu erzählen, was geschehen ist. Die Zeit ist zu kostbar, um sie nicht mit Plänen zu füllen. Wenn alles gesagt ist, können wir den Traum immer noch genießen.

Ihre Augen weiten sich erschrocken, als sie von meiner Misere erfährt. Sie verflucht Arifa auf Arabisch – zumindest denke ich das. Meine Arabisch-Kenntnisse haben in den letzten achtzehn Jahren arg nachgelassen.

»Du musst Moose kontaktieren«, erkläre ich ihr schließlich. »Aber du darfst ihm auf keinen Fall sagen, in welcher Beziehung wir zueinander stehen. Sag ihm einfach, du bist von Najam Ahmar und hast beobachtet, wie ich in Arifas Haus ging und nicht wieder hinauskam. Und dass ich dir gesagt hätte, du sollst ihn kontaktieren, wenn ich nicht wiederkomme.«

Sie nickt bedächtig und lässt sich den Plan durch den Kopf gehen. »Wird er keinen Verdacht schöpfen?«

»Wahrscheinlich schon«, gebe ich zu. »Aber Moose ist vertrauenswürdig. Er wird uns nicht verraten, bevor er nicht mit mir gesprochen hat.«

»Okay.« Malika reibt sich übers Gesicht und setzt sich auf das Sitzkissen. »Was ist mit Junah?«

Ich gehe vor ihr in den Schneidersitz und greife nach ihrer Hand. »Wir finden sie. Das verspreche ich dir.«

Sie lächelt müde und schüttelt den Kopf. »Versprich nichts, was du nicht halten kannst«, ermahnt sie mich dann. »Sie ist jetzt schon über achtundvierzig Stunden verschwunden. Ich bin mir sicher, dass die Hexenjäger sie entführt haben.«

»Das denke ich auch, sonst wäre sie …« Ich breche den Satz ab. »Wir finden sie«, wiederhole ich stattdessen zuversichtlicher, als ich mich fühle, und ziehe Malika an mich heran. Sie bettet ihren Kopf an meiner Brust, und ich lausche eine Weile ihren ruhigen Atemzügen, bis diese unkontrollierter werden. Ich hebe den Blick und stelle fest, dass sie weint.

Sie schaut zu Boden, beschämt über ihre Tränen und den Schmerz, der so greifbar ist. Ich wünschte, ich könnte ihn ihr nehmen. Ich wünschte, mein eigener Schmerz wäre nicht so übermächtig. *Aber so kann ich ihn einfach nur mit ihr zusammen aushalten und ihr zeigen, dass ich sie nicht alleine lasse.*

»Meine süße Malika«, flüstere ich und hebe die Hände an ihre Wangen, um ihre Tränen zu trocknen. Bald löse ich sie mit meinen Lippen ab und erkunde ihre salzige Haut. An ihren Lippen mache ich Halt und atme tief ein. Sie legt ihre Stirn an meine.

»Ich liebe dich«, haucht sie, bevor sie den Abstand zwischen uns schließt und mich küsst. Ihre Lippen sind weich, ihre Zunge so süß wie in jeder Nacht. In meinem Herzen wächst die Sehnsucht danach, sie endlich wieder in meinen Armen zu halten und zu spüren. Im Vergleich zur Realität sind unsere gemeinsamen Träume nur ein schwacher Trost.

Sie rutscht von ihrem Sitzkissen auf meinen Schoß und löst meinen Zopf, um ihre Hände in meinem Haar zu vergraben. Ich um-

fasse ihre Hüften und –

Panisch schnappe ich nach Luft und huste, als sich eiskaltes Wasser den Weg in meine Luftröhre bahnt. Ich reiße die Augen auf, doch es ist immer noch dunkel. Jemand zerrt mich hoch, ich versuche mich zu wehren, aber die Fesseln verhindern meine Bewegung.

Meine Arme werden hochgerissen und festgezurrt, so dass ich nur noch auf den Zehenspitzen stehen kann. Erst dann zieht man die Kapuze von meinem Kopf. Ich öffne die Augen und kneife sie gleich wieder zusammen, weil mich das Licht blendet. Der Knebel wird aus meinem Mund entfernt, und ich kann wieder atmen.

»Was wollt ihr?«, frage ich dann grimmig. Meine Stimme ist rau, es kommt mir vor, als habe ich sie eine Ewigkeit nicht mehr benutzt. Ich wage einen erneuten Versuch, meine Augen zu öffnen. In dem kurzen Moment, wo ich es aushalte, erkenne ich, dass man den Strahler direkt auf mich gerichtet hat. Ich muss die Augen wieder schließen, so grell ist es.

Was für Arschlöcher.

Einen Moment lang ist es still, dann tritt jemand vor den Scheinwerfer und verdunkelt das Licht. Ich blinzle, vor mir steht ein Mann und mustert mich abfällig. Ich kenne ihn nicht und weiß nicht, ob mich das beruhigen oder eher beunruhigen sollte.

»Wir suchen Freya Erikson«, durchbricht er das Schweigen und macht einen Schritt auf mich zu. »Und du weißt, wo sie ist.«

Kapitel 10

Freya

Christiania, 1768

Ich wache vom Schlagen der Turmuhr auf. Mein Herz pocht aufgeregt, und mit einem Mal bin ich hellwach. Ich zähle mit, wie oft der Glockenklang ertönt, untermalt vom leisen Knistern des Kaminfeuers.

Elf Mal.

Noch eine Stunde bis zur Wachablösung.

»Mikael?«

»Ich bin hier.« Seine Stimme dringt von der anderen Seite des Raumes zu mir. »Ich suche nach einem Geheimgang, aber ich finde keinen.«

»Vielleicht geht er vom Zimmer des Königs ab«, vermute ich und setze mich auf.

»Wie auch immer.« Mikael kehrt zu mir zurück. »Wir haben keine Zeit mehr. Uns bleibt nur noch die eine Möglichkeit. Bist du bereit?«

»Nicht wirklich. Aber es hilft ja nichts.« Seufzend stehe ich auf und strecke mich. »Wie geht es dir?«

»Besser. Viel besser. Und dir?« Er berührt mich an der Schulter, bevor er mich in seine Arme zieht. Ehe ich etwas sagen kann, vergräbt er seine Nase in meinem Haar und murmelt ein heiseres Danke. Ich erlaube mir für einen Moment, mich fallen zu lassen und atme seinen vertrauten Duft ein.

Mikael weiß, was er tut.

Er bringt uns hier raus.

Ich hebe den Kopf, und kurz darauf treffen unsere Lippen aufeinander. Unser Kuss ist schwerfällig und traurig. Er schmeckt nach Abschied. Nach der Gewissheit, dass wir diese Nacht nicht überleben werden.

Aber das lasse ich nicht zu. Ich habe noch nicht genug von Mikael und dem, was zwischen uns geschieht. Nicht einmal annähernd. Und das wird mir weder der König noch seine Wachen nehmen.

Mikael löst sich von mir und streicht eine Haarsträhne hinter mein Ohr. »Also gut, dann wollen wir mal.«

Ich nicke entschlossen, auch wenn ich im ersten Teil unseres Plans noch keine große Rolle spiele. Er lässt mich los und marschiert durch den Raum.

»Ich hab jede Menge Münzen gefunden«, klärt er mich auf. »Vielleicht sollten wir davon auch noch ein paar einstecken. Er wird sie sicher nicht vermissen.«

Ich zucke mit den Schultern. Hochverrat, Diebstahl ... die Liste wird immer länger. Aber andererseits: Wie wollen wir sonst über die Runden kommen, wenn Mikael nicht auf sein Geld zugreifen kann?

Also gehe ich zu ihm und gebe ihm meinen Beutel, den ich immer am Gürtel befestigt habe. Er füllt ihn prall auf und reicht ihn mir zurück, bevor er anscheinend seinen eigenen füllt. Dann höre ich, wie er mit ein paar Münzen in seiner Hand spielt. Er weist mich an, mich versteckt zu halten, bis er wiederkommt.

»Sei vorsichtig«, flüstere ich und gehe hinter dem Bett in Deckung. Er öffnet die Tür und geht auf den Flur. Einen Moment lang höre ich bloß meinen lauten Atem, aber dann lässt Mikael die Münzen zu Boden fallen. Das Klimpern wird hundertfach von den Wänden zurückgeworfen. Es erscheint mir so laut, das ganze Schloss müsste davon wach werden.

Jetzt hängt alles davon ab, ob sich die Wachen aufteilen. Wenn eine stehen bleibt und die andere kommt, um nach dem Rechten zu sehen, kann er sie überwältigen. Wenn sie beide kommen … geht der Plan nicht auf.

Es dauert eine Weile, bis ich die Schritte höre. Angespannt halte ich den Atem an, bis es raschelt und jemand leise stöhnt. Als ein lebloser Körper in den Raum geschleift wird, wird mir klar, dass wir es geschafft haben.

Kapitel 11

Tyros

Marokko, 2018

»Spuck's endlich aus.« Die Faust landet ein weiteres Mal in meinem Bauch. Mein Körper würde sich gerne krümmen vor Schmerz, aber es geht nicht, denn ich hänge immer noch an der Decke.

»Vergiss es«, erwidere ich keuchend. Meine Lippen schmecken metallisch, aber den Drang danach, das Blut auszuspucken, habe ich schon vor einer Weile verloren.

»Haben sie dir das beigebracht?« Der Mann vor mir lacht verächtlich auf. Es scheint ihn nicht im Geringsten zu stören, dass ich nicht kooperiere. Wenn es nach ihm ginge, würde er vermutlich so lange weitermachen, bis ich entweder spreche oder tot bin. Welcher Fall davon zuerst eintritt, weiß ich mittlerweile selbst nicht mehr. Ich weiß nur, dass ich sehr viele unschuldige Schüler verraten würde, wenn ich ihnen sage, wo Freya ist. »Hat *sie* dich mit einem Zauber belegt, damit du sie nicht verrätst? Anders kann ich mir nicht erklären, wie man ihr so treu ergeben folgen kann.«

Ich erwidere nichts. Was soll ich auch sagen?

Jedes Wort von mir ist eins zu viel.

Zu viele Menschenleben stehen auf dem Spiel. Das ist nichts im Vergleich zu meinem.

Und trotzdem frage ich mich, wie lange ich noch schweigen werde.

Er gibt seinen Handlangern ein Zeichen, und sie lösen meine Fesseln.

Ich falle unsanft zu Boden und kann mich nicht abfangen, mein Handgelenk knackt und jagt stechende Schmerzen meinen Arm hinauf. Für einen winzigen Augenblick hoffe ich, dass sie es vorerst aufgeben. Dass sie mich verschnaufen lassen. Doch ich irre mich.

Sie packen mich an den Schultern und schleifen mich durch den Raum. Pressen mich auf eine Platte, den Kopf tiefer als den Rest des Körpers, und ehe ich mich versehe, fixieren sie mein Gesicht und pressen mir einen Lappen über Mund und Nase.

Und dann ertränken sie mich mitten in der marokkanischen Dürre.

So fühlt es sich zumindest an, als sie das Wasser aus einer großen Gießkanne direkt in meinen Mund schütten, bis es mir den Atem nimmt. Meine Lungen stehen kurz vor dem Kollaps, und in mir breitet sich Panik aus. Ich will um mich schlagen, doch ich kann mich nicht rühren. Ich will schreien, doch das Wasser nimmt mir die Luft und löst einen Würgereflex aus, den ich nicht mehr unterdrücken kann.

Für einen Moment will ich sterben, doch sie lassen mich nicht.

Sie nehmen den Lappen weg, und der Druck auf meine Luftröhre verschwindet. Wasser läuft aus meinem Mund, und ich schnappe nach Luft. Mein Herzschlag geht beunruhigend schnell.

Erschöpft schließe ich die Augen. Die Gewissheit, keine Wahl zu haben, treibt mich in den Wahnsinn.

»Wenn du nicht redest, machen wir das wieder und wieder und wieder mit dir«, raunt mir der Anführer der drei Männer ins Ohr. »Solange, *bis* du redest.«

Ich kratze all meinen Stolz zusammen und öffne die Augen, um ihn wütend anzublinzeln. Er soll bloß nicht das Gefühl haben, dass es einfach wird.

»Fick dich«, erwidere ich heiser. Er lacht und gibt seinen Männern ein Zeichen. Sie pressen den Lappen zurück auf mein Gesicht. Mir wird schwindelig, weil ich keine Luft mehr bekomme. Ich würge und huste so sehr, dass ich selbst schon nicht mehr daran glaube, dass ich diesen Tag überleben werde.

Und dann ist es wieder vorbei. Ich ringe nach Luft. Alles dreht sich, mein Herz rast wie verrückt, aber ich werde ihnen nicht verraten, was sie wissen wollen.

Der Anführer muss die Entschlossenheit in meinen Augen sehen, denn er verengt seine eigenen zu Schlitzen, bevor er den Männern ein Zeichen gibt. Wieder und wieder ertränken sie mich, solange, bis mir alles wehtut, weil ich so sehr verkrampfe, und ich die Augen vor Erschöpfung kaum noch aufhalten kann.

Aber das muss ich auch nicht.

Das Bild meiner persönlichen Hölle hat sich längst hinter meine Augenlider gebrannt.

Kapitel 12

Louisa

Düsseldorf, 2018

Ich schließe die Augen und lehne den Kopf zurück, um meine Gedanken zu sortieren und mich etwas zu entspannen, auch wenn die Sorge um Alex alles andere als entspannend ist. Aber mein Kopf fühlt sich an, als würde er explodieren, und ich bin immer noch so müde.

Im Radio läuft eine akustische Version irgendeines Top-Hits, aber Moose dreht es aus, noch bevor wir die Autobahn erreicht haben. Niemandem ist nach Musik. Aber die Stille ist nicht viel besser. Sie gibt mir das Gefühl, eine absolute Katastrophe für diese Männer zu sein.

Ich drehe den Kopf zur Seite, damit Moose meine Tränen nicht sieht. Jetzt sollten sie sich mal ausnahmsweise keine Gedanken um mich machen, sondern sich voll auf Alex konzentrieren. Da können sie meine Tränen nicht gebrauchen.

Eigentlich will ich auch gar nicht in Selbstmitleid baden, aber es fällt mir verdammt schwer, die positiven Seiten meines neuen Lebens zu sehen. *Stell dir vor, du besuchst Hogwarts,* hat Mama gesagt, aber hätte sie mir gleichzeitig verraten, dass mit der Magie so viele Hindernisse kommen … ja, was dann? Das bin ich. Die Magie ist ein Teil von mir, den ich nicht abschalten kann. Wenn ich weiterhin so tue, als könnte ich einfach in mein altes Leben zurückkehren, wird es nur noch schlimmer.

Ich muss lernen, mit meiner Magie umzugehen. Ist es nicht in Büchern und Filmen immer so, dass man seine Kräfte nutzen muss, damit sie einem nicht um die Ohren fliegen?

Aber wie?

Meine Gedanken kreisen immer wieder um dieses Thema, und immer wieder bleibe ich an der gleichen Frage hängen. Wie kann ich möglichst schnell die Kontrolle über mich zurückerlangen?

Eine Antwort finde ich nicht. Irgendwann versiegen meine stummen Tränen, und das Land der Träume ruft nach mir.

Dieses Mal sieht der Wasserfall etwas anders aus, als ich ihn in Erinnerung habe. Ein tiefes Becken am Grund, in dem sich klares Wasser sammelt. Der perfekte Swimming-Pool.

»Du bist zurück.«

Alex. Erleichtert drehe ich mich um. »Und du bist immer noch hier.«

Am liebsten wäre ich ihm in die Arme gefallen, weil ich so froh bin, dass er immer noch träumen kann, aber ich weiß nicht, ob er das überhaupt möchte. Vielleicht war unser Kuss auch nur eine einmalige Sache, ein Ausrutscher, bedingt durch all das gemeinsam Erlebte.

Er hebt die Schultern und lässt sie entkräftet wieder fallen. »Ich komm hier so schnell nicht weg. Was geht da vor? Wieso wache ich nicht wieder auf, Louisa?«

»Du …« Ich lasse mich auf einen großen Stein sinken. »Du bist verletzt. Schwer. Wir sind unterwegs nach Köln. Moose meint, Diana könnte dich vielleicht heilen.«

»Ihr habt sie endlich erreicht?«

Ich nicke. »Ivan hat einen provisorischen Verband angelegt, aber … es ist ganz schön ernst.«

»Oh«, macht er und setzt sich fassungslos neben mich. Er fährt sich mit den Händen durchs Haar, seine Lieblingsgeste, wenn er verzweifelt ist. Unbewusst strecke ich meine Hand aus und lege

sie auf sein Knie, um ihm zu signalisieren, dass ich für ihn da bin.

»Das ist meine Schuld«, flüstere ich. »Ich wünschte, ich könnte es ungeschehen machen.«

»Diana wird es richten.« Er hebt den Blick, aber darin fehlt die Gewissheit. Der Glauben an seine eigenen Worte. »Und wenn nicht, musst du es versuchen.«

Ihn heilen?

»Aber wie? Alles, was ich bisher kann, ist Räume und Kaffeetassen zerstören und Federn fliegen lassen.«

»Du musst akzeptieren, wer du bist.« Er nimmt meine Hand in seine und dreht sie um, um mit seinen Fingern die feinen Linien nachzuzeichnen. »Stell dir vor, du bist eine Protagonistin aus deinen Lieblingsbüchern. Hermine zum Beispiel. Was würde sie tun, wenn sie in deiner Situation wäre?«

»Bücher wälzen, bis sie den perfekten Zauberspruch gefunden hat.«

»Und dann?«, fragt er. »Hätte sie Angst, ihn anzuwenden?«

Ich muss keine Sekunde darüber nachdenken. Natürlich nicht. Protagonisten sind furchtlos oder wenn sie sich doch mal fürchten, überwinden sie ihre Angst im Nu. Immer rechtzeitig, um ihre große Liebe oder die besten Freunde zu retten. Aber ich bin doch keine Protagonistin.

Ich bin einfach nur Lou.

»Stell dir vor, du bist wie sie«, fährt Alex fort und erklärt mir dann einen Zauber, mit dem ich Wunden verschließen kann. »Es wird dich viel Kraft kosten. Vielleicht so viel, dass du nicht fertig wirst, bevor du aufhören musst. Aber es wird vielleicht reichen, um mich zu stabilisieren, bis wir zurück im Palast sind. Dort wird Emma alles Weitere übernehmen.«

Ich nicke und wiederhole noch ein paar Mal die Worte, die er mir genannt hat, um sie mir gut einzuprägen. Auch wenn ich mir jetzt noch nicht ausmalen kann, dass ich ihn wirklich heilen könnte, verspreche ich ihm, es zu versuchen, wenn Diana scheitert oder es nicht tun will. Aus welchem Grund auch immer sie ihm nicht helfen wollen würde, obwohl sie in der Lage dazu ist.

»Wer ist Diana überhaupt?«, frage ich neugierig. »Wieso lebt sie nicht im Palast?«

»Sie hat – genau wie deine Mutter – entschieden, dass sie lieber abseits vom Trubel leben möchte«, erklärt Alex und lehnt sich zurück. Sein graues Shirt rutscht etwas nach oben und entblößt einen Streifen gebräunter Haut. Ich wende den Blick ab, um ihn nicht allzu offensichtlich anzustarren. »Aber im Gegensatz zu deiner Mutter liebt sie die Magie und wendet sie regelmäßig an. Sie ist eine unserer Kontaktfrauen in der Außenwelt. Eine Schnittstelle zu Hexen und Wächtern, die wir im Auge behalten müssen.«

»Das hört sich ja an wie bei der Drogenfahndung.«

Alex lacht leise auf. »Ja, so in etwa. Nur, dass es hier um Beziehungen geht, und darum, Angriffe auf uns möglichst früh zu entdecken oder sie sogar zu verhindern. Deshalb haben wir Verbündete in der ganzen Welt.«

»Gibt es noch mehr Schulen wie den Palast?«

»Einige. In Portugal und Schottland sind die nächsten.«

»Wow«, murmle ich und kann immer noch nicht glauben, dass ein Leben voller Magie Realität werden kann. Gäbe es nicht all die Schattenseiten, wäre es tatsächlich ziemlich cool.

Kapitel 13
Tyros

Marokko, 2018

Sie reißen mich auf die Füße und bringen mich aus dem Raum hinaus, bloß um mich ein paar Schritte weiter in eine Zelle zu stoßen. Ich stürze zu Boden und kann mich gerade so mit den Händen abfangen. Heiße Schmerzen schießen durch mein lädiertes Handgelenk.

Die Tür fällt ins Schloss, und ich bin allein. Mühsam rapple ich mich auf und krieche zur Wand, um mich mit dem Rücken dagegen zu lehnen und tief durchzuatmen. Ich fühle mich, als hätte mich ein Bus überfahren. Es riecht nach Lehm und dem Dunst vergangener Gefangener.

Der Raum hat keine Fenster. Ich werde nicht herausfinden, wo ich bin.

Verzweifelt schließe ich die Augen und zähle bis zehn, um mich von der erdrückenden Angst abzulenken.

Eins, zwei, drei.

Ich bin alt genug.

Vier, fünf, sechs.

Ich schaff das.

Sieben, acht, neun.

Ich komme hier wieder raus.

Zehn.
Ich werde Malika wieder in den Arm nehmen.
Und wenn es das Letzte ist, was ich tue.

Kapitel 14

Freya

Christiania, 1768

Hastig entledigen wir der Wache ihrer Kleidung, damit ich sie anziehen kann. Ich binde meinen Geldbeutel an den neuen Gürtel und verabschiede mich schweren Herzens von dem weichen Kleid. Es fühlt sich komisch an, Hosen zu tragen, aber ich habe keine Zeit, mir darüber Gedanken zu machen.

»Der andere wird gleich kommen«, raunt Mikael mir zu und bezieht an der Tür Stellung. Ich verstecke mich wieder hinter dem Bett und warte darauf, dass es dieses Mal genauso läuft.

Erst höre ich die Schritte, dann ein verblüfftes »Was?«, bevor Mikael sich auf den Mann stürzt. Dieses Mal rangeln sie länger miteinander. Angst schnürt mir die Luft ab, während ich nervös warte.

Schließlich schafft Mikael es aber, auch diesen Mann zu überwältigen und schleift ihn ins Zimmer. Ich helfe ihm dabei, seine eigene Kleidung gegen die der Wache auszutauschen, bevor wir die beiden Männer mit Wäsche von Struensee knebeln und notdürftig ans Bett festbinden.

So sollten wir genug Zeit haben, aus dem Schloss zu entkommen, ehe man sie entdeckt.

»Bereit?« Mikael zupft noch ein bisschen an meiner Kleidung herum, bevor wir das Zimmer verlassen, die Münzen einsammeln und Position am Anfang des Flurs beziehen. Es kann nicht mehr lange dauern, bis die nächsten Wachen kommen und uns ablösen werden, aber mit jeder Minute, die wir hier stehen und warten, werde ich ängstlicher.

Was, wenn sie erkennen, dass ich eine Frau bin? Was, wenn sie mich erkennen, weil ich blind bin? Was, wenn sie längst gemerkt haben, dass etwas faul ist?

Es gibt so viele Dinge, die schiefgehen könnten, und doch stehen wir hier und warten, statt einfach mutig draufloszurennen. Der Flur ist ruhig, und ich frage mich unwillkürlich, ob der König und seine Männer wieder aufgewacht sind. Oder habe ich sie vielleicht doch ... umgebracht?

Der erste Schlag der Turmuhr lässt mich zusammenzucken. Am liebsten würde ich nach Mikaels Hand greifen, um mich zu vergewissern, dass er noch bei mir ist, aber das könnte alles zerstören. Mein Herzschlag geht schneller, auf meiner Stirn bildet sich eine dünne Schicht Schweiß.

Mit jedem Gong der Uhr wird der Drang größer, einfach wegzulaufen. Ich kämpfe hart dagegen an und bekomme so erst spät mit, dass sich uns Schritte nähern.

Reiß dich zusammen, Freya, zwinge ich mich dazu, nicht nervös herum zu zappeln.

»Die Nacht war ruhig«, sagt Mikael plötzlich. »Möge es so bleiben.«

»Gute Nacht«, wünscht uns ein Mann, und das ist unser Zeichen. Ich marschiere los, bedacht darauf, möglichst männlich zu wirken, und gleichzeitig nirgendwo gegen zu stoßen, weil ich nicht weiß, wo ich hinlaufe. Ich habe nur Mikaels Schritte zur Orientierung und laufe so lange weiter, bis er meine Hand nimmt und mich zur Seite zieht. Überrascht stolpere ich in seine Arme.

»Wir müssen zu den Stallungen«, flüstert er mir ins Ohr. »Aber ich kann dich nicht die ganze Zeit an der Hand halten. Wenn uns jemand sieht, wissen sie, dass etwas nicht stimmt.«

Natürlich! Wir sind gekleidet wie zwei Wachen, also müssen wir uns auch benehmen wie welche. »Und jetzt?«

Er überlegt einen Moment. »Wir haben keine Zeit, um dir ein Kleid zu suchen. Sie könnten jeden Augenblick merken, dass etwas nicht stimmt.«

»Du kannst mich ja loslassen, sobald du jemanden siehst«, schlage ich unschlüssig vor. Ich wünschte, wir wären schon aus dem Schloss raus. Nein, eigentlich wünschte ich sogar, wir hätten das Schloss niemals betreten.

»Uns bleibt wohl nichts anderes übrig.« Er schiebt seine Finger zwischen meine und zögert kurz, bevor er mich hinter sich herzieht. Wir gehen schnell, laufen aber nicht, um nicht unnötig Aufmerksamkeit zu erregen.

Den Gang entlang, eine Treppe hinunter. Mikael stößt eine Tür auf, und uns empfängt nordische Kälte. Sofort lässt er meine Hand los. »Geh einfach geradeaus«, raunt er.

Ich halte den Atem an und folge seinen Worten. Schritt für Schritt wage ich mich hinaus auf die Burgmauer und versuche dabei, so normal wie nur möglich zu wirken. Auf halber Strecke grüßt Mikael jemanden. Ich nicke zum Gruß und halte den Blick gesenkt, damit niemand meine Augen sehen kann.

Fast denke ich, wir haben es geschafft, doch dann wird der Mann stutzig. »Moment mal.«

Ich bleibe stehen und schließe die Augen, als könnte er mich so nicht sehen. Dass genau das die falsche Reaktion ist, bemerke ich an einer Klinge, die aus ihrem Schaft gezogen wird.

»Freya!«, stößt Mikael im gleichen Moment hervor und wirft sich schützend auf mich. Ich falle unter seinem Gewicht begraben zu Boden und prelle mir das Kinn am kalten Stein. Ein Schwerthieb saust durch die Luft. Mikael steht schnell wieder auf, zieht mich hoch und treibt mich zur Eile an. Ich bin völlig verwirrt, weil ich nicht weiß, was um mich herum geschieht.

Ein weiteres Schwert wird gezogen, und im nächsten Augenblick prallen Klingen mit einem lauten Krachen aufeinander. Ich zucke zusammen, lasse Mikaels Hand los und weiche weiter zurück.

Die Männer ächzen, während sie miteinander kämpfen. Wieder und wieder schlagen die Schwerter gegeneinander. Ich bleibe wie erstarrt stehen. Was anderes bleibt mir sowieso nicht übrig. Wenn Mikael verliert, bin auch ich verloren.

Ein Schwert scheppert über den Boden. Ich hoffe, es ist nicht seins.

Im nächsten Moment stöhnt jemand.

Panik breitet sich in mir aus. »Mikael? Mikael, bitte sag was.«

»Mir geht es gut.« Seine raue Stimme löst eine Gänsehaut auf meinem Rücken aus. Er berührt mich sanft an der Hand. »Dir auch?«

Ich schüttle den Kopf und umfasse meinen Oberkörper mit beiden Armen, um mich in diese klägliche Wärme zu hüllen. Beinahe hätten wir es nicht geschafft.

»Ist er ... tot?«

Mikael atmet so schwerfällig aus, dass ich sein Leid allein darin hören kann. »Ja.«

Ich drehe den Kopf in seine Richtung und strecke meine Hand nach ihm aus, um ihm zu signalisieren, dass ich ihn dafür nicht verachte. Er hatte keine Wahl. Wenn er es nicht getan hätte, wären wir jetzt tot. Dessen bin ich mir sicher.

Viel Zeit, um darüber nachzudenken, lässt er uns allerdings nicht, denn er zieht mich nur für eine kurze Umarmung zu sich. Wir müssen weiter. Bis auf die andere Seite der Mauer und eine Wendeltreppe hinunter, bis wir weichen Lehmboden unter den Füßen und den Geruch von Pferden in der Nase haben.

Erleichterung überflutet meine Sinne, als ich das leise Wiehern vernehme. Wir haben es fast geschafft. Wir sind in den Stallungen.

Mikael drängt mich gegen eine Wand und legt einen Finger auf meine Lippen. Ich schließe die Augen und lausche. Schritte, die sich entfernen. Ein Rascheln. Scharrende Hufen.

Eine Tür, die mit einem leisen Quietschen ins Schloss fällt.

Sobald die Luft rein ist, löst sich Mikael von mir und zieht mich weiter. Wir erreichen Saga schnell und verschwenden keine Zeit damit, sie zu satteln. Das Zaumzeug muss genügen.

Mikael sitzt auf und hilft mir hoch, und dann dauert es keine Minute mehr, bis wir durch die Nacht galoppieren und der Duft der Freiheit den Weg in unsere Nasen findet.

Kapitel 15
Tyros

Marokko, 2018

Malika steht am Strand. Sie trägt ein weißes Kleid, das ihre zarte, gebräunte Haut umso stärker betont und sanft im Wind weht. Die Sonne steht hoch, aber es ist nicht zu heiß, was allem widerspricht, was ich in Marokko erfahren habe.

Allein deshalb weiß ich, dass ich träume.

Ich schließe die Augen und stelle mir vor, wie ich in Badeshorts und T-Shirt aussehe. Kurz darauf gehe ich zu Malika, die sich umdreht, als hätte sie mich kommen gehört. Manchmal frage ich mich, ob sie es instinktiv spürt, wenn ich ihren Traum betrete. Aber müsste es dann nicht umgekehrt genauso sein?

Sie lächelt, aber es erreicht ihre Augen nicht.

Wie auch? Nach allem, was geschehen ist, wäre es ein Wunder, wenn sie irgendwann wieder lächeln kann.

»Marhaban«, flüstert sie rau.

»Marhaban shamsi«, erwidere ich und ziehe sie an mich, um sie zu küssen. Ihr Duft vernebelt mir die Sinne, so sehr, dass ich mich zumindest für ein paar Augenblicke fallenlassen kann. Aber allzu schnell kehrt die Erinnerung an den Tag zurück, und damit auch die Angst davor, dass dies unsere letzten Minuten miteinander sein könnten.

Sie löst sich von mir und streicht sich die dunklen Haare auf den Rücken. »Ich habe Moose erreicht.«

Erleichtert atme ich aus.

»Er und Daniel nehmen das nächste Flugzeug nach Marrakesch und treffen sich morgen mit mir. Dann zeige ich ihnen, wo Arifa sich aufhält. Wenn sie noch da ist.« Besorgt runzelt sie die Stirn. »Vielleicht finden wir eine Spur, die zu dir führt. Und wie wir Junah wiederfinden … keine Ahnung.« In ihren Augen sammeln sich Tränen. Sie presst drei Finger auf ihre Lippen und unterdrückt ein Schluchzen. »Ich glaube, ich hab sie verloren, Tyros.«

»Nein, nein, das darfst du nicht denken.« Ich nehme sie wieder in den Arm und streichle über ihren Hinterkopf. »Es ist noch nicht zu spät. Wir finden sie. Ihr geht es gut.«

»Wie kannst du dir da so sicher sein?« Malika atmet zitternd ein. »Du hast nicht gesehen, was sie meinen Leuten angetan haben. Kinder, Tyros, Kinder … und Youssef. Er konnte sich doch kaum noch bewegen. Diese Männer sind Monster.«

»Und sie werden dafür büßen«, verspreche ich ihr. »Sie kommen damit nicht durch.«

Ich streichle die Tränen von ihren Wangen und überlege, ob ich sie fragen soll, wie sie davongekommen ist. Ist sie nicht da gewesen, als die Hexenjäger das Dorf überfallen haben? Oder konnte sie sich verstecken? Aber was war mit Junah? Wo war sie? Und wieso ist sie jetzt weg?

»Frag ruhig.« Sie wischt sich über die Wangen und nimmt meine Hand, bevor wir zusammen den Strand entlanggehen. »Ich sehe dir an, dass du Fragen hast.«

Ich muss lächeln, weil sie mich so gut kennt, und beschließe, dass sie stark genug ist, um an den Tag des Geschehens zurückzukehren.

»Zeig es mir«, bitte ich sie.

Kapitel 16

Louisa

Düsseldorf, 2018

Ist dir auch so warm?« Alex lehnt sich vor und fächelt sich Luft zu.

Besorgt betrachte ich ihn. »Es geht so. Also, warm ja, aber nicht heiß.«

»Hm«, macht er, und ich schätze, wir denken das Gleiche.

Was, wenn sich sein Zustand verschlechtert hat?

Die Angst um ihn frisst sich in meinen Bauch, und ich umschließe seine Hand. Dieses Mal reicht meine Angst um ihn nicht aus, um mich aufzuwecken. »Du wirst das überstehen.«

Er nickt, drückt meine Hand und steht auf. »Wenn du nichts dagegen hast, springe ich jetzt trotzdem ins Wasser, um mich abzukühlen.«

Ich unterdrücke ein Kichern und deute mit einem Rucken meines Kopfes auf die gekräuselte Wasseroberfläche, die wirklich einladend aussieht. »Nur zu, aber pass auf, dass dich die Fische nicht anknabbern.«

Er muss grinsen, obwohl ihm die Sorge ins Gesicht geschrieben steht, und für einen Moment bin ich froh, dass ich ihn wenigstens ablenken kann.

Dann aber streift er sein T-Shirt und die Hose ab. Beim Anblick seines trainierten Körpers stockt mir der Atem. Er stapft ins Wasser und hält kurz inne, als er bis zu den Knien im Teich steht. Mit den Händen schöpft er Wasser auf seinen Körper, um sich langsam an die Temperatur zu gewöhnen. Ich erwische mich dabei, wie ich auf seinen Hintern in den schwarzen Boxershorts starre, und schaue schnell weg. Alex schwimmt ein paar kräftige Züge und wendet sich dann zu mir.

»Du solltest auch reinkommen! Es ist traumhaft«, ruft er und fährt sich mit einer Hand durch die Haare. Wasserperlen tropfen ihm auf die nackte Brust, die im Schein der Sonne glänzt. Mein Herz macht einen Satz und schickt eine Ladung Schmetterlinge direkt in meinen Bauch.

Plötzlich ist mir auch ganz heiß.

Vielleicht sollte ich also wirklich … Allein der Gedanke, zu ihm ins Wasser zu steigen, lässt mich erröten. Es muss am Traum liegen, dass ich trotzdem aufstehe und ans Ufer trete. Ich kicke mir die Schuhe von den Füßen und ziehe die Socken aus, bevor ich meine Fußspitze ins eiskalte Wasser stecke.

Wenn Alina wüsste, was hier gerade geschieht, würde sie jede noch so winzige Einzelheit von mir hören wollen. Dabei bin ich irgendwie froh, dass ich träume und Alex mit niemandem teilen muss.

Brrr. Ganz schön frisch.

Alex lacht, als er mein Gesicht sieht. »Du kannst es dir einfach wärmer vorstellen. Schließlich träumst du das nur.«

Neugierig, ob er recht hat, schließe ich die Augen und stelle mir vor, wie die Sonne den kleinen Pool am Ende des Wasserfalls aufheizt. Nicht zu sehr, sondern so, dass es erfrischend und gleichzeitig entspannend ist. Als ich die Augen wieder öffne, habe ich das Gefühl, die Sonne wäre etwas dichter an die Erde gerückt. Ich hocke mich hin und stecke die Hände ins Wasser. Es hat tatsächlich eine angenehme Temperatur.

»Ist die Gefahr nicht groß, dass die Leute lieber ihre Zeit verschlafen, statt zu leben?«, frage ich, während ich meine Hose ausziehe und versuche, nicht zu bemerken, dass Alex mich beobachtet. Ob ihm gefällt, was er sieht?

So ein Unsinn, denke ich. Er kennt mich doch längst nackt. Warum sollte ich mich also vor ihm schämen?

»Du meinst, weil die Träume so harmonisch und schön sein können?« Er grinst und schwimmt zum Ufer. »Bestimmt sogar. Aber irgendwann bist du nicht mehr müde genug, um so viel zu träumen. Trotzdem freuen sich die meisten wohl auf die Nacht, auch, wenn keiner so wirklich darüber spricht.«

Ich streife mein T-Shirt ab und tapse vorsichtig ins Wasser. Der Untergrund ist weich. Meine Füße versinken leicht im Schlamm, aber das Gefühl ist großartig. Als würde ich auf Wolken laufen.

Obwohl das Wasser jetzt wärmer ist, fröstle ich leicht, während ich mir meinen Weg hineinbahne. Schließlich bin ich so weit drin, dass ich mich vom Grund abstoße, um ein paar Züge zu schwimmen.

Er hatte recht. Es ist *traumhaft!*

»In unseren Träumen wirkt alles so einfach«, greife ich unser Gespräch wieder auf. »Seit die Albträume nicht mehr da sind, kommt mir das richtige Leben vergleichsweise wie ein Horrorfilm vor.«

»Sowas darfst du nicht denken.« Er schwimmt parallel zu mir. »Das wahre Leben ist schön. Nur gerade vielleicht nicht. Aber das bedeutet nicht, dass es nicht wieder schön werden wird.«

»Ich hoffe, du behältst recht«, flüstere ich und tauche unter, um das kristallklare Wasser vollkommen zu genießen und ihn von meiner Sorge um ihn abzulenken. Für einen Moment verharre ich unter der Oberfläche und lasse mich in die Schwerelosigkeit fallen. Es tut gut, einfach mal entspannen zu können. Das macht mir erst bewusst, wie angespannt ich die ganze Zeit bin.

Ich tauche auf und atme tief ein, bevor ich mir das Wasser aus den Augenwinkeln wische. Alex beobachtet mich aufmerksam, und unsere Blicke bleiben aneinanderhängen. Ich kann ihm genau ansehen, dass er an unseren Kuss zurückdenkt. Fragt er sich, ob es ein Fehler war?

Nervös schwimme ich auf der Stelle.

»Was?«, krächze ich, weil er nach einer gefühlten Ewigkeit immer noch nichts gesagt hat.

Er bricht in ein verlegenes Lächeln aus. »Ich frage mich, wie es weitergehen soll.«

»Ich mich auch«, gebe ich zu und erwidere sein Lächeln. »Also hast du keinen großen Masterplan?«

»Du meinst, bis auf Überleben? Nein.« Er schwimmt ein Stück auf mich zu, seine Augen glitzern im Licht, seine Stimme ist rau und ehrlich. »Ich wünschte, es gäbe ein Protokoll, das wir verfolgen können. Irgendeine Strategie, damit am Ende wieder alles gut ist. Aber diese Bindung lässt sich nicht widerrufen …«

Unbewusst bin ich ihm entgegengeschwommen und befinde mich nun dicht vor ihm. Er lässt seinen Blick über mein Gesicht gleiten und bleibt an meinen Lippen hängen. Unbewusst lecke ich mir darüber.

»Und das, was gestern Nacht geschehen ist, auch nicht«, flüstere ich und hebe wie magisch angezogen von seinem weichen Drei-Tage-Bart die Hand, um sie an seine Wange zu legen. Damit löse ich ein Ziehen in meiner Magengrube aus, was mich dazu drängt, den Abstand zwischen uns zu schließen und ihn wieder zu küssen. Aber ich will ihm die Wahl lassen, wie viele Fehler wir begehen.

»Das muss aufhören«, wispert er und schlingt seine Arme um meine Taille, um mich zu sich zu ziehen. Seine Lippen landen auf meinen, weich und unnachgiebig. Ich lasse meine Hände in seinen Nacken gleiten und bin mir nur allzu deutlich unserer Nähe bewusst. Seine Zunge erkundet meine Lippen und spielt dann mit meiner. Unser Kuss ist erst zaghaft, süß irgendwie, aber er wird bald hungriger.

Unbewusst, vielleicht auch bewusst, hat Alex uns an die Felswand gelenkt. Seine Hände erkunden meine Taille, meine Hüften, meine Oberschenkel. Ich schlinge meine Beine um seine Körpermitte, ehe mir klar wird, wie nah ich ihm damit komme. Für einen Moment wirft mich mein plötzlicher Mut aus der Bahn, und ich will mich von ihm lösen, aber er nimmt mir meine Nervosität, in dem er mir keinen Raum zum Denken lässt.

Er lässt mich einfach nur fühlen. Die Zartheit seiner federleichten Küsse, die im Kontrast zu den harten Konturen seines Körpers steht, die Hitze, die sich zwischen uns aufbaut und in meiner Körpermitte sammelt, das Kribbeln in meiner Magengrube, als mir klar wird, was wir hier tun.

Ich löse meine Lippen von seinen und erkunde seine Wangen, sein Kinn und den weichen Hals. Wagemutig lecke ich über seine süße Haut und erstarre, als er leise aufstöhnt.

War ich das? Probeweise versuche ich es nochmal, doch dieses Mal wird sein Aufstöhnen lauter und irgendwie schmerzerfüllter. Sofort öffne ich die Augen und löse mich von ihm. Er sinkt zurück, und mir wird klar, wieso.

Um uns herum breitet sich eine Wolke roten Blutes aus.

Kapitel 17

Tyros

Marokko, 2018

Die Sonne brennt am Himmel, und das Dorf harrt in seiner Mittagsruhe aus. Es ist ungewöhnlich still auf der Straße, so dass sich die Härchen in meinem Nacken aufstellen.

»Schau.« Sie deutet auf einen schwarzen Jeep, der langsam durch die Straßen fährt und schließlich vor dem Haus anhält. »Ich war in Essaouira, weil ich ein Treffen mit einem Geschäftspartner hatte.«

Wir beobachten Malikas Erinnerung dabei, wie sie aus dem Wagen steigt. Sie trägt einen weißen Rock und eine türkise Bluse, die dunklen Haare zu einer ordentlichen Frisur zusammengefasst. In einer Hand hält sie den Autoschlüssel und einen Kaffee, in der anderen balanciert sie ihre Handtasche und einen dicken Stapel Papier. Ich kann schon sehen, dass das nicht gut ausgeht, und tatsächlich – sie schließt das Auto ab, und die Blätter rutschen aus ihrer Hand und fallen in den Staub. Leise fluchend stellt sie den Kaffeebecher und ihre Handtasche ab und sammelt das Papier wieder zusammen.

Es sind Entwürfe für eine neue Modelinie ihres kleinen Unternehmens. Sie hat mir ein paar Nächte zuvor von diesem Treffen erzählt und der Chance, in einer großen Modekette aufgenommen zu werden.

Ich habe sie noch gar nicht gefragt, wie es gelaufen ist.

Nicht, dass das jetzt noch eine Rolle spielen würde.

Eine Bewegung im Augenwinkel lässt mich aufmerksam werden. Ich wappne mich innerlich für alles, was da kommen mag.

Es ist ein junger Mann, neunzehn oder zwanzig Jahre alt vielleicht, mit dunklem Haar und hellblauen Augen. Sein helles Hemd ist zerrissen und von Blut und Dreck verschmiert, er presst eine Hand gegen seine Taille.

Malikas Erinnerung bemerkt ihn erst, als er schon fast neben ihr steht, und zuckt unwillkürlich zurück.

»Malika?«, krächzt der Mann und hebt beschwichtigend die Hände. »Du bist doch Malika, oder?«

»Wer bist du?« Fragend schaut sie ihn an.

»Tarek.« Erleichterung überflutet seine Gesichtszüge. »Bitte, hilf mir.«

Er löst seine Hand von seinem Oberkörper und das Blut quillt hervor. Er ist verletzt. Schwer verletzt.

Malikas Erinnerung stößt einen Schreckenslaut aus und lässt die Blätter achtlos zurück in den Dreck fallen. »Press die Hand wieder drauf.«

Sie stürzt auf ihn zu, um ihn ins Haus zu führen. Wir folgen den beiden und beobachten, wie sie ihn auf dem Sofa platziert, und seine Wunde freilegt. Es ist eine Schusswunde.

»Wie ist das passiert?«, fragt Malikas Erinnerung, während sie die Verletzung befühlt und überprüft, ob die Kugel auf der anderen Seite wieder ausgetreten ist.

»Hexenjäger«, stöhnt Tarek auf. Er wird immer blasser, weil er so viel Blut verliert. Bald wird er das Bewusstsein verlieren und ihre Möglichkeit, Fragen zu stellen, hat sich vorerst erledigt.

Seine Antwort lässt sie dennoch innehalten. »Hexenjäger? Wo? In unserem Dorf?«

Tarek nickt und schluckt.

»Sie sind alle tot«, flüstert er dann. In seinen Augenwinkeln sammeln sich Tränen.

»Was?« Malikas Erinnerung sinkt entsetzt auf den Boden und starrt den Mann fassungslos an. Er stöhnt, die Schmerzen sind

ihm deutlich anzusehen, und sein Laut erinnert Malika an ihre Aufgabe. Eilig legt sie ihre Hände an die Wunde und schließt die Augen, bevor sie in einen Singsang von arabischen Worten abtaucht. Es dauert eine Weile, da löst sich die Kugel aus seiner Wunde. Malikas Erinnerung fängt sie auf und legt sie auf den Tisch, bevor sie weitermacht und ihn schließlich vollkommen geheilt hat. Sie steht auf, um sich die Hände zu waschen. Tarek setzt sich langsam auf und befühlt die glatte Haut erstaunt. Wahrscheinlich hat er selbst nicht damit gerechnet, jemanden zu finden, der ihm helfen kann.

»Wo sind die anderen? Erzähl mir, was geschehen ist.« Malikas Erinnerung nimmt zwei Bananen aus dem Obstkorb auf dem Esstisch. Eine davon reicht sie Tarek, die anderen isst sie selbst, um ihre Kräfte nicht zu schnell zu verlieren.

Er legt die Banane unberührt ab, nimmt sich zwei Küchenmesser und gibt Malika ein drittes, bevor sie das Haus verlassen und zur Moschee schleichen. Wir folgen ihnen Hand in Hand.

Es dauert nicht lange, da sehe ich den ersten leblosen Körper. Mein Magen krampft sich zusammen, weil ich Angst vor dem habe, was gleich auf mich zukommt, aber genau wie Malikas Erinnerung und Tarek halten wir nicht an.

Wir biegen um die Ecke und betreten den Innenhof der Moschee.

Ich erstarre.

Malika atmet neben mir scharf ein, fast, als würde sie das hier zum ersten Mal sehen. Aber an so einen Anblick kann man sich sicher nicht gewöhnen.

In einer Ecke bewegt sich jemand.

Malikas Erinnerung bahnt sich ihren Weg durch die Toten und hockt sich neben einen Mann, der den Anschlag schwer verletzt überstanden hat. Ich will näher rangehen, aber die Malika neben mir steht wie angewurzelt da. Ich ziehe sie in die Arme, damit sie sich das Ganze nicht nochmal ansehen muss.

Ich beobachte, wie ihre Erinnerung den Mann heilt, bevor sie sich aufrichtet und ihre Hände an dem weißen Rock abwischt. Ihre Erinnerung wendet sich uns zu, und ich kann in ihren Augen erkennen, wie verzweifelt sie ist. Doch sie geht von Mensch zu

Mensch, um nach Überlebenden zu suchen. Tarek folgt ihr langsam, auch ihm steht das Entsetzen ins Gesicht geschrieben.

Bei allen spricht sie die Schahada, obwohl dieses Ritual eigentlich durchgeführt wird, bevor ein Mensch verstirbt. Auf ihrem Zug durch die Ermordeten findet sie zwei weitere Überlebende, die sie mit ihrer Magie heilt, aber mit jeder Nutzung ihrer Gabe schwinden ihre Kräfte sichtbar mehr. Sie bekommt Nasenbluten.

Als sie das nächste Mal aufsteht, schwankt sie. Tarek bietet ihr seinen Arm als Stütze an, aber sie winkt unwirsch ab. Sie ist noch lange nicht fertig.

In meinem Hals setzt sich ein Kloß fest, dabei habe ich mir die Toten gar nicht genau angesehen, aus Angst, jemanden wiederzuerkennen. Aber sie … sie schaut ihnen allen ins Gesicht. Sie spricht für sie ein Totengebet und schickt sie auf ihre letzte Reise.

»Youssef«, stößt Malikas Erinnerung plötzlich aus und geht neben einem alten Mann in die Knie. Die Malika in meinem Arm löst sich von mir und schiebt mich sanft von sich.

Ich folge ihrem leisen Wink und trete neben Malikas Erinnerung und Youssef, um mir anzuhören, was in diesem Augenblick geschah.

Er sieht keinen Tag älter aus, seitdem ich den Clan verlassen habe. Er lebt noch, aber Malikas Kräfte reichen nicht mehr aus, um ihn zu heilen.

Sie setzt sich neben ihn, greift nach seiner Hand und legt ihre andere an seine Wange.

»Es tut mir so leid, dass ich nicht da war«, flüstert sie, und in ihrer Stimme schwingt so viel Bedauern, so viel tiefe Trauer mit, dass ich die Tränen nicht länger aufhalten kann. Ich hätte hier sein müssen. Bei all diesen Menschen, die mir einst so viel bedeutet haben.

Bei ihr.

Und meiner Tochter.

Die Kunst zu Sterben

Kapitel 1

Freya

Auf dem Meer, 1768

Ich lausche dem Rauschen der Wellen, fühle, wie mich das Schiff rau hin- und herschubst und sich die Gischt sanft auf mein Gesicht legt. Mit der linken Hand taste ich nach der Reling, die rechte lege ich auf meinen Bauch.

Mir ist so übel.

Ich wünschte, die Seereise auf der Brevik läge schon hinter uns. Auch wenn mir der Gedanke, ein ganz neues Leben in einem fremden Land zu beginnen, Angst einjagt. Wenigstens habe ich Mikael an meiner Seite.

Die Matrosen rufen sich Befehle zu, während sie die Segel einholen. Wir sind in eine Nebelbank geraten, so viel habe ich mitbekommen. Was das für unsere Weiterfahrt bedeutet, weiß ich nicht. Ich weiß nur, dass das Schaukeln des Schiffes und damit meine Übelkeit immer schlimmer werden.

Ich höre Schritte hinter mir und spüre kurz darauf eine warme Hand an meiner Hüfte.

»Du solltest in dem Nebel nicht hier draußen stehen.« Mikael drückt mir einen Kuss auf die Schulter.

»Aber hier fühle ich mich wohler«, erwidere ich zu meiner Verteidigung.

»Weiß ich doch.« Er umarmt mich von hinten und legt sein Kinn auf meiner Schulter ab. Sein Bart kratzt an meinem Hals, und sein herber Duft füllt meine Nase.

Ich atme tief ein und freue mich für einen Moment über die Abwechslung zur salzigen Seeluft.

»Aber ich sehe kaum noch meine Hand vor Augen, so neblig ist es. Da mache ich mir einfach Sorgen, wenn ich nicht weiß, wo du bist. Ich will nicht, dass du vom Schiff fällst und es keiner mitbekommt.«

Berührt von seiner Sorge drehe ich mich um. »Ich fall schon nicht vom Schiff. Manchmal hast du eine zu große Fantasie.«

Er streichelt mir eine Strähne aus dem Gesicht, die sich aus meinem Zopf gelöst haben muss, und küsst mich sanft. »Nach allem, was wir jetzt schon zusammen erlebt haben, wären ein paar ruhigere Zeiten schön.«

»Ob wir damit so viel Glück haben?« Nachdenklich vergrabe ich mein Gesicht an seinem Hals. Es tut gut, ein paar Minuten ganz allein mit ihm zu haben. »Was meinst du, erwartet uns in Amsterdam?«

»Hmm«, macht er und legt sein Kinn auf meinem Kopf ab. »Mal überlegen. Eine fremde Sprache, ein fremdes Land, ein neues Leben … Aber ich bin mir sicher, dass wir uns schnell einleben. Wir werden Norwegen gar nicht mehr vermissen, wenn wir die ersten holländischen Spezialitäten probiert haben.«

Mikael weiß genauso gut wie ich, dass Amsterdam niemals unsere Heimat ersetzen wird, aber trotzdem haben wir die wenige gemeinsame Zeit an Bord genutzt, uns unser neues Leben so schön wie möglich auszumalen. Ich denke, das hilft uns dabei, den Abschied leichter zu verkraften.

Ob es tatsächlich so schön wird, weiß nur der Himmel. Vielleicht stolpern wir auch von einer Katastrophe in die nächste, und Amsterdam wird noch schlimmer als Christiania. Aber was kann schon schlimmer sein, als ganz knapp dem Tod entronnen zu sein?

Vieles, schießt es mir durch den Kopf, und ein mulmiges Kribbeln breitet sich in meiner Magengrube aus. Irgendwie fühlt es sich nicht so an, als könnten wir uns bald zurücklehnen und das Leben genießen. Vielleicht kommt das Gefühl auch einfach von den vergangenen Tagen. Vom Tod meiner Mutter und der Überforderung auf der Suche nach meiner Magie, vielleicht kommt es von der überstürzten Flucht und der Angst um Mikael. Vielleicht bin ich emotional ausgelaugt.

»Worüber denkst du nach?« Mikaels Stimme reißt mich aus meinen Gedanken. Ich hebe den Kopf, und er küsst meine Stirn. »Du bist so still.«

»Ich weiß nicht.« Ich zucke unsicher mit den Schultern. »Ich hab einfach kein gutes Gefühl im Bauch.«

Er schweigt einen Moment. »Inwiefern?«, fragt er dann argwöhnisch.

Natürlich. Er geht sicher davon aus, dass meine Gefühle mehr zu bedeuten haben, da ich eine Hexe bin. Sagt man nicht immer, dass Hexen in die Zukunft blicken können?

»Das kann ich dir noch nicht sagen«, erkläre ich leise und horche in mein Inneres, in dem es aufgeregt grummelt, wann immer ich an die Zukunft denke. Wenn ich doch bloß wüsste, was uns bevorsteht. »Ich hab einfach ein verdammt schlechtes Gefühl.«

Ich kann spüren, wie er über die Bedeutung meiner Worte nachgrübelt, und wünschte, ich könnte ihn irgendwie beruhigen.

»Komm mit«, meint er schließlich. »Wir können in der Kajüte weitersprechen. Der Nebel wird immer dichter und mir ist nicht wohl dabei, hier zu stehen.«

Seufzend stimme ich ihm zu und greife nach seiner Hand, um mich von ihm zurück ins Innere des Schiffes führen zu lassen. Kaum schlägt die Tür hinter uns zu, greift die Übelkeit mit aller Macht an. Ich presse eine Hand auf meinen Mund und lehne mich gegen die Wand, um in Ruhe durchatmen zu können. Das Schaukeln des Schiffes fühlt sich hier drinnen dreimal so stark an.

Ein paar Augenblicke später geht es wieder, und wir gehen weiter bis zur Kajüte. Dort sinke ich noch an der Tür zu Boden, in der irren Hoffnung, dass ich das Schaukeln so nicht mehr spüre. Aber egal, ob ich stehe, sitze oder liege, es fühlt sich an, als würde mein leerer Magen mitschaukeln.

»Hier.« Mikael reicht mir den kleinen Holzeimer, den wir vorsorglich in der Kajüte platziert haben, kurz nachdem wir gemerkt haben, dass ich nicht seetauglich bin.

»Danke«, krächze ich und klammere mich an dem Eimer fest, während ich darauf warte, dass das Unweigerliche geschieht. Dabei habe ich seit Tagen nur noch Brot gegessen und kaum etwas getrunken.

Mikael setzt sich neben mich und leistet mir Gesellschaft. Am ersten Tag hat er mir noch über den Rücken gestreichelt, aber das hat alles noch schlimmer gemacht, also habe ich ihn gebeten, damit aufzuhören. Ich bin froh, dass er trotzdem bei mir bleibt.

»Morgen sind wir endlich in Amsterdam«, flüstert er. »Dann geht's dir sicher ganz schnell wieder besser.«

»Ich hoffe es«, stöhne ich wehleidig. Es fühlt sich an, als wären wir schon eine Ewigkeit auf hoher See unterwegs. Dabei sind es erst drei Tage, und der Weg führt uns nicht mal auf die offene See, sondern quer durch das Deutsche Meer. Ich will mir nicht ausmalen, wie schlimm eine Überfahrt nach Amerika wäre. »Ich kann nicht mehr.«

»Du hast es bald geschafft, meine Heldin.« Mikael drückt einen Kuss auf meine Stirn und sorgt dafür, dass es mir für einen winzigen Moment besser geht.

Kapitel 2

Louisa

Köln, 2018

Ein Schrei reißt mich aus dem Schlaf.

Müde öffne ich die Augen und trauere dem Traum nach, den ich gerade hatte. Alex und ich unter einem Wasserfall. Er küsst mich, und dann –

Schlagartig setze ich mich auf. Im nächsten Moment durchschneidet ein weiterer Schrei die Stille.

Alex! Ich spring aus dem mir unbekannten Bett, von dem ich nicht weiß, wie ich hineingekommen bin, und reiße die Tür auf. Auf dem fremden Flur muss ich die Augen zusammenkneifen, weil mich das Tageslicht blendet.

Wo bin ich? Verwirrt sehe ich mich um und folge den Geräuschen, die aus dem Untergeschoss kommen. Ich laufe die helle Holztreppe hinunter und stehe in einem kleinen Eingangsbereich. Vor mir ein Spiegel, aus dem mir ein blasses Mädchen mit vor Schreck geweiteten Augen entgegenblickt.

Ich nehme den Duft nach Kräutern und Räucherstäbchen wahr, während ich mich zwischen drei Türen entscheiden muss und schließlich die nehme, die mir am vielversprechendsten vom Geruch erscheint. Sobald ich sie öffne, höre ich das schmerzerfüllte Stöhnen und die besorgten Stimmen drum herum.

»Er muss stillhalten, sonst kann ich ihn nicht heilen.«
»Du hältst ihn dort fest.«
»Wir müssen Tyros Bescheid sagen.«
Atemlos beobachte ich die Szene vor mir. Alex liegt auf dem Boden. Unter ihm eine dicke Plastikplane, die anscheinend sein Blut auffangen soll. Die anderen hocken um ihn herum. Moose hält seine Schultern fest, und Ivan fixiert sein heiles Bein. Eine blonde Frau springt auf und eilt durch den Raum, ihr Blick bleibt nur kurz an mir hängen, bevor sie sich darauf konzentriert, Kräuter und Tinkturen zusammenzusammeln.
Alex ist wach, und sein Blick findet mich sofort. »Lou«, krächzt er und reißt mich damit aus meiner Schockstarre. Ich lasse die Tür hinter mir ins Schloss fallen und laufe zu ihm, um mich neben seinem Kopf auf die Knie fallen zu lassen. Beinahe hätte ich mich hinuntergebeugt, um seine Stirn zu küssen, doch ich erinnere mich noch schnell genug daran, dass wir nicht allein sind.
»Wie geht's dir?«, frage ich ihn unsicher.
»Ging mir schon besser.« Er versucht ein schiefes Grinsen, was ihm aber nicht so recht gelingen will.
Sein Bein sieht schlimm aus. Jemand hat seine Hose so abgeschnitten, dass die Wunde frei zugänglich ist. Das Holzstück steckt immer noch in seinem Oberschenkel, nur ist es mittlerweile rot von seinem Blut. Unwillkürlich frage ich mich, ob er das überhaupt überleben wird. Was, wenn mein magischer Ausbruch sein Todesurteil war?
Ich greife nach seiner Hand und ignoriere die Sorge, was die anderen dazu sagen könnten. Wenn er es nicht übersteht, ist es sowieso egal. Und wenn doch, finden wir sicher einen Weg, um eine solche Berührung zu verharmlosen.
Alex schließt bei meiner Berührung die Augen, und ich blicke zu Moose. Am liebsten würde ich ihn fragen, wie er die Situation einschätzt, aber ich möchte nicht, dass Alex aufgibt, sollte jemand in diesem Raum ihm schlechte Chancen einräumen.

Die Frau kehrt zurück und setzt sich neben mich. In einer Holzschale hat sie eine Paste zubereitet, in der anderen hält sie Verbandsmaterial. Sie legt die Sachen ab und lächelt mich an. »Hallo, Louisa.«

»Hallo«, erwidere ich schüchtern.

Sie stellt sich als Diana vor, und irgendwie bin ich verwirrt, weil ich dachte, Diana wäre viel älter. Die Frau vor mir sieht aus wie Mitte dreißig. Einzig und allein die Lachfalten um ihre Augen herum zeigen ihr Alter an.

»Hast du schon mal jemanden geheilt?«, fragt sie mich.

Ich lache auf, so absurd klingt die Frage in meinen Ohren. Haben Moose und Ivan ihr denn nicht erzählt, was in dem Apartment in Düsseldorf passiert ist?

Sie scheint nicht überrascht zu sein und lächelt bloß sanft. »Es ist gar nicht schwer. Du musst dich einfach nur gut auf das konzentrieren, was du erreichen möchtest.«

»Aber ... aber wieso erzählst du mir das jetzt? Können wir die Unterrichtsstunde nicht auf später verschieben?«, frage ich und blicke zu Alex, der sichtlich unter seinen Schmerzen leidet. Ich wünschte, sie würde ihn einfach heilen. Warum redet sie nur und handelt nicht?

»Ich könnte deine Hilfe gebrauchen. Zusammen sind wir viel stärker.«

»O-Okay.« Unsicher zucke ich mit den Schultern. »Was soll ich tun?«

Sie bittet mich auf die gegenüberliegende Seite und streckt ihre Hände über Alex' Beinen aus. Zögernd lege ich meine Handflächen in ihre. Ein warmes Gefühl breitet sich in meiner Magengrube aus, und mir wird schlagartig bewusst, dass ich von ihr nichts zu befürchten habe.

»Ivan wird auf mein Zeichen den Druckverband lösen«, erklärt sie. »Aber wir beide schließen die Augen und konzentrieren uns vollkommen darauf, sein Bein zu heilen.«

»Aber wie?« Ich habe keine Ahnung, woran ich überhaupt denken soll. Soll ich mir etwa vorstellen, wie alles zusammenwächst? Wie Muskeln und Sehnen und Fasern und Blutbahnen ihren Weg zueinanderfinden, um sich schließlich unter rosiger Haut zu verbergen?

»Du stellst dir einfach ein heiles Bein vor, ja?« Diana lächelt mich aufmunternd an. »Du denkst ganz fest daran. Wann immer du merkst, dass deine Gedanken abschweifen, führst du sie sanft zurück. Du darfst erst aufhören, wenn ich es dir sage. Hab Vertrauen in deine Kräfte – und in mich.«

Ich nicke, und sie drückt meine Hände, um mir zu signalisieren, dass es losgehen wird. Nervös schließe ich die Augen und atme tief ein und aus. Ich stelle mir Alex vor, wie er am Ufer neben mir steht, und fokussiere sein Bein. Ich konzentriere mich auf die weiche Haut seines Oberschenkels, auf die Härchen und seine Muskelstränge, die sich unter der leicht gebräunten Haut abzeichnen.

Meine Aufmerksamkeit wandert weiter hinauf, über seinen Bauch und ...

Stopp! Ich merke, wie ich abschweife und führe meine Konzentration zurück auf sein Bein. Es fällt mir schwer, nicht immer wieder andere Dinge zu denken, aber bald finde ich einen Weg, meine Gedanken zu kontrollieren.

Es wird schwerer, als er zu schreien beginnt. Am liebsten würde ich die Augen öffnen, weil ich Angst habe, dass unsere Magie nichts bewirkt, aber Dianas Worte hindern mich daran.

Hab Vertrauen.

Also vertraue ich.

Kapitel 3
Hayet

Österreich, 2018

Nach dem Aufwachen fühle ich mich merkwürdig leer. Als hätte man mir ein Stück meiner Seele geraubt, ein winziges nur, kaum bemerkbar, aber eben doch weg. Ich reibe mir durchs Gesicht, streiche die lästigen Haare nach hinten, die sich nachts immer aus meinem Haargummi lösen und sich den Weg in mein Gesicht bahnen.

Irgendetwas stimmt nicht.

Irgendetwas fühlt sich merkwürdig an.

Mit einem unruhigen Kribbeln im Bauch schlage ich die Decke zurück, leise, um niemanden zu wecken, und tapse zum Fenster. In der Ferne geht gerade die Sonne auf, der Innenhof liegt noch ruhig in den Schatten. Nichts an diesem Sonnenaufgang ist ungewöhnlich.

Ich atme tief ein und strecke mich, bevor ich mich schließlich umdrehe, um mir etwas Frisches zum Anziehen aus dem Schrank zu holen. Yanis hebt den Kopf und blinzelt mich müde aus treuen Hundeaugen an. Eine stille Frage, ob alles in Ordnung ist.

Lächelnd winke ich ab. Schlimm genug, dass ich mir mit ihm ein Bett teilen muss. Meine Gedanken möchte ich lieber noch für mich behalten.

Er gähnt herzhaft und vergräbt seine Schnauze wieder in den Bettlaken. Dass die Wächter noch nicht gemerkt haben, dass er kein Hund ist, wundert mich. Aber nach unserem Anreisetag hat ihm keiner mehr viel Aufmerksamkeit gewidmet. Dazu sind sie hier alle wohl viel zu beschäftigt mit dem, was in der magischen Welt gerade geschieht. Irgendetwas scheint passiert zu sein, was auch der Grund dafür ist, dass einige Lehrer fehlen.

Ich schlüpfe in eins meiner Lieblingskleider und dicke Strumpfhosen, bevor ich meine Haare bürste und den oberen Teil zurückstecke, damit er mir nicht immer im Gesicht hängt. Der Lebensbaumanhänger liegt wie ein leises Versprechen auf meinem Ausschnitt.

Ob Maman gewusst hat, auf was für ein Abenteuer wir uns hier einlassen?

Dass wir so schnell nicht wiederkommen würden, weil Zoe und Azalea Gefallen an der Idee gefunden haben, hier unterrichtet zu werden? Und ich nicht weiß, was ich ohne Zoe und Yanis noch im *Cirque* soll? Ich meine, vielleicht würde Yanis sogar mit mir zurückkehren. Ohne mich würde er wahrscheinlich sowieso nicht hierbleiben, aber die eigentliche Frage ist doch: Möchte ich überhaupt zurück zum *Cirque*? Ist das nicht vielleicht das größere Problem?

Leise seufzend verlasse ich das Zimmer, um meine Erkundungsgänge im Schloss fortzusetzen, während ich darüber nachdenke, was ich tun soll. Genauso wenig wie der *Cirque* mein Zuhause ist, ist der Palast der Träume ein Zufluchtsort für mich. Hier summt alles vor Magie. Wenn es nicht gerade Zoe ist, die vor meinen Augen ihre Kräfte anwendet, findet sich hinter jeder Ecke eine andere Hexe, die mir vorführt, was ich nicht kann.

Und wenn es so still ist wie jetzt, weil alle noch schlafen, erinnern mich die vielen immergrünen Pflanzen und die Grimoires in den Regalen an die Daseinsberechtigung dieser Schule.

Aber wo würde ich mich dann wohlfühlen? Weg von all dem? Irgendwo zwischen Menschen, die nicht einmal wissen, dass Magie existiert?

Ich könnte meinen Anteil vom Geld nehmen und eine Weltreise machen. Wenn ich zwischendurch immer wieder Tarotkarten und Träume deute, würde ich vielleicht sogar genug verdienen, um ein paar Monate mehr zu finanzieren.

Aber was dann?

»Du siehst aus, als würdest du dir über ein schwerwiegendes Problem den Kopf zerbrechen.«

Ich blicke überrascht auf. So tief in Gedanken versunken habe ich gar nicht gemerkt, wie ich im Kaminzimmer angekommen bin und beinahe in Aslan hineingelaufen wäre.

Er lächelt schief und blickt mich aus braunen Augen an. Sein Französisch ist nicht das Beste, aber mein Deutsch reicht noch lange nicht aus, um mich flüssig mit ihm zu unterhalten. »Kannst du auch nicht mehr schlafen?«

Ich seufze. »Irgendwie nicht. Ich wollte die Stille nutzen, um meine Gedanken zu sortieren.«

»Hast du etwas dagegen, wenn ich dich begleite?«

Ich schüttle den Kopf und setze mich wieder in Bewegung. Wir laufen ein paar Minuten schweigend nebeneinander her, und erkunden Gänge, die ich bisher noch nicht kannte, finden Lehrerzimmer und Wächterquartiere, eine Bibliothek, und noch mehr Klassenräume und Schlafzimmer. Das Schloss ist gigantisch groß, und es wird noch Wochen dauern, bis ich mich hier zurechtfinde.

Es ist angenehm, mit Aslan zu schweigen. Die Stille zwischen uns fühlt sich nicht an, als müssten wir sie dringend mit Worten füllen, und trotzdem ist es schön, nicht allein zu sein. Irgendwann denke ich trotzdem, dass ich etwas sagen sollte, um ihm zu zeigen, dass ich seine Anwesenheit schätze.

»Warum kannst du nicht schlafen?«, frage ich ihn neugierig.

Er hebt die Schultern und fährt sich mit einer Hand durch die dunklen Locken, bevor er seine Hände unsicher in den Taschen seiner grauen Jeans vergräbt.

»Zu viele Erinnerungen, schätze ich«, erwidert er dann. »Ich war noch nie besonders gut darin, mir keine Gedanken zu machen.«

»Hm«, mache ich, weil ich nicht weiß, ob ich nachhaken soll oder ob er von Dingen spricht, die er niemandem erzählen möchte. Schon gar nicht einer gerade erst gewonnenen Freundin.

»Und was ist mit dir?« Also will er wirklich nicht weiter darüber sprechen. »Was lässt dich so früh morgens durch die Gänge geistern?«

»Ein Gefühl.« Ich lache auf, weil sich das so verrückt anhört, und versuche meine Nervosität zu beschreiben. »Kennst du das, wenn etwas erst da ist und dann plötzlich nicht mehr? Und dann machst du dir Sorgen, weil du ein ganz komisches Gefühl bei der Sache hast?«

Ich könnte ihm einfach von meinen Träumen mit Moose erzählen, ihm sagen, dass Moose seit zwei Nächten nicht mehr in meinen Träumen aufgetaucht ist und ich mich frage, ob ihm vielleicht etwas zugestoßen ist. Aber irgendetwas hält mich davon ab. Irgendwie fühlt es sich an, als müsste ich das Geheimnis um Moose und mich noch für eine Weile für mich behalten.

»Ich weiß, was du meinst.« Aslan hält mir eine Tür auf, die uns hinaus in den Innenhof führt. »Weißt du denn, warum es plötzlich nicht mehr da ist?«

Obwohl es im Januar noch recht frisch sein sollte, kann man im Innenhof ohne Jacke herumlaufen. Das muss auch an der Magie liegen, denn auf den Bergen um uns herum liegt überall Schnee.

Ich schüttle den Kopf. »Wenn ich das wüsste, würde ich mir vielleicht keine Sorgen machen. Aber so …«

Schulterzuckend folge ich Aslan durch eine andere Tür wieder ins Gebäude hinein. Hier befinden sich Lagerräume, die Küche und in einer Etage drüber die Speisehalle, in der wir wenig später frühstücken werden.

»Ich würde ja gerne sagen, es wird bestimmt alles gut«, meint er, während wir uns einen Weg aussuchen, den ich noch nicht kenne. »Aber meiner Erfahrung nach sollte man sein Bauchgefühl immer ernst nehmen. Vor allem, weil du aus einem Clan kommst. Vielleicht hast du selbst keine magischen Fähigkeiten, aber dafür mit Sicherheit eine gute Intuition.«

»Meinst du?« Verunsichert blicke ich ihn an. »Ich meine, ich kann gut Träume deuten. Und Tarotkarten legen, aber das war's auch schon. Ich glaube manchmal, ich wäre zwischen einfachen Menschen viel besser aufgehoben.«

Er legt den Kopf schief und mustert mich. »Das glaube ich nicht. Du musst deinen Platz nur noch finden, Hayet.«

Beim Frühstück sitzen wir mit Jascha und Aslan an einem Tisch. Er verliert kein Wort darüber, wie wir den frühen Morgen miteinander verbracht haben. Stattdessen ist er wieder diese stille, nachdenkliche Version seiner selbst, die Jascha das Reden überlässt.

Mir soll es recht sein. Yanis, Azalea und Zoe zu erklären, dass wir zusammen unterwegs waren, würde nur unnötig viele Fragen aufwerfen.

Ich widme mich meinem Müsli, während die anderen über die erste Stunde Traummagie sprechen. Yanis hat sich an meinen Füßen zusammengerollt, nachdem ich ihm ein Brötchen mit Leberwurst geschmiert und es ihm Stück für Stück zwischen die Zähne geschoben habe. Es fühlt sich immer noch verrückt an, dass er schon seit fast einer Woche nicht mehr in seinem richtigen Körper gesteckt hat. Ich frage mich, ob er es vermisst, ein Mensch zu sein.

Vielleicht ist es aber auch schön, wie ein Hund leben zu können. Keine Verpflichtungen, keine Erwartungen. Keine Enttäuschungen.

Muss traumhaft sein, so ein Hundeleben.

Zoes glockenhelles Lachen reißt mich aus den Gedanken. Sie hängt an Jaschas Lippen, also hat er wohl wieder einen seiner Sprüche gebracht.

Ich schiebe ein sanftes Grinsen hinterher, damit niemand denken kann, ich hätte nicht zugehört.

»Jedenfalls wünschte ich, ich hätte vorher gewusst, dass Dr. Kaminski so ein komischer Vogel ist. Dann wäre ich sicher nicht mitten im Unterricht in Gelächter ausgebrochen«, meint Jascha schulterzuckend. »Aber sorry, bei den Haaren, und wenn er dann auch noch so komische Laute von sich gibt, kann man doch wirklich nicht anders.«

Dr. Kaminski habe ich selbst noch nicht gesehen, aber aus Azaleas und Zoes Schilderungen konnte ich entnehmen, dass nicht nur sein Aussehen schräg ist, sondern auch sein Verhalten. Der Traummagie-Unterricht mit ihm war jedenfalls ihr Highlight. »Und jetzt?«, fragt Azalea, die allmählich auftaut und nicht mehr zusammenzuckt, sobald jemand Magie anwendet.

»Ich muss einen Aufsatz schreiben.« Jascha rollt mit den Augen. »Über die Bedeutung von Lauten in der traditionellen chinesischen Medizin.«

Zoe kichert, und selbst ich kann ein Lachen nicht mehr unterdrücken. Jascha und traditionelle chinesische Medizin? Na, das kann ja was werden.

»Wenigstens hat er dich nicht in den Krankenflügel befördert«, meint Aslan amüsiert. »Wobei du dann deine süße Hexe wiedergetroffen hättest.«

»Oh la la!« Zoe klimpert mit den Wimpern. »Was höre ich da? Bist du etwa verknallt?«

»So ein Quatsch.« Jascha winkt ab, bekommt aber rote Ohren. Sieht ganz so aus, als hätte er sich tatsächlich verguckt. Vielleicht macht er sich aber auch einfach bloß Sorgen, dass jemand von den Lehrern Zoes Worte hören könnte.

»Und selbst wenn«, wirft Aslan ein. »Ich glaube kaum, dass sie sich für dich interessieren würde. Dafür bist du viel zu jung.«

Jascha streckt ihm die Zunge raus.

»Vielleicht kann er sie ja mit den blauen Augen und dem Wuschelhaar überzeugen«, zwitschert Zoe und streckt ihre

Hand aus, um seine Haare zu verstrubbeln. Jascha duckt sich weg und fängt ihre Hand auf.

»Nicht die Haare«, ermahnt er sie entsetzt. »Alles, aber nicht die Haare.«

»Oh, eitel ist er auch noch.« Zoe grinst und widmet sich wieder ihrem Frühstück. Ich schüttle den Kopf über die beiden und freue mich, dass Zoe jemanden gefunden hat, den sie mit all ihrer Energie nerven kann. Wenn sie das auf uns beide aufteilt, habe ich es in Zukunft deutlich leichter.

»Leute, ich muss los.« Azalea wirft einen Blick auf die Uhr. »Mein Sportunterricht fängt gleich an, und ich muss mich noch umziehen. Ihr habt echt Glück, dass euer Sportlehrer noch auf Mission ist.« Sie schenkt Zoe und mir ein warmes Lächeln.

Ich zucke mit den Schultern. »Dafür hast du bei einer Hexe. Die ist bestimmt nicht so hart zu euch wie ein Wächter.«

»Da wäre ich mir nicht sicher.« Sie steht auf und nimmt das Tablett, bevor sie es wegbringt und dann durch die Speisehalle verschwindet.

Wir bleiben noch etwas, aber bald verabschieden sich auch die anderen in den Unterricht. Ich trinke noch in Ruhe meinen Kaffee und schmiere ein zweites Brötchen für Yanis, aber dann wird es mir zu blöd, allein in der großen Halle zu sitzen. Also räume ich mein Geschirr ab und verlasse den Raum.

Meine erste Unterrichtsstunde fängt erst in vier Stunden an.

Kunstunterricht. Nichts, worauf ich besonders scharf wäre, aber bei der Auswahl hörte es sich immer noch besser an als Mathe, Physik oder Chemie. In Absprache mit dem Sekretariat haben wir beschlossen, mich nicht in die klassischen Hexenfächer zu stecken. Einerseits fühle ich mich ausgeschlossen, andererseits bin ich froh, mal eine Zeit lang nicht von Magie umgeben zu sein.

Yanis trottet hinter mir her. Zurück im Zimmer verschwinde ich im Bad, und als ich wieder hinauskomme, sitzt er in Menschengestalt auf meinem Bett.

Ich fasse mir an mein rasendes Herz.

»Bist du verrückt?«, flüstere ich entsetzt. »Was, wenn ich geschrien hätte? Dann wären die Wächter ruckzuck hier gewesen und hätten dich entdeckt.«

»Ach was.« Er winkt ab und steht auf. »Die sind doch alle beschäftigt. Ich wollte mit dir reden. Du kannst dir nicht vorstellen, wie langweilig es ist, wenn man eine halbe Ewigkeit lang als Hund durch die Gegend rennt.«

Seufzend öffne ich den Schrank, um ihm ein T-Shirt rauszuholen und zuzuwerfen. Wenigstens hat er so viel Anstand besessen, seine Hose anzuziehen. Sonst hätte ich wirklich geschrien.

»Worüber willst du reden?«, frage ich ihn.

Er hebt beschwichtigend die Hände. »Was ist los mit dir? Wo warst du heute Morgen? Warum bist du so abwesend?«

»Das geht dich wirklich nichts an.« Grummelnd setze ich mich auf Zoes Bett und verschränke die Arme vor der Brust.

»Hayet, ich bin mitgekommen, um *dir* zu helfen.« Er blinzelt mich aus treuen Augen an. »Da könntest du mir schon mal erzählen, wieso wir überhaupt hier sind. Vor allem jetzt, wo es ganz danach aussieht, als würden wir noch eine Weile bleiben.«

Ich zucke mit den Schultern und lasse mich zurückfallen. »Konnte ich ja nicht wissen, dass es Zoe und Azalea hier so gut gefällt. Wenn's nach mir gegangen wäre, hätten wir uns nicht mit dem erstbesten Termin mit der Direktorin zufriedengegeben, sondern sie gleich angesprochen.«

Yanis seufzt. »Warum müsst ihr überhaupt so dringend mit ihr reden?«

»Wegen Azalea.« Ich erzähle ihm, wie ich das Mädchen vor der Kirche gefunden habe, völlig verstört, mit einem kaputten Lebensbaum in ihrer Hand. »Sie hat jemanden sterben sehen. Auf magische Weise. Und sie hat keine Ahnung, wer sie ist oder aus welchem Clan sie kommt.«

»Und deswegen sind wir hier?« Yanis blickt mich ungläubig an. »Das hätten wir doch auch im *Cirque* regeln können.«

»Das wollte ich, aber Maman meinte, es wäre eine gute Idee, zum Palast zu fahren.«

»Hm.« Er sieht nachdenklich aus, widerspricht aber nicht nochmal. Wenn Maman etwas vorschlägt, steckt da meist mehr hinter als eine bloße Idee. »Und was ist mit dir los? Wo warst du heute Morgen?«, wiederholt er schließlich seine ersten Fragen.

»Spazieren«, antworte ich vage. »Ich konnte nicht mehr schlafen, also habe ich eine morgendliche Runde durchs Schloss gedreht.«

»Willst du drüber reden?«, fragt er und überrascht mich damit. Ich? Mit Yanis über Gefühle sprechen?

»Das haben wir doch noch nie gemacht.« Ich lache irritiert auf. Früher war er immer der unnahbare Kerl, den das Außenseitertum mit mir verband, und heute soll da plötzlich mehr sein?

Er lächelt schief. »Das bedeutet ja nicht, dass wir nicht damit anfangen könnten.«

Nachdenklich blicke ich ihn an. Irgendwie traue ich mich noch nicht, mit ihm über meine Sorgen zu sprechen. Ich will erst mal selbst herausfinden, was los ist, bevor ich mit ihm darüber rede. »Das könnten wir.« Ich beiße mir auf die Unterlippe. »Bald ... Ich brauche einfach noch ein bisschen Zeit, um das alles für mich zu verstehen.«

Wie soll ich etwas erzählen, wenn ich selbst nicht weiß, was mit mir los ist?

Kapitel 4

Louisa

Köln, 2018

Eine gefühlte Ewigkeit später spüre ich endlich das Kribbeln in meinen Fingerspitzen, und Alex wird ruhiger. Jede Faser meines Seins ist erleichtert, weil sein Wimmern und Stöhnen leiser wird und schließlich ganz aufhört. Dennoch weiß ich, dass alles gut ist.

Ich spüre seinen Atem, seinen Herzschlag, das Blut, wie es durch seine Adern rauscht, und die Wärme, die in seinen Körper zurückkehrt.

Das Leben, das er beinahe verloren hätte.

Und doch dauert es noch eine Weile, bis Diana meine Hände sanft drückt, um mir zu signalisieren, dass ich die Augen wieder öffnen kann. Ich blinzle und kehre langsam zurück in die Realität. Diana lässt mich los und unterbricht die Verbindung, die sich so gut angefühlt hat. Ich reibe meine Handflächen gegeneinander, um das euphorische Gefühl in meinem Inneren noch eine Weile zu bewahren, aber es weicht allzu schnell der Erschöpfung.

Alex' Bein ist tatsächlich fast komplett verheilt. Erstaunt strecke ich eine Hand aus und berühre die gerötete Haut, die nun aussieht, als hätte er einen fiesen Sonnenbrand.

»Waren wir das?«, frage ich mit klopfendem Herzen. Diana lächelt mich an und nickt, bevor sie mir die Schale mit der Paste reicht. Dabei fällt mein Blick auf das blutige Holzteil, das halb unter einem Haufen von ebenfalls blutigen Mullbinden vergraben ist. Das macht es irgendwie noch verrückter, dass wir sein Bein tatsächlich ohne medizinische Hilfe geheilt haben.

»Verteil das bitte auf der Wunde und konzentrier dich weiterhin auf die Heilung, ja?«

Überrascht darüber, dass sie mich weiterbehandeln lässt, nehme ich etwas von der blassgrünen Masse zwischen die Fingerspitzen und hebe sie – einem Instinkt folgend – an die Nase. Die Creme riecht stark, nach Kräutern und Gesundheit irgendwie.

»Das ist eine Mischung aus Beinwell und Frauenmantel«, erklärt Diana, während ich die Paste auf Alex' Bein verteile. »Beinwell hilft gegen Entzündungsprozesse und reduziert Schwellungen. Frauenmantel benutzt man eigentlich eher bei Frauenbeschwerden, aber es ist auch gut in der Wundheilung. Beim Frauenmantel ist es allerdings wichtig, dass du ihn erst dann erntest, wenn er blüht.«

Diana reicht mir ein kleines Handtuch, an dem ich meine Hände abwischen kann. Ich lege die Sachen neben mir ab und betrachte Alex, dessen Miene nun nicht mehr schmerzverzerrt ist. Moose hat seine Schultern losgelassen und sich bequemer hingesetzt. Sein Blick begegnet meinem, und endlich ist die Sorge daraus verschwunden.

Ivan klopft zweimal mit der Faust auf den Boden und lacht erleichtert. »Wusste ich doch, dass ihr das hinbekommt.«

Und das haben wir tatsächlich. Wir haben ihn wirklich geheilt.

Verwundert über meine eigenen Fähigkeiten hebe ich die Hände und betrachte sie, als könnte ich die Magie darin sehen. Ich könnte mich darauf konzentrieren, andere Menschen zu heilen. Ich könnte Gutes tun mit dieser Kraft, könnte ganze Leben verändern und Krankheiten ein für alle Mal verschwinden lassen.

Ivan steht auf und kommt kurz darauf mit zwei Gläsern Orangensaft zurück. Er reicht mir eins. »Hier, damit du deine Reserven etwas auffüllen kannst.«

Dankbar nehme ich das Glas entgegen und trinke es in wenigen Zügen leer. Der Zucker im Saft breitet sich in meinem Körper aus und wirkt der Erschöpfung entgegen. Dennoch muss ich kurze Zeit später gähnen.

Alex rührt sich und schlägt die Augen auf. Sein Gesicht ist nicht mehr blass, die Wangen haben ihre rosige Farbe zurückerlangt.

»Hey Bruderherz«, begrüßt ihn Ivan mit einem Zwinkern. »Wird auch Zeit, dass du wieder wach wirst.«

Alex schaut erst zu Ivan, dann zu mir. Er sieht erleichtert aus. Ich lächle ihn an, drücke seine Hand, um ihm zu signalisieren, wie sehr ich mich freue, dass es ihm wieder gut geht, und stehe dann auf, um die beiden Brüder allein zu lassen. Diana zeigt mir das Badezimmer und legt mir ein Handtuch raus, damit ich mich frisch machen kann. Ich schließe die Tür vom Badezimmer und wasche mir die Hände, bevor ich mich auf den Klodeckel setze und die letzten Stunden Revue passieren lasse. Es ist beinahe schwer, Traum und Wirklichkeit auseinanderzuhalten, und mittlerweile frage ich mich, ob das gemeinsame Träumen nicht auch eine Form der Wirklichkeit darstellt. Immerhin wirken sich die Dinge, die man in einem geteilten Traum tut, auch auf die Emotionen und Handlungen in der Wirklichkeit aus. Welcher Traum tut das sonst schon?

Ich versuche mich also an den harten Fakten festzuhalten.

1. Ich bin eine Hexe.
2. Meine Kräfte sind stark.
3. Meine Emotionen hängen mit meiner Magie zusammen.
4. Wenn ich nicht lerne, meine Emotionen zu kontrollieren, verletze ich Menschen, die ich liebgewonnen habe. Und die Gefahr ist groß, dass ich bald jemanden töten könnte.
5. Ich habe meine Fähigkeiten gerade angewandt, um Alex zu heilen.

Kapitel 5

Freya

Amsterdam, 1768

Der erste Schritt auf festem Boden ist nicht nur eine Wohltat für meinen Magen, sondern auch für meine Seele. Ich kann nicht glauben, dass ich es tatsächlich überstanden habe. Dass ich nicht an meiner Übelkeit gestorben bin!

Ein breites Grinsen schleicht sich auf mein Gesicht, während ich die frische Luft im Hafen einatme und mein ganzer Körper sich entspannt. Endlich!

Der Glücksmoment währt nur kurz, denn hinter uns haben sich die Seemänner an die Arbeit gemacht, die Fracht auszuladen, und wir stehen im Weg. Mikael zieht mich zur Seite, und ich höre, wie sie schnaufend und ächzend etwas an uns vorbeitragen.

»Du siehst aus, als würde es dir besser gehen«, stellt Mikael erfreut fest und nimmt meine Hand, um mich vom Anleger zu führen.

»Das tut es.« Ich lächle ihn breit an und sauge die Umgebungsgeräusche auf, die sich an Land so anders anhören. Hier sind Leben und Geschäftigkeit, Männer, die sich Befehle zubrüllen, eine Stimme, die in regelmäßigen Abständen die gleichen Worte ruft, Kinderlachen, ein wieherndes Pferd.

In der Ferne hört man ein Hämmern und die Räder einer Kutsche.

Kurze Zeit später verändert sich das Gefühl unter meinen Füßen und das Geräusch unserer Schritte. Wir haben den Anleger verlassen und stehen nun auf dem steinernen Boden. Mikael hält mich zurück und zögert einen Moment. Ich denke, er sieht sich um, um sich einen Überblick zu verschaffen.

Ich atme noch einmal tief ein. Der Duft nach frischem Gebäck erfüllt meine Nase und lässt das Wasser in meinem Mund zusammenlaufen. »Ich könnte ein halbes Huhn verdrücken, so großen Hunger habe ich«, stelle ich erleichtert fest.

»Na, dann besorgen wir dir mal etwas. Aber erst müssen wir die Wechselstube finden.« An Mikaels Stimme höre ich, dass er grinst, und freue mich darüber, dass seine Sorge verschwunden ist. Wir überqueren eine gepflasterte Straße und folgen ein paar lauten Stimmen, bevor Mikael schließlich verkündet, dass wir angekommen sind. Wir reihen uns in eine Schlange ein und warten ungeduldig, bis wir an der Reihe sind. Drinnen leeren wir unsere Geldbeutel am Schalter aus. Mikael versucht sich zu verständigen, doch es scheint mehr schlecht als recht zu gelingen. Dennoch füllen wir unsere Beutel schließlich mit holländischen Gulden auf und verlassen die Wechselstube.

In mir breitet sich ein seltsames Gefühl der Erleichterung aus. Irgendwie realisiere ich erst jetzt so richtig, dass wir es tatsächlich geschafft haben. Wir sind einem wütenden Mob, einer Diebesbande und dem norwegischen König und seiner Wache entkommen, wir haben geheiratet, Magie genutzt und ein Meer bezwungen, um uns endlich in Sicherheit wiegen zu können.

Das grenzt schon fast an ein Wunder, denke ich und schicke ein Stoßgebet an die Götter, dass sie uns vor allzu großem Schaden bewahrt haben.

Wir machen uns auf die Suche nach der Backstube, wobei wir uns mehr auf meinen Geruchsinn verlassen als auf seine

Fähigkeit, sich zu orientieren. Bald schon entdecken wir das Kaffeehaus am Rande des Hafens. Mikael öffnet mir die Tür und sucht uns einen abgelegenen Platz, bevor wir Kaffee und etwas zum Essen bestellen. Ein mir unbekannter Duft strömt durch meine Nase und weckt meine Sinne.

»Ist das der Geruch von Kaffee?«, frage ich aufgeregt nach.

Mikael lacht leise auf. »Hast du etwa noch nie Kaffee gerochen?«

Ich schüttle den Kopf. »In unserem Dorf gab es das nicht. Ich hab auch noch nie welchen getrunken.«

»Dann wird es Zeit.«

Wir unterhalten uns eine Weile über Kaffee und verschiedene andere Getränke, bis unser Frühstück schließlich an den Tisch gebracht wird. Ich halte mir die Tasse unter die Nase und atme das starke Aroma ein. Es riecht nussig und irgendwie süß.

Um zu probieren, ist der Kaffee allerdings noch zu heiß, deshalb widme ich mich erst dem Teilchen auf meinem Teller. Der süße Teig zergeht auf meiner Zunge und taucht mich in Wohlbefinden. So etwas Leckeres habe ich schon seit einer Ewigkeit nicht mehr gegessen.

»Großartig!« Seufzend nehme ich noch einen Bissen und freue mich, dass mein Magen mich das Essen genießen lässt. »Was machen wir jetzt?«

»Hm«, macht Mikael nachdenklich. »Zuerst sollten wir uns um eine Unterkunft kümmern, und dann müssen wir anfangen, die Sprache zu lernen. Je eher wir uns verständigen können, desto besser. Wir kommen zwar eine Weile über die Runden, aber irgendwann werden wir Arbeit suchen müssen. Und wir sollten uns überlegen, ob wir in Amsterdam bleiben oder weiterreisen wollen.«

»Hier zu bleiben ist vielleicht ganz gut, oder was meinst du?«

»Wir könnten auch nach Frankreich reisen«, überlegt er laut. »Ich spreche zumindest etwas Französisch. Das würde es vielleicht leichter machen.«

Der Gedanke daran, noch ein paar Tage oder vielleicht sogar Wochen zu reisen, verdirbt mir den Appetit. Ich hatte irgendwie gehofft, wir wären endlich angekommen.

»Ich seh schon, die Idee scheint dich nicht besonders zu begeistern.« Er lacht und berührt meine Hand. »Dann bleiben wir erst mal hier. Wir kommen schon zurecht.«

Erleichtert widme ich mich wieder dem Frühstück und koste von meinem Kaffee, der mittlerweile nicht mehr so heiß ist. Beinahe hätte ich die Flüssigkeit wieder zurück in die Tasse gespuckt, so bitter schmeckt es.

»Urgh«, mache ich angewidert und stelle die Tasse wieder hin. Schnell schiebe ich noch ein Stück Gebäck hinterher, um den Geschmack wieder loszuwerden. »Also entweder können die Holländer keinen Kaffee zubereiten oder das war niemals als Getränk gedacht!«

KAPITEL 6

LOUISA

KÖLN, 2018

Entschlossen stehe ich auf und gehe zum Waschbecken, um mir das Gesicht zu waschen. Ich schrubbe es mit dem Handtuch trocken, als könnte ich so all die negativen Gedanken fortwischen, und tatsächlich – der Schatten in meinen Augen ist verschwunden und wurde von so etwas Kuriosem wie Hoffnung ersetzt.

Indem Diana mich gebeten hat, ihr bei der Heilung zu helfen, hat sie mir gezeigt, dass ich Magie auch für gute Dinge nutzen kann. Sie hat den unsichtbaren Schalter in meinem Kopf umgelegt.

Und es hat sich so gut angefühlt, dass ich mir nicht vorstellen kann, meine Magie jemals wieder für etwas anderes zu benutzen.

Mit neuem Mut verlasse ich das Badezimmer und finde Diana in der Küche. Sie bereitet etwas zum Essen zu und blickt auf, als ich hineinkomme. »Geht's dir gut?«

»Ja.« Ich lächle sie dankbar an. »Kann ich dir helfen?«

»Gerne.« Sie zeigt mir, wo die Messer sind und gibt die Paprika und Karotten an mich weiter, damit ich sie in kleine Stücke schneiden kann. »Wir machen Spaghetti Bolognese.«

Bei der Aussicht auf eine richtige, selbstgekochte Mahlzeit läuft mir das Wasser im Mund zusammen. »Hört sich gut an.« Ich fange an, das Gemüse zu schneiden, bevor ich all meinen Mut zusammennehme. »Kann ich dich etwas fragen?«

»Natürlich.« Diana blinzelt mich amüsiert an, bevor sie die Nudeln ins kochende Wasser gibt und sich den Zwiebeln widmet.

»Wie krieg ich meine Kräfte am schnellsten unter Kontrolle?«, platze ich direkt mit der dringlichsten meiner Fragen heraus. »Ich würde gerne heilen können. So wie du. Ich will Gutes tun.«

»Nun, zunächst mal musst du lernen, deine Emotionen zu kontrollieren. Falls es dich beruhigt: die Anfangszeit ist für die wenigsten ein Zuckerschlecken. Wenn man eröffnet bekommt, dass man zaubern kann, kann man schon mal ... das emotionale Gleichgewicht verlieren.« Wir lachen, weil sie es so harmlos ausdrückt. »Ich meditiere sehr viel. Das hilft mir dabei, mich auf eine Sache zu konzentrieren. Zauberei ist eigentlich nichts anderes als die Manifestation eines Wunsches. Bei anderen Menschen klappt das auch. Sie brauchen nur sehr viel länger dafür und setzen statt der Magie ihre anderen Gaben ein. Sowas wie Geduld und Disziplin. Ausdauer. All die Dinge, die man braucht, um sich einen Traum zu erfüllen.«

»Also ist die Magie eigentlich nur eine Abkürzung?«

»Eine Abkürzung, die auch sehr unwahrscheinliche Wünsche manchmal wahr werden lässt.« Diana nickt in Richtung Wohnzimmer. »Das mit Alex war wirklich knapp. Ein normaler Mensch hätte sofort den Krankenwagen geholt. Er hätte ihn vielleicht ins Krankenhaus begleitet und seine Hand gehalten, während er gebetet hätte. Vielleicht hätte er rund um die Uhr vor dem OP gesessen und weitergebetet. Vielleicht hätte er sich sogar darum gekümmert, dass Alex von einem Experten behandelt wird. Mit der Magie läuft das anders. Da brauchst du diese ganzen Umwege nicht, wenn du sie richtig beherrschst. Dann musst du bloß deine Angst loslassen und zuversichtlich sein, während du dich voll und ganz darauf konzentrierst, ihn zu heilen.«

»Okay, also starte ich mit Meditation und leichten Übungen«, fasse ich für mich zusammen.

»Genau.« Sie wischt sich die Hände an einem Tuch ab. »Und warte kurz. Ich habe noch eine Idee.« Sie verschwindet kurz und kommt gleich darauf mit einem Notizbuch und einem Stift zurück. »Hier. Das ist für dich.«

»Danke.« Verwundert schlage ich das Notizbuch auf, aber es ist leer. Will sie, dass ich Tagebuch schreibe?

»Schreib jeden Tag fünf Dinge rein, die dich glücklich machen«, schlägt sie mir vor. »Das kann der Sonnenaufgang sein oder einfach eine Tasse heißer Kakao, die dich von innen wärmt. Es können auch größere Sachen sein wie dein Geburtstag oder eine Freude, die dir jemand gemacht hat. Wenn du jeden Tag fünf Dinge aufschreibst, lernst du, dich auf die positiven Seiten deines Lebens zu konzentrieren. Und das hilft dir dabei, die Ängste und Sorgen loszulassen.«

»Okay.« Dankbar für ihre vielen Tipps lege ich das Buch ab, in der festen Absicht, es später mitzunehmen. Nun frage ich sie aber erst mal, ob ich schon den Tisch decken kann. Sie reicht mir Teller und Besteck und schickt mich zum Wohnzimmertisch.

Leicht nervös betrete ich den Raum und schaue mich nach Alex um. Er sitzt neben Ivan auf dem Sofa und trinkt eine Cola, um seinen Kreislauf in Schwung zu bringen.

Für einen Moment frage ich mich, wo Moose sich versteckt hat, aber dann entdecke ich ihn draußen auf der schmalen Terrasse. Er telefoniert und läuft dabei hektisch auf und ab. Ich stelle die Teller ab und verteile die Tischsets. Dabei fliegt mein Blick immer wieder zu Alex, der ihn erwidert. Er lächelt mich an.

Und wirkt irgendwie ... nicht sauer.

Obwohl ich ihn beinahe umgebracht hätte.

»Wie geht's dir?«, traue ich mich schließlich zu fragen.

»Viel besser. Ich glaube, ihr habt ein wahres Wunder bewirkt.« Er beißt sich auf die Unterlippe und streicht mit einer Hand verlegen über seinen Nacken »Danke, Lou.«

Ich laufe rot an, weil seine Stimme so ernst klingt, und nicke hektisch.

»Wie hat es sich angefühlt?«, fragt er neugierig.

»Verrückt«, schieße ich hervor, dankbar, dass er den Moment so schnell wieder auflöst. »Ich wusste nicht, dass ich so großartige Dinge vollbringen kann.« Ich muss grinsen. »Ich freu mich schon aufs nächste Mal.«

Ivan lacht und steht auf, um mir beim Tischdecken zu helfen. »Solange du nicht jedes Mal einen von uns umhaust, um ihn wieder zu heilen.«

»Ehrenwort«, verspreche ich, und damit ist das Thema zwischen uns abgehakt. Ivan schaut mich nicht mehr böse an, und Alex war sowieso niemals wütend auf mich. Wir sind gerade fertig mit Eindecken, als Moose wieder hineinkommt. Er ist aschfahl.

»Was ist los?« Ivan klingt alarmiert.

Moose hält das Handy hoch. Zahllose Emotionen huschen über sein Gesicht. Von Wut bis hin zu Fassungslosigkeit ist alles dabei.

»Es ist Tyros«, erklärt er dann. »Er wurde entführt.«

Kapitel 7
Hayet

Österreich, 2018

Kurze Zeit später erklimme ich einen der Türme, bis ich vor einer doppelten Glastür ankomme, an der ein vergilbtes Schild angebracht ist.

Bibliothek steht da in geschwungenen Lettern, und darunter die Öffnungszeiten. Neugierig drücke ich die Tür auf, die mit einem leisen Quietschen nach innen schwingt.

Im Inneren des Raumes ist es dunkler als im Turmaufstieg, so dass meine Augen einen Moment brauchen, um sich an das schummrige Licht zu gewöhnen. Aber dann sehe ich viele Regalreihen an den Wänden und eine gusseiserne Wendeltreppe, die in die nächste Etage führt. Es gibt einen kleinen Bereich mit Schreibtischen, die allerdings vollgestapelt sind mit Büchern, so dass hier niemand arbeiten konnte. Das wenige Licht kommt durch die kleinen Turmfenster hinein.

Es riecht nach alten und neuen Büchern, nach Ledereinbänden und abgegriffenem Papier. Sofort macht sich in mir ein wohliges Gefühl breit. Davon habe ich immer geträumt. Von so viel Wissen und Weltgeschichte auf engstem Raum.

Ich kann die verblasste Druckerschwärze schon fast unter meinen Fingern spüren, so sehr freue ich mich darauf, den Turm und seine Bücher zu erkunden.

»Hallo, die Dame«, ertönt es da plötzlich hinter einem Berg von Büchern. Verwirrt blicke ich mich um und entdecke einen Mann, der wohl an einem der Schreibtische gesessen hat, um zu arbeiten, jetzt aber aufgestanden ist und auf mich zukommt.

Beinahe wirkt es, als hätte man ihn hier zwischen all den Büchern vergessen. Ein bisschen staubig, ein bisschen verwirrt. Die schmale Brille sitzt schief auf seiner langen Nase, die grauen Haare stehen in alle Richtungen ab.

»Hallo«, erwidere ich in brüchigem Deutsch. »Ich ... Darf ich reinkommen?«

»Aber natürlich«, wechselt er ins Französische, bevor er sich die Hände an seiner Hose abklopft und mir seine Rechte reicht. »Herzlich willkommen in der Bibliothek. Ich bin Hugo Seidel, und bei Fragen kannst du dich jederzeit an mich wenden.«

»Danke.« Ich lächle den freundlichen Mann an und stelle mich vor.

»Es wundert mich ein bisschen, dass sich eine Schülerin so früh im Jahr hierher verirrt. Die ersten Aufsätze stehen doch erst in ein paar Wochen an.«

»Oh, ich bin keine reguläre Schülerin«, erkläre ich. »Ich bin eine *Black Heart*, aber meine beste Freundin ist eine Hexe. Wir sind zusammen hier, doch ich kann die ganzen Kurse nicht besuchen und habe viel Freizeit.«

»Ah.« Herr Seidel nickt wissend. »Also bist du tatsächlich freiwillig hier. Schön, schön. Wenn du möchtest, zeige ich dir die Bibliothek.«

»Gern.« Erfreut über so viel Engagement seinerseits folge ich ihm durch den Raum, während er mir die Ordnung erklärt. Auch wenn es auf den ersten Blick nicht so scheint, sind die Bücher sortiert. Erst nach Themengebieten, dann alphabetisch nach Autorennamen.

Wir passieren einen großen Bereich zur Pflanzenkunde, der sich ausschließlich damit beschäftigt, aus Pflanzen Arzneimittel und Zaubertränke herzustellen. Darauf folgt ein großer Teil mit Geschichtsbüchern.

»Ist das alles Magiegeschichte?«, frage ich erstaunt.

»Aber ja.« Herr Seidel führt mich tiefer in den Gang hinein und fährt mit einer Hand die Buchrücken entlang. »Der Palast führt eine der größten Bibliotheken auf dem ganzen Kontinent. Nur die in Kairo ist noch größer.«

»Wahnsinn«, flüstere ich ehrfürchtig und bleibe stehen, um die Bücher genauer zu betrachten. Manche gibt es auch in mehreren Ausführungen, vermutlich, weil sie für den Unterricht benötigt werden. Aber dennoch sind das ganz schön viele Bücher, die ganz schön viele Menschen geschrieben haben müssen. »Ich wusste nicht, dass so viele Hexen und Wächter Bücher schreiben. Irgendwie habe ich immer gedacht, das ganze Wissen würde durch die ältesten Clan-Mitglieder weitergegeben.«

Herr Seidel lacht. »Bei einer halben Millionen Hexen und Wächter auf der ganzen Welt sind einige dabei, die ihr Wissen an die Generationen nach ihnen weitergeben möchten.«

»Einer halben Million?«, wiederhole ich ungläubig. »Das ist ein Witz, oder? Wo verstecken die sich denn alle?«

»Na ja, es gibt um die zweihundert Clans«, erklärt Herr Seidel, weil er meine Frage vollkommen ernst nimmt. Also bin ich vermutlich nicht die Einzige, die so blöde Fragen stellen kann. »Und manche Hexen leben zurückgezogen oder in familienähnlichen Situationen. Dann gibt es natürlich auch noch Schulen wie den Palast und ein paar Institutionen, in denen Wächter und Hexen arbeiten und leben.«

»Wow, ich hab das Gefühl, ich kenne meine eigene Welt nicht mehr.« Erstaunt folge ich ihm um das Regal herum in den nächsten Bereich, in dem sich Bücher zur Traummagie stapeln. »Ich wusste wirklich nicht, dass es so viele sind. Das hab ich irgendwie noch nie aufgeschnappt.«

»Nun, man kann nicht alles wissen.« Herr Seidel zwinkert mir zu. »Aber dafür gibt es ja die Bücher. In dieser Bibliothek stehen etwa 40.000 davon.«

Mir fehlen schlichtweg die Worte, während er Zahlen runterrattert, die ich mir nicht einmal annähernd vorstellen kann.

»Auf dieser Etage findest du alle Bücher, die mit Magie zu tun haben«, erklärt er weiter und bringt mich zu der Wendeltreppe, die uns hinauf in das nächste Stockwerk führt. Ich stelle fest, dass es in der nächsten Etage sehr viel heller ist, weil die Fenster hier größer sind. Wir passieren eine gemütlich aussehende Sitzecke mit den verschiedensten Sitzgelegenheiten, die aussehen, als hätte man sie im Schloss zusammengesammelt und hierhergebracht, weil man sie nicht mehr gebraucht hat: Chesterfield-Sofas, Sitzsäcke und ein paar alte Ohrensessel. »In dieser Etage findest du alle Bücher, die für den klassischen Unterricht wichtig sind.« Herr Seidel macht eine ausschweifende Handbewegung. »Mathematik, verschiedene Sprachen, Erdkunde und Naturwissenschaften. Alles, was dein Herz begehrt.«

»Wow«, flüstere ich, weil ich immer noch nicht fassen kann, wie viel Wissen hier zusammengefasst ist. Und all das ist frei zugänglich für mich. Ich könnte mich das ganze Jahr lang zwischen Buchdeckeln und raschelnden Seiten verstecken.

»Kommen wir zu einem Platz, der tatsächlich sehr gerne genutzt wird.« Herr Seidel lächelt mysteriös und führt mich zurück zur Treppe. Allerdings gehen wir nicht wieder hinunter, sondern folgen der zweiten Treppe hinauf. Oben angekommen befinden wir uns im Turmzimmer.

»Oh mein Gott«, stoße ich aus und sauge jeden einzelnen Eindruck des Raumes in mich auf. Vor uns bauen sich die gemütlichen Sitzreihen mit Kissen und Poufs etagenweise auf. Ganz oben steht ein Beamer, der auf eine große Leinwand ausgerichtet ist.

»Unser Kino.« Herr Seidel grinst zufrieden. »Aber hier finden auch Vorträge statt, für die die normalen Klassenzimmer zu klein sind.«

»Das ist verdammt cool.« Ich entdecke in einer Ecke eine alte Popcornmaschine und kann mir richtig vorstellen, wie der süße Duft nach buttrigem Popcorn im Raum hängt. »Ich liebe es jetzt schon hier. Ich glaube, die Bibliothek wird mein Lieblingsplatz im ganzen Schloss.«

»Das freut mich zu hören.« Herr Seidel scheint sich tatsächlich darüber zu freuen, wie sehr es mir hier gefällt. Wahrscheinlich kommen die meisten Schüler nur zu Filmabenden her oder weil sie einen Aufsatz schreiben müssen. »Sieh dich ruhig in Ruhe um. Wenn du möchtest, erstelle ich dir in der Zwischenzeit eine Ausleihkarte. Dann kannst du dir gerne bis zu fünf Bücher mit auf dein Zimmer nehmen.«

»Sehr gerne!«, rufe ich freudig aus. Herr Seidel lacht und macht sich auf den Weg nach unten. Ich folge ihm kurz darauf und erkunde die Etage mit den normalen Schulbüchern, aber irgendwie fühle ich mich von den Büchern über Magie angezogen. Also streife ich sehr bald unten durch die Reihen, vertieft in die verrücktesten Buchtitel.

Von *Geschichte der Magie* über *Abrakadabra – magische Mythen aufgeklärt* bis hin zu *Schlangenhäute, Krötenfüße und Spinnenbeine – Die große Sammlung der Zaubertränke* sind die kuriosesten Sachen dabei. Ab und zu bleibe ich stehen und ziehe ein Buch aus dem Regal, um einen Blick hineinzuwerfen, aber ich bin so aufgeregt und neugierig, dass ich meine Konzentration nicht lange genug auf ein Buch richten kann, um wirklich zu verstehen, worum es geht. Ich komme zu den Regalen mit den Büchern zur Traumdeutung und mir kommt eine Idee. Aufgeregt kehre ich zum Eingangsbereich zurück.

Herr Seidel sitzt mittlerweile wieder an seinem Schreibtisch und scheint Bücher zu katalogisieren. Er bemerkt mich erst, als ich ihn anspreche.

»Darf ich Sie noch einmal stören?«, frage ich ihn.

»Du störst mich nicht.« Er lächelt. »Wie kann ich dir helfen?«

»Ich habe mich gefragt … ob es vielleicht ein Buch über *Black Hearts* gibt?«

Er zieht seine Brille aus und reibt sich über den Nasenrücken, bevor er sie wieder aufsetzt. »Mehrere sogar. Suchst du nach etwas Bestimmtem?«

»Ich hab mich gefragt«, setze ich an und zögere kurz. Soll ich ihm wirklich von meinen Träumen erzählen? *Ja,* beschließe ich. Vielleicht kann er mir weiterhelfen. »Ich hab mich gefragt, ob es möglich ist, dass sich eine *Black Heart* einen Traum mit jemandem teilt.«

Er blickt mich einen Moment prüfend an, bevor er schließlich zweimal den Zeigefinger gegen sein Kinn tippt. »Ich hab da mal etwas gelesen«, sagt er und jagt damit einen Hoffnungsschimmer durch meinen Körper.

Ich folge ihm zur Abteilung der Geschichte der Magie.

»Es ging darum, dass *Black Hearts* oder àn *hjartas* – wie wir sie hier nennen – nach manchen Überlieferungen eben doch Kräfte hätten. Das Problem ist nur, dass es zu wenig von euch gibt, als dass man größere Studien anlegen könnte. Die Chance, dass eine Hexe eine *Black Heart* gebärt, liegt unter einem Prozent.«

»So selten?« Ich atme schwer aus, weil mir klar wird, dass ich im *Cirque* fast gar nichts über mich gelernt habe. Da ich mir sicher bin, dass Maman mir alles erzählt hätte, was sie weiß, denke ich, dass sie wohl auch nicht so viel wusste.

»Aber ja.« Herr Seidel zieht nacheinander zwei Titel aus dem Regal. »Das hier müsste es gewesen sein.« Er schaut eins der Bücher kurz an und drückt es mir dann mit dem anderen in die Hand. »Und in das hier könntest du auch mal reinschauen.« Dann läuft er weiter zu den Büchern über Traummagie und zieht einen auffälligen blauen Ledereinband aus dem Regal, welcher vielfach vorhanden ist. Es wandert auf den Stapel in meiner Hand. Ich kippe die Bücher zur Seite und lese die fremdsprachigen Titel von den Buchrücken ab.

Hexen und Wächter – Eine Klassifizierung.

The Phenomenon Black Heart – Myth or Fact?

Les Fondamentaux de la magie du rêve.

»Das sollte vorerst reichen«, meint Herr Seidel. »Brauchst du Wörterbücher oder kennst du jemanden, der dir beim Übersetzen helfen kann?«

»Ich denke, ich finde jemanden. Wenn nicht, komme ich noch mal wieder.«

Wir gehen gemeinsam zur Ausleihe, und er macht mir meine Karte fertig, bevor er die Bücher draufbucht.

»Dann wünsche ich dir viel Erfolg bei deiner Recherche, Hayet.« Er lächelt und legt mir einen Zettel zwischen die Seiten des obersten Buches, bevor er mir den Stapel und meine Karte reicht. »Komm ruhig bald wieder zu Besuch.«

»Sie werden mich häufiger sehen, als es ihnen lieb ist«, verspreche ich ihm zwinkernd.

Kapitel 8

Louisa

Köln, 2018

»Du machst Witze.« Alex fährt sich durchs Haar. »Machst du doch, oder?«

Moose schüttelt den Kopf. »Das war eine Frau namens Malika. Sie ist eine der wenigen Überlebenden des Überfalls auf *Najam Ahmar*. Die beiden haben sich getroffen, um nachzuforschen, und dabei ist wohl etwas schiefgegangen.« Er nimmt seine Brille ab und massiert seinen Nasenrücken. »Sie war komplett aufgelöst. Meinte, Tyros wäre in das Haus von Arifa gegangen – keine Ahnung, wer das ist – und nicht wieder hinausgekommen. Und dass er ihr gesagt hat, sie soll mich anrufen, wenn so was passiert.«

Ich lasse mich auf einen Stuhl fallen, weil ich das Gefühl habe, meine Beine tragen mich nicht länger. Wie kann ein so guter Moment so schnell zu einer Katastrophe werden? Wieso können wir nicht einfach mal durchatmen?

»Und jetzt?«, spreche ich die Frage aus, die allen ins Gesicht geschrieben steht. »Fliegen wir hin, um ihn zu suchen?«

Die drei Männer blicken mich entgeistert an.

»Was denn? Irgendwas müssen wir doch tun«, rufe ich aus. Obwohl ich Tyros kaum kenne und er sich zuletzt als nicht gerade sympathisch erwiesen hat, kann ich mir nicht vorstellen, einfach so zu tun, als wäre nichts geschehen. »Wir können doch nicht hier rumsitzen und darauf warten, dass er von allein wieder auftaucht.«

Obwohl die Situation so ernst ist, muss Ivan plötzlich lachen. »Jetzt weiß ich, was Alex meinte, als er von deinem Kämpfergeist gesprochen hat.«

»Du fährst zum Palast, Louisa«, schiebt Moose hinterher. »Es steht überhaupt nicht zur Debatte, dass du irgendwas damit zu tun hast. Tyros würde vermutlich nicht mal wollen, dass du das hier mithörst.«

Ich verschränke trotzig die Arme vor der Brust. Mir ist klar, dass ich in Marokko vermutlich zu nichts zu gebrauchen wäre. Ich kann noch nicht zaubern, und besonders talentiert im Nahkampf bin ich auch nicht. Ich wäre also eher ein Klotz am Bein. Aber trotzdem ist es gemein, dass er mich mit allen Frauen über einen Kamm schert.

»Okay«, gebe ich mich trotzdem geschlagen. »Und was macht *ihr* dann?«

»Lagebesprechung.« Alex nickt auf den Tisch und steht auf. Er wirkt noch ein wenig wacklig. In dem Moment kommt Diana mit einer großen Schüssel Bolognese rein. Sie stellt die Schüssel auf dem Esstisch ab und blickt in die Runde.

»Was macht ihr denn für lange Gesichter?«

Moose klärt sie über das Geschehene auf, und wie auch ich zuvor lässt sie sich auf einen Stuhl sinken, während sie zuhört. Ivan setzt sich schließlich zu uns, nachdem Moose den Raum verlassen hat, um Daniel und dem Palast Bescheid zu geben.

Ich verteile das Essen auf unseren Tellern, aber die Neuigkeit hat uns allen den Appetit verdorben. In dem Wissen, dass mein Körper die Energie braucht, zwinge ich mich dennoch zum Essen.

Obwohl wir es nicht abgesprochen haben, warten wir mit unserer Lagebesprechung, bis Moose zurückkehrt. Er verkündet, dass Daniel jeden Moment eintreffen müsste, weil er schon längst unterwegs gewesen ist.

»Und Freya weiß auch Bescheid. Sie beruft den großen Rat ein«, erklärt er und lässt sich auf einen freien Stuhl fallen. »Dass sie Tyros entführt und nicht einfach getötet haben, deutet daraufhin, dass unsere Feinde größere Ziele haben, als bloß die Magie ... auszulöschen.«

»Also waren das Hexenjäger?«, fragt Diana nach und erschaudert.

Moose nickt. »Zumindest geht Malika davon aus, dass es sich bei den Tätern um die gleichen Menschen handelt, die auch *Najam Ahmar* überfallen haben.«

»Wir sollten ein Team zusammenstellen, das nach Tyros sucht und die Überfälle abklärt«, wirft Alex ein. »Die Zeit drängt. Wie lange ist er jetzt verschwunden?«

»Ein paar Stunden.« Moose zuckt mit den Schultern. »Malika hat sich nicht ganz klar ausgedrückt.«

Ivan lehnt sich vor und stützt seine Arme auf dem Tisch ab. »Tyros ist stärker als der Durchschnittsmensch. Wenn sie Informationen von ihm wollen, wird er länger durchhalten. Das heißt, wir haben mehr Zeit, um ihn zu finden.«

Meine Nackenhaare stellen sich auf. »Du redest von Folter, oder?«

»Louisa, vielleicht solltest du ...«

»Sag jetzt nicht *rausgehen*«, falle ich Ivan ins Wort. »Ich bin vielleicht eine Frau, aber du musst mich nicht in Watte packen.«

Er hebt entschuldigend die Hände und lächelt nachsichtig, bevor er weiterspricht. »Ja, ich rede von Folter. Er ist erprobt, was das angeht. Er hat einige Zeit lang im Außeneinsatz gearbeitet, bevor er Direktor wurde. Seine Bindungen sind allesamt von freundschaftlich-professioneller Natur. Soweit ich ihn kenne, gibt es keine Druckmittel, mit denen sie ihn erpressen könnten.«

»Und was ist mit *Najam Ahmar*?«, wirft Alex ein. »Er hat dort einige Zeit gelebt. Vielleicht ist der Clan nur zum Ziel geworden, damit er nach Marokko kommt?«

»Schon möglich.« Moose kratzt sich an der Stirn. »Ich fand es schon komisch, dass er uns in dieser Situation allein lässt.«

»Also gibt es in Marokko etwas, was ihm wichtig ist«, fasse ich zusammen und rate ins Blaue rein. »Vielleicht jemand, der ihn damals aufgenommen hat, als er dort gelebt hat? Oder … eine Frau?«

Kapitel 9

Freya

Amsterdam, 1768

Wir schlendern durch die Gassen Amsterdams, um uns einen Überblick über unsere neue Heimat zu verschaffen und nach einer Unterkunft für die erste Nacht zu suchen. Wir finden ein Geschäft, in dem wir uns spontan neu einkleiden lassen können, und entdecken schließlich sogar einen großen Platz, auf dem viel Trubel zu sein scheint.

Es riecht nach Pferden und Kräuterbonbons, nach süßen Mandeln und unvertrauten Abenteuern.

»Was ist das?«, frage ich irritiert, weil ich mitten in einer Stadt nicht mit diesen Gerüchen gerechnet hätte.

»Ein Wanderzirkus«, stellt Mikael verblüfft fest und bleibt stehen. »*Wandelaar de magie*«, liest er vor und drückt aufgeregt meine Hand. »Das ist unsere Möglichkeit, mehr über dich herauszufinden.«

»Was ist ein Wanderzirkus?« Neugierig lege ich den Kopf schief und lausche den vielen Menschenstimmen. Mikael erzählt mir, was er vor sich sieht.

Wir weichen einer Kutsche aus und überqueren das Kopfsteinpflaster, das uns vom Platz trennt, bevor wir der Menge folgen. Immer mal wieder bekomme ich einen Ellbogen in die

Rippen, doch Mikael bewahrt mich vor dem Schlimmsten.

Es riecht nach Pferdemist, und kurz darauf dringt ein Wiehern an meine Ohren. Wehmütig denke ich an Saga und frage mich, ob es ihr gut geht. Ob sie den Weg in die Wildnis gefunden hat, nachdem Mikael ihr das Halfter ausgezogen und ihr einen Klaps aufs Hinterteil gegeben hat.?

Instinktiv spüre ich, dass es Mikael genauso geht. Denn er wird langsam und atmet schneller.

»Worüber zerbrichst du dir den Kopf?«, frage ich ihn sanft.

Er zieht mich weiter, weg von den Pferden, die bloß traurige Erinnerungen hervorrufen. »Saga«, erwidert er. Mehr braucht er nicht sagen. Ich drücke seine Hand, meine stumme Antwort, weil es keine Worte gibt, die ihm den Verlust erleichtern könnten. Ich kann mir nur vorstellen, dass sein Schmerz so groß ist wie meiner, nachdem ich meine Mutter auf so schreckliche Weise verloren habe.

Wir lassen uns von der entfernten Musik über den Platz treiben und erkunden die vielen Möglichkeiten, die dieser Wanderzirkus bietet. Ich bin traurig, dass ich nichts davon sehen darf. In meiner Vorstellung befinden wir uns mitten in einem Durcheinander aus Farben und Menschen, die die verrücktesten Dinge tun.

Vielleicht zeigt mir Mikael heute Nacht, wie es ausgesehen hat.

Der Pferdemist wird bald vertrieben vom Duft nach Zimt und Bratäpfeln. Genüsslich atme ich ein und frage mich, ob in meinem Magen noch genug Platz für eine dieser Köstlichkeiten ist. Doch nach den letzten vier Tagen möchte ich lieber kein Risiko eingehen und verzichte. Wir kommen an bellenden Hunden und quiekenden Schweinen vorbei. Sogar einen französisch sprechenden Papagei entdecken wir, der uns einen schönen Tag wünscht.

Die ganze Atmosphäre sorgt für gute Stimmung und begeistert mich zutiefst.

»Möchtest du in die Aufführung heute Abend?«, fragt mich Mikael plötzlich. Ich überlege einen Moment, aber durch meine Blindheit würde ich den Abend vermutlich nicht wirklich genießen können. Also lehne ich dankend ab.

In meinem Magen beginnt urplötzlich ein Kribbeln, und ich bleibe irritiert stehen. »Spürst du das?«

»Was?«

»Irgendetwas ist hier.«

Mikael bleibt einen Moment still. Ich glaube, er schaut sich um. »Was soll hier sein? Hier ist nichts. Das große Zelt, ein Clown, ein Mann mit ... Da!«, stößt er dann aufgeregt hervor. »Eine Wahrsagerin!«

»Eine Wahrsagerin?«, wiederhole ich ungläubig. Das Kribbeln in meinem Bauch wird stärker, fast als ob mein Körper mir sagen wollte, dass ich sie unbedingt besuchen müsste. Ob das meine Magie ist, die mich zu einer anderen Zauberin führt? Oder bin ich bloß aufgeregt und später enttäuscht, wenn sich herausstellt, dass sie bloß eine Scharlatanin ist?

Was es auch ist, wir beschließen, uns in der kurzen Schlange einzureihen und unser Glück bei ihr zu versuchen. Vielleicht kann sie uns ja tatsächlich weiterhelfen.

Kapitel 10

Louisa

Köln, 2018

Die vier blicken mich zum zweiten Mal innerhalb kürzester Zeit entgeistert an.

»Überlegt doch mal«, fahre ich fort. »Wollte er nicht unbedingt eine Liste der Toten haben? Wozu, wenn er nicht nach einem bestimmten Namen gesucht hat? Und nur mal angenommen, der Name, den er gesucht hat, stand nicht auf der Liste … Ist es dann nicht logisch, dass er alles stehen und liegen lässt, um den Menschen zu finden und sich zu vergewissern, dass es ihm gut geht?«

»Lou, das ist …« Alex nickt anerkennend. »Das ist verdammt schlau. Moose, check noch mal alle Menschen, die zum Clan gehört haben, und zeig uns die Liste mit allen, die vermutlich überlebt haben.«

Moose springt auf, um sein Notebook zu holen, das glücklicherweise meinen Magieausbruch überlebt hat.

»Du solltest ein Team zusammenstellen, Bruder«, schlägt Ivan vor. »Ich schätze, für dich geht es jetzt nach Marokko.«

Mein Herz zieht sich zusammen. Alex soll nach Tyros suchen? Was, wenn er … wenn ihm etwas geschieht?

»Ich weiß nicht«, erwidert Alex und blickt unsicher zu Moose, doch der zuckt mit den Schultern und bedeutet ihm fortzufahren. Scheinbar gilt Tyros' Anweisung, ihn zu überwachen, nun nicht mehr. »Also gut. Diana, hast du Papier und Stift für mich?«

Diana steht auf, um ihm das Gewünschte zu holen, während ich den Tisch leerräume und die Sachen eilig in die Küche bringe, um nichts zu verpassen. Wir kehren etwa gleichzeitig zurück.

»Silas sollte definitiv im Palast bleiben, auch wenn er mich dafür hassen wird, dass ich ihn wieder nicht einplane«, murmelt Alex mehr zu sich selbst als zu uns. »Moose und Daniel sollten auf jeden Fall dabei sein. Du fährst mit Louisa zum Palast zurück.«

»Okay«, stimmt Ivan zu. »Du solltest eine Heilerin mitnehmen. Nur für den Fall.«

Alex kaut nachdenklich auf seiner Unterlippe herum. »Ich will Emma nicht aus dem Palast abziehen, aber es sollte jemand sein, der sich notfalls wirklich wehren könnte. Das ist selten.«

»Kein Wunder, wenn ihr Frauen nicht die Möglichkeit gebt, am Kampftraining teilzunehmen«, mische ich mich ein, weil ich meine Chance sehe, meinen Standpunkt klarzumachen. »Die Frage würde sich gar nicht stellen, wenn wir alle eine Grundausbildung bekommen würden.«

»Da muss ich dir rechtgeben.« Moose blickt auf. »Gerade in den letzten Monaten und Wochen haben uns die Geschehnisse gezeigt, wie wichtig es ist, dass sich *alle* verteidigen können.«

»Wir sollten das vor den Rat bringen«, stimmt auch Alex zu. »Jetzt wäre der perfekte Zeitpunkt dafür. Aber das hilft uns gerade nicht weiter.«

»Das nicht, aber diese Liste hier vielleicht.« Moose schaut zurück auf seinen Laptop und liest uns ein paar Namen vor. »Es gibt insgesamt elf Überlebende. Zwei davon sind junge Erwachsene. Die eine achtzehn, der andere zwanzig. Also eher unwahrscheinlich, dass Tyros einen von beiden gekannt hat. Von den übrigen neun sind drei etwa in seinem Alter, die anderen deutlich älter.«

»Wann hat er dort gelebt?«, frage ich nach.

Moose' Hände fliegen über die Tastatur, um nach den erforderlichen Informationen zu suchen. Er wird schnell fündig.

»Er war fünfzehn, als ihn ein Mann namens Youssef aufgenommen hat. Verlassen hat er den Clan kurz vor seinem neunzehnten Geburtstag.«

»Aber das macht keinen Sinn«, überlegt Ivan laut. »Youssef stand nicht bei den Überlebenden. Er kann es also nicht gewesen sein.«

Ich betrachte die Namen, die Alex in aller Eile mitgeschrieben hat. »Und was, wenn es Malika war? Immerhin hat er sie in Marokko getroffen. Was, wenn sie sich aus der Zeit kennen?«

Moose tippt auf seinem Laptop herum und atmet erstaunt ein. »Das achtzehnjährige Mädchen – Junah – ist ihre Tochter. Vater unbekannt.«

Ich blicke in die Runde, aber keiner scheint sich zu trauen, den Gedanken auszusprechen. Also bringe ich es schließlich über die Lippen. »Was, wenn Junah seine Tochter ist?«

Wir schrecken zusammen, weil jemand an der Terrassentür klopft.

Ich fahre herum und blicke Li- nein, Daniel entgegen, der sich besorgt umsieht.

»Daniel.« Diana erhebt sich, um ihm die Tür zu öffnen. Er huscht hinein, setzt seine Tasche ab und kommt zum Tisch. Sofort bringt Ivan ihn auf den neuesten Stand. Als er bei Mal ika und Junah angelangt ist, weiten sich Daniels Augen überrascht. »Eine Tochter? Tyros? Das wäre ja … ein Skandal.«

»Es muss erst einmal keiner erfahren, wenn wir es geschickt anstellen«, meint Ivan. »Nach allem, was er für uns getan hat, wäre es nicht fair, ihn ins offene Messer laufen zu lassen. Mal ganz abgesehen davon, dass wir nicht wissen, ob wir mit unserer Vermutung wirklich richtigliegen.«

»Außerdem haben wir eventuell ein ganz anderes Problem«, eröffnet uns Daniel. »Ich weiß nicht, ob das wirklich etwas zu bedeuten hat, aber auf dem Weg hierher sind mir ein paar kuriose Sachen aufgefallen. Menschen, die aussehen, als würden sie nach etwas suchen. Ein weißer Lieferwagen ohne Aufschrift. Leute, ich will euch nicht beunruhigen, aber ich glaube, wir werden beobachtet.«

Kapitel 11

Hayet

Österreich, 2018

»Das Schuljahr hat gerade erst angefangen, und ich hasse ihn jetzt schon«, beschwert sich Jascha und löst den Kühlakku von seiner blauen Wange, um einen ernsten Blick in die Runde zu werfen, der seinen Worten wohl Nachdruck verleihen soll. Die andere Seite seines Gesichts ist mittlerweile nur noch gelblich verfärbt. Kein Vergleich zu dem frischen blauen Fleck, den ihm Silas heute verpasst hat. »Ich sag's euch: Der wird mich erst in Ruhe lassen, wenn ich ihn vermöbelt habe.«

Wir haben es uns im Kaminzimmer gemütlich gemacht und lassen den Abend entspannt ausklingen. Yanis hat sich wieder zurück in seine Hundegestalt verwandelt und an meinen Füßen zusammengerollt. Azalea kaut auf ihrem Bleistift herum und arbeitet an ihrer Hausaufgabe für den Musikunterricht – meine habe ich bereits nach der Stunde gestern fertig gemacht.

»Du könntest auch einfach aufhören, ihn immer zu provozieren«, schlägt Aslan amüsiert vor.

»Ich muss ihn bloß schief von der Seite angucken, und schon fühlt er sich genervt von mir. Ich hab überhaupt keine Chance, es irgendwie gutzumachen.« Jascha lässt sich zurückfallen und stöhnt gleich auf. »Und Muskelkater habe ich auch überall.«

»Du hörst dich an wie ein Rentner.« Zoe lacht und bewirft ihn mit einem Kissen. Er fängt es auf und wirft es in hohem Bogen zurück. Kurz vor ihrem Kopf macht es auf magische Weise Halt, bevor es langsam auf ihren Schoß sinkt. »Ich dachte, Krieger kennen keinen Schmerz.«

»Indianer waren das.« Er schüttelt lachend den Kopf. »Und ich bin kein Indianer.«

Auf Zoes Gesicht bricht ein teuflisches Grinsen aus. Sie kneift die Augen einen Moment zusammen und konzentriert sich. Im nächsten Moment sitzt Jascha plötzlich in Lendenschurz und Mokassins vor uns.

»Jetzt bist du einer«, gackert Zoe los. Durch ihren Lachanfall kann sie die Magie allerdings nicht lange genug aufrechterhalten, so dass seine Kleidung schnell wieder zum Pullover und der verwaschenen Jeans wechselt.

Ich lache mit den anderen, während Jascha sich beschämt umsieht. Der Wandel ging allerdings so schnell vonstatten, dass unsere Mitschüler an den anderen Tischen nichts mitbekommen haben. Jascha nimmt es mit Humor.

»Sag mal, Zoe, wieso kannst du eigentlich schon so gut zaubern?«, fragt Azalea neugierig nach. Ich bin überrascht, dass sie dafür Interesse zeigt. Bisher hat sie einen großen Bogen um alles Magische gemacht.

»Ich bin schon fast zwanzig«, erklärt Zoe schulterzuckend. »Ich benutze meine Magie schon seit knapp zwei Jahren. Irgendwann kommst du da auch hin.«

Ihre Erklärung wirft mich zurück in die Zeit, in der wir herausgefunden haben, dass die Vorhersage meiner Mutter zutrifft. Es sollte nicht nur eine *Black Heart* im *Cirque* geben, nein, diese *Black Heart* musste ausgerechnet ich sein.

»Du hast es wahrscheinlich ziemlich schnell gemerkt«, fährt Zoe fort. »Sobald eine Hexe achtzehn wird, macht es irgendwie Klick, und die Magie setzt sich frei.«

Azalea zuckt mit den Schultern. »Noch hab ich nicht wirklich viel davon bemerkt.«

»Liegt vielleicht daran, dass deine ersten Erfahrungen damit nicht besonders positiv waren«, merke ich an und wünschte, wir würden das Thema wechseln.

»Vielleicht bist du ja auch eine *Black Heart*«, schlägt Zoe vor.

Ich blicke sie entgeistert an.

»Was? Kann doch sein. Wenn sie gar nichts merkt. Du hast damals auch nichts gespürt.«

»Das ist doch was ganz anderes«, halte ich dagegen und habe Herrn Seidels Wahrscheinlichkeitsrechnung im Hinterkopf.

»Ich hätte nichts dagegen, wenn ich mit all dem nichts zu tun hätte.« Azaleas legt ihr Schreibzeug beiseite, zieht die Beine an den Körper und umschlingt sie mit den Armen. »Wie hat sich das denn für dich angefühlt, Hayet? Also ... wenn du drüber sprechen möchtest.«

Selbst Aslan und Jascha warten neugierig darauf, dass ich ihnen von dem Moment meines Lebens erzähle, in dem sich meine ganze Zukunft entschieden hat. Ich gebe mich geschlagen. Was kann schon groß passieren? Sie wissen ja sowieso, dass ich nicht zaubern kann.

»Meine Mutter hatte schon immer Visionen«, beginne ich. »Sie ist bekannt dafür. Die Leute kommen von ganz weit her, um sich ihre Zukunft voraussagen zu lassen. Und so wusste sie bereits im Jahr unserer Geburt, dass es eine *Black Heart* in unserem Clan geben würde. Wir waren zu dritt. Zoe, Lola und ich. Wir sind mit dem Wissen aufgewachsen, dass eine von uns keine magischen Fähigkeiten haben würde. Je älter wir wurden, umso mehr haben wir nach Anzeichen auf Magie geachtet, aber das ist gar nicht so einfach. Wir sind alle damit aufgewachsen. Wir kennen uns mit Kräutern und Tarot aus, wir wissen, wie man Symbole deutet und Tees für verschiedene Stimmungen zubereitet. In gewisser Weise sind wir also schon immer alle Hexen gewesen.«

»Und dann kam das Jahr, in dem wir achtzehn wurden«, erzähle ich weiter und spüre, wie sich die Verbitterung wie ein Kloß in meinem Hals festsetzt. »Erst Lola, dann Zoe, dann ich. Aber schon kurz nach Zoes Geburtstag war klar, dass ich die *Black Heart* sein würde, weil Lola und Zoe beide den Umschwung gespürt haben und kurze Zeit später schon mitten in den ersten Übungen steckten. Als ich achtzehn wurde, habe ich mich nicht anders gefühlt wie am Tag zuvor. Und wenn es so gewesen wäre, hätte es kaum einen interessiert.«

Zoe schaut mich mitleidig an. Ich kann ihr ansehen, dass sie mich am liebsten in den Arm nehmen und trösten würde, aber sie ist niemand, der mich in dieser Situation trösten könnte. Dass wir beide so unterschiedlich sind, hat unsere Freundschaft beeinflusst. Auch wenn wir es uns oft nicht eingestehen wollen und so tun, als wäre alles noch wie früher, wissen wir insgeheim, dass die Magie einen Keil zwischen uns getrieben hat.

Ein lautes Lachen von der anderen Seite des Raumes reißt unseren Blickkontakt auseinander. Irritiert schaue ich zu dem Grüppchen, das an einem runden Tisch sitzt und Karten spielt. Eine der Hexen reißt ihre Arme hoch und jubelt – scheinbar hat sie das Spiel gewonnen.

»Was spielen die?«, fragt Jascha neugierig. Er reckt sich, um etwas zu sehen.

»*Black Heart*«, meldet sich Azalea wieder zu Wort. Ich erstarre und drehe mich zu ihr. Sie blickt mich entschuldigend an. »Ich hab's heute in meiner Pause aufgeschnappt. Das scheint hier so eine Art *Schwarzer Peter* zu sein.«

Ich öffne den Mund, doch es kommen keine Worte raus. Es gibt ein Spiel, dass Menschen wie mich als *Schwarzen Peter* darstellt?

»Hayet.« Zoe streckt ihre Hand aus, um mich zu berühren. »Nimm's nicht persönlich.«

Kopfschüttelnd entziehe ich ihr meine Hand. »Tu ich nicht«, flüstere ich heiser. »Aber ... Ich ... Ich bin müde. Ich geh jetzt schlafen. Gute Nacht.«

Eilig stehe ich auf und nehme meine Sachen. Zoe ruft mir noch etwas hinterher, doch da bin ich schon durch den halben Raum durch. Ich höre Yanis' sanftes Pfotentrappeln auf dem

Steinboden und wünschte mir, er wäre einfach bei Zoe geblieben. Das ist einer der Momente, in denen ich einfach nur allein sein möchte.

Ich weiß, meine Mitschüler meinen es nicht böse. Sie wissen wahrscheinlich überhaupt nichts über *Black Hearts*. Vielleicht ist es sogar ein Spiel, dass sie von Haus aus kennen.

Aber irgendwie zieht sich der Knoten in meinem Hals trotzdem zu.

Zurück im Zimmer werfe ich meine Sachen in die Ecke und sinke auf mein Bett. Yanis verwandelt sich vor meinen Augen zurück in einen Menschen und zieht seine Jeans an, die immer noch auf meinem Schreibtischstuhl gelegen hat. Dann setzt er sich neben mich. »Alles okay?«, fragt er leise.

Ich schüttle den Kopf.

Er legt einen Arm um meine Schultern und zieht mich an sich. »Sie haben das nicht gespielt, um dich zu ärgern.«

»Weiß ich doch.« Ich fahre mir mit den Händen durchs Gesicht. »Aber was werden sie tun, wenn sie herausfinden, was ich bin?«

Yanis schweigt. Wir wissen beide, wie es ist, nicht dazuzugehören. Dafür gehänselt zu werden, dass man anders ist. Während er sich mit der Zeit immer mehr zurückgezogen hat, habe ich dafür gekämpft, von den anderen gemocht zu werden. Mir wird erst jetzt klar, dass ich mir von der Zeit am Palast erhofft habe, endlich nicht mehr als *Black Heart* angesehen zu werden.

Aber das kann ich vergessen. Es wird nicht mehr lange dauern, bis sie anfangen, Fragen zu stellen, weil ich nicht im Unterricht auftauche. Und dann bin ich der *Schwarze Peter* in ihren Reihen.

Kapitel 12

Louisa

Köln, 2018

Diana reagiert zuerst. Sie zeigt auf meine Brust.

»Dein Medaillon«, fordert sie. Verwirrt ziehe ich es aus und reiche es ihr. Sie berührt es kaum, da springt sie schon aufgewühlt auf. »Ist das euer verdammter Ernst?«, faucht sie die Männer an. »Ihr bringt sie hierher, obwohl das Amulett längst seine Wirkung verloren hat?«

»Was?« Verwirrt hebe ich das Amulett hoch und betrachte es. »Aber ich hab es doch erst vor ein paar Tagen bekommen.«

»Und da hat scheinbar keiner drüber nachgedacht, dass du eine besonders mächtige Hexe bist. Was seid ihr eigentlich für Wächter, wenn ihr nicht mal wisst, wie ihr auf eure Schützlinge achtgebt?« Sie schüttelt mit dem Kopf und läuft zum Fenster, um hinauszuspähen.

Daniel geht ihr sofort hinterher und zieht sie vom Fenster zurück.

»Lass mich los«, schimpft sie. »Ich kann gut genug auf mich selbst aufpassen. Ich bin verdammt noch mal Jahre ohne euch klargekommen. Und jetzt kommt ihr hierher und lockt gleich Gestaltwandler und Hexenjäger an! Ein toller Dank für meine Hilfe.«

»Jetzt beruhig dich mal wieder, Diana.« Daniel zieht sie zurück zum Tisch. Widerstrebend setzt sie sich hin. »Deine Schuldzuweisungen bringen uns jetzt auch nicht weiter. Wir müssen zusammenarbeiten.«

Moose klappt den Laptop zu und verstaut ihn in seiner Tasche.

»Und jetzt?«, frage ich nervös nach. »Bist du sicher, dass die Leute da draußen wegen uns hier sind?«

»Zu neunzig Prozent, ja.«

Ivan flucht, und die Männer erheben sich, um nach und nach die Fenster abzusichern. Ich entschuldige mich in der Zwischenzeit bei Diana, weil ich mich irgendwie dafür verantwortlich fühle, dass mein Amulett kaputt ist. Sie schüttelt den Kopf. »Das ist nicht deine Schuld.«

»Ihr bleibt weg von den Fenstern«, gibt Alex Anweisungen. »Gibt es hier einen versteckten Keller oder Schutzraum?«

Diana schüttelt den Kopf. »Das brauchte ich nie.«

Alex ist deutlich anzusehen, wie unüberlegt er das findet, aber er gibt sich nicht weiter damit ab, sondern denkt angestrengt nach. Dass die anderen ihn in seiner Denkarbeit nicht stören, ist für mich ein Zeichen dafür, dass sie wirklich ihm das Kommando übergeben haben. Offensichtlich vertrauen sie seinen Strategien und seinem Talent, mit solchen Situationen umzugehen. Also versuche ich auch darauf zu vertrauen, dass alles gut wird.

»Wie können wir euch unterstützen?«, frage ich, weil ich mich so hilflos fühle, während ich nur rumstehe und alle anderen machen lasse.

»Am besten helft ihr uns, wenn ihr euch versteckt und erst wieder rauskommt, wenn die Situation überstanden ist«, erklärt Alex.

»Wir könnten hochgehen«, überlege ich, doch Alex schüttelt direkt mit dem Kopf, und mir wird auch klar, wieso. Wenn das da draußen Gestaltwandler sind, ist es nicht unwahrscheinlich, dass sie den Weg übers Dach ins Haus nehmen.

Ich schlucke. Eiskalte Angst breitet sich in meinen Adern aus. Mit Hexenjägern wäre ich klar gekommen, aber Gestaltwandler könnten überall sein. Sie könnten ja sogar schon im Haus sein.

»Ihr bleibt bei uns«, beschließt Alex. »Waffenkontrolle.« Er holt seine Tasche, um seine Waffen auf den Tisch zu legen. Die anderen steuern ihre Sammlungen bei, und beginnen sich auszurüsten. Ich nehme mir unter Alex' scharfem Blick einen der magischen Dolche, mit denen wir auch schon trainiert haben, und betrachte unsicher die anderen Waffen. Von Pistolen über gebogene Kurzschwerter ist alles dabei, aber mit den meisten Gegenständen kann ich nicht umgehen – viele davon habe ich sogar noch nie gesehen. Schließlich nehme ich mir einfach noch einen zweiten Dolch und stecke ihn in meinen Gürtel.

Alex nickt mir kurz zu, es wirkt, als wäre er zufrieden mit meiner Wahl.

Es dauert nicht lange, da sind die vier Männer bis unter die Zähne bewaffnet. Die übrigen Waffen verstaut Ivan in einer Tasche, die er unter das Sofa schiebt.

»Und jetzt?«, flüstere ich in die ernste Stille hinein.

»Jetzt warten wir.«

Das Rumsitzen und Warten verträgt sich nicht gut mit meiner Müdigkeit. Obwohl meine Nerven zum Zerbersten gespannt sind, lege ich mich irgendwann auf das Sofa und schließe die Augen, um mich einen Moment auszuruhen. Nach all der Magie, die wir angewandt haben, ist es kein Wunder, dass ich so müde bin.

Diana dagegen scheint hellwach, was mich hoffen lässt, dass es nur eine Übungssache ist, bis ich nach solchen Zaubern nicht mehr erschöpft bin. Sie und die anderen erproben ein paar kurze Kampftechniken, um sie auf den Fall der Fälle vorzubereiten. Eigentlich sollte ich mit ihnen trainieren, aber ich kann nicht. Ich kann mich ja so schon kaum bewegen.

So dauert es nicht lange, bis ich ins Land der Träume abdrifte. Blutige Szenen wechseln sich mit Romantischen ab, Training mit Berührungen, die ich schon fast als intim bezeichnen würde. Mein Kopf spielt verrückt, so sehr, dass ich irgendwann mit rasendem Herzen die Augen aufschlage, und mich aufsetze.

Ich versuche mir einzureden, dass ich bloß geträumt habe, aber das ist nicht so leicht, wenn die Bilder so präsent sind.

Alex blickt mich an. »Alles in Ordnung?«

Ich nicke und streiche mir die Haare aus dem Gesicht. »Wie lange habe ich geschlafen?«

»Zwei Stunden ungefähr.« In seinen grünen Augen schimmert die Sorge. »Hast du schlecht geträumt?«

»Es geht schon«, erwidere ich leise und sehe zu den anderen. Daniel steht am Fenster und beobachtet die Straße, Moose lässt seine Hände wie gewohnt über die Tastatur seines Notebooks gleiten und – was mich wohl am meisten verstört – Diana sitzt am Tisch und schält Kartoffeln.

Für einen Moment frage ich mich, ob ich von der Bedrohung außerhalb nur geträumt habe, doch dann blickt Diana plötzlich auf. »Spürst du das auch?«, fragt sie mich irritiert.

Ich horche in mich hinein, versuche herauszufinden, wovon sie spricht, aber ich fühle mich nicht anders als sonst auch. Vielleicht ein bisschen beunruhigter als vor meinem Schlaf. Ich schüttle den Kopf. »Was meinst du?«

»Das füh-«

Ein ohrenbetäubendes Krachen ertönt, und dann geht alles ganz schnell. Wir springen auf. Die Männer bilden einen Kreis um uns, und in dem Moment stürmen maskierte Gestalten den Raum. Sie fackeln nicht lange, sondern greifen sofort an. Ich erstarre für einen Moment im Schock, als die ersten Klingen aufeinandertreffen und sich das Chaos um mich herum entfaltet.

Alex stürzt sich mit einem Kampfschrei auf den erstbesten Kapuzenmann und rammt ihm seinen Dolch direkt ins Herz. Daniel übernimmt den nächsten, während Ivan und Moose die Nachhut übernehmen. Doch die Maskierten sind in der Überzahl und keineswegs schwach. Diana zieht mich gerade noch zur Seite, bevor jemand sein Schwert auf mich niedersausen lassen kann.

Das reißt mich aus meiner Erstarrung. Ich zerre den Dolch aus meinem Gürtel und widme mich meiner Umgebung. Ein Mann findet ein Schlupfloch zwischen der Barriere aus Wächtern und kommt auf uns zu. Ich stelle mich ihm in den Weg, ducke mich zur Seite, weil er ausholt, um anzugreifen, und versetze ihm einen Tritt. Diana rammt ihm einen Dolch in den Hals.

Er packt sich an die Kehle und geht gurgelnd zu Boden.

»Lou!«, schreit Diana. Ich springe zur Seite und rolle mich ab, sonst hätte mich der Schlag eines Mannes hinter mir getroffen. Stattdessen widmet sich dieser nun Diana, die keine Zeit mehr hat, um ihren anderen Dolch aus der Hosentasche zu ziehen. Sie hebt die Hände und sieht aus, als würde sie ihn mit bloßer Willenskraft zurückhalten wollen.

Doch ihrem Gesichtsausdruck kann ich ansehen, dass es nicht klappt.

Sie kann ihre Magie nicht benutzen.

Die nächsten Dinge passieren so schnell, dass ich sie kaum realisieren kann, und doch weiß ich instinktiv, dass sie mir für immer in Erinnerung bleiben werden. Ich schreie auf, weil die Klinge durch die Luft auf sie zusaust. Ich glaube, ich mache sogar einen Satz, um Diana vor dem sicheren Tod zu bewahren, aber ich bin viel zu langsam. Längst versinkt der Dolch in ihrem Bauch. Der Mann reißt ihn hoch, um den Schaden noch größer zu machen, bevor er Diana einen Stoß gibt und sie rückwärts auf dem Couchtisch zusammenbricht.

Erst dann komme ich bei ihm an und ramme ihm den Dolch in den Oberarm. Er dreht sich um, betrachtet ihn für einen Moment, als wäre er eine lästige Fliege. Ich weiche zurück und fummle an meinem Gürtel, um den zweiten Dolch zu befreien.

Kein Gestaltwandler, schießt es mir durch den Kopf. Den hätte ich schlimmer verletzen müssen, um ihn aufzuhalten. Plötzlich habe ich die Glastür zur Veranda im Rücken. Ich warte mit angehaltenem Atem auf den Moment, in dem der Mann ausholt, um mich zu verletzen und ducke mich weg. Sein Dolch knallt klirrend gegen das Fenster, und ich klettere zwischen seinen Beinen durch, um von ihm wegzukommen. Aber dann packt er mich am Fußgelenk und dreht mich mit einem Ruck auf den Rücken. Ich schreie wie am Spieß und krabble rückwärts, doch ich komme nicht schnell genug voran, so dass ich ihm freie Bahn für seinen nächsten Angriff geliefert habe.

Ich schließe die Augen, weil ich nicht sehen will, wie er mich tötet, aber der Hieb bleibt aus.

»Aufstehen, Louisa!«, höre ich Moose' Stimme. Blinzelnd öffne ich die Augen und rapple mich auf. Moose hat den Mann überwältigt, der kurz davor war, mich zu töten. Er reicht mir meinen Dolch, bevor er sich wieder in den Kampf mischt.

Jetzt dauert es nicht mehr lange, da haben wir es überstanden. Mit zitternden Knien laufe ich zu Diana und presse meine Hände auf ihre Wunde. Ich schließe die Augen und stelle mir angestrengt vor, wie ihre Verletzung heilt. »Bitte werd wieder gesund«, murmle ich immer wieder, in der Erinnerung daran, was sie mir am Vormittag von Wünschen und deren Manifestation erzählt hat. Ich male mir aus, wie ihre Organe wieder zusammenwachsen. Wie das Blut zurück in ihren Körper fließt. Wie sich die Haut unter meinen Händen verschließt und aussieht, als wäre nie etwas geschehen.

Ich ignoriere das nasse Gefühl auf meinen Lippen und den pulsierenden Schmerz hinter meinen Schläfen. Alles, was zählt, ist Diana. Wenn ich mich nur fest genug anstrenge, kann ich ihr helfen.

»Lou.« Eine entfernte Stimme will mich aus meiner Konzentration holen. Ich schüttle den Kopf und kneife die Augen noch etwas enger zusammen, versuche mich noch ein klitzekleines bisschen mehr zu konzentrieren. Aber dann schließen sich Arme um meinen Körper und ziehen mich weg von Diana.

»Nein«, rufe ich und versuche mich loszureißen. Wie kann er mich in meiner Heilung unterbrechen? Wie-

»Louisa, es ist zu spät.« Alex' warme Stimme erfüllt meine Sinne. »Du kannst ihr nicht mehr helfen.«

»Nein«, flüstere ich und öffne die Augen, nur um Diana immer noch vor mir liegen zu sehen. »Das kann es nicht gewesen sein.«

Alex dreht mich um und zieht mich in seine Umarmung, so dass ich ihren toten Körper nicht mehr sehen muss. Ich weiß trotzdem, dass er da ist.

Kapitel 13
Hayet

Österreich, 2018

Ich wache auf, bevor am Horizont überhaupt etwas vom Sonnenaufgang zu sehen ist. Schon wieder eine Nacht ohne Moose. Ob er überhaupt noch lebt?

Mit zitternden Händen stehe ich auf und hole mir etwas zum Anziehen aus dem Schrank. Ich muss dringend ein paar Sachen waschen, sonst habe ich bald nichts Frisches mehr. Auf leisen Sohlen tapse ich ins Badezimmer, um mich anzuziehen und mir die Zähne zu putzen. Ich bin sowieso prädestiniert für Augenringe, also wundern mich die tiefen Schatten unter meinen Augen nicht im Geringsten. Eine ordentliche Portion Schlaf würde mir guttun.

Aber gut schlafen kann ich wohl erst wieder, wenn ich herausgefunden habe, was mit Moose geschehen ist. Und vor allem, wenn ich weiß, was diese Träume für mich zu bedeuten haben. Die Worte des Bibliothekars sind mir noch gut im Gedächtnis.

Es ging darum, dass Black Hearts oder àn *hjartas – wie wir sie hier nennen – nach manchen Überlieferungen eben doch Kräfte hätten.*

Kann es vielleicht sein, dass ich doch mehr Magie habe, als wir bisher immer gedacht haben? Äußert sie sich vielleicht nur anders? In Träumen, zum Beispiel?

Entschlossen, mehr über mich herauszufinden, schleiche ich zurück ins Zimmer und hole die Bücher aus meinem Kleiderschrank. Yanis hebt müde den Kopf und schüttelt ihn, als er feststellt, dass ich schon wieder auf Wanderschaft gehen möchte. Ich zucke entschuldigend mit den Schultern und verlasse den Raum.

In den Fluren flackert das Licht auf, während ich mich auf den Weg in Richtung Kaminzimmer mache. Ich habe keine Ahnung, ob ich die Bücher überhaupt verstehe, aber ich will zumindest versuchen, die Abschnitte zu entziffern. Im Notfall habe ich ja auch noch mein Handy, das ich zum Übersetzen nutzen kann.

Als hätte er gewusst, dass ich heute komme, sitzt Aslan auf unserem Stammsofa. Er sieht müde aus. Ich frage mich, wie lange er schon wach ist und ob er auch heute Morgen auch wieder durch die Gänge gestreift ist.

»Guten Morgen«, begrüße ich ihn und setze mich auf das gegenüberliegende Sofa.

»Guten Morgen.« Er grinst spitzbübisch. »Ich dachte mir irgendwie, dass du kommst.«

Ich lächle ihn müde an. »Und ich hätte nicht gedacht, dass du so früh schon hier bist. Schläfst du überhaupt?«

»Schläfst du denn?«

»Touché.« Ich breite die Bücher auf dem niedrigen Tisch zwischen uns aus und erzähle ihm, was Herr Seidel mir gesagt hat. »Jetzt möchte ich alles erfahren, was es über *Black Hearts* zu wissen gibt.«

»Ich bin neugierig«, gesteht Aslan und betrachtet die Bücher. »Kannst du Hilfe gebrauchen?«

Erleichtert über sein Angebot nicke ich. »Bestimmt.«

Aslan freut sich und zieht sich eins der Bücher heran. Er schlägt es auf, und ein Zettel fällt hinaus. Es ist der, den Herr Seidel ins Buch gelegt hat. Aslan reicht ihn mir.

> Mitarbeiter/in zur Unterstützung in Katalogisierung, Ausleihsystem und Schülerberatung für mehrere Stunden in der Woche gesucht.
>
> Bei Interesse melden Sie sich bitte bei der Bibliotheksleitung (Seidel).

Irritiert blicke ich zu Aslan, der sich längst dem Buch gewidmet hat. Er denkt sich vermutlich nichts dabei, aber ich glaube, dass Herr Seidel den Zettel absichtlich hineingelegt hat. Will er mich als Mitarbeiterin? Aufgeregt falte ich das Blatt Papier zusammen und beschließe, gleich am Abend bei ihm vorbeizuschauen und ihn nach genaueren Konditionen zu fragen. In der Bibliothek zu arbeiten könnte mir den Aufenthalt hier sehr viel schöner gestalten.

»Gibt's einen bestimmten Grund, wieso dein Interesse jetzt geweckt wurde?«, unterbricht Aslan meine Gedanken. Er sieht mich neugierig an.

Ich zögere einen Moment, aber den erzähle ich ihm doch von Moose und unseren geteilten Träumen. »Ich vermute zumindest, dass es Traummagie ist. Wie soll ich sonst zwei Nächte hintereinander mit einem Mann träumen, den ich noch nie getroffen habe?«

»Hm.« Aslan fährt mit dem Finger über das Inhaltsverzeichnis und bleibt an einer Stelle hängen. Ein paar Sekunden später hat er die passende Seite aufgeschlagen. »Ich weiß fast gar nichts über *Black Hearts*, aber ich helfe dir gerne dabei, mehr herauszufinden.«

»Danke.« Ich lächle ihn erleichtert an und stehe auf, um mich an seine Seite zu setzen. Mein Puls geht schneller, während ich darauf warte, dass Aslan mir eine Zusammenfassung gibt.

»Also, hier steht in etwa, dass *Black Hearts* ein sehr seltenes Phänomen sind und deswegen in der Vergangenheit oft als Unglückssymbol angesehen wurden. Eine Hexe, die im Mittelalter eine *Black Heart* gebar, verheimlichte dies oft und gab die Tochter wohl weg. In manchen Kulturen werden *Black Hearts* aber auch verehrt, weil man sie für etwas ganz Besonderes erachtet hat. In Ägypten zum Beispiel. Dort ging man davon aus, dass eine *Black Heart* keine Hexe ohne Kräfte ist, sondern eine mit ganz besonderen Kräften.«

Aufgeregt halte ich den Atem an. Kann das wirklich sein? »Und weiter?«

»Mehr steht hier leider nicht drin.« Aslan verzieht das Gesicht und klappt das Buch zu. »Nicht besonders hilfreich. Aber vielleicht steht in den anderen Büchern mehr.«

Er zieht sich das nächste Buch heran und liest wieder erst das Inhaltsverzeichnis, um sich einen Überblick zu verschaffen. Ihm zufolge geht es in diesem Buch hauptsächlich darum, wie unterschiedlich andere Kulturen und Länder die nichtmagischen Hexen betiteln und welche Fähigkeiten sie ihnen zuschreiben oder eben nicht.

»Wir könnten uns einen Überblick verschaffen, in dem wir schauen, in wie vielen Kulturen den Hexen Magie zugeschrieben wird«, schlägt er vor. »Wenn das nicht nur in Ägypten so war, dann ist es nicht unwahrscheinlich, dass man als *Black Heart* vielleicht doch zaubern kann.«

»Meinst du wirklich?« In meiner Stimme schwingt so viel Hoffnung mit. Sollte es tatsächlich so sein, dass mich meine Reise hierher direkt an den Ursprung meines Daseins geführt hat?

Aslan lächelt mich an. »Was denkst du denn? Meinst du, dein Traum war magisch oder nicht?«

»Normal war er jedenfalls nicht.« Ich zucke mit den Schultern. »Aber ich und Magie? Ich bin keine Hexe. Wenn ich eine wäre, wüsste ich es längst.« Ich schlucke den Kloß in meinem Hals runter. »Mein Clan hat mir immer das Gefühl gegeben, ich wäre anders als sie, als hätte ich einen Fehler.«

»Und das bist du ja auch«, erwidert er ernst. »Aber gut anders. Und selbst wenn du tatsächlich keine Fähigkeiten hast, heißt das doch nicht, dass du fehlerhaft wärst.«

Ich verschränke unsicher die Arme vor der Brust. Insgeheim weiß ich, dass er recht hat. Und doch ist es nicht einfach, die Glaubenssätze abzuschütteln, die mein Leben bisher beherrscht haben.

»Hayet, wenn sich herausstellt, dass du keine magischen Kräfte hast, solltest du dieses Leben hinter dir lassen«, flüstert er und legt tröstend eine Hand auf mein Bein. »Wenn du irgendwo ganz neu anfängst, findest du ganz sicher deinen Platz.«

»Hm«, mache ich und ahne, dass er auch damit recht hat, aber noch bin ich nicht bereit, mich von der Hoffnung zu lösen, dass ich vielleicht doch dazugehöre. Abgesehen davon habe ich mit dem Angebot von Herrn Seidel zum ersten Mal einen kleinen Lichtblick vor mir.

Also arbeiten wir noch eine Weile weiter und durchforsten das Buch nach Hinweisen auf Magie bei *Black Hearts*. Ich mache mir Notizen auf dem Handy, weil ich nichts zum Schreiben mitgenommen habe. Bis die Sonne aufgeht und der Gong zum Wecken schlägt, haben wir bereits mehrere Kulturen entdeckt, in denen den nichtmagischen Hexen magische Kräfte zugeschrieben wurden.

»Wir können morgen früh weitermachen, wenn du möchtest«, meint Aslan und schlägt das Buch zu. Seufzend stimme ich ihm zu. Auch wenn ich am liebsten sofort alle Bücher durchgearbeitet hätte, stimmt es. Sein Unterricht beginnt in zwei Stunden, und wir müssen noch frühstücken.

»Wo warst du heute Morgen?«, fragt Zoe und hält sich gähnend eine Hand vor den Mund. »Du kannst mich doch nicht einfach mit unserem Streuner allein lassen.«

Yanis stupst sie mit der Schnauze in der Kniekehle an. Sie kichert und streckt eine Hand aus, um ihm über den Kopf zu streicheln. »War doch nur ein Witz.«

»Ich konnte nicht schlafen und bin durchs Schloss spaziert.« Ich zucke mit den Schultern. Azalea blickt mich neugierig an. Sie schläft im Zimmer neben uns. Ihre Mitbewohnerin soll erst noch anreisen. Manchmal frage ich mich, ob sie nachts zu einsam ist. Was, wenn sie mit den Dämonen ihrer Erinnerung kämpfen muss und niemanden hat, der sie in unsere Welt zurückholt? Ich nehme mir vor, sie bei Gelegenheit darauf anzusprechen und sie zu fragen, ob sie Hilfe oder vielleicht einfach nur eine Freundin braucht.

»Hmmmmmm«, macht Zoe langgezogen und wackelt mit den Augenbrauen. »Oder hast du etwa schon einen netten Wächter kennengelernt, hm?«

»Du bist verrückt. Wieso siehst du überall Liebesbeziehungen?« Ich lache auf und stoße ihr meinen Ellbogen in die Rippen. »Liegt es vielleicht daran, dass du selbst verknallt bist?«

»Ich?« Zoe schaut mich entgeistert an. »In wen denn bitte?«

»Lass mich mal überlegen«, erwidere ich amüsiert und lege eine Hand an mein Kinn, um ihr zu verdeutlichen, wie angestrengt ich nachdenke. Dann hebe ich die Hand, weil ich eine Idee habe. »Vielleicht in Jascha!«

Zoe wird knallrot. Ich fürchte, ich habe sie tatsächlich richtig eingeschätzt. »Oh, Zoe.«

Sie zuckt mit den Schultern. »Er ist nun mal echt niedlich mit seinem Wuschelhaar.«

»Und gut erzählen kann er auch noch«, pflichtet Azalea bei. »Ich kann das schon verstehen. Wobei ich persönlich Aslan ja noch interessanter finde. Der hat diese mysteriöse Art an sich.«

»Was ist nur mit euch los?«, wundere ich mich. »Habt ihr im Unterricht zu viele Liebestränke geschluckt?«

Meine beiden Freundinnen lachen, und wir wechseln das Thema, weil wir die Speisehalle erreicht haben und uns wie selbstverständlich zu Aslan und Jascha an den Tisch setzen. Es ist verrückt, aber irgendwie fühlt es sich tatsächlich so an, als würden wir langsam, aber sicher zu einer Clique zusammenschmelzen.

»Da sind ja die Ladies«, begrüßt uns Jascha mit einem breiten Grinsen und wirft Zoe einen Gegenstand zu. Sie fängt ihn mit ihrer Magie auf, kurz bevor er zu Boden fällt. So erkenne ich, dass es ihr Lieblingsstift ist. »Den hast du gestern vergessen.«

»Danke.« Sie steckt den Stift in ihre Tasche, bevor sie diese an der Bank abstellt und wir gemeinsam zum Buffet gehen. Ich nehme mir ein Müsli mit frischen Früchten und eine Tasse heißen Kaffee. Anschließend kehre ich zu unserem Tisch zurück und rutsche gegenüber von Aslan auf die Bank. Er begegnet meinem Blick mit diesem mysteriösen Lächeln, das Azalea gemeint haben muss. Ich erwidere es, und fühle mich, als hätten wir ein gemeinsames Geheimnis.

Und irgendwie haben wir das ja auch. Aber während es mir früher schwergefallen wäre, es Zoe nicht zu erzählen, bin ich heute froh, dass nur er Bescheid weiß. Zoe und Azalea folgen mir kurz darauf und setzen sich wieder an den Tisch. Aslan reicht Azalea das Milchkännchen.

Jascha und Zoe kabbeln sich direkt wieder.

Mittlerweile kennen wir sogar unsere Gewohnheiten am Frühstückstisch, was sich irgendwie schön und vertraut anfühlt. Ich könnte mich tatsächlich dran gewöhnen, immer mit ihnen zu frühstücken.

»Und was steht heute an?«, frage ich in die Runde. Pflanzenkunde und Symbolik sind die einzigen beiden Fächer, die ich vom Hexenteil belegen konnte, und beide finden am Nachmittag statt.

»Nahkampftraining bei Silas«, stöhnt Jascha auf. »Und im Anschluss gleich Strategietraining bei ihm. Gott sei Dank macht er nur die Vertretung für diesen Tyros Mansour.«

»Ist das nicht der Ratsvorsitzende?«, hakt Azalea nach. »Dieser Tyros? Ich meine, ich habe sowas aufgeschnappt, während sie uns die Führung gegeben haben.«

»Kann sein.« Jascha zuckt mit den Schultern. »Ich bin jedenfalls froh, wenn Silas mich nicht mehr auf dem Schirm hat.«

»Ach komm.« Aslan lacht auf. »So siehst du deine Heilerin wenigstens regelmäßig wieder.«

»Sehr witzig.« Jascha boxt ihm gegen den Oberarm und widmet sich seinem Rührei. Ich grinse still in mich hinein und frage mich, was Zoe wohl darüber denkt, dass Jascha auf die Hexe steht, die hier alle versorgt. Sie wirkt jedenfalls desinteressiert. Vielleicht ist sie sich auch einfach sicher, dass ihr Charme am Ende ausreichen wird, damit er ihr zu Füßen liegt. Wer weiß.

Plötzlich knallt es einmal laut. Ich fahre erschrocken zusammen und drehe mich um, um nach der Ursache des Geräusches zu sehen. Die Tür ist mit einem lauten Knall aufgeflogen, und die Direktorin marschiert, begleitet von zwei Wächtern, hinein.

Irritiert schaue ich zu den anderen. Stand heute etwas auf dem Programm? Aber sie blicken genauso verwirrt drein.

Frau Erikson bahnt sich ihren Weg auf das kleine Podest. Nur in dem winzigen Moment, in dem sie nach den Stufen tastet, merkt man ihr an, dass sie blind ist. Ich bewundere sie dafür, dass sie so gut mit ihrer Erkrankung umgehen kann.

Sie zieht sich das Mikro heran und klopft einmal drauf, um zu testen, ob es an ist. »Liebe Schüler und Schülerinnen.« Sie atmet schwer ein. »Bedauerlicherweise hat sich vor ein paar Tagen ein Unglück in Marokko ereignet. Manche von Ihnen haben vielleicht schon davon gehört, dass der Clan *Najam Ahmar* auf hinterhältigste Weise überfallen wurde und zahlreiche Hexen und Wächter ermordet wurden.«

Das Blut in meinen Adern gefriert. Ein Anschlag auf einen Clan? Ihre nächsten Worte machen es nicht besser.

»Es ist nicht das erste Mal, dass unsere Welt von Angriffen wie diesen bedroht wurde, und alle Wächter und Hexen arbeiten gemeinsam daran, die Drahtzieher zu finden. Ich möchte Sie nicht beunruhigen. Der Palast hat viele Schutzvorkehrungen, aber dennoch bitte ich sie eindringlich, sofort Bericht zu erstatten, sollte ihnen etwas Merkwürdiges unterkommen.« Sie hält inne, um durchzuatmen. »Außerdem muss ich Ihnen leider mitteilen, dass der Unterricht bis zum Wochenende ausfallen wird. Wie Sie wissen, hat der magische Rat hier im Palast seinen Sitz, und die Umstände machen es erforderlich, dass wir Gäste von außerhalb einladen, um über die Geschehnisse zu diskutieren und Handlungsstrategien zu entwerfen.«

Ich blicke zu den anderen, denen der Schock ins Gesicht geschrieben steht. Etwas weiter hinten im Raum schluchzt ein Mädchen auf. Ich frage mich, ob sie *Najam Ahmar* kannte.

»Ich würde Sie bitten, heute Nachmittag auf das Schwarze Brett zu schauen. Ihre Lehrer bereiten Ihnen Aufgaben vor, die sie bis zur nächsten Woche anfertigen sollten. Um zwanzig Uhr treffen wir uns außerdem in der Kapelle, um den Opfern des Anschlags zu gedenken. Ich danke Ihnen für Ihr Verständnis.«

Sie nickt dem einen Wächter zu, der sich um die Tonanlage gekümmert hat, und marschiert von der Bühne. Für einen Moment herrscht noch Stille, dann beginnt das Geschwätz. Ich drehe mich zu den anderen zurück, während Frau Erikson den Raum verlässt. Wir gucken uns verwirrt an.

Azalea sieht ängstlich aus. Aslan streckt eine Hand aus, um ihre zu berühren. »Wir sind hier sicher.«

»Vorerst zumindest«, mischt sich Jascha mit bedrohlichem Unterton in der Stimme ein und entfacht damit eine Diskussion über die Sicherheitsvorkehrungen in Clans und im Palast. Wir erzählen ihm davon, wie sich unser Clan gegen Hexenjäger und andere zwielichtige Gestalten abgesichert hat, und überlegen, wie man diese magischen Grenzen überschreiten kann. Aber bis zum Ende des Frühstücks wissen wir nicht, wie das bei *Najam Ahmar* wirklich passieren konnte.

Kapitel 14

Louisa

Köln, 2018

Es ist bereits weit nach Mitternacht, als die Männer einen großen Teil des Chaos beseitigt haben. Keiner von ihnen hat ernste Verletzungen davongetragen, aber die Trauer und der Schock schweben bedrohlich über uns. Ich kann mich kaum bewegen, alles tut weh, und ich bin so unendlich müde, dass ich mich am liebsten hinlegen würde, um zu schlafen.

Das Nasenbluten hat erst vor ein paar Stunden aufgehört. Ivan meinte, dass es daran lag, dass ich zu viel Magie benutzt habe. Er sitzt neben mir, bereit, mich zu trösten, wenn ich Trost brauche. Dabei ist er selbst blass um die Nase.

Daniel und Moose bereiten die Bestattung im Garten vor, die wir noch vor dem Sonnenaufgang hinter uns bringen möchten, damit die Nachbarn nicht aufmerksam werden. Ich finde es schrecklich, dass Diana keine richtige Beerdigung bekommen kann, damit niemand Fragen stellt. Dass es spezielle Einsatztruppen auf der ganzen Welt gibt, die nach einem Kampf zwischen Wächtern und Gestaltwandlern oder Hexenjägern aufräumen, die leblose Körper verschwinden lassen und dafür sorgen, dass das, was das hier zu einem Zuhause gemacht hat, einfach verschwindet, als hätte es Diana nie gegeben.

»Louisa, kommst du mal kurz?«, bittet mich Alex, der die ganze Zeit lang mit den fremden Wächtern beschäftigt gewesen ist. Ich stehe auf und folge ihm in den Flur. »Es ist Tradition, dass einer Hexe ein Sack mit verschiedenen Kräutern und ein Lebensbaum mit ins Grab gelegt wird. Ich wollte dich fragen, ob es für dich in Ordnung wäre, einen Segen auf den Lebensbaum zu sprechen und die Kräutermischung vorzubereiten.«

»Ja.« Ich zucke mit den Schultern. »Na klar.«

Er führt mich die Treppe hinauf und bringt mich in einen Raum, der sich am besten als Dianas Wirkungsstätte beschreiben lässt. Links steht ein großes Regal mit getrockneten Kräutern und Blüten, mit Kerzen, Büchern und –

»Sind das Froschschenkel?«, frage ich angewidert und betrachte das Reagenzglas, in dem etwas schwimmt, was stark nach froschigen Körperteilen aussieht. »Urgh. Wozu braucht man denn so was?«

»Da will ich lieber gar nicht so genau drüber nachdenken«, meint Alex und zeigt mir sein Handy mit einer Liste an Kräutern. »Hier steht drauf, was du brauchst. Diana müsste eigentlich alles hier haben. Für den Lebensbaum reicht es, wenn du ihn über eine Kerze hältst und diesen Schutzzauber draufsprichst.« Er scrollt etwas hinunter und zeigt mir den Zauber, den ich verwenden soll, bevor er mir das Handy reicht. »Kommst du klar?«

Ich nicke und lege sein Handy auf den großen Tisch in der Mitte des Raumes. »Das hört sich nicht so schwer an.«

»Ich meine nicht damit.« Er blickt mich ernst an. In seinen grünen Augen leuchtet die Sorge auf, und mir wird bewusst, dass er Angst hat, ich könnte wieder zusammenbrechen. »Das war alles etwas viel in den letzten Tagen. Und nun auch noch Diana …«

Seine Stimme bricht weg, und er zuckt hilflos mit den Schultern. Irgendwie habe ich das Gefühl, dass er den Trost noch dringender braucht als ich. Also denke ich nicht weiter nach, sondern schließe den Abstand zwischen uns und umarme ihn. Er atmet überrascht aus. Fast rechne ich damit, dass er mich von sich stößt. Aber stattdessen schließt er seine Arme um meinen Körper und vergräbt seine Nase in meinem Haar.

»Ich bin so froh, dass dir nichts zugestoßen ist«, flüstert er rau.

»Das sollte ich wohl lieber von dir sagen«, erwidere ich leise und atme seinen beruhigenden Duft ein. »Ich war mir wirklich nicht sicher, ob das noch zu retten ist.«

Er lacht leise auf, verstummt aber so schnell wieder, dass ich spüren kann, wie viel Angst er selbst gehabt haben muss. »Weißt du ... Mit dir an meiner Seite ist es wohl eine Kunst zu sterben.«

Ich muss lächeln, weil er so viel Vertrauen in mich hat, und drücke mich dichter an ihn. Er erwidert den Druck für einen Moment, bevor er mich schließlich loslässt. Sofort fühlt sich die Luft um mich herum ein paar Grad kälter an, und ich vermisse ihn, obwohl ich weiß, dass das Risiko zu groß ist, entdeckt zu werden.

In seinen Augen kann ich erkennen, dass er genauso fühlt, und weiß deshalb, dass er nicht weggeht, weil ich einen Fehler gemacht habe, sondern weil er uns davor bewahren will, noch mehr Schaden anzurichten.

Ich schaue ihm nach, bis er die Tür hinter sich schließt, und widme mich dann der Hexenküche. Zunächst suche ich im Regal nach allen Kräutern, die ich brauche, und stelle sie auf dem großen Tisch ab. Dann nehme ich die Messingwaage und durchsuche Kisten und Kartons auf der Suche nach kleinen Baumwollsäckchen. Nach zahlreichen Zutaten und Kerzenvorräten werde ich schließlich fündig und entdecke auch gleich eine kleine Box mit Lebensbaumanhängern und dazugehörigen Lederketten.

Ich wiege die Kräuter nach und nach ab und fülle sie in eine kleine Metallschale, bevor ich sie anschließend mit den Fingern vermenge und in das Baumwollsäckchen abfülle. Irgendwie beruhigt die Arbeit meine Seele, und es fällt mir leichter zu akzeptieren, dass der Tod jetzt zu meinem Leben dazugehört.

Ich verknote das Säckchen und ziehe mir eine weiße Kerze heran, die ich anzünde, bevor ich den Anhänger vorbereite und den Spruch ein paar Mal probeweise aufsage, um ihn auswendig zu können. Dann halte ich die Kette über die Flamme und schließe die Augen, um mich voll und ganz darauf zu konzentrieren, das Medaillon mit dem Schutzzauber aufzuladen. In meinen Fingerspitzen beginnt es zu kribbeln, und mein Puls schlägt etwas schneller, während ich die Worte wieder und wieder aufsage. Irgendwann spüre ich, dass das Amulett fertig ist.

Ich öffne die Augen, fast hätte ich damit gerechnet, dass der Anhänger nun anders aussieht, aber er hat sich optisch nichts verändert. In meiner Hand spüre ich allerdings das Summen, das von ihm ausgeht.

War es das, was gefehlt hat, als sie meinen Anhänger berührt hat?

Ich schalte das Display des Handys aus und lösche die Kerze. Dabei fällt mein Blick auf die Sammlung an Grimoires und Tagebüchern. Was damit wohl nun geschieht?

Vielleicht ... Nein. Das wäre unverschämt. Und doch brennt sich ein Gedanke in meinen Kopf, während ich das Säckchen und das Amulett nehme und hinuntergehe. Bevor Dianas Bücher wegkommen, wäre es vielleicht wirklich möglich, dass ich sie behalte.

Ich nehme mir vor, Alex nach der Bestattung darauf anzusprechen.

Unten angekommen, haben die Männer Diana bereits für die Zeremonie vorbereitet und in ein weißes Betttuch gehüllt. Ich reiche Alex sein Handy und gehe dann neben ihr auf die Knie, um ihr zum Abschied das Säckchen auf den Bauch zu legen und die Halskette anzuziehen, was nicht so einfach ist, weil ihr Oberkörper schon ganz hart ist.

Einem unerklärlichen Drang folgend lege ich meine Hand an ihre Wange. »Gute Reise«, flüstere ich, bevor ich mich erhebe und zurückziehe. Meine Beine schlottern, aber für Tränen ist es noch zu früh. Irgendwie bin ich noch nicht bereit dazu.

Ivan zündet eine Kerze an und reicht sie mir. Dann heben die vier Männer Diana hoch und tragen sie in den Garten. Ich folge ihnen mit der Kerze, die unser einziges Licht in dieser dunklen Nacht ist, und beobachte, wie sie Diana sanft in das ausgehobene Grab hinablassen.

Wir bleiben noch eine Weile schweigend um das Grab herumstehen, bis Ivan und Alex die Schaufeln nehmen, um das Grab aufzufüllen. Ich wende mich ab und gehe hinein, weil ich nicht sehen will, wie sie ihren Körper unter einem Haufen Erde begraben.

Moose folgt mir und setzt sich sofort an seinen Laptop, um Flugtickets nach Marokko zu buchen und dem Team Bescheid zu geben, das Alex vorhin eilig zusammengestellt hat. Daniel hilft mir dabei, unsere Sachen einzupacken, während Alex und Ivan Blumensamen auf dem Grab aussäen, die sie im Gartenschuppen gefunden haben. So ist das Grab vor den Augen neugieriger Nachbarn geschützt und wirkt nun wie ein neu angelegtes Blumenbeet.

»Funktioniert dieser Schutzzauber auch für mich?«, frage ich ihn. »Also der, den ich auf das Amulett gesprochen habe? Meins funktioniert ja offensichtlich nicht mehr.«

Er nickt. »Das sollte er. Am besten bereitest du noch eins für eure Reise zum Palast vor.«

»Okay.« Ich nehme das Tagebuch, das mir Diana geschenkt hat, und verstaue es in meinem Koffer. Dass der Koffer unsere Flucht aus Düsseldorf unbeschadet mitgemacht hat, grenzt an ein Wunder. Ivan und Daniel müssen ihn eingepackt haben, bevor ich aufgewacht bin. »Daniel, kann ich dich noch was fragen?«

»Nur zu.« Er lächelt mich müde an. Die Nacht war für uns alle lang, und die Geschehnisse kraftraubend.

»Oben liegen noch ein paar Grimoires und Lehrbücher rum. Was passiert damit?«

»Wenn dir etwas davon gefällt, nimm es mit«, schlägt er vor. »Morgen kommt der Aufräumtrupp und beseitigt alles, was in diesem Haus auf Magie schließen lässt. Das Meiste landet im

Müll, bei Büchern gucken sie vielleicht mal rein und leiten es an die Bibliotheken und Schulen weiter. Aber auch nur, wenn sie nicht viel zu tun haben.«

»Okay.« Dankbar stehe ich auf und laufe hoch, um fünf Medaillons vorzubereiten und die Grimoires einzusammeln. Ich achte nicht drauf, was drinsteht, ich nehme sie einfach mit. Aussortieren kann ich später immer noch. Nach einem letzten Blick durch die Hexenküche gehe ich wieder hinunter. Mittlerweile sind die anderen auch fertig.

Ich verstaue die Bücher in meinem Koffer und richte mich auf. Das ist er dann wohl. Der große Abschied.

»Ich ...« Ich räuspere mich. »Ich habe Medaillons für euch gemacht.«

Nervös klimpere ich mit den Ketten in meiner Hand. Die Männer schauen mich überrascht an, und bevor die Situation schräg werden kann, fange ich einfach mit Moose an und ziehe ihm eine Kette über den Kopf. Reihum verteile ich die Amulette und verabschiede mich mit einer Umarmung von Moose, Daniel und Alex. Bei Alex verweile ich einen Moment länger. Ich schaffe es einfach nicht, ihn genauso schnell loszulassen wie die anderen. Aber da keiner etwas sagt, wiege ich uns in Sicherheit.

Zu guter Letzt ziehe ich mein eigenes Amulett an. »Also dann, auf zum Palast der Träume.«

Kapitel 15

Freya

Amsterdam, 1768

Kurze Zeit später betreten wir das Zelt, in dem es nach Räucherstäbchen und Kerzen duftet. Manche Gerüche erkenne ich. Zum Beispiel Bergamotte, Anis und Vanille, andere fruchtige Düfte habe ich noch nie gerochen. Ich klammere mich an Mikaels Arm, weil ich so aufgeregt bin.

»Hallo?«, fragt er in den Raum hinein. Seine Stimme wird von den Stoffbahnen des Zeltes verschluckt.

»Nehmt ruhig Platz. Ich bin sofort da«, erwidert eine weibliche Stimme aus dem hinteren Bereich des Zeltes. Mikael führt mich weiter und signalisiert mir, mich auf ein Kissen am Boden zu setzen. Vorsichtig nehme ich auf dem festen Stoff Platz und befühle ihn mit den Händen. Das Sitzkissen ist rund und an mehreren Stellen abgenäht.

Ich lausche in den Raum hinein, höre, wie Mikael sich neben mich setzt und leise räuspert, höre das Knistern einer Kerze dicht vor uns, und das Rascheln aus dem hinteren Bereich des Zeltes. Dann ertönt ein zaghaftes Ratschen, und eine neue Aura betritt den Raum. Instinktiv fühle ich mich verbunden zu ihr.

»Hallo«, begrüßt uns eine warme Stimme und kommt näher. Ich bin so aufgeregt, dass es mir schwerfällt, ruhig sitzen zu bleiben. »Mein Name ist Tialda.«

Wir stellen uns vor und bezahlen für die Sitzung, bevor sie uns fragt, was uns zu ihr führt. Erst da fällt mir auf, dass sie Norwegisch mit uns spricht. Ich mache ihr ein Kompliment für ihre Sprachkenntnis und frage sie, woran sie erkannt hat, dass wir kein Niederländisch können.

»Das ist meine Gabe«, erklärt sie. »Ich spreche alle Sprachen der Welt. Es geschieht von ganz allein. Wann immer ich jemandem begegne, entscheidet sich mein Geist für die Muttersprache desjenigen.«

Fasziniert lehne ich mich ihr entgegen. »Also bist du auch … eine Zauberin?«, frage ich vorsichtig nach.

Tialda hält einen Moment inne, bevor sie sagt: »Reich mir deine Hände, Liebes.«

Nervös strecke ich meine Hände aus. Sie ergreift sie, und genau in diesem Augenblick breitet sich ein wohliges Gefühl in meiner Magengrube aus. Wie Heimkommen. Nur noch besser.

»Spürst du das?«, fragt Tialda zufrieden. »So kannst du deinesgleichen jederzeit erkennen.«

»Das ist verrückt.« Ich lache auf. »Das habe ich zuletzt bei meiner Mutter gespürt.«

Tialda beschließt, das Zelt für den Rest des Tages zu schließen, und steht auf, um das Schild am Eingang umzudrehen. Anschließend kocht sie Tee für uns auf.

Das fruchtige Aroma erfüllt die Luft, während ich ihr von meiner Kindheit und von meiner Mutter erzähle. Davon, wie sie bei einer Geburt helfen wollte und schließlich mit dem Leben bezahlt hat, und davon, wie Mikael mich gefunden und gerettet hat. Zwischendurch muss ich hart gegen die Tränen ankämpfen, zu präsent ist die Erinnerung an meine Mutter. Ich wünschte, sie wäre heute hier und könnte mich unterstützen.

Mikael lehnt sich zurück und lässt mich in Ruhe erzählen. Ab und zu hilft er mir, wenn meine Erinnerung nicht ausreicht, um detailliert zu bleiben, aber ansonsten gibt er mir das

Gefühl, selbstständig genug zu sein, um mein Leben allein in den Griff zu bekommen. Dafür bin ich ihm sehr dankbar.

»Und so sind wir am Hof des Königs gelandet«, erkläre ich weiter und berichte von den vergeblichen Versuchen, meine Magie ans Tageslicht zu rufen. Tialda hört aufmerksam zu und wirft ab und zu ein paar Fragen ein, die ich versuche, so gut wie möglich zu beantworten.

»Deshalb sind wir auf der Suche nach jemandem, der mich lehren kann, meine Kräfte zu benutzen«, beende ich schließlich meine Erzählung. Mein Hals ist schon ganz trocken, weil ich so viel geredet habe, aber ich bin froh, dass wir endlich jemanden gefunden haben, der mehr über das Thema weiß.

»Nun, ich würde sagen, damit seid ihr hier an der richtigen Stelle«, bekundet Tialda. »Herzlich Willkommen in unserem Clan, ihr Drei.«

Kapitel 16
Hayet

Österreich, 2018

»Ist denen eigentlich bewusst, dass wir nur bis Sonntag Zeit haben, um den Berg an Hausaufgaben zu bewältigen?« Jascha stöhnt und fotografiert jeden Zettel ab, der am schwarzen Brett hängt. Die Lehrer scheinen es gut gemeint zu haben und haben wohl nicht daran gedacht, dass wir nicht nur einen Kurs belegt haben. Mit meinen sechs Kursen habe ich da noch Glück, dass es nicht so viel ist. Aber Zoe hat zwölf Kurse belegt, und die anderen nicht viel weniger. Die Aussicht auf vier Tage Hausaufgaben scheint niemanden zu begeistern.

Ich zücke meinen Zettel und Stift, um mir die Sachen aufzuschreiben, die für mich wichtig sind, aber Jascha winkt ab. »Ich schick euch das gleich. Dann braucht ihr nicht mit schreiben.«

»Okay.« Dankbar stecke ich meine Sachen wieder ein und verschwinde aus dem Gewimmel am schwarzen Brett. Während ich auf die anderen warte, fällt mein Blick auf die gegenüberliegende Wand mit den Lehrerfotos. Neugierig gehe ich näher ran und betrachte die Gesichter, von denen ich einige bereits getroffen, andere aber auch noch nie gesehen habe. An einem bleibe ich hängen.

Mein Puls beginnt zu rasen. Das ... das kann doch nicht sein.

Moses Kavanagh, steht da.

Moses.

Moose.

Das ist der Mann aus meinen Träumen.

Ein Lehrer.

Er ist hier.

DER SCHRITT INS DUNKLE

Kapitel 1

Aslan

Österreich, 2018

So früh morgens ist kaum jemand wach, dennoch bin ich froh, dass mich die Dunkelheit vor neugierigen Blicken schützt, während ich mir meinen Weg durch die Gänge bahne. Die wenigen Wächter, die mir um diese Uhrzeit begegnen werden, sind vorhersehbar. Sie laufen die immer gleichen Wege, bleiben an den immer gleichen Stellen stehen, schauen in die immer gleichen Richtungen. Fast als wären sie keine denkenden Menschen, sondern einfach nur Figuren des Palastes.

Ich frage mich, ob sie einem Angriff wie dem auf *Najam Ahmar* überhaupt gewachsen wären.

Heute Morgen ist trotzdem alles anders. Heute empfängt man die ersten Gäste, die dem Rat beiwohnen, um Strategien für das weitere Vorgehen zu besprechen. Deshalb mache ich um die Eingangshalle einen großen Bogen und widme mich stattdessen einem Teil des Schlosses, in dem ich bisher noch nicht gewesen bin. Dem Lehrerbereich.

Die beiden Etagen im linken Flügel des Schlosses sind nicht ausdrücklich für Schüler gesperrt, dennoch fühlt es sich an, als würde ich etwas Verbotenes tun, während ich die Glastür leise aufdrücke und genauso leise wieder schließe.

An den meisten Türen hängen Namensschilder. Das macht es leichter, Räume im Vorbeigehen auszuschließen. Mit jeder Tür wächst die Nervosität in meinem Inneren, die ich lange nicht mehr so lebendig gespürt habe. Soll das der Tag sein, an dem ich endlich fündig werde?

Nach all den Jahren des Leidens und Suchens.

Nach Prophezeiungen, gutgemeinten Ratschlägen und fehlgeschlagenen Versuchen.

Ich schüttle den Kopf. *Jetzt bloß nicht sentimental werden*, denke ich, verwundert darüber, dass die Scheiß-egal-Einstellung mit jedem Tag mehr schwindet. Das hat nicht einmal Willem geschafft, woran liegt es also dann?

Am Ende des Ganges befindet sich eine Wendeltreppe, die in die darüberliegende Etage führt. Nach einem kurzen Blick auf die Uhr beschließe ich, auch dort noch nachzusehen, bevor ich mich wieder auf den Weg zurück in das Schülerquartier mache. Es kann nicht mehr so lange dauern, bis die ersten Frühaufsteher aus den Betten fallen.

Ich beeile mich, die letzten Räume zu überprüfen, und ganz am Ende, als ich schon glaube, nicht mehr fündig zu werden, entdecke ich es plötzlich.

Freya Erikson.

Direktorin.

Mir wird mulmig zumute, während ich die weiße Tür mit den goldenen Verzierungen betrachte. Und jetzt? Einem Ur-Instinkt folgend hätte ich beinahe das Ohr an die Tür gelegt, um zu lauschen, aber dann beschließe ich, meine Fähigkeiten zu nutzen. Ich gehe ein paar Türen zurück und finde eine Besenkammer, in die ich mich zurückziehe, um meine Kleidung abzulegen und in einem Regal zu verstauen. Dann konzentriere ich mich auf das, was ich sein möchte, spüre zunächst das Kribbeln in Händen und Füßen, bevor ich die Augen wieder öffne und auf dem Boden hocke.

Ich schüttle meine acht Beine aus und bewege mich tapsig zur Tür. Ein Spinnenkörper war noch nie mein Favorit, aber praktisch ist er trotzdem, um unter Türspalten hindurchzukriechen und unauffällig zu sein.

Eilig husche ich über den Flur zu Freyas verzierter Tür und sehe mich noch einmal um, bevor ich mich unter der Tür durchquetsche und die Wand emporklettere. Erst oben in der Ecke schaue ich mich um.

Ich befinde mich in einem spartanisch eingerichteten Wohnzimmer, von dem zwei weitere Türen abgehen. Das grüne Samtsofa sieht aus, als hätte es schon bessere Tage gesehen, aber woher soll Freya das wissen, wenn es ihr keiner sagt? Auf dem kleinen Beistelltisch liegt ein dickes Buch in Brailleschrift, daneben ein halbleeres Glas Wasser. In einer Ecke des Raumes steht eine moderne Küchenzeile, die allerdings nicht den Luxus einer vollwertigen Küche bietet. Es wirkt ganz so, als würde Freya sich hier nur gelegentlich aufhalten.

Ich krabble über die Decke auf eine hübsche Flügeltür zu und zwänge mich durch den Spalt zwischen Rahmen und Tür, bevor ich mich umsehe und erstaunt innehalte.

Freya ist hier.

Sie liegt in einem französischen Bett und schläft auf den Bauch gedreht. Ihre blonden Haare sind viel kürzer als damals, aber keinen Deut dunkler. Sie hat sie zu einem Zopf gebunden, damit sie im Schlaf nicht stören, eine Angewohnheit, die sie in all den Jahren nicht verändert hat. Eine Faust hat sich in ein Kissen vergraben, und zwischen ihren Brauen hat sich eine leichte Falte gebildet.

Sie sieht kaum älter aus als damals, und ich frage mich, wie das sein kann.

Bilder unserer gemeinsamen Vergangenheit füllen meine Gedanken – so wie jedes einzelne Mal, während ich sie in der Zeit hier gesehen habe. Irgendwie hatte ich mir eingeredet, über sie hinweg zu sein. Über das, was wir erlebt haben. Über die guten und die schlechten Tage. Über die Liebe und den Hass, über die Verzweiflung und die Tiefschläge und unseren unbändigen Wunsch danach, endlich eine Heimat zu finden.

Scheint, als wäre sie fündig geworden.

Sie bewegt sich, gähnt und reibt sich über die Augen, bevor sie die Decke zurückschlägt und ihre schlanken Beine aus dem Bett streckt.

Ich halte unwillkürlich den Atem an, obwohl sie mich wohl kaum an der Decke hängen spüren wird.

Eine Weile beobachte ich sie dabei, wie sie den Schlaf abschüttelt und sich auf den Tag vorbereitet. Ihre Bewegungen sind schwerfällig, fast so, als würde sie von einem unsichtbaren Gewicht hinuntergedrückt.

Wenn ich mich nur daran erinnern würde, wie sich unsere Wege getrennt haben.

Sie löst ihren Zopf und kämmt die Haare mit ihren Fingern durch. Sie fallen ihr gerade mal auf die Schultern, aber irgendwie mag ich das. Sie nimmt ein paar Kleidungsstücke aus dem Schrank und verschwindet ins angrenzende Badezimmer.

Mein Stichwort.

Jetzt, da ich weiß, wo ihre Räume sind, sollte ich kein Risiko eingehen und mich erwischen lassen. Ich kann später zurückkehren, um das zu suchen, was mir gehört.

Also krabble ich zurück zur Tür, schlüpfe durch den Spalt und kehre in die Besenkammer zurück, um mich in den Schüler zu verwandeln und meine Kleidung anzuziehen. Auf dem Weg Richtung Schülertrakt begegnen mir zwei Wächter, die mir angespannt zunicken. Wirkt, als wären sie auf dem Weg zur Besprechung. Sie scheinen sich nicht darüber zu wundern, dass ein Schüler so früh am Morgen durch den Palast rennt.

Sie sollten dringend mehr Vorsicht an den Tag legen.

Kapitel 2

Azalea

Österreich, 2018

Es tut mir so leid«, flüstere ich den Tränen nahe und greife nach seiner Hand, weil das womöglich die einzige Stelle seines Körpers ist, die nicht schmerzt. Seine Lider flattern, und er hat Mühe, sie aufzuhalten. »Kannst du aufstehen? Ich bring dich hier raus.«

Er schüttelt leicht mit dem Kopf, und mir fällt das Herz in die Hose, als mir bewusst wird, dass er alles gegeben und es doch nicht gereicht hat.

»Du musst«, wispere ich und streichle ihm durchs Haar. »Du kannst nicht hierbleiben.«

»Ich … kann nicht.« Seine Stimme ist kaum ein Hauch, und es fällt mir schwer, die Tränen zurückzuhalten. Aber ich muss. Für ihn. »Azalea …«

Seine meerblauen Augen fixieren mich mit einer Panik, die ich noch nie gesehen habe.

Das muss es sein.

Die Angst vorm Sterben.

Ich presse die Lippen aufeinander, ziehe seinen Kopf auf meinen Schoß und streichle ihn weiter.

Sei stark.

»Du musst keine Angst haben«, erwidere ich leise und schlucke den Kloß in meinem Hals hinunter. »Ich bin bei dir. Ich lasse dich nicht los. Ich versprech's dir.«

Er sucht in meinen Augen nach der Wahrheit meiner Worte. Ich lächle ihn an, auch wenn es mir das Herz bricht.

»Ich verspreche es«, wiederhole ich erstickt. »Du bist nicht allein.«

Mit einem lauten Keuchen reiße ich die Augen auf und verharre für einen Moment in dieser Zwischenwelt von Traum und Wirklichkeit. Ich versuche mir einzureden, dass ich bloß schlecht geträumt habe. Aber das ist es nicht. Es ist kein Traum, sondern eine Erinnerung, die mich nie wieder loslässt.

Ich strample die Decke von meinen Beinen und stehe auf, um das Licht einzuschalten und den Raum mit Erleichterung zu fluten. Das Licht hilft mir, die bösen Geister meiner Erinnerung zu vertreiben.

Es hilft jedoch nicht gegen den pochenden Schmerz, der sich in meiner Brust ausbreitet, wann immer ich an Melvin denke. Verzweifelt lasse ich mich aufs Bett zurückfallen und vergrabe das Gesicht in meinen Händen.

Es ist meine Schuld, dass er tot ist.

Wäre mir diese Kette nicht so verdammt wichtig gewesen, hätte er mich nach Hause gefahren und mein verteufeltes Leben mit einem gut gemeinten Gruß verlassen.

»Merde«, murmle ich und stehe auf, um mich anzuziehen. Es dämmert noch, aber an Schlaf ist auch nicht mehr zu denken. Nicht, wenn mich Bilder von Melvin verfolgen, wann immer ich die Augen schließe. Mein Blick fliegt zu dem leeren Bett auf der anderen Seite des Raumes. Ich frage mich, ob es mir besser gehen würde, wenn ich eine Zimmergenossin hätte. Oder wäre es dann schlechter? Hätte ich vielleicht sogar Angst vor ihr, so wie ich ganz zu Beginn vor allem Angst hatte, was nur annähernd magisch war?

Wenn ich das bedenke, gleicht es einem Wunder, dass ich mich mit Hayet, Zoe, Aslan und Jascha so gut angefreundet habe. Sie geben mir das Gefühl, nicht vollkommen fehl am Platz zu sein, auch wenn ich meine eigene Magie bisher noch nicht hervorlocken konnte.

In der Hoffnung, einem von ihnen zu begegnen, damit sie mich von meinen Gedanken ablenken können, verlasse ich kurze Zeit später mein Zimmer. In einer Hand mein Handy und den Zimmerschlüssel, in der anderen ein Buch, das ich mir gestern in der Bibliothek ausgeliehen habe.

Im Kaminzimmer treffe ich tatsächlich auf Hayet und Aslan, die über einem dicken Buch brüten und angestrengt nachzudenken scheinen. Sie bemerken mich erst, als ich mich ihnen gegenüber auf das Sofa fallen lasse.

»Morgen«, begrüßt mich Hayet mit einem Gähnen.

»Morgen.« Ich schenke ihr ein müdes Lächeln und lege meine Sachen auf den Tisch. »Was macht ihr so früh hier?«

Aslan blickt auf und mustert mich aus dunklen Augen. Ein warmes Gefühl breitet sich in meiner Magengrube aus, und ich schaue verlegen auf meine Hände. Ich weiß nicht, was das zwischen uns ist. Wir reden kaum, und doch fühlt es sich an, als würde uns etwas verbinden. Fast wie ein unsichtbares Band. Und so wie er mich manchmal ansieht, scheint er es ebenfalls zu spüren.

»Nichts Besonderes.« Hayet zuckt mit den Schultern und schlägt das Buch zu. »Aslan gibt mir ein bisschen Nachhilfe in der Geschichte der Magie.«

»Nachhilfe?« Jetzt schon? Dabei sind wir gerade mal etwas über eine Woche hier. Argwöhnisch lasse ich meinen Blick über den Buchtitel gleiten, aber tatsächlich – es ist das Lehrbuch für den *Geschichte-der-Magie*-Unterricht.

»Ja, ich …«, setzt Hayet an, und Aslan fällt ihr ins Wort.

»Hayet dachte sich, für ihren neuen Job in der Bibliothek sollte sie vorbereitet sein.«

»Du hast einen Job?« Ich reiße erstaunt die Augen auf. Vor ein paar Tagen klang es noch so, als würde Hayet nichts lieber als wieder verschwinden. Dass sie plötzlich in der Bibliothek arbeitet, überrascht mich.

Sie hebt noch einmal die Schultern. »Herr Seidel hat mir einen Bewerbungszettel in die Bücher gelegt. Ich hab mich gestern bei ihm gemeldet.«

»Das freut mich.« Ich lächle sie aufrichtig an. So besteht wenigstens die Chance, dass Zoe und Hayet bleiben, bis ich mich in meine neue Rolle eingefunden habe. Ich könnte es nicht ertragen, wenn sie abreisen und mich in all dem Chaos hier allein lassen.

Wir reden noch eine Weile über die Bibliothek, bevor wir das Thema wechseln und über die Worte der Direktorin rätseln, mit denen sie uns gestern vom Unterricht freigestellt hat. Im Palast ist es mittlerweile gewimmelt voll, und man hört noch mehr unterschiedliche Sprachen als sowieso schon. Vertreter aus allen möglichen Ländern sind eingetroffen, um mit dem Rat über das weitere Vorgehen zu diskutieren.

Eins ist jedenfalls allen klar: Es muss etwas getan werden.

»Nur was?«, überlegt Hayet laut. »Ich meine, es ist ja nicht so, als könnten sich Hexen und Wächter nicht schützen.«

»Nicht gut genug, scheinbar.« Aslan lehnt sich zurück und verschränkt die Hände hinter dem Kopf. »Ich meine, ganz ehrlich: So schwer kann es nicht sein, sich als Gestaltwandler hier einzuschleichen, oder?«

Seine Worte lassen mein Herz schneller schlagen. Mein Blick fliegt zu Hayet, die nicht minder entsetzt aussieht. Sie schüttelt kaum merklich mit dem Kopf, in ihren Augen erkenne ich die unausgesprochene Bitte, Yanis nicht zu verraten.

»Das glaub ich nicht.« Ich lache auf, als wäre seine Idee absurd. Hayet, Zoe und Yanis haben mir geholfen, ich würde ihnen niemals in den Rücken fallen. »Hier laufen so viele Wächter rum. Außerdem ist der Palast doch mit Magie geschützt.«

Er zuckt mit den Schultern und springt auf. »Wie dem auch sei. Ich muss Jascha wecken und meine Sachen holen. Wir sehen uns beim Frühstück.«

Ich blicke ihm hinterher, bis seine hochgewachsene Gestalt hinter den Flügeltüren verschwunden ist. Dann wende ich mich Hayet zu.

»Meinst du, er ahnt was?«, fragt sie mich mit blassem Gesicht.

»Nein«, wispere ich zurück. »Ich denke nicht. Er hat das sicher nur so daher gesagt.«

»Eigentlich stand für ein paar Wächterschüler heute ein Ausflug in den Ort an, aber so wie es aussieht, wurde der abgeblasen.« Jascha grummelt und beißt von seinem Brötchen ab. »Ich hatte gehofft, wir könnten mal ein bisschen Schokolade besorgen. Das vermisse ich echt tierisch.«

Zoe schließt die Augen und konzentriert sich, kurz darauf taucht neben Jaschas Teller eine Tafel Vollmilchschokolade auf. Sie schmunzelt, weil er sie verblüfft ansieht.

»Manchmal wäre ich auch gerne eine Hexe«, murmelt er kopfschüttelnd und hebt die Tafel hoch, um sie zu untersuchen. Er zögert nicht lange und knickt einen Riegel ab, bevor er die Verpackung löst und davon abbeißt. Genüsslich schließt er die Augen. »Zoe! Es ist offiziell. Du bist meine Lieblingshexe!«

»Ich fühle mich geehrt.« Sie grinst ihn an und ruft mir unser Gespräch über die Jungs wieder in Erinnerung. Es ist kaum zu übersehen, dass sie auf Jascha steht. Kein Wunder, mit seiner offenen Art umgarnt er jeden.

Außer Silas vielleicht, der ihm jetzt schon zwei Mal in den Krankenflügel befördert hat.

Aber Jascha nimmt es mit Humor, und das ist es, was ihn ausmacht. Er scheint immer fröhlich zu sein, ganz im Gegensatz zu Aslan, den man oft genug grüblerisch vorfindet.

Ich lasse meinen Blick zu ihm gleiten und stelle fest, dass er mich betrachtet. Mein Herz macht einen Satz, bevor ich ihm die Zunge rausstrecke und er zu lächeln beginnt.

»Ich hab heute Nacht etwas Merkwürdiges geträumt«, füllt Hayet die Stille, die nach Zoe und Jascha entstanden ist. Es ist das erste Mal, das an unserem Tisch über Träume gesprochen wird, und ich bin neugierig, was die anderen wohl in ihren Nächten verfolgt. »Ich bin durch einen dunklen Gang gelaufen, und dann war ich plötzlich in einem lichtdurchfluteten Innenhof. Das Gebäude war verlassen und mehrere Stockwerke hoch. Irgendwie schaurig. Es war wie ein altes Gefängnis.«

Ich erstarre und kralle mich an der Tischplatte fest, während ihre Worte zu mir durchsickern.

»Ich war nicht allein. Da war jemand bei mir. Ein blonder Mann mit einem breiten Lächeln«, beschreibt sie weiter. Ich muss ihr nicht zuhören, ich weiß genau, von wem sie spricht. Es muss so sein. In einer Welt wie unserer gibt es keine Zufälle mehr.

»Er …« Hayet stockt. »Er hat mich vor einem Gestaltwandler gerettet.«

»Melvin«, flüstere ich, gefangen in der Erinnerung seiner letzten Minuten. An seine blauen Augen, aus denen langsam, aber sicher das Leben weicht. An seine Angst vor dem Tod.

Eine entfernte Stimme durchschneidet meine Gedanken. »Azalea?« Ich konzentriere mich auf den Klang und blinzle. Aslans Gesichtszüge werden schärfer. Er blickt mich besorgt an. »Alles in Ordnung?«

Ich versuche zu nicken, aber irgendwie kommt dabei ein Kopfschütteln zustande. *Vielleicht ist jetzt der richtige Zeitpunkt gekommen, um den anderen von meiner Geschichte zu erzählen,* denke ich und hole einmal tief Luft, bevor ich ihnen mit stockendem Atem von Melvin und dem Gefängnis in Lille erzähle.

Mit jedem Wort verschwindet das Gewicht von meinen Schultern. Es tut so gut, endlich über die Geschehnisse zu sprechen. Es den Leuten zu erzählen, die mich verstehen, weil sie wissen, dass ich keinen Unsinn rede. Als ich bei Melvins Tod angelangt bin, kann ich die Tränen nicht länger zurückhalten. Hayet streichelt meine Schultern, und Aslan streckt eine Hand über den Tisch aus, um nach meiner zu greifen.

Zoe ballt ihr Hand zur Faust, zaubert mit dem Öffnen ein weißes Stofftaschentuch hervor und reicht es mir. Und trotz all der Trauer, die ich in meinem Inneren gefangen halte, spüre ich zum ersten Mal seit Tagen endlich wieder so etwas wie Glück.

»Ich frage mich nur, wieso ausgerechnet du davon träumst«, schließe ich meine Erzählung an Hayet gerichtet ab. Sie reibt sich mit der freien Hand übers Gesicht.

»Der Traum war da noch nicht vorbei«, sagt sie und senkt ihre Stimme. Automatisch rutschen wir alle dichter an den Tisch. »Ich hab ihn gesehen. Nach seinem Tod. Angekettet wie ein wildes Tier in einem Raum, der aussieht, als könnte er zum Palast gehören.«

Auf meinen Armen bildet sich eine Gänsehaut.

»Ich glaube, er ist hier.«

Kapitel 3

Willem

Brive-la-Gaillarde, 1944

Ich wache langsam auf und spüre, dass sich etwas verändert hat. Irgendetwas fehlt.

Und es fehlt so sehr, dass es wehtut.

Ich komme nicht darauf, was es ist, also liege ich einfach noch eine Weile da und lausche in mich hinein. Früher war da immer so ein Summen, ganz unterschwellig, kaum spürbar, aber trotzdem irgendwie da.

Emma.

Vor Schreck öffne ich die Augen. Es ist ihr Summen, das fehlt. Die Magie, das Band, das uns verbindet, seit wir zum ersten Mal unsere Träume geteilt haben.

Ich versuche mich zu erheben, um nach ihr zu suchen, aber ich kann mich kaum bewegen. Es fühlt sich an, als hätte ich sämtliche Knochen gebrochen.

»Du bist wach.« Eine mir bekannte Stimme unterdrückt die aufkeimende Panik. Ich wende den Kopf und nehme meine Umgebung zum ersten Mal wahr, seit ich wach bin. Das Wohnzimmer hat schon bessere Zeiten gesehen, die Schränke sind leergeräumt, ein paar lose Fotos liegen auf den Regalböden, teilweise ist das Glas eingeschlagen worden.

Aber am schlimmsten ist die weggerissene Wand, vor die man ein paar zerfetzte Vorhänge gehängt hat, die sanft im Sommerwind wehen. Der Mann, der den Vorhang beiseitegeschoben hat, um den Raum zu betreten, blickt mich erleichtert an.

»Mikael«, krächze ich. »Was ist passiert?«

Er kommt zu mir, hockt sich neben das Sofa, auf dem ich liege, und gibt mir etwas Wasser. Das hilft mir dabei, wenigstens so weit zu Kräften zu kommen, dass ich mich aufsetzen kann. Offensichtlich habe ich keine ernsteren Verletzungen.

»Du erinnerst dich nicht?« Er fährt sich mit einer Hand durch das kurze, dunkle Haar.

Ich schüttle verwirrt den Kopf. »Sag schon. Ich kann Emma nicht mehr spüren. Wo ist sie? Ist sie bei uns?«

In seinen Gesichtszügen spiegelt sich Bedauern wieder.

Mein Herz bleibt für einen Moment stehen. »Nein …«, flüstere ich. »Das … Sie ist nicht …«

»Ich weiß es nicht.« Er verzieht das Gesicht und stellt die Flasche auf den Boden. »Ich glaube nicht, dass sie … überlebt hat.«

Ich atme schwer aus.

»Wer nicht entkommen ist, ist tot«, murmelt Mikael.

Vage beginne ich mich zu erinnern. »Aber wir haben doch gerade erst einen Erfolg …«

Er schüttelt den Kopf. »Tulle war kein Erfolg. Die Wehrmacht war längst auf dem Vormarsch. Sie haben am Morgen angegriffen und kaum Überlebende gelassen.«

»Daran erinnere ich mich nicht.« Aber allein seine Erzählung lässt mich erschaudern. Ich weiß nicht, wie wir entkommen sind, während viele unserer Freunde sterben mussten. Während Emma … Anders kann ich mir nicht erklären, dass die Verbindung plötzlich weg ist. »Wie haben wir es geschafft?«

»Haben wir nicht.« Mikael schaut mich wieder an. »Unter den Soldaten waren Hexen und Gestaltwandler. Einer von ihnen hat dich erwischt und getötet.«

Ich lache auf, so absurd klingen seine Worte. Wenn ich tot wäre, würde ich wohl kaum hier liegen und dieses Gespräch mit ihm führen. Vielleicht fiebere ich. Vielleicht ist das gar nicht real, sondern ich liege in irgendeinem Lazarett und verende an einer Kampfwunde. Vielleicht lebt Emma noch. Vielleicht sitzt sie sogar neben meinem Bett und hält meine Hand.

Nein ... dann würde sie versuchen, mich zu heilen. Sie würde nicht zulassen, dass mich ein Mensch zusammenflickt, wenn sie die Möglichkeit hat, ihre Magie auf mich anzuwenden.

»Wenn ich wirklich gestorben bin, wie kann es dann sein, dass ich hier mit dir spreche?«, frage ich ihn, obwohl ich ahne, dass er mir keine Lügen erzählen würde.

»Ein Wächter, der durch Magie stirbt, wacht wieder auf«, erklärt er mir, »weil er zum Gestaltwandler wird.«

Kapitel 4

Ivan

Österreich, 2018

Im Radio läuft einer meiner Lieblingssongs. Ich bin versucht, die Lautstärke aufzudrehen, aber ich will Louisa nicht wecken. Nach allem, was bei Diana geschehen ist, kann sie den Schlaf sicher gut gebrauchen.

Doch als hätte sie gespürt, dass ich über sie nachdenke, rührt sie sich und schlägt gähnend die Augen auf. Unter ihnen liegen tiefe Schatten, und in diesem Moment wünsche ich mir für sie nur noch, dass sie sich am Palast einlebt und Frieden mit dem Geschehenen machen kann.

»Guten Morgen«, begrüße ich sie.

»Morgen?« Sie runzelt die Stirn. »Es ist noch dunkel.«

»Aber es ist schon sieben Uhr«, erwidere ich lachend. Im Winter ist es hier in den Bergen oft stockdunkel. Bis die Sonne hoch genug steht, um ihr Licht auch in die Täler zu lassen, dauert es manchmal eine Weile.

»Viel zu früh.« Louisa reibt sich über die Augen und gähnt noch einmal, bevor sie aus dem Fenster schaut und versucht, etwas zu erkennen. »Sind wir schon in den Bergen?«

Die nächsten Serpentinen beantworten ihr diese Frage.

»In etwa dreißig Minuten sind wir da.« Ich deute aufs Navi, das ich eigentlich nicht mehr brauche, aber aus Gewohnheit läuft es immer mit. »Freust du dich schon?«

Sie schüttelt den Kopf. »Gerade kann ich mich noch nicht freuen. Ich mach mir zu viele Sorgen um die anderen.«

»Das ist nicht ihre erste Mission«, erkläre ich und spreche nicht laut aus, dass Moose die Missionen normalerweise über den PC begleitet. Dass Alex ihn unbedingt dabeihaben wollte, kann ich nicht nachvollziehen. Vielleicht liegt es daran, dass er einen erfahreneren Wächter bei Louisa wissen wollte. »Alex und Daniel haben viel Erfahrung, und Moose ist bei ihnen in den besten Händen.«

»Ist das immer so?«, fragt sie. »Also seid ihr ständig unterwegs, um Leute zu retten und Hexenjäger und Gestaltwandler zu bekämpfen?«

»Es gibt auch ruhigere Zeiten.« Und das aus meinem Mund – obwohl ich die letzten drei Wochen faktisch nicht am Palast gewesen bin, weil Freya mich von einem Ort zum anderen gescheucht hat. Als wüsste sie, dass ich was im Schilde führe. »Alex ist einer unserer besten Kämpfer«, erzähle ich Louisa, weil sie nicht zufrieden aussieht. »Aber weil er als Lehrer mindestens genauso wichtig ist wie als Wächter, verbringt er viel Zeit im Palast. Er wechselt sich mit Silas, Daniel und mir ab, und darüber hinaus haben wir noch einige andere Wächter, die Missionen begleiten und uns unterstützen.«

»Hm«, macht Louisa und schaut aus dem Fenster. »Das muss ein anstrengendes Leben sein.«

»Wir kennen es nicht anders.« Im Gegenteil, ich glaube, wenn wir den Palast nicht regelmäßig verlassen würden, um uns in der Welt auszutoben, wäre uns ganz schnell langweilig. Dafür sind wir es zu sehr gewohnt, aktiv zu handeln. »Das ist unser Leben, seit wir Wächter sind.«

Ich beschließe, dass es an der Zeit ist, ihr ein paar Fragen zu stellen, um ihren psychischen Zustand besser einschätzen zu können. Sie kommt mir ruhig vor und das, obwohl so viel geschehen ist.

»Wie geht es dir, Louisa?«

»Gut.« Sie verschränkt die Arme vor dem Bauch und sieht mich trotzig an, also ahne ich, dass es ihr nicht so gut geht, wie sie behauptet.

»Machst du dir Sorgen um Alex?«

Sie schaut weg und signalisiert, dass sie darauf nicht antworten möchte. Ich kann sie verstehen, immerhin haben Tyros und Moose ihr sicher eingebläut, dass sie mit niemandem über ihre Beziehung zu Alex sprechen soll.

»Alex ist mein Bruder«, setze ich an. »Du kannst mit mir sprechen, ohne etwas zu befürchten. Ich würde ihm niemals etwas Böses wollen.«

»Haben wir einen Fehler gemacht?«, fragt sie schließlich doch.

»Fühlt es sich denn wie einer an?«

Sie schüttelt den Kopf. »Das ist es ja. Es fühlt sich eben nicht so an, und ich frage mich die ganze Zeit, wieso es verboten ist. Ich versteh den Sinn dahinter nicht.«

»Ich auch nicht«, weihe ich sie ein. »Ich bin ein Gegner dieser ganzen Hexen-und-Wächter-dürfen-keine-Beziehung-haben-Geschichte – aber es gibt zu viele Befürworter im Rat. Es wird sicher noch einige Jahre dauern, bis man die Gesetze unserer Welt ändert.«

Wenn wir nicht schon vorher dafür sorgen.

»Ich finde eure Welt ganz schön verschroben«, meint sie und lockert ihre Arme. »Du kannst mir doch nicht erzählen, dass man sich nicht ineinander verliebt, wenn man jede Nacht miteinander verbringt. Und da das gemeinsame Träumen nicht verboten ist, muss es doch zig heimliche Paare geben.«

»Nicht jeder ist verbunden«, erwidere ich bloß. Sie hat recht. Meine Eltern waren nicht das einzige Beispiel, Alex und Louisa, Silas und Lena, wahrscheinlich sogar Tyros ... Wenn sogar der Ratsvorsitzende eine Frau hat, die alles für ihn tun würde, wie wahrscheinlich ist es da, dass über die Hälfte unserer magischen Welt lügt und betrügt, was die Gesetze angeht?

Und wieso sind so wenige Leute bereit, sich für eine Gesetzesänderung einzusetzen?

»Ich frage mich, ob sie Angst haben«, überlege ich laut.

Louisa sieht mich verwirrt an. »Wer?«

»Die Leute, die eine heimliche Beziehung haben und vor dem Rat so tun, als würden sie die Gesetze befürworten«, erkläre ich. »Es muss daran liegen, dass sie Angst davor haben, dass jemand hinter ihr Geheimnis kommen könnte. Anders kann ich mir das nicht erklären.«

»Wenn ihr auch gleich mit Entmachtung droht, ist es doch kein Wunder, dass sich niemand traut, den Mund aufzumachen.« Louisa zuckt mit den Schultern. »Wenn du mich fragst, sind das ganz schön mittelalterliche Zustände bei euch.«

»Da stimme ich dir vollkommen zu«, erwidere ich und öffne die Tiefgarage im Berg, in der sich der gesamte Fuhrpark des Palastes befindet. Damit ist unser Gespräch vorerst vergessen, denn wir haben den Palast erreicht, und ich habe endlich die Möglichkeit, meine eigenen Ziele weiterzuverfolgen.

Kapitel 5

Moose

Marrakesch, 2018

Ich klemme mir das Tablet unter den Arm, nehme die rote Basecap ab und fahre mir durch die vom Schweiß feuchten Haare, während ich darauf warte, dass Alex aus dem Mietwagenverleih kommt. Dann setze ich die Cap wieder auf, wische meine feuchten Finger an der Hose ab und nehme das Tablet zurück in die Hand, um darauf das Protokoll von der gestrigen Ratssitzung zu überfliegen. Für alles andere habe ich nicht genug Netz. Ich könnte zwar das WLAN der umliegenden Gebäude anzapfen, aber für unseren kurzen Aufenthalt hier lohnt sich der Aufwand kaum.

Diskussion um Handlung bzgl. Tyros Mansour. Team unter Kommando von Alexander Romanovic entsandt: Moses Kavanagh, Daniel Peters, Denise Schiffers und Jakob Gruber. Status-Updates in regelmäßigen Abständen.

Ich muss die detailgetreue Wiedergabe der Diskussion um unsere Rettungsmission nicht lesen, weil ich auch so weiß, welche Wächter und Hexen Widersprüche geleistet und welche die Diskussion als Zeitverschwendung angesehen haben, weil ein Team bereits entsandt wurde. Einige von ihnen wären froh, wenn Tyros nicht mehr zurückkehren würde – dessen bin ich mir sicher.

Seit er an der Spitze ist, hat sich vieles verändert. Er hat dafür gesorgt, dass Wächter und Hexen zu den Mahlzeiten zusammen an einem Tisch sitzen können. Dass sie ihre Freizeit miteinander verbringen dürfen, ohne dass ihnen unterstellt wird, eine zu tiefe Beziehung eingegangen zu sein. Ohne ihn würde es meinen Job nicht geben, und die Lehrer würden immer noch auf Tafeln schreiben, statt die neueste Technik zu benutzen.

Der Gedanke daran, wie oft er sich in den Ratssitzungen behaupten musste, macht mich wütend. Die Leute, die so versnobt und altmodisch denken, freuen sich jetzt vermutlich darüber, dass er verschwunden ist.

»Worüber zerbrichst du dir so angestrengt den Kopf?« Daniel kommt raus und klimpert mit den Autoschlüsseln. »Kein WLAN?«

Normalerweise würde ich auf sein Gefoppe eingehen, aber heute ist mir nicht im Geringsten nach Späßen zumute. »Sehr witzig«, entgegne ich und stecke das Tablet zurück in meinen Rucksack. Mein T-Shirt ist durchgeschwitzt. Wieso muss es hier so verdammt heiß sein?

Daniel hebt bloß eine Braue, einen Kommentar spart er sich. Er kennt mich gut genug, um zu wissen, wie es in mir aussieht. Dass ich mir Sorgen mache um den Mann, der mich großgezogen hat.

»Wo steckt Alex?«

»Bezahlt die Kaution.« Daniel deutet auf zwei Jeeps, die nebeneinanderstehen. »Das sind unsere. Wir sammeln erst Jakob und Denise am Flughafen ein und treffen dann Malika in Loudaya, bevor wir zur Hotelanlage fahren.«

»Wo Tyros hoffentlich steckt«, erwidere ich wenig optimistisch. Die Überwachungskameras in Marokko sind spärlich gesät, an Straßenüberwachung brauchen wir nicht einmal denken. Die einzige Spur, die uns weitergeführt hat, waren die Bilder eines kleinen Geschäftes und das Kennzeichen des Autos, in dem man Tyros verschleppt hat. Ich musste einige Verbrechen begehen, um einen Satelliten zu hacken, dessen Bilder das Auto zeigen. Eine Suche, die mich fünfzehn Stunden gekostet hat.

»Er wird dort sein.« Daniel legt seine Hand kurz auf meine Schulter. »Du hast deine Arbeit gut gemacht.«

»Ich hätte das Gefahrenpotenzial einschätzen müssen, bevor er in Marokko angekommen ist.« Seufzend blicke ich Daniel an. »Wenn ich einen einfachen Background-Check gemacht hätte, hätten wir längst gewusst, dass Arifa ein falsches Spiel treibt.«

»Du wusstest nicht mal, dass er sie besuchen würde. Wenn einer Schuld trägt, dann er selbst, weil er uns nicht eingeweiht hat.«

»Ich weiß.« Und das weiß ich wirklich. Aber trotzdem mache ich mir Vorwürfe. Ich hätte die Möglichkeit gehabt, ihn zu warnen. Wenn er mich eingeweiht hätte, wäre es gar nicht erst so weit gekommen, weil er ihr nicht über den Weg getraut hätte. Wenn ich vehementer widersprochen hätte, statt ihn einfach ziehen zu lassen ...

»Fertig!« Alex kommt auf uns zu und wirft den Schlüssel in die Luft. Seit er nicht mehr in der Wohnung eingesperrt ist, wirkt er irgendwie erleichtert. Vielleicht liegt es auch einfach daran, dass das aktuelle Problem seine eigenen in weite Ferne gerückt hat. »Seid ihr bereit?«

Während der Fahrt zum Flughafen stelle ich weitere Informationen zu unserer Operation zusammen und fluche immer wieder über den schlechten Internetempfang, mit dem es eine Ewigkeit dauert, die Satellitenbilder der verlassenen Hotelanlage zu laden, in der Tyros vermutlich gefangen gehalten wird. Das bin ich nicht gewohnt und somit nach kürzester Zeit furchtbar frustriert.

»Entspann dich, Moose.« Alex trommelt mit den Fingern aufs Lenkrad. »Wir haben alles, was wir brauchen. Der Rest ist Bonus. Aber wir kommen auch ohne Grundrisse und so einen Kram klar. Ist doch nicht das erste Mal.«

»Dieser Kram hat uns schon oft genug den Arsch gerettet«, widerspreche ich, verärgert darüber, dass er meine Arbeit mit diesem Wort abtut.

»Ich weiß.« Alex seufzt und fährt sich mit einer Hand durchs

Haar. »Und es wäre gut, die Sachen zu haben. Da stimme ich dir ja zu. Aber es hilft niemandem, wenn du dein Tablet gleich vor lauter Frust aus dem Auto wirfst.«

Er hat recht. Also atme ich tief ein und aus und versuche es entspannt zu sehen. Ausschalten und weglegen kann ich das Tablet trotzdem nicht. Vielleicht lädt das Bild ja noch, bis wir angekommen sind.

Die Hoffnung stirbt nach dem Internet.

»Was denkst du, wird passieren, wenn wir ihn finden?«, fragt Alex nachdenklich. »Ich würd mich gerne auf das Schlimmste vorbereiten, aber irgendwie fällt es mir schwer, mir das Schlimmste auszumalen.«

»Da geht es dir genau wie mir.« Ich lege das Tablet auf meinen Schoß und blicke in den Seitenspiegel. Hinter uns fährt Daniel im zweiten Jeep. »Ich will gar nicht darüber nachdenken, was wäre, wenn er ... du weißt schon.«

Alex verzieht das Gesicht. »Das wäre gar nicht gut. Weder für den Palast noch für den Rat.«

»Und für die Wächter auch nicht.« Ich zucke mit den Schultern. »Alle sehen zu ihm auf. Wenn er nicht zurückkehrt, hätte das Konsequenzen, die keiner von uns absehen kann.«

»Er wird zurückkehren, da bin ich mir sicher.« Er setzt den Blinker, um von der Straße auf die Flughafenzufahrt abzubiegen. »Immerhin reden wir hier von Tyros Mansour.«

Malika trägt den gleichen Nachnamen wie Tyros, weil ihre Familie ihn aufgenommen hat, nachdem seine Eltern ums Leben gekommen sind. Ihr Großvater Youssef hat die beiden großgezogen, weil von Malikas Eltern jede Spur fehlt.

Sie ist siebenunddreißig Jahre alt, sieht aber aus wie Mitte Zwanzig, wenn ihr die Sorge nicht Falten ins Gesicht malen würde. Schnell stellt sich heraus, dass sie sich nicht bloß um Tyros sorgt, sondern außerdem ihre Tochter Junah verschwunden ist. Dafür hat sie uns mit einem Wächter überrascht, den bisher noch keiner auf dem Schirm hatte: Tarek. Er gehört zu den wenigen Überlebenden des Clans und ist ein Freund von Junah.

Stockend erzählen sie von dem Überfall auf *Najam Ahmar* und dem Schreckensmoment, in dem Malika feststellen musste, dass Arifa den Clan an die Hexenjäger verraten hat.

Ich mache mir ein paar Notizen zu Punkten, die ich später vor dem Rat ansprechen möchte und schicke diese, kurz bevor wir unser Ziel erreichen, in einer Mail an Silas – nur für den Fall. Mein letzter Außeneinsatz dieser Art ist schon eine ganze Weile her, ich komme nicht umhin, die Sorge zu bemerken, die sich in meiner Magengrube festgefressen hat.

Ob all das Training im Palast wirklich ausgereicht hat, um mich für eine solche Mission zu rüsten?

Alex wird langsamer, bis er das Auto schließlich einige hundert Meter entfernt von der verlassenen Anlage abstellt. Den Rest legen wir zu Fuß zurück, um mit den Motorengeräuschen nicht auf uns aufmerksam zu machen.

Meine Hand geht wie automatisch angezogen zu dem Lebensbaumanhänger, den Louisa mir vor unserer Abreise geschenkt hat. Dass sie an uns gedacht hat, rührt mich immer noch und beweist wieder einmal, wie dringend wir schlaue Köpfe wie ihren in diesem Kampf gebrauchen könnten. Ich frage mich, was aus ihr und Alex werden wird, wenn wir wieder am Palast sind. Ich für meinen Teil würde ihr Geheimnis einfach für mich bewahren – aber geht das den anderen auch so?

»Und jetzt?«, fragt Malika und schnallt sich ab. »Wie gehen wir vor?«

»Ihr bleibt im Auto. Jakob und Denise bleiben bei euch«, erklärt Alex und deutet auf den Wagen, der neben uns parkt. Daniel, Jakob und Denise steigen aus und kommen zu uns. Ich hole in der Zwischenzeit die kleinen Funk-Ohrstöpsel raus, die wir immer im Einsatz nutzen, und verteile sie an alle, während Alex weiterspricht.

Malika wirkt missmutig, doch sie verkneift sich ihren Widerspruch. Wahrscheinlich ist ihr klar, dass sie sowieso nichts daran ändern könnte. Selbst wenn sie eine mächtige Hexe ist, ihre Kräfte helfen ihr auch nur bis zu einem gewissen Punkt.

Im Zweifel ist es immer besser, sich auf richtige Waffen und Kampftechniken zu verlassen.

Wir rüsten uns mit kugelsicheren Westen aus und tauschen Sneakers gegen beige Kampfstiefel, die sonst die Bundeswehr für den Auslandseinsatz in Wüstengebieten nutzt. Hier draußen ist es noch heißer als in Marrakesch, also will ich nicht ohne Cap rumlaufen. Ich wechsle ich die Rote gegen eine in Tarnfarben, um nicht schon von Weitem sichtbar zu sein. Wir trinken noch etwas, bevor ich meinen kleinen Rucksack mit Tablet und Handy und meine Waffen mit Patronen belade, um sie kurz darauf in die dafür vorgesehenen Holster zu stecken.

Ich bin nervös, obwohl ich diese Routine im Palast regelmäßig übe. Aber das hier ist der Ernstfall. Dieses Mal kann ich nicht aufhören, bevor ich jemanden verletze. Wenn ich es nicht durchziehe, ist nicht nur mein Leben in Gefahr, sondern auch das der anderen.

Also schiebe ich die Bedenken beiseite und schalte die Funkgeräte ein, damit wir sie testen können. Kurz darauf sind wir fertig und bereit.

»Also dann.« Alex nickt uns zu. »Auf in den Kampf.«

Kapitel 6

Azalea

Österreich, 2018

Nach dem Frühstück verlassen wir gemeinsam die Speisehalle. Ich bin immer noch wacklig auf den Beinen, und meine Gedanken lassen Melvin nicht los. Mein Verstand sagt mir, dass ich ihn habe sterben sehen, aber mein Herz beginnt zu hoffen. Was, wenn er noch lebt?

Wir verabreden, uns im Kaminzimmer zu treffen und einen ungestörten Ort zu suchen, an dem wir über die Bedeutung von Hayets Traum sprechen können. Ich will den anderen gerade folgen, als jemand meinen Namen ruft. Verwirrt drehe ich mich um und erkenne einen Mann, der die Hand zum Gruß gehoben hat und auf mich zukommt.

Er ist noch nicht alt, Ende zwanzig vielleicht, und hat braune, verstrubbelte Haare und grüne Augen. Er sieht sympathisch aus.

»Hallo Azalea.« Er kommt etwas außer Atem zum Stehen. Sein Französisch trägt einen östlichen Akzent. Russisch vielleicht. »Du bist doch Azalea, oder?«

Ich nicke.

»Ich bin Ivan Romanovic«, stellt er sich vor und streckt eine Hand aus. Zögerlich schüttle ich sie und frage mich, was der Wächter von mir will. So offensichtlich von einem Lehrer angesprochen zu werden hatte auch auf meiner alten Schule keine gute Bedeutung. »Ich würde dich kurz bitten, mit mir zu kommen. Deine neue Mitbewohnerin ist gerade angekommen.«

Zunächst atme ich erleichtert aus, aber dann wird mir klar, dass ich von nun an kein Zimmer mehr für mich allein haben werde. Was, wenn ich sie nicht mag?

Herr Romanovic wartet meine Antwort nicht ab, sondern macht auf dem Absatz kehrt und kämpft sich seinen Weg durch die Menge an Schülern, die gerade dabei sind, sich im Palast zu verteilen, um gewissenhaft ... oder auch weniger gewissenhaft an ihren Hausaufgaben zu arbeiten. Offenbar vertraut er darauf, dass ich ihm folge, also winke ich den anderen zu und setze ich mich in Bewegung, bevor er hinter der nächsten Ecke verschwinden kann.

Mittlerweile habe ich zwar schon einige Orte des Palastes kennengelernt, aber ich bin trotzdem immer wieder erstaunt, wie viele verschiedene Wege und Räume es hier gibt. Je weiter wir uns von den Mengen in der Halle entfernen, umso leerer werden die Gänge. Herr Romanovic wird langsamer, bis ich zu ihm aufgeschlossen habe.

»Wie geht es dir?«, fragt er mich einfühlsam. »Du siehst aus, als würde dir etwas auf dem Herzen liegen. Fühlst du dich wohl?«

»Ich hab bloß schlecht geschlafen«, lüge ich und schiebe ein falsches Lächeln hinterher, um ihn zu überzeugen. Nur, dass er nicht besonders überzeugt aussieht. Also versuche ich es mit Ablenkung. »Wer ist denn meine neue Zimmergenossin?«

»Sie heißt Louisa«, erklärt er. Dankbar atme ich aus. »Sie hat ein paar harte Tage hinter sich und spricht kein Französisch, aber ich hoffe, ihr versteht euch trotzdem gut.«

Das kann ja lustig werden, denke ich und weiche einer Gruppe Wächter aus, die uns mit ernsten Mienen entgegenkommen. Sie begrüßen Herrn Romanovic mit einem knappen Nicken.

»Das wird schon«, erkläre ich zuversichtlicher, als ich mich fühle. Herr Romanovic kann nicht wissen, was im Gefängnis geschehen ist, aber irgendwie wirkt es trotzdem so, als habe er die Hoffnung, Louisa und ich könnten uns gegenseitig helfen.

Wir erreichen das Sekretariat, das wir an unserem ersten Tag hier schon besucht haben. Neben der Holztür ist ein goldenes Schild mit der Aufschrift *Sekretariat – Lotta Lammertz* befestigt. Eine zweite Sekretärin gibt es nicht. Herr Romanovic klopft an die Tür, während er sie bereits öffnet.

Ich folge ihm in den hellen Raum, der vom Chaos beherrscht wird. »Geordnetes Chaos«, wie Frau Lammertz es an unserem Ankunftstag nannte, bevor sie geschlagene fünf Minuten nach den Aufnahmeformularen gesucht hat.

Heute sitzt sie an ihrem Schreibtisch und tippt mit einem Kugelschreiber gegen den lila Brillenrahmen, während sie angestrengt auf den Bildschirm schaut. Ihre Lippen bewegen sich mal stumm, mal mit Lauten, die sich irgendwie suchend anhören.

Herr Romanovic räuspert sich, und sie hüpft in ihrem Stuhl hoch, als wäre sie bei etwas erwischt worden. Ihr Blick fliegt zu uns, und die blauen Augen weiten sich. »Ivan!«, ruft sie aus und entdeckt mich. »Ich meine ... Herr Romanovic. Du bist ja zurück.«

»Hallo, Lotta.« Ivan Romanovic lächelt die Sekretärin an, die aufsteht und zur Theke kommt, um dort hektisch etwas Ordnung zu machen.

»Ich mache gerade etwas Buchhaltung«, erklärt sie sich. »Deswegen sieht es hier so aus. Was kann ich für euch tun?«

»Ich wollte den zweiten Schlüssel für Louisa von Stein abholen. Azalea ist ihre Zimmergenossin.«

»Ach ja, richtig.« Sie schiebt die Brille mit einem Finger hoch und stößt dabei gegen das Glas. Aber das stört sie nicht weiter, stattdessen macht sie sich unter Zettelbergen auf die Suche nach einem zweiten Zimmerschlüssel. »Ich hab ihn irgendwo hier hingelegt ... ah, da ist er ja!«

Sie hebt ihn mit spitzen Fingern hoch, bevor sie ihn Herrn Romanovic reicht, der sich bei ihr mit einem breiten Lächeln bedankt. Frau Lammertz läuft rot an, doch das sieht Herr Romanovic nicht mehr, denn er hat sich bereits umgedreht, um den Raum zu verlassen. Ob ihm klar ist, dass sie volle Kanne auf ihn steht?

Nicht meine Angelegenheit, denke ich mir und folge ihm ein paar Räume weiter in eine Art Wohnzimmer. Auf dem alten Ledersofa sitzt ein Mädchen in meinem Alter, dunkle Haare, strahlend blaue Augen, ein rundliches Gesicht. Sie hebt den Blick und betrachtet mich neugierig.

»Hallo«, bringe ich auf Deutsch hervor. »Ich bin Azalea.«

Sie lächelt und steht auf, um mir ihre Hand zu reichen. *Komische Deutsche mit ihrem Handgeschüttle.* »Louisa.«

»Würdest du Louisa das Zimmer und den Palast zeigen?«, bittet mich Herr Romanovic. »Ich muss zur Ratssitzung. Ich schaue heute Abend noch mal nach euch.«

»Na klar.«

Kaum sind die Worte raus, schon verschwindet er aus dem Raum, und wir sind allein. Louisa lächelt mich schüchtern an und fährt den Griff ihres Koffers heraus, um ihn hinter sich herzuziehen.

»Englisch?«, fragt sie mich, und ich zucke unsicher mit den Schultern. Die einzige Sprache, die ich gut beherrsche, ist Französisch.

»Können wir versuchen«, antworte ich brüchig, halte ihr die Tür auf, und damit ist es irgendwie beschlossen. Wir unterhalten uns auf Deutsch, Englisch und Französisch, und wenn Worte nicht mehr ausreichen, nutzen wir Hände, Füße und Grimassen, um uns zu verständigen, während wir uns den Weg durch den Palast bahnen.

Am Zimmer angelangt, schließe ich die Tür auf und entdecke einen kleinen Zettel, den jemand unter der Zimmertür durchgeschoben hat. Überrascht bücke ich mich, um das Blatt Papier aufzuheben. Mein weniges Englisch reicht, um den Zettel als Einladung zu verstehen.

Neues Schuljahr – neue Party! Heute Abend um 20:00 Uhr in Raum B323. Achtet auf die Wächter.

»Was ist das?«, fragt Louisa hinter mir.

Ich drehe mich um und reiche ihr den Zettel. »Sieht aus, als hätten wir unsere erste Partyeinladung bekommen.«

Louisa legt ihren Koffer auf das freie Bett, schaut sich um und benutzt das Bad, um sich frischzumachen und umzuziehen. Ich wippe ungeduldig mit den Füßen. Irgendwie passt es mir gar nicht, dass sie ausgerechnet jetzt kommen musste und alles durcheinanderbringt. Eigentlich sollte ich mit den anderen im Kaminzimmer sitzen und über Melvin nachdenken.

Melvin.

Ich schüttle ungläubig mit dem Kopf. Kann es wirklich sein, dass er überlebt hat? Ich hab ihn sterben sehen. Ich hab seinen Puls viermal überprüft, bevor ich aus dem Gefängnis geflüchtet bin. Daran erinnere ich mich noch. An alles, was danach war, nicht mehr.

Nur seinen Tod will mein Kopf offenbar nicht vergessen.

Ich weiß nicht, was geschehen wäre, wenn Hayet mich nicht gefunden hätte. Darüber habe ich in den letzten Tagen oft genug nachgedacht. Hätte ich dann jemals herausgefunden, wer ich wirklich bin? Oder hätte mich früher oder später ein Gestaltwandler oder Hexenjäger erwischt?

Dass nicht alle Gestaltwandler so sind wie der, auf den wir im Gefängnis getroffen sind, hat Yanis bewiesen. Auch wenn ich immer noch argwöhnisch bin, was ihn angeht, so hat er uns geholfen und begleitet Hayet und Zoe treu. Offenbar ist hier nicht alles so, wie es auf den ersten Blick scheint.

Louisa kommt aus dem Bad und reißt mich aus den Gedanken. Sie hat die schwarze Jeans und den dünnen Pulli gegen eine Leggins und ein langes Strickkleid getauscht. Ihre Wangen glänzen rosig, es sieht aus, als hätte sie sich das Gesicht mit kaltem Wasser gewaschen.

»Möchtest du mitkommen?«, frage ich sie und bete instinktiv, dass sie lieber auf dem Zimmer bleiben möchte. Aber sie nickt, und ich sehe meine Pläne, über Melvin zu reden, schwinden. So ein Mist.

Ich versuche mir nichts anmerken zu lassen und stehe stattdessen auf. Wir verlassen das Zimmer, schließen die Tür ab und gehen auf direktem Weg zum Kaminzimmer, wo die anderen hoffentlich noch auf uns warten. Louisa schaut sich ehrfürchtig um und saugt jeden Eindruck auf, der in den letzten Tagen für mich schon zur Normalität geworden ist. All die Pflanzen und Bücher, die Gemälde und unterschiedlichen Türen, die hellen und dunklen Gänge, von denen ich mal weiß, wo sie hinführen und mal nicht. Wir gehen eine Wendeltreppe hinunter und betreten kurz darauf das Kaminzimmer durch die große, weiße Flügeltür.

Es ist voll, weil viele Schüler ihre Aufgaben im Beisein ihrer Freunde erledigen und das Kaminzimmer irgendwie der Treffpunkt für die neuen Schüler geworden ist. Wo sich die älteren Wächter und Hexen aufhalten, haben wir noch nicht herausgefunden.

Meine Freunde sitzen am großen Kamin auf den beiden Chesterfield-Sofas, die sich gegenüberstehen. Auf dem Tisch liegen ein paar Schulbücher und erinnern mich daran, dass ich meine auf dem Zimmer vergessen habe.

Jascha schaut als Erstes auf und entdeckt uns. Er winkt und legt sein Buch beiseite. Ich stelle Louisa vor, und sie reicht allen die Hand, bevor wir uns einen Platz zwischen den anderen suchen. Wenigstens ist es jetzt leichter, sich zu unterhalten, weil Jascha und Aslan dolmetschen können.

Sie fragen Louisa über ihre Reise aus, und sie erzählt uns, dass sie erst vor Kurzem erfahren hat, dass sie eine Hexe ist, und seitdem ist bei ihr schon so einiges schiefgegangen. Sie hat bereits Kontakt mit Gestaltwandlern und Hexenjägern gehabt und eine neue Freundin sterben sehen.

Ich bewundere sie dafür, dass sie darüber mit so viel emotionaler Gefasstheit sprechen kann.

Sie zuckt mit den Schultern. »Ich glaube, ich hab den Schock noch nicht überwunden«, erklärt sie dann leise. »Wir haben sie erst gestern begraben.«

»Das tut mir leid«, entgegnet Zoe mitfühlend, und auch uns anderen fällt es schwer, die entstandene Lücke mit angemessenen Worten zu füllen.

Louisa lächelt und deutet auf den Tisch, der mit Schulunterlagen gefüllt ist. »Lasst uns lieber nicht mehr darüber reden. Was macht ihr da?«

Jascha schnaubt. »Der Angriff auf den Clan in Marokko hat den Rat auf den Plan gerufen, deshalb fällt der Unterricht aus. Und die Lehrer dachten wohl, wir würden Unfug machen, wenn wir nicht genug Hausaufgaben aufhaben.«

»Womit sie vielleicht auch recht haben«, werfe ich ein und halte den Zettel mit der Einladung hoch. »Habt ihr den auch bekommen?«

Die anderen nicken, und ich stecke ihn wieder weg. »Gehen wir hin?«

»Na klar.« Zoe lacht. »Die erste Party hier findet bestimmt nicht ohne uns statt.«

Kapitel 7
Willem

Brive-la-Gaillarde, 1944

»Zieh dir etwas Vernünftiges an, Junge.« Mein Vater betrachtet mich von oben bis unten und schüttelt mit dem Kopf. »So kannst du Bero und seine Tochter unmöglich begrüßen. Du bist noch voller Mehl.«

Leicht genervt lasse ich ihn im Wohnzimmer stehen, um nach oben zu laufen und mich umzuziehen. Wenn ich gewusst hätte, dass wir heute Besuch bekommen, hätte ich den Nachmittag nicht in der Backstube verbracht, um von Gilbert neue Rezepte zu lernen. Aber so muss es reichen, dass ich mir das Gesicht wasche und mein graues T-Shirt gegen ein sauberes weißes austausche und die dunkle Hose gegen eine Blue Jeans.

Auf dem Weg nach unten fahre ich mir durch die Haare, um sie etwas in Ordnung zu streichen. Nicht, dass es viel bringen würde. Neugierig auf die Besucher stelle ich mich neben meinen Vater, um sie in Empfang zu nehmen. Sie sind mit dem Taxi gekommen, der Fahrer hält die Tür auf, und ein Mann im Alter meines Vaters steigt aus. Er hat dunkelblondes Haar, und seine Kleidung wirkt ihm mindestens eine Nummer zu groß, als hätte er durch den Krieg stark an Gewicht verloren.

Ihm folgt eine junge Frau mit flachem Hut und Reisekostüm. Sie sieht schick aus, schicker als ihr Vater jedenfalls. Ich vermute, dass sie sein größter Schatz ist und er deshalb zurücksteckt, um sie glänzen zu lassen.

Sie hebt den Blick und bedankt sich mit einem Lächeln bei dem Taxifahrer, das den direkten Weg in mein Herz findet. Ich kenne sie nicht, aber schon jetzt weiß ich, dass ich sie nie wieder vergessen werde.

Ich schrecke mit rasendem Herzen auf und setze mich hin. Es ist dunkel, nur der Mond scheint durch die Fensterscheiben in den Raum. Der Vorhang flattert wie ein Schlossgespenst im Wind.

Meine Gedanken sind sofort bei Emma, und ich vergrabe das Gesicht in meinen Händen. Ich kann nicht glauben, dass es das gewesen sein soll. All die Jahre haben wir es geschafft. Wir haben sie versteckt, bis es nicht mehr ging. Ich bin mit ihr nach Südfrankreich geflohen, immer bereit, weiterzureisen. Nach Afrika, Amerika ... wo immer sie in Sicherheit vor den Deutschen ist.

Vielleicht hätte ich nicht auf sie hören sollen, als sie vorschlug, sich den Partisanen anzuschließen.

Wir können hier helfen, Willem, hat sie gesagt. *Mit solchen Kräften kann ich nicht einfach wegsehen. Ich muss sie nutzen, um Menschen zu helfen.*

Ich raufe mir die Haare und schlucke den Kloß in meinem Hals hinunter. Ihr Lächeln geht mir nicht aus den Gedanken. Sie hat es jedem geschenkt. Dass es nun ein für alle Mal erloschen sein soll, geht mir nicht in den Kopf.

Wieso sollte ich überleben, sie aber nicht?

Einer von ihnen hat dich erwischt und getötet. Mikaels Worte fallen mir wieder ein, und ich erschaudere. Ein Gestaltwandler ... so wie er? War er also auch mal ein Wächter, bevor er gestorben ist?

Wir kennen uns zwar schon ein paar Jahre, aber ich habe ihn nie gefragt, wo er herkommt und was er in Frankreich macht. Dass er kein Franzose ist, ist offensichtlich.

Weil ich bereit bin, mehr zu erfahren, stehe ich auf, doch ich bin noch so wackelig auf den Beinen, dass ich mich kaum aufrechthalten kann. Niedergeschlagen lege ich mich wieder hin.

Was, wenn es nicht besser wird? Was, wenn ich einfach hier liegenbleibe? In dieser Ruine von einem Haus, die irgendwann einmal mit Kindergelächter und freudigen Erzählungen gefüllt gewesen sein muss.

Was wäre so schlimm daran?, überlege ich. Ein Leben ohne Emma fühlt sich gerade zumindest sehr viel schlimmer an als der Gedanke, einfach zu sterben.

Ich rolle mich auf die Seite und presse eine Hand auf mein Herz, das immer noch zuverlässig schlägt. Die Sehnsucht nach ihr überrollt mich, und weil mein Herz endlich versteht, dass ich sie nie wiedersehen werde, weine ich mich stumm in den Schlaf.

»Emma«, stellt sie sich vor und zieht mit spitzen Fingern ihre Handschuhe aus, bevor sie mir die Hand gibt. Ihre Haut ist zart, und bevor ich es mir anders überlegen kann, beuge ich mich hinunter, um einen Kuss auf ihren Handrücken anzudeuten.

»Willem.« Ich grinse sie an, woraufhin sie mir ihr bezauberndes Lächeln zeigt. Es währt allerdings nicht lange, denn ihr Vater kommt auf mich zu, um mich zu begrüßen. Ich heiße ihn in unserem Heim willkommen und nehme den beiden Gästen ihr Gepäck ab, um es an die Treppe zu stellen, von wo ich es in Kürze in die Gästezimmer bringen werde.

»Danke, dass wir kommen konnten«, wendet sich Bero an meinen Vater. »Du kannst dir nicht vorstellen, was im Deutschen Reich gerade los ist. Es ist besser, dass wir von dort verschwinden.«

»Ihr seid jederzeit willkommen hier.« Mein Vater schließt die Haustür und bittet die beiden in unser Wohnzimmer. Sie nehmen auf dem Sofa Platz, und ich biete ihnen etwas zum Trinken an. Während ich mich um die Getränke kümmere, vertiefen sie ihr Gespräch um den Krieg und die Folgen für alle, die nicht deutscher Nation sind.

»Es ist unglaublich.« Bero trinkt von seinem Cognac und seufzt. »Bei uns gab es mal eine ganze Gemeinde. Aber sie sind alle verschwunden. Nach und nach.«

»Vielleicht sind sie ja auch geflohen«, murmelt Emma und umklammert ihr Wasserglas. Ich blicke sie an und beginne allmählich zu verstehen. Bero und Emma sind jüdisch, deshalb haben sie das Deutsche Reich hinter sich gelassen.

»Irgendetwas geht da vor sich, was ganz und gar nicht normal ist.« Bero schüttelt den Kopf. »Wir wollen euch auch gar nicht zur Last fallen.«

»Ach was.« Mein Vater winkt ab. »Das tut ihr nicht. Wir haben genug Platz für euch. Emma, du bist auch herzlich eingeladen, am Hexenunterricht teilzunehmen.«

Kapitel 8

Ivan

Österreich, 2018

»Das ist so ein Schwachsinn«, murmle ich Silas ins Ohr. Er zieht eine Schulter kaum merklich hoch, als wolle er sagen *Da müssen wir jetzt wohl durch.* Aber ich kann ihm ansehen, dass er die Ratssitzung am liebsten auf der Stelle verlassen würde. Kein Wunder, diesen Affenzirkus kann man sich nicht mitangucken, ohne physische Schmerzen davonzutragen.

»Diese Situation erfordert es, dass wir Schutzmaßnahmen treffen. Was mit *Najam Ahmar* geschah, darf sich nicht wiederholen. Nicht in Marokko und nirgendwo sonst auf der Welt«, beendet Michelle ihre durchaus ergreifende Fürsprache, in der sie Vorteile des Kampfunterrichts für Hexen dargelegt hat.

Es wird nur nichts bringen. Die Gegner sind zu zahlreich, als dass jemand sich von ihren Worten umstimmen lassen würde. Ich bewundere sie dennoch dafür, dass sie nicht aufgibt, und jedes Mal wieder ihren Unmut zum Ausdruck bringt.

Vielleicht sollten wir sie rekrutieren. Sie wäre ein Gewinn für unsere Gruppe – vorausgesetzt, sie ist vertrauenswürdig genug.

»Was hältst du von Michelle?«, frage ich Silas leise.

Er sieht mich nachdenklich an. »Du meinst, fürs Team?«

Ich nicke.

»Sie kann gut reden. Und sie kann kämpfen, das hat sie schon ein paar Mal bewiesen. Sie könnte die anderen Hexen trainieren«, überlegt er leise. »Dann hätten wir den Kopf für andere Dinge frei.«

»Find ich gut.« Ich nicke noch einmal und notiere mir Michelles Namen gedanklich. Bei der nächsten Gelegenheit werde ich ihr auf den Zahn fühlen und sehen, ob ich sie für unsere Zwecke gewinnen kann.

»Und los geht's«, murmelt Silas, als sich Peter erhebt und schweren Schrittes nach vorne geht. Dass er überhaupt noch etwas zu sagen hat, wundert mich, und doch lassen die Ratsvorsitzenden ihn immer wieder seine ausufernden Reden schwingen, die keinen interessieren.

»Ich geh mir einen Kaffee holen.« Ich lege meinen Kugelschreiber auf den Block und stehe auf. »Willst du auch einen?«

»Unbedingt. Und wenn es noch welche gibt, dann auch einen von diesen himmlischen Apfelstrudeln.«

Ich lache leise und verlasse die Sitzreihen, die stufenartig nach oben führen. Heute ist es im Saal so voll, dass nicht jeder einen Sitzplatz gefunden hat und einige der jüngeren Ratsmitglieder und Lehrer auf den Stufen sitzen müssen.

Besondere Ereignisse erfordern besondere Maßnahmen.

Ich werfe Freya einen Blick zu, die in der vordersten Reihe sitzt und den Kopf leicht geneigt hält. Es wird Zeit, dass jemand Neues ihre Rolle übernimmt. So nett sie auch sein mag, wenn man sich mit ihr unterhält, so wenig bereit ist sie, die magische Welt in eine moderne Zukunft zu leiten. Wenn sie nicht so vehement für ihre verschrobenen Einstellungen einstehen würde, wäre der Angriff auf *Najam Ahmar* vielleicht gar nicht erst geschehen. Und wenn doch, hätten wenigstens mehr Menschen überlebt.

Ich frage mich, ob sie das je verstehen wird.

Aber andererseits wird sie vermutlich genauso viele Gegenargumente haben, weil sie von ihrer Überzeugung nicht abrücken wird.

»Worüber denkst du so angestrengt nach?«

Ich hebe den Blick und entdecke Lotta, die das Buffet auffüllt. Ihre Wangen laufen rot an, wie so oft, wenn sie mit mir spricht. Ich schenke ihr ein Lächeln.

»Ich hab mich gefragt, ob noch Apfelstrudel da ist.« Ich nehme zwei Tassen und stelle eine davon unter den Automaten.

»Du meinst diesen, den ich gerade erst aus dem Ofen geholt habe?« Sie grinst über beide Wangen und hält eine Platte hoch, auf der ein frisch duftender Apfelstrudel bedrohlich nach vorne rutscht.

»Vorsicht«, warne ich sie, doch da ist es schon zu spät. Mit einem lauten Platsch landet der Kuchen auf dem Boden.

»Oh Gott, oh nein.« Lotta wird noch röter und bückt sich eilig, um die Überreste des Kuchens aufzusammeln. »Wie peinlich. Das tut mir so leid.«

Ich lasse den Kaffee Kaffee sein und hocke mich vor sie, um ihr mit dem Kuchen zu helfen.

»Ivan, ich ... es tut mir wirklich leid. Ich hab dir angesehen, wie sehr du dich auf den Kuchen gefreut hast, und –«

»Lotta.« Ich lege eine Hand auf ihre, um ihren Redeschwall zu unterbrechen. Sie verstummt und blickt mich mit großen Augen an. »Ist schon okay, wirklich. Das passiert doch jedem mal.«

»Aber mir passiert sowas ständig«, flüstert sie und beißt sich verlegen auf die Unterlippe. Ihre weißen Zähne auf den rosa Lippen zu sehen, lässt mir die Hitze in den Bauch schießen. Ich frage mich, wie es sich anfühlt, wenn sie statt auf ihre auf meine Lippe beißen würde.

Die Sache mit Julia ist eindeutig zu lange her.

»Das macht dich aus«, erwidere ich und lasse ihre Hand endlich los, um den Kuchen auf die Platte zu laden. »Wenn du mich fragst, solltest du anfangen, diese Eigenschaft an dir zu lieben.«

»Auch wenn ich dir dadurch den Kuchen vermassle?«

»Dann vor allem.« Ich nehme die Platte und stehe auf. Sie erhebt sich mit mir und sucht nach etwas Küchenpapier, an dem wir uns die Hände notdürftig abwischen können. »Wer weiß, wie lange ich ihn drin behalten hätte bei dem Gerede im Saal«, flüstere ich ihr verschwörerisch zu.

Sie unterdrückt einen von diesen lauten Lachern, die sich direkt den Weg ins Herz bahnen. Damit ist sie mir schon aufgefallen, als sie vor einem Jahr an der Schule angefangen hat.

»Wie gut, dass die Küche nicht nur einen Kuchen gebacken hat.« Sie dreht sich um und wendet sich dem Geschirrwagen zu, den sie mitgebracht hat. Dieses Mal ist sie extra vorsichtig, während sie die verschiedenen Kuchen auf das Buffet stellt. Ich helfe ihr dabei, bevor ich den zweiten Kaffee durchlaufen lasse.

Ich spüre Lottas Blick auf mir und schaue zu ihr. Sie hebt eine Hand und schiebt ihre Brille hoch, bevor sie schnell wieder wegsieht und überlegt, was sie als nächstes tun wollte. So sieht es zumindest aus.

Vielleicht sollte ich ... Nein, denke ich. Sie sieht nicht aus wie jemand, der nur auf eine Bettgeschichte aus ist. Viel mehr wirkt sie so, als würde sie die Liebe fürs Leben suchen.

Und das kann ich ihr unmöglich bieten, also lasse ich es lieber ganz bleiben.

Ich nehme den Kaffee und gehe zum Kuchenbuffet, um für Silas und mich je ein Stück Schokoladenkuchen auf zwei Teller zu laden. Auch wenn er eigentlich Apfelstrudel wollte, mit Schokoladenkuchen kann er sicher auch leben.

»Gibt's schon Neuigkeiten wegen Tyros?«, fragt Lotta, während sie die Apfelkuchenreste auf den Geschirrwagen räumt.

»Noch nicht.« Ich zucke mit den Schultern. »Alex und die anderen geben ihr Bestes. Bis zum Abend haben sie ihn bestimmt.«

Sie lächelt und kommt zurück zum Buffettisch. »Das hoffe ich.«

»Ich auch.« Seufzend stelle ich die Teller auf die Kaffeetassen, weil ich ansonsten nicht weiß, wie ich alles transportieren soll. »Ohne ihn ist der Rat die reinste Katastrophe.«

»Das kann ich mir vorstellen. Komm, ich halte dir die Tür auf.« Sie geht voran und wackelt mit ihrem Hintern. Das geblümte Kleid schwingt mit jedem Schritt und bringt mich so sehr aus dem Konzept, dass ich beinahe in sie hineingelaufen wäre, als wir die Tür erreichen. Der Duft nach Hibiskusblüten und Apfelstrudel erfüllt meine Nase. Unwillkürlich atme ich tiefer ein.

»Bis später«, flüstert sie und zieht die Tür auf, damit ich eintreten kann. Ich bedanke mich bei ihr und kehre an meinen Platz zurück, entschlossen, mich wieder auf die Ratssitzung zu konzentrieren.

»Alter, wenn du noch länger gebraucht hättest, wäre ich verhungert«, wispert Silas und schnappt sich sein Stück Kuchen und den Kaffee. »Kein Apfelstrudel?«

»Gab's leider nicht mehr«, erwidere ich und lehne mich zurück, um die Erinnerung an mein Aufeinandertreffen mit Lotta noch einmal gedanklich abzuspielen. Wenigstens ein Highlight an diesem Tag.

Kapitel 9

Moose

Eine verlassene Hotelanlage in der marokkanischen Wüste, 2018

Auf Alex' Zeichen hin trennen sich unsere Wege. Während er den direkten Weg nimmt, schleichen sich Daniel und ich links und rechts entlang, um die Hotelanlage von allen Seiten zu sichern.

Ich nähere mich dem Gebäudekomplex und beobachte meine Umgebung aufmerksam. Bisher sind keine Bewegungen zu sehen. Da wir uns mitten in der Wüste befinden, müssen wir uns beeilen. Hier draußen wären wir das perfekte Ziel für Scharfschützen.

Der Hotelkomplex ist in drei große Abschnitte unterteilt. Das Hauptgebäude mit Rezeption, Speisesaal, Wellnessbereich und weiteren Gemeinschaftsräumen, die beiden Außengebäude mit Hotelzimmern, Kinderanimation und ein paar kleinen Geschäften. Das Ganze ist von einer hohen Mauer eingeschlossen, aber in den hinteren Bereichen befinden sich Zufahrten für Lieferfahrzeuge, die wir nutzen wollen, um reinzukommen.

Als ich das Tor erreiche, bin ich nassgeschwitzt. Ich drücke mich in den geringen Schatten der Mauer und lausche.

Nichts.

»Ich bin am Tor«, flüstere ich und erhalte kurz darauf positive Meldungen der anderen. Auf Alex' Kommando hin drücke ich mich durch einen schmalen Spalt und suche Schutz im Schatten des Gebäudes. Auf der anderen Seite vom Pool sehe ich Daniel, der meine Bewegungen imitiert. Er hebt kurz die Hand, bevor wir uns unserer Aufgabe widmen.

Ich werfe einen Blick um die Ecke. Die Poollandschaft ist trockengelegt. Am Grund des Beckens liegt ein kaputter Liegestuhl und sehr viel Sand, und auch die Palmen auf der kleinen Insel in der Mitte haben ihre besten Zeiten hinter sich. Mich wundert es, dass die Poolwände nicht mit Graffitis beschmiert sind, aber dafür ist das Gebäude wahrscheinlich zu sehr im Nirgendwo.

Daniels Gebäude gleicht meinem in seinem Aufbau, nur dass ich den Teil mit der Kinderanimation erwischt habe und er die Geschäfte. Vor einer Getränkestation hängt eine rotweiße Markise in Fetzen hinunter.

»Siehst du jemanden?«, fragt Daniel über Funk.

»Nein. Du?«

»Nein.«

Ich weiß, dass Alex sich Schutz gesucht hat und das große Gebäude auskundschaftet. Er wird auf uns warten, bis wir die anderen Seitenflügel durchkämmt und jegliche Bedrohung ausgeschaltet haben, bevor wir gemeinsam das Hauptgebäude stürmen werden. Also atme ich tief ein, entscheide mich für ein Kampfmesser und öffne mit der anderen Hand die Tür, die mich ins Innere des Gebäudes lässt.

Auf einem Boden voll Schutt und Geröll ist es gar nicht so einfach, sich lautlos fortzubewegen. Ich nehme die Treppe zu meiner Rechten und überprüfe zunächst die oberen Stockwerke, weil ich davon ausgehe, dass sich dort niemand aufhält. Rein logisch betrachtet werden sich die meisten wohl im Hauptgebäude aufhalten, weil dort mehr Platz ist und man einen besseren Blick aufs Gelände hat.

»Sollen wir die Zimmer checken?«, fragt Daniel über Funk.

»Nur, wenn ihr Anlass dazu habt.«

Die Stimmen der anderen zu hören, ist irgendwie beruhigend. So fühlt es sich nicht so an, als wäre ich auf mich allein gestellt.

»Ich hab ein paar Autos entdeckt«, erklärt Alex. »Unter anderem den Lieferwagen von den Satellitenbildern. Wenn sie ihn nicht vorher rausgeworfen haben, dürfte Tyros noch hier sein.«

Nach den drei Etagen fühle ich mich einigermaßen angekommen. Die Anspannung ist von meinen Schultern abgefallen, und ich bin bereit, mich unseren Gegnern zu stellen. Ich spreche mich mit Daniel ab, bevor wir beginnen, die Erdgeschosse zu sichern.

Mein Weg führt mich durch einen Flur, dessen große Fenster teilweise längst kaputt sind. Die Mosaikfliesen sind gesprungen oder von Schutt und Sand belegt, die großen, hölzernen Flügeltüren, die in die anderen Räume führen, hängen teilweise nur noch halb in den Angeln. An manchen Stellen ist das Holz verwittert.

Weil ich befürchte, dass die Scharniere laute Geräusche machen, überprüfe ich erst alle Räume, in die ich so hineinblicken kann. Am Ende des Flurs erstarre ich, halte den Atem an und weiche zurück, um vorsichtig um die Ecke zu pirschen.

Ein Mann steht im Schatten und raucht. Er blickt in Richtung Poolanlage, deshalb sieht er mich nicht. Seine M16 hat er locker auf den Rücken gehängt, als erwarte er nichts Übles. Ob er weitere Waffen bei sich trägt, kann ich nicht erkennen, aber ich vermute, dass er mindestens ein Messer bei sich hat.

Ich blicke an ihm vorbei zur gegenüberliegenden Seite und entdecke sein Äquivalent – eine Wache auf Daniels Seite. Wenn ich nun rausstürme, um meine Wache zu erledigen, wird die andere aufmerksam.

Also weiche ich erst mal zurück, um mich im Nebenraum mit Daniel zu besprechen.

»Wache auf beiden Seiten«, wispere ich, und wir machen einen Plan, wie wir sie möglichst geräuschlos beseitigen können.

Ich atme noch einmal tief durch, bevor ich mein Messer fest umklammere und auf den Flur zurücktrete. An der Tür zum nächsten Raum angelangt, schnappe ich mir ein Stück Schutt und presse mich dicht gegen die Wand, bevor ich es auf die gegenüberliegende Seite werfe. Mit einem Scheppern zerbricht der Zement in kleinere Teile.

Einen kurzen Augenblick später höre ich Schritte, und dann ist es so weit: Der Mann tritt aus dem Raum, und ich nutze das Überraschungsmoment, um ihn zu überwältigen und möglichst lautlos zu töten.

Ich ziehe das Messer erst aus seinem Hals, als er aufhört zu atmen und lasse den leblosen Körper zu Boden gleiten. Meine Hände zittern, und ich wende mich ab, um tief durchzuatmen.

Wenn du ihn nicht tötest, tötet er dich.

»Ziel ausgeschaltet«, dröhnt Daniels Stimme an mein Ohr.

Ich wiederhole seine Worte dumpf und zwinge mich dazu, nach vorn zu blicken. Ich hatte keine Wahl. Wenn ich ihn gewürgt hätte, wäre er zu früh wieder aufgewacht und hätte uns im Nachhinein überrascht.

Die Gewissheit, keine andere Möglichkeit gehabt zu haben, macht es nicht besser, aber ich versuche dennoch, mich nicht von dem Kloß in meinem Hals übermannen zu lassen. Für Gefühle habe ich später genug Zeit, jetzt geht es darum, den Menschen zu helfen, die mir wichtig sind.

Mit neuer Entschlossenheit öffne ich schließlich die Tür am Ende des Ganges und blinzle der Sonne entgegen.

Kapitel 10

Azalea

Österreich, 2018

Jascha begleitet Louisa in die Bibliothek, damit sie sich die Bücher für ihren Unterricht ausleihen kann. Ich will die Zwischenzeit nutzen, um über Melvin zu sprechen. Wie es sich herausstellt, haben auch die anderen brennend darauf gewartet, dass wir wieder unter uns sind.

Hayet beschreibt den Raum aus ihrem Traum näher, aber die Beschreibung hilft uns nicht dabei, den Raum im Palast zu orten. Dafür kennen wir uns hier zu wenig aus.

»Wir sollten ihn suchen«, werfe ich in den Raum. »Wenn auch nur die geringste Chance besteht, dass er hier ist, müssen wir ihn finden und ihm helfen.«

»Was, wenn es einen guten Grund dafür gibt, dass er ... weggesperrt ist?«, entgegnet Hayet besorgt. »Ich meine, du hast gesehen, wie er gestorben ist. Was, wenn er nicht mehr der Gleiche ist?«

»Das ist egal.« Ich blicke sie entschlossen an. »Wenn er hier ist, muss ich ihn finden. Ich kann das nicht einfach ignorieren.«

Hayet nickt. »Okay, dann helfe ich dir.«

»Ich auch«, sagen Zoe und Aslan gleichzeitig. In meinem Bauch breitet sich ein warmes Gefühl aus, während ich in die

Gesichter meiner Freunde blicke. So viel Unterstützung, obwohl wir uns noch gar nicht so lange kennen. Davon hätten sich meine alten Freunde mal eine Scheibe abschneiden können.

Das erinnert mich an Mila.

Mila, die ich immer noch nicht angerufen habe, um ihr zu sagen, dass Melvin tot ist. Mila, die nicht weiß, was mit mir geschehen ist und mein Handy mit Nachrichten und Anrufen lahmlegt. Ich schulde ihr eine Erklärung, aber ich weiß nicht, wie.

Ich bringe es einfach nicht übers Herz, sie in dieses Leben einzuweihen. Ich weiß ja nicht einmal, ob ich ihr davon erzählen dürfte. Abgesehen davon würde sie mir vermutlich sowieso nicht glauben.

Ich reiße mich von meinen Gedanken los, weil die anderen schon dabei sind, Pläne für unsere Suche zu machen. Aslan schlägt vor, dass wir uns aufteilen, um den Palast nach potenziell passenden Räumen zu durchsuchen.

»Ich denke, wenn er wirklich eingesperrt ist, wird es eine Wache vor dem Raum geben«, meint Hayet. »Das grenzt unsere Suche ein, macht es gleichzeitig aber auch schwieriger, mit ihm zu sprechen, wenn wir ihn finden.«

»Wir könnten die Party zur Ablenkung nutzen.« Zoes Gesicht erhellt sich. »Der Rat hat gestern bis spät in die Nacht getagt. Es sind also nur wenige Wächter auf den Fluren unterwegs. Wenn wir eine Ablenkung für die Wache vor der Tür schaffen, könnte Azalea unbemerkt in den Raum gelangen.«

»Ich weiß auch schon, wie.« Aslan beginnt zu grinsen. »Jascha wird sich freuen.«

Den Rest des Tages verbringe ich damit, mit Hayet und Yanis die Gänge zu durchsuchen, die wir noch nicht kennengelernt haben, während Aslan und Zoe einen anderen Teil des Palastes übernehmen. Jascha hat angeboten, Louisa den Palast zu zeigen, um somit die offensichtlicheren Stellen abzusuchen, ohne dass sie etwas spitzkriegt.

Noch wissen wir schließlich nicht, ob wir ihr vertrauen können.

Wir entdecken jede Menge Aufenthaltsräume, Klassenzimmer und Räume der Magie, die allesamt abgeschlossen sind. Mit einer Hexe ohne Magie und einer, deren Kräfte sich noch nicht ans Tageslicht getraut haben, sind diese Türen unüberwindbar für uns. Aber das macht nichts, wir wissen ja, wonach wir suchen. Manche Flecken erinnern an das, was der Palast gewesen ist, bevor man ihn zur Schule gemacht hat, während andere vor Magie und Leben summen und uns ein gutes Gefühl geben.

»Vielleicht gibt es hier einen Kerker«, überlegt Hayet, nachdem wir gefühlt den ganzen Flügel abgesucht haben, in dem sich die Schlafräume der Schüler befinden. »Oder hinter einer der verschlossenen Türen befindet sich ein versteckter Gang.«

»Hier gibt's sicher auch richtige Geheimgänge. Aber irgendwie kann ich mir nicht vorstellen, dass sie einen Gefangenen erst durch einen Geheimgang schleppen.«

»Nein, ich auch nicht.« Hayet bleibt stehen und überlegt. »Ich würde ihn auch nicht zwischen Schülern verstecken. Er wird vermutlich recht nah am Wächterquartier sein.«

»Also dort, wo Schüler auffallen, wenn sie die Räumlichkeiten betreten«, stelle ich missmutig fest. Wie sollen wir dort jemals ungesehen reinkommen? »Es gibt nicht zufällig einen Unsichtbarkeitszauber oder einen Tarnumhang wie bei *Harry Potter*, oder?«

»Nicht, dass ich wüsste.« Hayet fährt sich durchs Haar und tritt ans Fenster. Sie ist nachdenklich, und ich lasse sie in Ruhe, in der Hoffnung, dass ihre Gedanken Früchte tragen. Tatsächlich dreht sie sich kurz darauf mit einem zufriedenen Lächeln um und betrachtet Yanis. »Wir haben vielleicht keinen Tarnumhang, aber dafür haben wir ihn. Yanis, du könntest dich doch ins Wächterquartier schleichen.«

»Kann er sich unsichtbar machen?«, frage ich verblüfft und schaue mich um, damit keiner mitbekommt, dass wir über Gestaltwandler sprechen. Yanis stupst Hayet an, als wollte er sagen, dass sie gerade eine ganz schlechte Idee hatte.

»Das nicht, aber er könnte sich in eine Fliege oder eine Spinne verwandeln und sich etwas umschauen.« Sie streichelt ihm durch das zottelige Haar, und er schnaubt, legt sich aber zumindest nicht protestierend auf den Boden. Vermutlich wird Hayet noch eine Weile mit ihm diskutieren müssen, aber so wie ich sie kenne, hat sie die besseren Argumente. Sonst hätte Yanis uns gar nicht erst zum Palast begleitet.

Nach einem kurzen Zwischenstopp an meinem Zimmer kehren wir zum Kaminzimmer zurück und treffen auf Jascha und Louisa, die in ihren Hausaufgaben versunken sind. Jascha schüttelt kaum merklich den Kopf, während wir uns hinsetzen und uns den Hausaufgaben widmen. Also war auch er erfolglos.

Ich versuche, nicht enttäuscht zu sein. Immerhin konnte er ja auch nur die offensichtlichen Stellen absuchen. Aslan und Zoe haben theoretisch gesehen die größten Chancen, etwas zu finden – gleich nach Yanis zumindest, wenn er sich wirklich ins Wächterquartier schleicht.

Und wenn er das für mich tut, werde ich ihm auf ewig zu Dank verpflichtet sein. Nicht auszudenken, was geschehen würde, wenn sie ihn erwischen.

Nach allem, was ich mitbekommen habe, sind Gestaltwandler unsere Feinde, gleich nach den Hexenjägern, die gerade offenbar ein größeres Problem sind.

»Wir haben den Saal entdeckt, in dem der Rat tagt. Er ist über der Speisehalle, und wenn man sich der Tür nähert, bekommt man plötzlich ein so heftiges Rauschen in den Ohren, dass einem davon schwindelig wird«, erzählt Jascha. »Ich glaube, das machen sie, damit niemand den Gesprächen lauschen kann.«

»Das war echt übel.« Louisa reibt sich die Stirn. »Aber ich kann's verstehen. Immerhin geht es um Tyros.«

»Tyros?« Überrascht blicke ich sie an.

»Der Ratsvorsitzende?«, entgegnet sie verwirrt.

»Du meinst Herrn Mansour?«

»Oh, ich wusste nicht, dass ihr die Wächter hier alle beim Nachnamen nennt.« Sie läuft rot an. »Gut zu wissen. Ich hab ihn kennengelernt, kurz bevor er nach Marokko gegangen ist.«

»Der Ratsvorsitzende ist gar nicht da?« Auch Hayet wirkt jetzt überrascht. »Die tagen ohne ihn?«

Louisa blickt uns mit geweiteten Augen an und schlägt sich eine Hand vor den Mund. Dann beugt sie sich vor, um leise weiterzusprechen. »Ihr wisst es noch gar nicht? Das dürft ihr aber niemandem sagen, dass ihr das von mir habt«, bittet sie uns. »Alex hat mich geholt, und es gab ... Komplikationen. Deshalb sind Tyros und Moose angereist und-«

»Hast du gerade Moose gesagt?«, fragt Hayet schrill und sitzt plötzlich ganz aufrecht neben mir. »Blonde Haare, Brille, ...?«

Louisa nickt. »Er ist mit Tyros zu uns gekommen.«

»Geht es ihm gut?«

»Woher kennst du ihn?«, fragt Jascha verwirrt. »Du bist doch auch erst seit ein paar Tagen hier.«

»Ich ...« Hayet blickt unsicher zu mir, bevor sie ihre Hände knetet und sich geschlagen gibt. »Ich hab ein paar Mal mit ihm geträumt«, wispert sie.

»Du hast was? Das ist doch gar nicht möglich.«

»Ich dachte, du kannst nicht zaubern.«

»Kann mich mal jemand aufklären?«

In kürzester Zeit ist heilloses Durcheinander ausgebrochen. Ich bin jetzt schon verwirrt, sowohl von dem, was Louisa und Hayet uns erzählen, als auch davon, dass sich plötzlich alle ins Wort fallen. Zu allem Überfluss kehren Aslan und Zoe zurück. Aslan lässt sich mit einem lauten Seufzen zwischen Hayet und mich fallen.

»Was ist denn hier los?«, fragt er. »Sieht aus, als hätten wir viel verpasst.«

Also beginnt Louisa noch einmal von vorn mit ihrer Geschichte, und dieses Mal unterbricht Hayet sie nicht, obwohl ihr die Fragezeichen ins Gesicht geschrieben stehen. Erst als sie uns von ihrer Reise und Herrn Mansours Verschwinden erzählt hat, fragt Hayet nach und erzählt uns widerstrebend davon, dass sie schon ein paar Mal mit Moose geträumt hat, der anscheinend auch ein Lehrer hier ist.

»Aber wie ist das möglich?«, fragt Zoe verwirrt nach.

»Das«, Hayet seufzt besorgt, »versuche ich gerade herauszufinden.«

Kapitel 11

Willem

Toulouse, 1944

Ein paar Tage später lassen wir Brive-la-Gaillarde hinter uns und reisen weiter in den Süden. Die Alliierten sind auf dem Vormarsch und drängen die deutsche Wehrmacht zurück, aber obwohl wir nicht darüber gesprochen haben, fühlt es sich so an, als wäre der Krieg für uns vorbei. Unsere Einheit gibt es nicht mehr, unser Ziel wurde unter einem Haufen von Erinnerungen begraben.

Ich frage mich, ob es unsere Schuld war, weil Emma und ich zu sehr damit beschäftigt waren, die kostbare Zeit zu zweit zu genießen, statt den Funkverkehr ordnungsgemäß abzuhören. Ist uns dadurch ein Hinweis entgangen, mit dem wir Tulle und Oradour hätten warnen können?

Mikael läuft schweigend neben mir her. Er ist in seinen eigenen Gedanken gefangen. Vielleicht überlegt er selbst, wie seine Handlungen zu der Katastrophe beigetragen haben. Oder er denkt an Emma, deren Verlust wahrscheinlich nicht nur mich erschüttert hat. Irgendwie will ich ihn trösten, aber ich bringe es nicht übers Herz, etwas zum Geschehenen zu sagen.

Stattdessen beschließe ich, dass es Zeit wird, mehr über ihn und meine neue Lebensform zu erfahren. »Bist du ... bist du auch gestorben?«

Mikael schaut mich irritiert an. Natürlich, eine solche Frage zu bekommen, wenn man nicht damit gerechnet hat, ist sicher verwirrend. Aber er scheint bereit, über seine Vergangenheit zu sprechen, denn er nickt. »Ich denke schon. Aber ich erinnere mich nicht mehr an den Tag selbst.«

»Wie lang ist das jetzt her?«, frage ich neugierig.

»Das war im Winter 1768.«

»Warte, was?« Ich bleibe stehen und lasse das Gehörte auf mich wirken. »Sagtest du gerade 1768? Das ist ja fast zweihundert Jahre her.«

Mikael lächelt entschuldigend. »Eine ganze Weile.«

Puh, wenn das stimmt, dann ... ich hätte nie im Leben gedacht, dass er so alt ist. »Du hast dich gut angepasst«, stelle ich fest.

»Ich möchte nicht auffallen, also habe ich keine andere Wahl.«

»Das ist verrückt«, entgegne ich und setze mich wieder in Bewegung. Wir haben bald unsere Unterkunft für die nächsten paar Tage erreicht. Selbst in Toulouse ist die Stimmung irgendwie bedrückt. »Ich meine, zweihundert Jahre. Wie ist so was überhaupt möglich?«

»Mit Magie«, antwortet Mikael und erzählt mir von der Frau, die ihm sein Herz geraubt hat. Seine Geschichte hört sich an wie ein Märchen. Ein Märchen von Gut und Böse.

In Toulouse gibt es einen Clan, doch da Gestaltwandler nicht gerne gesehen werden, weichen wir ihnen aus und kommen in einem Hotel unter, das schon bessere Zeiten gesehen hat. Der Wirt reicht uns unsere Schlüssel und schickt uns eine morsche Holztreppe hinauf, die bei jedem Schritt verdächtig knarrt.

Mein Tod ist jetzt vier Tage her. Mikael sagt, das Wandeln beginnt frühestens eine Woche danach, und es ist schmerzhaft und unkontrolliert, bis man gelernt hat, es zu unterdrücken und nur dann hervorzubringen, wann man will.

Die Vorstellung, diese Zeit mitten im Nirgendwo zu verbringen, wo niemand auf uns aufmerksam werden kann, macht mir Angst, weil das bedeutet, dass er nicht übertrieben hat.

Ich versuche nicht darüber nachzudenken, während ich mein Zimmer beziehe, aber es fällt mir schwer. Jetzt wird sich alles ändern. Ich bin nicht mehr Willem, der Bäckerssohn und Wächter, ich bin eine Kreatur, die mit den Wächtern unserer Welt nichts mehr zu tun haben kann, bis ich gelernt habe, mich so sicher unter ihnen zu bewegen, wie Mikael es tut.

Seufzend trete ich meine Stiefel von den Füßen und lasse mich aufs Bett fallen. Was würde Emma dazu sagen, wenn sie es wüsste? Hätte sie Angst vor mir oder würde sie mit mir hier liegen, um mir meine Angst zu nehmen? Ich bin mir sicher, dass sie mich in den Arm nehmen, mir ihre Liebe ins Ohr flüstern und mich halten würde, bis ich eingeschlafen bin.

Wütend lasse ich die Tür zufallen und stapfe durch den Garten. Am liebsten würde ich irgendetwas kaputtmachen, meine Wut rauslassen, statt sie immer weiter in mich reinzufressen, aber etwas zu zerstören würde nichts an der Situation ändern. Also lasse ich mich einfach auf die Bank am Teich sinken und vergrabe das Gesicht in meinen Händen.

»Du siehst nicht glücklich aus.« Eine sanfte Stimme zieht mich aus meinem Elend. Irritiert hebe ich den Blick und entdecke sie.

Emma.

»Tut mir leid«, entschuldige ich mich, und sie lacht.

»Wofür entschuldigst du dich?« Sie zieht ihre Füße aus dem Wasser, kommt zu mir und setzt sich neben mich.

Ich zucke mit den Schultern. »Ich wollte dich nicht stören.«

»Tust du nicht.« Sie lächelt mich an, und mein Herz schlägt schneller. In den Wochen, in denen sie nun hier ist, hatten wir wenige Momente wie diesen, aber immer fühlte sich mein Leben danach leichter an. Ich wünschte, wir könnten mehr Zeit miteinander verbringen. »Ich hab mich um einen Frosch gekümmert«,

erzählt sie. »Er war krank. Hat sich kaum noch gerührt. Ich wollte mal wieder etwas Gutes tun.«

»Das ist schön.« Ich betrachte die junge Frau von der Seite. Sie sieht immer so elegant aus, so unnahbar, und dann lächelt sie oder hilft jemandem und man weiß, wie viel Liebe in ihr steckt. »Hast du das in deiner alten Heimat auch getan?«

Sie nickt. »Ich konnte es kaum erwarten, dass meine Magie rauskommt. Meine Mutter war auch so. Sie hat jedem geholfen. Sie war so ein guter Mensch.«

»Was ist geschehen?«

Ihr Gesicht verdunkelt sich. »Sie wurde erschossen, weil sie die beiden Kinder einer Freundin beschützen wollte. Das war, kurz nachdem sie unsere Synagoge abgebrannt haben.«

»Das tut mir sehr leid.« Ich stütze meine Hände neben mir ab und merke, dass sie es mir gleichtut. Unsere Finger berühren sich fast. Ich halte den Atem an und frage mich, ob ich es wagen kann, aber da bewegt sie ihre Hand und schiebt ihre Finger über meine.

Ich atme erstaunt aus und beiße mir auf die Lippen, um nicht in ein breites Grinsen auszubrechen.

»Ich mag dich, Willem«, flüstert sie und blickt mich mit ihren blauen Kulleraugen an. Auf ihren Wangen bilden sich Grübchen, und ich erwidere ihr Lächeln. Ich kann nicht anders.

Sie verharrt noch einen Moment so, dann lässt sie mich los und steht auf, um mit einem Blick über ihre Schulter hineinzugehen.

»Ich mag dich auch«, murmle ich hinter ihr her und nehme mir vor, es ihr beim nächsten Mal zu sagen, wenn wir uns sehen.

Kapitel 12

Ivan

Österreich, 2018

Der Vorteil daran, kein hohes Ratsmitglied zu sein, ist, dass man früher gehen kann, während die anderen noch über wichtige Themen sprechen und weitere Diskussionen vorbereiten. Der Nachteil daran ist, dass man keinerlei Einfluss auf die wirklich wichtigen Dinge hat.

Dennoch bin ich heute froh, dass ich in meine vier Wände zurückkehren kann. Ich habe Kopfschmerzen, die direkt aus der Hölle kommen müssen. Anders kann ich mir nicht erklären, dass mein Kopf wummert, als würden meine Gehirnzellen eine Party feiern.

Auf meinem Zimmer schnappe ich mir eine Kopfschmerztablette und eine Flasche Wasser, bevor ich mich für eine Weile aufs Sofa lege. Unsere eigene – geheime – Sitzung fängt erst in zwei Stunden an. Solange habe ich noch Zeit, um mich von den Kopfschmerzen zu erholen und vielleicht noch mal im Sekretariat vorbeizuschauen, um meine Schülerlisten abzuholen.

Seit Weihnachten bin ich fast ununterbrochen unterwegs gewesen. Scheinbar ist Freya mittlerweile aufgefallen, dass ihre Schüler auch ein paar Unterrichtseinheiten in Psychologie und Politik gebrauchen könnten. Oder ihr ist nichts mehr für mich eingefallen. Ich sollte mich unbedingt mit Max absprechen, was das Lehrprogramm angeht. Ich meine mich zu erinnern, dass er im letzten Jahr ein paar Verbesserungsvorschläge für den Kurs gemacht hat, die sehr gut klangen.

Aber erst mal schließe ich die Augen und atme tief ein und aus, um die Kopfschmerzen zu vertreiben. Die Tablette beginnt bald zu wirken, und ich fühle mich erleichtert. Ich weiß nicht, ob es an den anstrengenden Gesprächen liegt oder daran, dass ich zwischen zwei Welten wandle. Seit wir unsere Gruppe vor zwei Jahren gegründet haben, ist es immer komplizierter geworden, und was haben wir bisher erreicht? Nichts.

Die Frustration über den aktuellen Zustand wirkt sich sicher nicht positiv auf mein Gemüt aus. Aber es hilft ja nichts – wenn wir es nicht machen, macht es keiner.

Nachdem die Kopfschmerzen ganz verschwunden sind, stehe ich auf und springe kurz unter die Dusche, um die Anstrengung des Tages abzuwaschen. Die ganze Nacht mit Louisa durchzufahren und dann im Rat zu sitzen ist keine gute Kombination – wobei ich Louisa wirklich gerne mag. Ich könnte mir gut vorstellen, dass sie ein Gewinn für uns wäre.

Mit ihren modernen Ansichten und dem Mut, Dinge anzusprechen, die sie aufregen, wird sie sich irgendwann in Gefahr bringen. Wenn sie dagegen einen Raum hätte, in dem sie all das zum Ausdruck bringen könnte ...

Aber das ist unmöglich, solange ich meinen Bruder nicht für unsere Sache gewinnen kann. Durch ihre Verbindung würde er sofort von uns erfahren.

Seufzend ziehe ich mich an und beschließe, mein Glück im Sekretariat zu versuchen. Es ist zwar schon spät, aber so wie ich Lotta kenne, wird sie noch da sein.

Also schließe ich mein Zimmer ab und verlasse das Wächterquartier, um ein paar Etagen tiefer zu gehen und den Verwaltungstrakt zu betreten. Er ist wie ausgestorben, weil alle beim Abendessen oder in der Ratssitzung sind.

Ich klopfe an die Tür und öffne sie kurz darauf. Lotta ist tatsächlich noch da. Sie sitzt an ihrem Platz, über einen Haufen Papier gebeugt, und blickt überrascht auf.

»Ivan?«

»Hey.« Ich betrete den Raum und schließe die Tür hinter mir. »Hast du nicht eigentlich Feierabend?«

»Schon.« Sie steht auf und kommt an die Theke. »Ich hab da nur noch etwas, was ich nachgucken wollte. Was kann ich für dich tun?«

»Du solltest dir die Überstunden bezahlen lassen«, meine ich. »Ich wollte meine Schülerlisten für dieses Schuljahr abholen. Ich hab es heute Morgen vergessen.«

»Stimmt.« Sie lächelt und geht zu dem großen Fächerschrank, um die Blätter aus dem Fach mit meinem Namen zu holen. Theoretisch hätte ich das auch selbst tun können, aber das hier ist ihr Reich. Und einer Königin kommt man nicht zuvor. »Hier.« Sie klappt die Mappe auseinander. »Das sind deine Schüler für den Psychologie-Kurs und hier für die beiden Politik-Kurse. Außerdem habe ich dir noch ein paar Akten dazugelegt von Schülern, die ein privates Gespräch bei dir in Anspruch nehmen möchten. Sieh mal hier. Sie sind alle in deinen Kursen, vielleicht kannst du sie nach dem Unterricht einfach darauf ansprechen.«

»Alles Neulinge?«, frage ich nach und überfliege die Namen, die mir bis auf Azalea nichts sagen.

»Die Älteren brauchen dich nicht mehr.«

Ich schaue auf und ertrinke in einem Meer aus Blau. In diesen Augen kann man so viel lesen. So viel Zuneigung und Sympathie. Sie wirkt zufrieden. Stolz irgendwie, auch wenn ich nicht weiß, wie sie stolz auf mich sein kann. Dann kennt sie mich wohl nicht gut genug.

Sie streicht sich das blonde Haar aus dem Gesicht.

»Das ist nicht nur mein Verdienst«, nuschle ich verlegen. Immerhin sind es die Schüler, die harte Arbeit leisten, um in den extra Sitzungen am Nachmittag ihre Traumata zu überwinden. Ich gebe ihnen nur eine Anleitung.

Für einen Moment sehen wir uns bloß an, weil keiner weiß, was er sagen soll. Und dann macht sie plötzlich einen Schritt zurück und blickt zu Boden. »Ich ... ich sollte mal lieber weitermachen. Sonst werde ich niemals fertig.«

»Woran arbeitest du denn?«, frage ich, statt auf ihren Fluchtversuch einzugehen. Irgendwie bin ich noch nicht bereit zu gehen.

»Ich schau nur etwas nach.« Sie winkt ab. »Es ist nichts Besonderes.«

»Immerhin so besonders, dass du dafür länger im Büro bleibst«, erwidere ich neugierig. Nicht nur die Frau hat mein Interesse geweckt.

Dass ich mich für ihre Arbeit interessiere, scheint sie zu freuen, denn sie beginnt zu lächeln und gibt sich geschlagen. »Also gut. Komm her. Ich zeig dir, was ich mache.«

Überrascht lege ich die Zettel ab und gehe um die Theke herum, um sie zu ihrem Arbeitsplatz zu begleiten. Besonders ordentlich ist sie nicht, vielleicht erwische ich sie aber auch immer nur in den Zeiten, in denen sie vor lauter Arbeit nicht mehr weiß, wohin mit all den Unterlagen. Eigentlich könnte sie ein größeres Büro gebrauchen.

Sie setzt sich auf ihren Stuhl und schaltet den Monitor vom PC wieder ein. Ich stütze mich mit einer Hand auf der Rückenlehne ab und beuge mich hinunter.

»Mir ist aufgefallen, dass die Datenbank überhaupt nicht gepflegt ist«, erklärt sie und deutet auf den Bildschirm. Ich betrachte das Foto eines Schülers, das sie gerade geöffnet hat. »Sie wurde immer nur sporadisch aktualisiert. Die alte Sekretärin hat die Dinge auf Zettel geschrieben.« Sie macht eine ausschweifende Handbewegung, die das gesamte Zettelchaos in ihrem Büro einschließt. »Moose hatte noch keine Zeit, sich darum zu kümmern. Also habe ich mich vor einiger Zeit drangesetzt und alles aktualisiert. Ich hab ein paar neue Felder hinzugefügt, um mehr Informationen zu sammeln.«

»Wow, gute Arbeit«, lobe ich sie. »So viel Geduld hätte ich nicht.«

»Das ist es nicht.« Sie nickt in Richtung des Bildschirms. »Mir ist aufgefallen, dass ihr bei vielen Schülern überhaupt keinen Background-Check macht. Nach allem, was in den letzten Monaten geschehen ist, hätte ich gedacht, dass ihr zumindest Familie und Herkunft überprüft. Ich wollte nachschauen, ob ich irgendwelche Unterlagen übersehen habe. Aber scheinbar ist hier tatsächlich kein Background-Check gemacht worden.«

Ich runzle die Stirn. »Das haben wir mal gemacht. Tobias war dafür zuständig, aber er ist jetzt in Amerika. Ich dachte, irgendwer hätte seine Arbeit übernommen.«

Sie schüttelt den Kopf. »Die neuen Schüler haben allesamt keine Informationen über ihre Vergangenheit hinterlegt.«

»Gut, dass es dir aufgefallen ist.« Ich lege eine Hand auf ihre Schulter und drücke sie leicht. »Wenn du Freya siehst, sag es ihr. Ich spreche sie morgen auch mal darauf an. Da finden wir sicher eine Lösung, um die Sicherheitslücken zu beheben.«

Sie schließt das Programm und fährt den Rechner herunter. Ich lasse sie los und gebe ihr etwas Freiraum, damit sie aufstehen kann, ohne direkt in mich hineinzulaufen. Ihr Duft hängt mir in der Nase.

»Also dann ... danke.« Sie lächelt wieder dieses zuckersüße Lächeln, das mich für einen Moment aus dem Konzept bringt.

»Wofür?«, frage ich schließlich verwirrt.

»Fürs Erinnern an meinen Feierabend.« Sie schaltet die Schreibtischlampe aus, und wir sind für einen Moment in die Dunkelheit gehüllt, dann klatscht sie zweimal in die Hände, und das Licht über unseren Köpfen geht an. Für manche Dinge braucht es keine Magie, sondern bloß die neueste Technik.

Ich kneife die Augen zusammen.

»Sorry, andersherum wäre es angenehmer gewesen«, entschuldigt sie sich verlegen.

»Ich werd's überleben«, lache ich und begleite sie zur Tür. Auf dem Weg sammle ich meine Mappe ein. »Hört sich an, als hättest du Pläne für den Feierabend?«

»Oh, bloß eine Pizza, ein gutes Glas Wein und mein Lieblingsfilm.« Sie schmunzelt und blickt mich einen Moment zu lang an. Vielleicht fragt sie sich, ob ich gerade versuche, mit ihr zu flirten, aber da sie mir nicht anbietet, den Abend mit ihr zu verbringen, schlage ich den Rückzug ein.

»Dann wünsche ich dir viel Spaß dabei«, erwidere ich und zwinkere ihr zu. Sie wird rot und wünscht mir einen schönen Abend, bevor sie in die entgegengesetzte Richtung davongeht. Ich schaue ihr einen Moment lang nach und frage mich, wieso ich sie gehen lasse.

Immerhin ist sie keine Hexe.

Kapitel 13

Moose

Eine verlassene Hotelanlage in der marokkanischen Wüste, 2018

Wir betreten das Gebäude von drei Seiten. Es ist groß, und die Möglichkeiten, wo sich die Hexenjäger aufhalten, sind vielfältig. Ich überlege kurz, auf die schallgedämpfte Pistole zu wechseln, doch ich war noch nie richtig zielsicher, was vermutlich daran liegt, dass ich das Schießtraining oft genug ausfallen lasse.

Mit dem Messer kann ich besser umgehen, auch wenn sich das Töten damit irgendwie … realer anfühlt.

Der Wellnessbereich mit seinen orientalisch anmutenden Fliesen, Edelholzliegen und verdorrten Pflanzen in den einzelnen Räumen, die von einem geschwungenen Flur abzweigen, muss wunderschön gewesen sein, jetzt erinnern nur noch kaputte Lampenschirme und Nischen mit zerbrochenen Skulpturen an den Glanz der alten Zeiten.

Es ist fast schade, dass ein so schönes Gebäude einfach der Witterung ausgesetzt wurde. Ich vermute, dass sich der Hotelbetrieb mitten im Nirgendwo einfach nicht gelohnt hat und der Besitzer des Hotels irgendwann Konkurs anmelden musste. Dennoch finde ich es spannend, dass es an manchen Stellen so aussieht, als hätten sie das Hotel Hals über Kopf verlassen.

Wenn ich einen Sinn für Fotografie hätte, würde ich irgendwann zurückkehren, um die Bilder abzulichten, die sich mir hier zeigen. Daraus könnte man sicher einen hübschen Bildband machen.

Ich verlasse den Wellnessbereich durch eine Glastür und gelange in einen Aufenthaltsbereich mit Korbstühlen und Tischen, auf denen teilweise sogar noch Vasen mit halb verwelkten, halb zerfallenen Blumen stehen. Die morbide Schönheit des Hotelkomplexes nimmt mich so sehr gefangen, dass ich den Mann am anderen Ende des Raumes zuerst gar nicht bemerke.

Erst als ich seine Bewegung im Augenwinkel sehe, wird mir bewusst, dass ich einen fatalen Fehler begangen habe. Ich kann mich gerade noch so hinter einen Korbstuhl ducken, bevor die ersten Kugeln durch den Raum sausen. Fluchend stecke ich das Messer weg und wechsle auf meine Handfeuerwaffe.

»Was ist da los?« Alex' besorgte Stimme dringt an mein Ohr. »Moose? Daniel?«

Der Kugelhagel hört auf, und ich blicke mutig aus der Deckung, um meinen Gegner zu orten. Wenn Alex die Schüsse gehört hat, ist es sehr wahrscheinlich, dass auch die anderen Hexenjäger auf uns aufmerksam geworden sind. Dann wird es nicht mehr lange dauern, bis sie das Erdgeschoss stürmen und ihrem Kollegen zu Hilfe eilen.

»Schüsse bei mir«, sage ich und husche aus meiner Deckung hinter eine Säule, in der Hoffnung, dass mich der Mann nicht sieht. Ich muss näher ran, sonst schieße ich nachher noch daneben.

Einer von den beiden Männern in meinem Ohr flucht, und sie besprechen sich, aber ich höre ihnen nicht zu, weil ich so sehr darauf konzentriert bin, nicht erschossen zu werden.

Als der Mann das nächste Mal aus seiner Deckung kommt, wage ich ein paar Schüsse, doch ich treffe nicht und muss mich vor seinen Kugeln in Sicherheit bringen. Mein Kopf rattert, während ich von Deckung zu Deckung sprinte und versuche, ihm näher zu kommen. Aber nicht nur er wird dadurch ein leichteres Ziel, auch ich biete ihm eine größere Zielscheibe.

Mein Herz rast, in meinen Ohren rauscht es so laut, dass ich mich kaum auf den Raum und die Bewegungen des Angreifers konzentrieren kann. Ich versuche mich zusammenzureißen, aber mir fehlt die Erfahrung im Ernstfall.

Und dann höre ich es. Das Klicken eines leeren Magazins.

Sofort springe ich hoch und nutze die Chance, um ihm ein paar Kugeln zu verpassen. Es sind mehr, als es bräuchte, um ihn niederzustrecken, aber ich bin so voller Angst zu sterben, dass ich gar nicht anders kann. Ich feuere so lange, bis er sich nicht mehr rührt.

»Moose? Moosc! Sag ctwas!«

»Mir ... mir geht's gut.« Ich nehme den Funkstöpsel für einen Moment aus dem Ohr und habe Schwierigkeiten damit, ihn mit meinen zittrigen Händen überhaupt festzuhalten. Der Tote starrt mich aus leeren Augen an.

Anklagend.

Ich muss aufhören zu denken.

Die anderen verlassen sich auf mich.

Ich atme tief ein und aus, bevor ich den Stöpsel zurück ins Ohr stecke. »Ziel ausgeschaltet«, presse ich hervor und wende mich ab, auch wenn mir das Bild des toten Mannes vermutlich für immer im Gedächtnis bleiben wird.

Wir treffen uns in der Eingangshalle, in der Alex zwei weitere Männer ausgeschaltet hat. In seinem Gesicht sind Blutspritzer, um seine Lippen hat sich ein harter Zug gebildet, den ich so nicht von ihm kenne. Selbst Daniel, der sonst immer einen Spruch parat hat, wirkt erschöpft. Nicht im körperlichen Sinne, nein, es sind seine Augen und die Art, wie er sich mit dem Handrücken über die Stirn reibt, die mir beweisen, dass das Töten auch ihnen an die Substanz geht.

»Sie sind im Speisesaal.« Daniel deutet hinter sich. »Mindestens fünf Männer, Tyros und eine junge Frau.«

»Junah?«

»Das konnte ich nicht sehen. Sie haben sie nicht gut behandelt, also gehört sie nicht zu ihnen.«

»Und die Schüsse haben sie nicht gehört?«, frage ich verwirrt nach und nehme mir meine Waffe, um sie nachzuladen. Meine Hände zittern so sehr, dass ich das leere Magazin kaum aus der Schiene lösen kann.

»Wenn sie sie gehört haben, denken sie, dass sich ihre Kollegen drum kümmern.« Daniel sieht besorgt aus. »Wahrscheinlich wird ihnen sehr bald auffallen, dass etwas nicht stimmt. Wir sollten uns beeilen.«

Mir fällt das Magazin runter. Ich will mich bücken, doch Alex ist schneller und reicht es mir. Er mustert mich eingehend. »Ist alles in Ordnung, Moose?«

Ich nicke. »Geht schon.«

»Du hast das Richtige getan.« Er legt eine Hand an meine Schulter und drückt mich kurz. »Ich weiß, dass es wehtut. Das soll es auch. Es sollte niemals leicht sein, ein Leben einfach zu beenden. Und doch gibt es Menschen wie uns, die solche Dinge tun müssen, um andere zu beschützen.«

Seine Worte machen den Schmerz nicht leichter, der sich in mir aufstaut, aber sie helfen mir dabei, meine Gewissensbisse beiseitezuschieben und meine Entschlossenheit wiederzufinden. Ich atme noch ein paar Mal tief durch und –

»Scheiße«, keucht Daniel. Im nächsten Moment fliegt er durch die Luft. Alex und ich springen zur Seite, um Schutz zu suchen. Erst da fällt mir auf, dass es gar nicht die Hexenjäger sind, die angegriffen haben, sondern ...

»Malika!« Alex sprintet aus seiner Deckung, doch sie ist zu schnell. Im Nu ist sie an uns vorbeigerannt und läuft auf den Speisesaal zu, in der festen Absicht, ihre Familie zu retten. Erst jetzt rauscht Jakobs Stimme durch den Ohrstöpsel, um uns von Malikas Flucht zu berichten.

Zu spät, denke ich und sprinte Alex und ihr hinterher, aber wir erreichen sie nicht mehr rechtzeitig. Eine kurze Handbewegung, und die Tür vor ihr fliegt mit einem lauten Knall auf.

Vage nehme ich Daniel hinter mir wahr, der sich wieder aufgerappelt hat. Mit der Waffe im Anschlag betrete ich den Raum, in dem uns jeder angespannt entgegenschaut.

Ich zähle fünf Männer, vier davon haben ihre Waffen auf uns gerichtet. Der fünfte bedroht eine junge Frau mit seinem Messer, mit der anderen Hand hält er sie umfasst.

Malika bleibt abrupt stehen. »Junah«, stößt sie hervor.

Mein Blick gleitet an Junah und ihrer Bedrohung vorbei, und ich atme scharf ein.

Tyros.

Er ist kaum wiederzuerkennen.

Sein Gesicht ist geschwollen und verkrustet, die blonden Haare kleben teilweise blutig an seinem Kopf fest. Sie haben ihn mit den Händen an die Decke gebunden, und seine Füße schleifen über den Boden. Die tiefen Wunden auf seinem nackten Körper, die an manchen Stellen noch bluten, als wären sie ihm gerade erst zugefügt worden, erschrecken mich zutiefst.

Aber das Schlimmste ist sein Blick. Er schaut mich an, und für einen Moment sprechen wir stumm miteinander. Ich sehe den Anflug von Dankbarkeit in seinen Augen, die Erleichterung, weil wir gekommen sind, um ihn zu retten, aber gleichzeitig ist da etwas Dunkles. Etwas, das ich nie wieder vergessen werde.

Und ich weiß unwillkürlich: Tyros hat aufgegeben.

Kapitel 14

Azalea

Österreich, 2018

Aslan zieht mich zur Seite, bevor die anderen aufbrechen, um sich für die Party fertigzumachen. Ich bedeute Louisa, vorzugehen, um in Ruhe mit ihm zu sprechen.

»Wir sind fündig geworden«, erzählt er mir mit gedämpfter Stimme, und mein Herz macht einen Satz.

»Das sagst du mir erst jetzt?«

Er hebt entschuldigend die Schultern. »Ich denke, wir sollten erst mal abwarten, was mit Louisa ist, bevor wir sie in so waghalsige Pläne verstricken.«

»Da hast du wohl recht.« Aufgeregt knete ich meine Hände. »Wo? Also, ich meine, wo und wie hast du ihn gefunden?«

»Ob er es wirklich ist, wissen wir nicht«, mahnt er mich, aber ich kann mir nicht vorstellen, dass Hayets Traum Zufall war. »Aber wenn er es ist, holen wir ihn raus.«

Auf meinen Armen bildet sich eine Gänsehaut. Einerseits möchte ich ihn lebendig sehen, andererseits habe ich auch Angst vor den Konsequenzen. Was, wenn wir erwischt werden? Und wo sollen wir Melvin verstecken, wenn er es ist? Wir könnten unmöglich am Palast bleiben. Wenn es so weit kommt, dass wir auffliegen, muss ich sämtliche Schuld auf mich nehmen, damit die anderen hierbleiben können.

»Wir brauchen einen guten Plan«, murmle ich, während wir uns auf den Weg in Richtung Schlafräume machen.

»Ich hab einen.« Aslan grinst mich an. »Jascha und ich lenken die Wache ab, Zoe öffnet die Tür, und ihr schleicht euch gemeinsam rein.«

»Ich sollte besser allein reingehen und sie nicht auch noch mit da reinziehen.«

»Nein. Vergiss es.« Aslan bleibt stehen und blickt mich verärgert an. »Du gehst da nicht allein rein. Dir könnte wer weiß was zustoßen.«

Verblüfft über seine Sorge um mich erwidere ich seinen Blick. Bedeute ich ihm etwa was?

»Okay.« Ich tue so, als würde ich mich geschlagen geben, nehme mir aber fest vor, Zoe da rauszuhalten. Sie ist so glücklich hier, das möchte ich ihr nicht nehmen.

»Azalea.« Aslan zieht eine Braue hoch. Er glaubt mir nicht.

Ich hebe beschwichtigend die Hände. »Ich geh nicht allein rein, okay?«

Er glaubt mir immer noch nicht, erwidert aber nichts mehr. Wahrscheinlich sieht er mir an, dass er mich nicht umstimmen kann. Wir gehen zusammen in Richtung Schlafräume, aber die Stimmung ist gedrückt. Ich weiß nicht, was ich zu ihm sagen soll, und ihm scheint es genauso zu gehen. An der Treppe trennen sich unsere Wege, und er lächelt mir noch einmal zuversichtlich zu, bevor er hochgeht und ich durch die schwere Glastür gehe, die unsere Zimmer vom Rest des Gebäudeteils trennt.

Die Party findet in einem der Räume der Magie statt, der normalerweise abgeschlossen ist. Wir suchen die Feier in Zweiergruppen, um keine Wächter auf uns aufmerksam zu machen, und treffen kurz nacheinander ein.

Der Raum ist groß, fast wie ein kleiner Saal, mit einer Kuppel, in der bunte Lichter tanzen, die von nirgendwoher zu kommen scheinen. Die Musik ist laut, aber von draußen hat man sie nicht gehört, auch das muss Magie sein.

Louisa schaut sich verblüfft um, und ich folge ihrem Beispiel. In der Mitte tanzen ein paar Wächter und Hexen, weiter rechts ist ein Buffet mit Fingerfood aufgebaut. Eine Bar gibt es nicht, aber wenn man genau hinsieht, merkt man schnell, dass die Gläser und Flaschen auf magische Weise in den Händen der älteren Schülerinnen erscheinen, die sie dann auf ihre Freunde verteilen.

»Wie machen die das bloß?«, wundere ich mich und erkenne Maria und Justina aus meinem Sportkurs. Sie winken mir zu und kommen zu uns. Die beiden sind schon ein Jahr weiter und halten Cocktails in ihren Händen.

»Hey, Azalea.« Maria prostet mir zu. »Schön, dass ihr auch da seid. Darf ich euch etwas zum Trinken anbieten?«

Louisa tritt mit glänzenden Augen neben mich. »Wie macht ihr das? Das ist so abgefahren.«

Maria grinst und schließt die Augen, bevor sich in ihrer freien Hand plötzlich ein weiterer Cocktail materialisiert. Sie reicht ihn mir. »Ich stell mir immer vor, wie ein sexy Barkeeper meinen Cocktail mixt und dann zu mir schickt.«

Louisa kichert. »Das könnte ich ja auch mal versuchen.« Sie schließt ihre Augen, scheint sich zu konzentrieren, und alle gucken ihr gespannt zu und erschrecken, als es im nächsten Moment scheppert. Sie hat nicht genug Hände frei, um all die Sachen zu halten, die sie heraufbeschworen hat. Einen Cocktailmixer, eine Dose Kokosmilch, eine Tüte Sahne und Ananassaft.

»Ups. Mein Barkeeper wollte wohl, dass ich meinen Cocktail selbst mixe.« Sie beißt sich auf die Lippe, und alle beginnen zu lachen. »Die Magie und ich wollen irgendwie noch nicht so richtig zusammen.«

Maria und ich bücken uns, um ihr dabei zu helfen, die Sachen aufzuheben und zum Buffet zu bringen, bevor ich

Maria und Justina den anderen vorstelle. Sie zaubern uns allen Getränke in die Hand und stellen uns noch ein paar anderen aus ihrem Freundeskreis vor.

Es dauert nicht lange, da zieht Zoe Jascha auf die Tanzfläche. Sie gibt sich wirklich Mühe, ihm zu gefallen, dabei ist eine Beziehung zwischen Wächtern und Hexen doch verboten. Aber während ich mich so umschaue, wird mir klar, dass die Regeln hier scheinbar arg gebogen werden. Hier wird geflirtet, was das Zeug hält, aber alle scheinen darauf bedacht zu sein, sich nicht länger als nötig zu berühren. Das geschieht vermutlich hinter geschlossenen Türen.

Ich stoße mit den anderen an und versuche mich zu entspannen. Wir haben noch anderthalb Stunden Zeit, bevor wir mit unserer Aktion beginnen wollen. Zu früh besteht die Gefahr, dass wir anderen Schülern über den Weg laufen, zu spät löst sich vielleicht der Rat auf. Also haben wir beschlossen, die Stunde nach Beginn der Nachtruhe zu nutzen, in der Hoffnung, dass sich die Ratssitzung bis nach Mitternacht zieht.

Hayet fragt Aslan, ob er tanzen möchte. Er lacht auf und schüttelt mit dem Kopf. »Das ist echt nicht meins. Entschuldige.«

Also drücke ich Aslan mein Getränk in die Hand, schnappe mir Hayets Hand und ziehe sie auf die Tanzfläche. Ein bisschen Anspannung abbauen, bevor wir gleich in unser Abenteuer starten, kann nicht schaden.

Um kurz vor elf verkrümeln sich Jascha und Aslan unter dem Vorwand, müde zu sein. Zoe, Hayet, Louisa und ich stehen am Rand des Geschehens und beobachten, wie eine Gruppe Wächter ein Saufspiel spielt, bei dem es darum geht, mit einem Tischtennisball möglichst viele Becher Bier zu treffen und leerzutrinken.

»Ich frage mich, wie die Schulleitung mit Alkoholleichen auf den Gängen umgeht«, überlege ich laut. Hayet prustet los, und Louisa schaut uns fragend an, aber keine von uns weiß, wie wir Alkoholleichen so übersetzen können, dass sie den Witz versteht. Also erklären wir ihr umständlich, was wir uns nicht erklären können.

Sie zuckt lachend mit den Schultern und trinkt noch etwas.

Im nächsten Moment schüttet Zoe den halben Cocktail über ihr Kleid. Fluchend springt sie zurück und hält das Glas möglichst weit von sich weg. »So ein Mist.«

Ich unterdrücke ein Lachen und nehme ihr das Glas ab, während sie Papiertücher heraufbeschwört, um sich zumindest etwas abzutrocknen. »Das ist hinüber.« Sie verzieht das Gesicht. »Ich glaube, ich geh mich schnell umziehen.«

»Ich komm mit«, biete ich an und drücke Louisa das halbvolle Glas in die Hand. »Ich muss sowieso aufs Klo.«

Hayet nickt uns kurz zu, bevor sie Louisa in ein Gespräch verwickelt und wir durch die Menge verschwinden. Auf dem Gang schauen wir uns kurz um, aber da kein Wächter in der Nähe zu sein scheint, beeilen wir uns, Aslan und Jascha zu folgen.

»Mein Kleid riecht nach Alkohol«, beschwert sich Zoe, während wir uns den schnellsten Weg durch den Palast suchen.

»Ich hab auch ehrlich gesagt nicht damit gerechnet, dass du in deinem Cocktail baden gehst.« Ich lache angespannt auf. »Ein *Ich muss aufs Klo* hätte sicher auch gereicht.«

Zoe stößt mir den Ellbogen in die Rippen. »Hey, ja, ich mach das nur für dich.«

»Und ich bin dir auf ewig dankbar.«

Wir eilen still weiter und bleiben stehen, als wir Schritte hören. Zoe zieht mich in den Schatten hinter einem Steinvorsprung, und wir warten ab, bis die Schritte verklungen sind. Jetzt erwischt zu werden, wäre eine Katastrophe. Wer weiß, wann wir dann wieder die Möglichkeit hätten, Melvin zu suchen? Vielleicht nie wieder.

Wir machen einen Bogen um die Halle und den Speisesaal, und ich bin froh, Zoe dabeizuhaben, die den Weg kennt. Nach der nächsten Kurve laufen wir beinahe in Aslan und Jascha herein, die dort auf uns gewartet haben.

Zoe fasst sich ans Herz. »Müsst ihr uns so erschrecken?«

Jascha grinst, lässt seinen Blick über ihr nasses Kleid fliegen und fragt, ob er ihr beim nächsten Ausflug in den Ort ein Lätzchen mitbringen soll.

»Du bist ein Idiot«, zischt sie, doch wir alle wissen, dass sie es nicht so meint.

Bevor die beiden ihr Geplänkel vertiefen können, ziehe ich sie weiter. »Wir haben nicht genug Zeit, kommt schon.«

Wir erreichen unser Ziel sehr bald und schleichen uns auf Zehenspitzen an. Zoe und ich verstecken uns hinter dem Sockel einer Statue und warten darauf, dass die Luft rein ist.

Aslan verwickelt Jascha in einen Streit. »Du und deine Wegbeschreibungen. Jedes Mal verlaufen wir uns.«

»Ich kann doch nichts dafür, dass der Palast so groß ist … wenn du nicht immer so lange brauchen würdest, hätten wir auch mehr Zeit, vor der Nachtruhe im Zimmer anzukommen.«

»Schieb die Schuld jetzt nicht auf mich.« Sie bleiben stehen und erreichen wohl den Gang, in dem das Zimmer liegt, zu dem wir wollen. Der Wächter sollte sie jeden Moment ansprechen. »Dein Rumgezicke geht mir echt auf die Nerven. Bist du eine Frau, oder was?«

»Nimm das zurück.«

Ich unterdrücke ein Lachen und höre im nächsten Moment eine dritte Stimme. »Was macht ihr hier noch so spät? Ihr solltet längst auf euren Zimmern sein.«

»Wir haben uns verlaufen«, erklärt Aslan dem Wächter. »Weil er hier immer meint, er kennt den Weg, und dann kennt er ihn doch nicht. Ich sollte gar nicht mehr auf dich hören.«

»Mach doch, was du willst. Am besten suchst du dir gleich ein neues Zimmer und neue Freunde, wenn du so ein Problem mit mir hast.«

»Hör doch mal auf so rumzuzicken.«

»Nenn mich nicht Zicke, verdammt.« Und dann hören wir es krachen, und ich verziehe das Gesicht, weil Jaschas Faust vermutlich Kontakt mit Aslans Gesicht gemacht hat. Bevor der Wächter dazwischen gehen kann, verteilt einer von beiden einen weiteren Schlag.

»Schluss jetzt!«, brüllt der Wächter. »Wie alt seid ihr? Zwölf? Vielleicht solltet ihr mal eure Prioritäten überdenken, bevor ihr euch hier die Köpfe einschlagt. Ihr seid hier, um euresgleichen zu beschützen. Streit in den eigenen Reihen kann keiner gebrauchen.«

Hoffentlich ist das nicht Silas, denke ich, während die beiden eine Entschuldigung murmeln.

»Ihr müsst in den Krankenflügel«, spricht der Wächter besänftigt weiter. »Und zur Strafe für diesen Blödsinn schreibt jeder von euch einen zehnseitigen Aufsatz darüber, wie man Streit auf andere Weise lösen kann. Bis Montag.«

»Aber heute ist schon Freitag«, beklagt sich Jascha, doch darauf reagiert der Wächter gar nicht.

»Nun los, ab in den Krankenflügel mit euch.«

»Wie kommen wir denn da jetzt hin?«

Der Wächter seufzt laut und versucht kurz, den Weg zu erklären, aber da der Krankenflügel zu weit entfernt ist, gibt er schnell auf. »Ich bring euch hin, bevor ihr euch unterwegs doch noch die Köpfe einschlagt.«

Innerlich juble ich auf. Wir haben es tatsächlich geschafft. Der Weg ist frei.

Kapitel 15

Willem

Irgendwo in den Pyrenäen, 1944

Mit angehaltenem Atem warte ich hinter dem Vorsprung darauf, dass sie aus dem Unterricht kommt. Es dauert nicht lange, da geht die Tür auf, und die wenigen Hexen verlassen den Raum. Im Gegensatz zu Emma gehen sie direkt zum Mittagessen. Emma dagegen wird erst Flocke einen Besuch abstatten wollen, um zu sehen, ob es ihr besser geht.

Als sie an mir vorbeigeht, schnappe ich mir ihre Hand und ziehe sie hinter den Vorsprung. Sie atmet scharf ein, und ich lege meine Hand auf ihren Mund, damit sie nicht schreit. Ihre Augen weiten sich, und sie erkennt mich. Ich lasse die Hand fallen.

»Willem«, zischt sie mit einem Grinsen. »Was machst du denn hier?«

»Ich hab mich nach dir gesehnt«, gestehe ich und lege meine Hand an ihre Hüfte, um sie an mich heranzuziehen. Sie kichert und legt ihre Arme um meinen Nacken und ihre Lippen auf meine. Unser Kuss ist süß und unschuldig, nichts im Vergleich zu dem, was wir in der Nacht getan haben.

»Wir sollten einfach verschwinden«, murmle ich an ihren Lippen. »Irgendwohin, wo du heilen kannst, wen du möchtest, und ich backen kann, was ich will.«

Sie lächelt mit ihrem ganzen Körper. »Das hört sich nach einer hervorragenden Idee an. Wir könnten nach Frankreich gehen. Paris, vielleicht. Du könntest eine Ausbildung als Chocolatier machen.«

»Hmm.« Ich küsse ihr Kinn und die empfindliche Stelle hinter ihren Ohrläppchen. »Das würde dir gefallen, nicht wahr?«

»Willem van Dijk, du kennst mich viel zu gut.«

Gleißende Rückenschmerzen reißen mich aus dem Traum. Ich rolle mich aus dem Bett und falle zu Boden, weil ich nicht weiß, wo ich hinsoll mit meinen Schmerzen. Stöhnend versuche ich aufzustehen. Ich will das Licht einschalten, in der Hoffnung, dass es diesen Albtraum vertreibt, aber ich kann mich kaum rühren. Mein Körper hat die Regie übernommen.

Es knackt und knirscht. Die Geräusche stellen mir die Haare auf den Armen auf. Es fällt mir schwer, überhaupt noch zu atmen. Ich will einfach nur sterben.

Ich bekomme Panik, weil es sich anfühlt, als hätte man mich in zwei Hälften gebrochen. Doch so schnell, wie es gekommen ist, vergeht der Schmerz wieder. Ich liege einen Moment still da und will mich erheben, da fällt mir auf, dass ich keine Hände und Füße mehr habe.

Vor lauter Schreck bleibt mir beinahe das Herz stehen.

Ich will an mir hinabschauen, doch mein Blick bleibt an einem Tier hängen, das mir gegenübersitzt. Ein Wolf mit blauen Augen und dunklem Fell.

Instinktiv weiß ich, dass es sich bei ihm um Mikael handeln muss, der mich unterstützt, in dem er – wie ich – zum Wolf geworden ist.

Erleichtert darüber, dass ich nicht allein bin, versuche ich erneut aufzustehen. Ich bin tapsig auf den Pfoten, aber es gelingt mir nach ein paar Versuchen.

Der Körper fühlt sich komisch an, und ich kann immer noch nicht glauben, dass ich mich gerade tatsächlich in ein Tier verwandelt habe.

Mikael wartet, bis ich mich an die neue Form gewöhnt habe, bevor er die Tür mit seiner Pfote öffnet und in den Wald spaziert. Ich folge ihm und werde mit jedem Schritt sicherer. Nachdem ich gelernt habe, mich zu bewegen, kann ich mich auf all die anderen Eindrücke konzentrieren. Auf die Gerüche, die Fährten, die ich plötzlich in der Nase habe, das Rascheln der Blätter im Wind und das Knacken des Unterholzes, wann immer sich ein Tier darin bewegt.

Wir werden schneller und schneller, bis wir irgendwann durch den Wald fliegen und die Vorzüge unserer Gestalt genießen. Ich fange gerade an, meinen neuen Körper zu akzeptieren, als die Schmerzen zurückkehren. Jaulend verlangsame ich mich und bleibe schließlich ganz stehen.

Mikael stupst mich mit der Nase an und bedeutet mir, ihm zu folgen. Ich gebe mein Bestes, die Schmerzen zu veratmen, so lange sie noch nicht so schlimm sind.

Kurz darauf erreichen wir unsere Hütte. Ich breche auf dem Boden zusammen, und es ist, als hätte mein Körper auf diesen Startschuss gewartet, um sämtliche Knochen ein weiteres Mal zu brechen, bis ich wieder ein Mensch bin.

»Bereust du es?«, fragt Emma mich und legt ihre Kopfhörer neben sich. Ihre blauen Augen schimmern besorgt. Ich nehme meine eigenen Kopfhörer ab und lege sie auf das Pult. Wenn es um Emma geht, kann der Krieg warten.

Ich nehme ihre Hände in meine und bin dankbar dafür, dass wir diese Schicht allein angetreten haben. »Was meinst du?«

»All das.« Sie seufzt. »Dass wir nach Frankreich gekommen sind. Ich frag mich manchmal, ob wir noch weiter hätten fliehen sollen. Nach Amerika vielleicht.«

»Wir haben hier schon viel Gutes getan«, erinnere ich sie. »Du vor allem. Du hast so viele Menschen gerettet, das darfst du nicht vergessen.«

Sie lächelt müde.

»Vielleicht ist das dein Schicksal.« Ich ziehe sie an mich heran.

»Vielleicht ist es dir vorbestimmt, eine Heldin zu sein.«

»Hauptsache, ich bleibe immer deine Heldin«, erwidert sie und legt ihren Kopf auf meine Brust. »Aber ich bin müde, Willem. Ich kann all das Leid nicht mehr sehen. Ich brauche eine Pause von all dem.«

»Und die bekommst du«, verspreche ich ihr. »Wenn unser Dienst hier endet, verlassen wir das Land. Ich bring dich von hier weg.«

Ich schlage die Augen auf und bin erleichtert, weil ich zum ersten Mal seit ein paar Tagen nicht von Schmerzen geweckt werde. Erschöpft setze ich mich auf und gehe mit wackligen Beinen ans Fenster. Mikael schläft noch, und ich will ihn nicht wecken, es ist sicher anstrengend genug für ihn, mir immer beizustehen.

Die Sonne geht gerade hinter den Bergen auf und beleuchtet das Tal mit ihren sanften Strahlen. Ich frage mich, wie es Frankreich geht. Haben die Alliierten weitere Siege verzeichnen können? Irgendwie erinnere ich mich kaum daran, was geplant war. Ich erinnere mich ja nicht einmal mehr daran, was zuletzt geschehen ist.

Eine Weile denke ich angestrengt nach, aber es will mir nicht wieder einfallen. Also versuche ich, über etwas anderes nachzudenken, doch je länger ich in Stille hier stehe, umso mehr fällt mir auf, dass ich gewaltige Gedächtnislücken habe.

Besorgt drehe ich mich um und stelle fest, dass Mikael aufgestanden ist. Er knöpft sein Hemd zu und sieht mich fragend an. »Was ist los?«

»Ich erinnere mich nicht mehr«, komme ich ohne Umschweife zum Thema. »Ganz viel aus meiner Vergangenheit ... ist einfach weg.«

Mikael nickt, als wüsste er, wovon ich spreche. »Es wird Zeit, dass wir darüber sprechen.«

Mir wird schwer ums Herz, weil ich die Ernsthaftigkeit in seinen Worten höre. Ich setze mich auf mein Bett und signalisiere ihm, dass ich bereit bin, zuzuhören.

»Du wirst mit jeder Wandlung mehr vergessen«, setzt er an. »Ich weiß nicht, woran es liegt, aber es war bisher bei jedem

Gestaltwandler so, den ich begleitet habe. Keiner kann sich mehr an sein Leben vor dem Tod erinnern.«

»An gar nichts?«, frage ich erschüttert nach.

Er schüttelt den Kopf.

Mein Herz fühlt sich an, als würde jemand es auf die Größe einer Rosine zusammenquetschen. »Nicht mal an Emma?«

Mikael sieht mich bedauernd an. »Nicht mal an Emma.«

KAPITEL 16

IVAN

ÖSTERREICH, 2018

Ich bringe meine Mappe zurück in mein Zimmer, bevor ich mich auf den Weg zu unserem heutigen Treffpunkt mache. Wir wechseln die Räume in regelmäßigen Abständen, damit keiner uns bemerkt.

Heute treffen wir uns im Geräteraum der Sporthalle. Silas hat das vorgeschlagen, und auch wenn es hier leicht müffelt, war es ein guter Vorschlag. Denn wer kommt schon auf die Idee, am Abend hierher zu kommen?

Ich bin zwanzig Minuten zu früh da und entdecke ihn an einem der Standboxsäcke. Seine Fäuste fliegen so schnell durch die Luft, dass ich der Bewegung kaum folgen kann. Er ist nicht nur schnell, sondern kann seine Gegner auch hervorragend einschätzen.

In einer kurzen Verschnaufpause bemerkt er mich und nickt mir zu. »Auch früher gekommen, um den Kuchen abzutrainieren.«

Ich lache und streichle mir über den Bauch. »Nö, ein bisschen Fett hat noch nie geschadet. Du weißt schon, für die schlechten Zeiten.«

»Fett.« Er schnaubt belustigt auf. »Wem willst du das denn weismachen?«

Ich zucke mit den Schultern und hänge mich an das Reck, um ein paar Klimmzüge zu machen. Die Sporthalle abends zu betreten hat durchaus seine Vorzüge. Manchmal fühlt sie sich an wie ein Spielplatz für Erwachsene.

»Was ist das denn?« Silas steht mittlerweile neben mir und wischt sich mit einem Handtuch den Schweiß von der Stirn. »Nur halbe Sachen?«

»Ich hab Feierabend«, rede ich mich raus, aber weil ich nicht einfach aufgeben will, mache ich einen Klimmzug, bevor ich die Hände wechsle und mich komplett hochstemme. Meine Bauchmuskulatur zittert, während ich mich langsam in die Senkrechte bringe und meine Beine hochstrecke. Einen Moment verharre ich so, dann lasse ich mich vorsichtig fallen und rolle mich um die Stange.

»An dir ist echt ein Akrobat verlorengegangen.« Silas lacht, und ich greife um, weil ich wie immer Gefallen daran finde, meinen Körper so zu bewegen. Es ist ein tolles Gefühl, jeden Muskel so zu kontrollieren, wie ich es haben will. Ich stemme mich noch einmal hoch und senke meinen Körper dann so, dass er in der Waagerechten steht, bevor ich ein paar freischwebende Liegestützen in dieser Position mache.

»Heilige Scheiße«, stößt da jemand hervor. Irritiert lasse ich mich mit so viel Schwung fallen, dass ich den Halt an der Stange verliere und gerade noch so mein Gleichgewicht finde, ohne auf dem Hintern zu landen. Ich drehe mich um.

Blaue Augen, gerötete Wangen und ein fasziniertes Lächeln.

»Lotta?«

»Alle guten Dinge sind drei«, erwidert sie und hebt entschuldigend die Schultern.

Ich werfe Silas einen Blick zu, der sagt *Ich hab ein ernstes Wörtchen mit dir zu reden,* und überlege fieberhaft, wie ich Lotta wieder aus der Sache rauskriege. Ich will nicht, dass sie da mitreingezogen wird. Sie ist viel zu unschuldig. Sie ist ja nicht mal eine Hexe.

Sie ist einfach nur ein Mensch.

Ein süßer Mensch.

Der viel zu lieb ist, um eine Revolution anzuzetteln.

»Ich glaub, du hast dich in der Tür geirrt«, stoße ich hervor. »Wir trainieren bloß.«

»Sie weiß längst Bescheid«, mischt sich Silas ein. »Ich hab sie vor zwei Wochen rekrutiert.«

Ich balle die Hände zu Fäusten, um meine Wut darin einzusperren, statt sie ihm mit ein paar Hieben in den Bauch zu prügeln. Was für ein Idiot! Er sieht doch, dass sie hier nicht reinpasst. Das ist viel zu gefährlich für sie.

Silas runzelt die Stirn und deutet auf die Tür, die gerade aufgegangen ist. Die nächsten beiden Wächter betreten die Halle, und ich spare mir meinen Wutanfall für später auf. Lotta sieht mich verwirrt an. Sie wirkt irgendwie verletzt, und ich kann es ihr nicht verübeln. Meine Reaktion war nicht gerade herzlich.

Vielleicht schaffe ich es, sie rauszuekeln. Es wäre ja nur zu ihrem eigenen Schutz.

Die anderen trudeln nach und nach ein, und wir machen es uns im Geräteraum gemütlich. Als alle da sind, schaltet Silas das Licht in der Turnhalle aus und schließt das Tor, damit man uns von außen nicht mehr sehen kann.

Das einzige Licht kommt von unseren Handys und einem Zauber, den Lena gesprochen hat. Wir sind zu siebt, nur Daniel fehlt. Ich weiß, dass wir Zuwachs brauchen, und ich weiß auch, dass Silas in meiner Abwesenheit alle Entscheidungen treffen kann, ohne mich zu fragen, aber Lotta? Musste es ausgerechnet sie sein?

»Ich hab eine Liste erstellt mit allen Gegnern unserer Ideen«, beginnt Lotta, und ich würde mir am liebsten die Haare raufen. Wieso ist sie schon so involviert? »Einige davon haben kein großes Stimmrecht im Rat, aber die meisten gehören zu den Älteren und haben sich über die Jahre viel Ansehen erarbeitet. Das sind die Stimmen, die wir gewinnen müssen.« Sie verteilt ein paar Zettel, und ich werfe einen Blick drauf. Lauter Namen von Ratsmitgliedern, die anti-alles sind.

Silas nickt ihr dankbar zu, und ich fühle einen Funken Eifersucht in mir aufsteigen.

»Irgendwelche Ideen, wie wir sie umstimmen können?«, fragt Silas in die Runde.

»Ausschalten kommt wohl nicht infrage«, überlegt Lena laut.

Jean schnaubt lachend auf. »Manchmal wünsche ich mir nichts sehnlicher, wenn ich höre, was für einen Unsinn sie von sich geben.«

»Keine Gewalt«, erinnert uns Silas. »Außer es lässt sich nicht vermeiden.«

»Überreden ist auch keine Option.« Jean führt die Überlegungen weiter. »Wenn sie schon nicht von Michelles Beiträgen überzeugt sind, werden sie wohl kaum auf uns hören.«

Apropos Michelle. Ich sollte die Situation nutzen, um mit den anderen über sie zu sprechen. Ob sie das in meiner Abwesenheit auch wegen Lotta gemacht haben? Waren sie alle dafür, dass wir Lotta in unseren engen Kreis holen?

»Vielleicht ist Überreden doch eine Option«, mischt sie sich nun ein. Ich betrachte sie mit verschränkten Armen. Ihr Gesicht leuchtet im Schein der Taschenlampen, die Augen funkeln aufgeregt. »Man muss nur die richtigen Argumente bringen.« Sie beginnt zu grinsen. »Und die findet man, wenn man gut genug sucht.«

»Du meinst, du kannst Dinge über sie ausgraben?« Lena klingt skeptisch.

Lotta zuckt mit den Schultern. »Fast jeder hinterlässt einen Fußabdruck im Internet. Ich bin mir sicher, dass ich wenigstens ein paar Informationen besorgen kann, die uns weiterbringen.«

Verdammt, sie ist gut.

Und heiß, wenn sie so verbotene Dinge tun möchte.

Nicht, dass ich das gut finden würde. Ich finde es überhaupt nicht gut, dass sie nicht nur ihre Stelle, sondern auch Kopf und Kragen riskieren will, um einen Kampf zu kämpfen, der nicht ihrer ist.

Nach dem Meeting bleibe ich noch, um mit Silas zu sprechen, aber als hätte er gewusst, dass ich mit ihm ein Hühnchen zu rupfen habe, ist er verschwunden. Stattdessen steht Lotta immer noch am Tor zum Geräteraum und scheint auf mich zu warten. Ich falte den Zettel sorgsam zusammen und stecke ihn in meine hintere Hosentasche, bevor ich zu ihr gehe und hinter uns das Tor schließe. Das einzige Licht kommt von Lottas Handy.

Sie schweigt einen Moment, wartet ab, ob ich zuerst etwas sage, aber weil ich nicht weiß, was, ist sie doch diejenige, die die Stille bricht. »Du scheinst nicht besonders begeistert zu sein.«

Ich schließe die Augen und fühle mich ertappt. Es tut mir leid, dass ich ihr ein so schlechtes Gefühl gebe.

»Ich will bloß helfen«, fügt sie hinzu, weil ich immer noch nichts gesagt habe.

Ich schlucke und drehe mich zu ihr. »Ich weiß. Und das gefällt mir nicht. Das ist nicht dein Kampf. Du solltest dich nicht darin einmischen.«

Sie sieht verletzt aus, und ich würde sie am liebsten in den Arm nehmen, um sie zu trösten. Das würde allerdings die Wirkung meiner Worte rückgängig machen.

»Du hast keine Ahnung, oder?«, fährt sie mich schließlich an. »Ich meine, wie auch? Immerhin checkt ihr die Leute nicht mal, die ihr zu euch in den Palast einladet.«

»Lotta ...«

»Nein, Ivan, du hörst mir jetzt zu.«

Ich klappe den Mund zu und respektiere ihren Wunsch.

»Meine Schwester ist eine Hexe. Sie ist hier zur Schule gegangen und hat mir alle zwei Wochen eine ausführliche Mail geschrieben. Und irgendwann hörte sie plötzlich damit auf. Erst dachte ich, sie hätte Wichtigeres zu tun. Prüfungen schreiben, lernen, was weiß ich. Aber als ich nach zwei Monaten immer noch nichts von ihr gehört habe, habe ich angefangen, mir Sorgen zu machen.« Sie atmet laut aus. »Ich bin hergekommen, um sie zu suchen, aber sie war nicht hier. Also habe ich angefangen, alle Akten zu durchsuchen. Online und handbeschrieben – und siehe da, ich wurde fündig.«

Ein ungutes Gefühl beschleicht mich.

»Sie wurdet ermordet«, flüstert Lotta, die mittlerweile aschfahl wirkt. »Hier. Im Palast, den ihr alle als so sicher empfindet.«

»Das kann nicht sein«, erwidere ich ungläubig. »Hier hat es keinen Mord gegeben.«

»Weil der Rat ihn vertuscht hat!« Sie lässt ihre Hand mit dem Handy sinken, und es wird etwas dunkler um uns herum. Ich atme scharf ein und will nach ihrer Hand greifen, um das Handy zu nehmen und ihr ins Gesicht zu leuchten. Sie muss Witze machen. Gleich fängt sie sicher an zu lachen.

Aber das tut sie nicht. Sie meint es vollkommen ernst.

»Das wird ja immer schlimmer.« Ich reibe mir übers Kinn. »Kannst du mir deine Beweise zeigen?«

Kapitel 17

Moose

Eine verlassene Hotelanlage in der marokkanischen Wüste, 2018

Ihr habt hier nichts verloren«, meldet sich der Hexenjäger zu Wort, der Junah festhält. Seine Stimme ist so dunkel wie die Kleidung, die er trägt, sein Englisch hat einen starken Akzent. Es klingt, als würde er normalerweise französisch sprechen. »Geht, und wir verschonen euch.«

»Ich gehe nicht ohne meine Tochter und meinen Mann«, faucht Malika, und dann passieren mehrere Dinge gleichzeitig. Mir wird bewusst, dass sie und Tyros tatsächlich ein Paar sind, und dass Junah ihre Tochter ist. Malika nimmt Schwung und fegt zwei Hexenjäger mit ihrer Hand durch die Luft, bevor sie auf den Mann in der Mitte zusteuert. Er reagiert zu schnell auf die Bedrohung und rammt Junah sein Messer in den Hals. Malika schreit. Tyros bäumt sich auf.

Mir bleibt die Luft weg, während ich entsetzt dabei zusehe, wie die junge Frau ihre Mutter mit vor Schreck geweiteten Augen ansieht, eine Hand auf ihren blutenden Hals gedrückt, völlig ungläubig über das, was da gerade geschehen ist. Sie fällt auf die Knie und bricht zur Seite weg, Malika schafft es gerade so, ihre Tochter aufzufangen.

»Ihr habt versprochen, sie gehen zu lassen! IHR HABT ES VERSPROCHEN!« Tyros wütet gegen die Fesseln, die ihn von seiner Familie fernhalten, und mein Herz bricht ein kleines bisschen mehr.

Ich wünschte, ich könnte helfen, doch im nächsten Moment erwachen die anderen Hexenjäger aus ihrer Erstarrung. Eilig werfe ich einen Tisch um und gehe dahinter in Deckung. Daniel ist neben mir in die Hocke gegangen, und auf drei verlassen wir unsere Position, um ein paar Schüsse abzufeuern. Ich treffe einen Hexenjäger am Bein, er geht jaulend zu Boden und lässt seine Waffe los, um die Blutung zu stoppen. Ich überlege nicht lange und verpasse ihm einen zweiten Schuss, der ihn leblos zu Boden fallen lässt. Daniel hat in der Zwischenzeit den anderen erledigt.

Mein Blick fliegt durch den Raum. Alex hat seine Waffe verloren und kämpft mit Fäusten gegen einen anderen Mann, der vierte ist spurlos verschwunden.

»Mann auf der Flucht«, spricht Daniel meinen Gedanken aus, damit Jakob, Denise und Tarek informiert sind.

»Verstanden«, rauscht es von Jakob zurück. Dann sind wir wieder auf uns gestellt.

Malika kniet neben Junah und versucht ihre Tochter zu heilen, aber der Anführer der Gruppe nähert sich ihr.

»Malika!«, rufe ich, um sie zu warnen, und schieße. Aber es ist, als würde die Waffe an einer unsichtbaren Wand abprallen und zurückgeworfen werden. Ich kann nicht schnell genug reagieren, und sie trifft mich am Arm. Fluchend springe ich zur Seite.

Ich hebe den Arm und betrachte die Wunde, die momentan zumindest kaum wehtut. Muss am Adrenalin liegen. Und später kann mich Denise wieder zusammenflicken. *Was war das?*

Malika ist aufgestanden und ballt ihre Hände zu Fäusten. Ihre Wangen glänzen feucht, und in ihren Augen steht die blanke Wut. Mein Blick fliegt zu Tyros, der entsetzt beobachtet, wie seine Frau sich dem Mörder ihres Kindes entgegenstellt.

»Ich versuche den anderen zu bekommen.« Daniel verlässt den Raum im Laufschritt. Alex hat zwischenzeitlich seinen Hexenjäger erledigt und beobachtet die beiden in der Mitte. Er hebt die Waffe und zielt auf den Rücken des Anführers, aber ich halte ihn mit einem »Nicht, Alex!« zurück. Wenn wir wahllos auf die beiden schießen, töten wir im schlimmsten Fall uns selbst.

»Da ist eine Barriere«, rufe ich ihm zu. Er nickt, als habe er verstanden, und schaut zu Tyros.

»Du hast meine Tochter getötet.« Malika und der Hexenjäger schleichen umeinander herum. »Wenn ich mit dir fertig bin, wirst du dir wünschen, tot zu sein.«

»Nein, Malika!«, krächzt Tyros, aber sie achtet nicht auf ihn. Dafür ist sie zu sehr in ihrer Welt des Zorns gefangen.

Der Anführer lacht, und dann geht es plötzlich ganz schnell. Malika hebt ihre Hand, und er imitiert ihre Bewegung. Das, was vorher unsichtbar war, kracht mit voller Wucht gegeneinander und lässt rote und orange Funken sprühen. Aber damit nicht genug. Malika ist schon dabei, eine weitere Ladung Magie hinterherzuschicken, doch auch diese blockt er ab.

Fassungslos beobachte ich, wie die beiden sich einen Kampf der magischen Art liefern, wie ich nie gedacht hatte, dass er möglich sei.

Ich wusste ja nicht einmal, dass es männliche Hexen gibt.

Auch Malika steht das Fragezeichen ins Gesicht geschrieben. Der Kampf kostet sie Kraft, zu viel Kraft. Bald schon presst sie die Lippen angestrengt zusammen. Die Flüche prallen nun nicht mehr aufeinander, sondern folgen in einem wahnsinnigen Tempo nacheinander, während die beiden versuchen, den Angriffen des anderen auszuweichen.

Alex läuft zu Tyros, um ihn von seinen Fesseln zu befreien, und ich halte weiterhin die Waffe bereit, um zu reagieren, sobald Malika auch nur irgendwie signalisiert, dass die Barriere weg ist.

Beim nächsten Mal weicht sie nicht schnell genug aus, und ein Zauberspruch trifft sie. Die Welle schleudert sie nach hinten, und ich schieße, weil ich denke, dass die Barriere eingebrochen sein muss. Aber die Kugel kommt zurück, ich ducke mich, und mir wird klar, dass es nicht Malikas Barriere ist, sondern die des Hexenjägers.

Seine dunklen Augen erwidern für einen Moment meinen Blick, bevor er sich vor meinen Augen in Luft auflöst. Mit ihm verschwindet sämtliche Magie im Raum.

»Was zur Hölle ...«, wundere ich mich und stecke die Waffe weg, um zu Malika zu eilen. Sie rührt sich. Erleichtert atme ich ein und gehe neben ihr auf die Knie, um ihr aufzuhelfen.

»Geht's dir gut?«

Sie nickt und lässt meinen Arm los, um zu Junah zurückzukehren. Tyros fällt auf ihrer anderen Seite auf die Knie und greift nach der Hand seiner Tochter, deren leblosen Augen zur Decke schauen.

Ich wische mir übers Gesicht und halte etwas Abstand, weil ich denke, dass sie ihre Tochter verabschieden wollen. Doch stattdessen legt Malika ihre Hände an Junahs Hals und versucht sie zu heilen. Ihre lauten Schluchzer werden gefühlt tausendfach von den Wänden zurückgeworfen. In meinem Hals bildet sich ein Kloß, und es wird immer schwerer, die eigenen Tränen zurückzuhalten, als ich merke, dass sie zu schwach ist, um ihre Tochter zurückzuholen.

Tyros greift nach Malikas Händen, sie will sich wehren, aber irgendwann sickert die Gewissheit auch zu ihr durch. Sie bricht über Junah zusammen und weint so laut, dass man es sicher in ganz Marokko hört.

Ich frage mich, wieso das Leben so verdammt ungerecht ist.

Tyros schließt die Augen seiner Tochter und streichelt über Malikas Rücken, während ihm stumme Tränen übers Gesicht laufen.

»Ich gehe nach Daniel sehen«, wispert mir Alex mit geröteten Augen zu. »Pass du auf Malika und Tyr auf, ja?«

Ich nicke und blicke ihm hinterher, während er den Raum verlässt. Tyros zieht Malika in seine Arme. Es sieht aus, als würde er versuchen, sie zu trösten, aber ich weiß nicht, wer von beiden mehr Trost braucht.

Irgendwann wird Malikas Weinen leiser und ruhiger, bis es schließlich fast verklungen ist. Tyros streichelt ihr über den Kopf und drückt einen Kuss auf ihre Stirn. Es ist mir fast unangenehm, die beiden zu beobachten, aber irgendwie ist es auch schön. Zu sehen, wie sehr die beiden sich lieben. Und das nach so langer Zeit, nach so vielen Verboten, so vielen Jahren, in denen sie womöglich bloß ihre Träume miteinander geteilt haben. Jetzt kann ich verstehen, wieso Tyros unbedingt nach Marokko musste, und weshalb er Alex' Beziehung zu Louisa nicht an den Rat gemeldet hat.

»Malika?« Tyros' Stimme ist kratzig. Und irgendwas darin klingt so besorgt, dass ich automatisch dichter rangehe. »Malika? Sag doch was.«

Er schiebt sie von sich weg, und da sehe ich es. Ein schwarzer Schatten frisst sich aus ihrem Oberteil über ihren Hals. Tyros öffnet den Mund, doch er bringt kein Wort heraus, ist zu schockiert, um etwas sagen zu können.

»Tyr«, flüstert sie. Ihr Gesicht ist ganz blass. Die Gewissheit, dass ein Fluch sie getroffen hat, sickert zu mir durch, und ich weiß, dass sie sterben wird.

Er berührt die schwarze Stelle, die sich im Sekundentakt weiter ausbreitet. »Nein«, stößt er hervor und beginnt wieder zu weinen. »Nein, nicht. Bitte nicht.«

»Es tut mir ... so leid.« Ihre Stimme ist erstickt. Es klingt, als hätte die Schwärze ihre Lungen erreicht und würde ihr die Luft abschnüren. »Ich liebe dich.«

»Sag mir das, wenn du lebst«, bittet Tyros sie, doch die Schwärze breitet sich in ihrem Gesicht aus, und sie wird schlaff in seinen Armen. »Malika!« Er schüttelt sie verzweifelt, küsst sie, als würde ein Kuss wahrer Liebe die Flüche unserer Welt tatsächlich brechen, aber das tut er nicht. Es ist zu spät.

Und das wird auch Tyros klar, denn er vergräbt sein Gesicht weinend an ihrem Hals und wiegt sie vor und zurück.

Es kommt mir vor wie eine Ewigkeit – vermutlich ist es auch eine – bis er aufgibt, weil er weiß, dass seine Tränen sie nicht wieder zurückbringen werden.

Er sieht sie an und füllt die Stille mit seinen Tränen, bis er sich schließlich zu ihr hinunterbeugt, um einen vorsichtigen Kuss auf ihre Stirn zu drücken. »Meine süße Malika.«

Kapitel 18

Azalea

Österreich, 2018

Wir warten noch einen Moment, bis wir keine Schritte mehr hören, und pirschen uns dann an den Gang heran. Einen vorsichtigen Blick um die Ecke später entspannen wir uns und laufen zu der Tür, vor der ein verlassener Stuhl steht.

»Bist du bereit?«, fragt mich Zoe, und ich schüttle den Kopf.

»Nicht im Geringsten. Aber egal. Mach auf.«

Zoe nickt und atmet tief ein, bevor sie ihre Hand auf den Türknauf legt und die Augen schließt. Ein paar Augenblicke später klickt das Schloss, und ich halte sie am Arm zurück, bevor sie die Tür aufdrücken kann.

»Danke«, flüstere ich. »Aber du solltest jetzt zurückgehen. Niemand hat dich gesehen. Den Rest schaffe ich allein.«

»Vergiss es. Ich lass dich nicht allein.« Sie drückt die Tür auf, und ich gebe seufzend nach. Ich folge ihr ins Innere, in dem es dunkel ist.

Sie schließt die Tür und flüstert etwas, das sich nach *Lumière* anhört. Einen Moment lang bin ich verwirrt, weil ich denke, dass sie Yanis meint, aber dann flackern ein paar Kerzenhalter an den Wänden des Raumes auf.

Ich kneife die Augen zusammen, um mich an das neue Licht zu gewöhnen, und blinzle durch meine Handfläche hindurch.

»Ach du Scheiße«, wispere ich, als ich erkenne, was vor mir liegt.

Kapitel 19

Willem

Barcelona, 1949

»Gott, ich liebe diese Teigtaschen«, seufze ich und biete Mikael eine an. Er lächelt, als wüsste er ein Geheimnis, und bedient sich. »Nach Barcelona zu kommen war eine gute Idee.«

»Das machst du an der Bäckerei fest?«

»Hmm.« Ich beiße noch einmal in das mit Marmelade gefüllte Teilchen. »Ich denk schon. Weißt du, wir könnten um die ganze Welt reisen und überall das Gebäck probieren. Einen kulinarischen Reiseführer schreiben.«

»Du bist verrückt.« Mikael lacht, genießt sein Gebäckstück aber genauso sehr wie ich. Wir suchen uns einen Schattenplatz im Park Guëll und beobachten eine Weile die Einheimischen, die den Park als Erholungsort nutzen. Kein Wunder, die farbenfrohen Gebäude von Gaudí haben einen ganz besonderen Reiz.

»Nur vernarrt in diese Bäckereien«, erwidere ich. »Ich könnte eine Ausbildung als Bäcker machen. Was hältst du davon?«

»Wir würden aus allen Nähten platzen, wenn du uns jeden Tag so zauberhafte Speisen backen würdest.« Mikael schiebt sich das letzte Stück in den Mund und wischt seine Hände an einem Taschentuch ab. »Wir könnten auch nach Paris gehen.

Du könntest eine Ausbildung als Chocolatier und Patissier machen.«

»Darüber habe ich noch nie nachgedacht.« Ich lasse mir den Gedanken durch den Kopf gehen. Ob ich schon mal in Paris war, weiß ich nicht mehr, aber ich brenne darauf, neue Städte zu entdecken und etwas Neues zu lernen. Irgendeinen Vorteil muss unser Leben ja haben. »Warum eigentlich nicht? Ich mein, wir haben doch Zeit.«

»Klar.« Mikael zuckt mit den Schultern. »Emma würde das gefallen.«

Ich runzle die Stirn. »Wer ist Emma?«

Er steht auf, um sein Taschentuch in den Müll zu werfen. »Niemand besonderes.«

Kapitel 20

Ivan

Österreich, 2018

Lotta lädt mich in ihre Räume ein – etwas, das mit viel Vorsicht und gutem Timing einhergehen würde, wenn gerade keine Ratssitzung stattfände. Heute aber ist auch das Quartier der Hexen wie ausgestorben. Ein paar von ihnen sind im Rat, die anderen verbringen den Abend woanders – vielleicht fiebern sie mit und warten auf Nachricht von Alex und den anderen.

Ich spüre, dass Lotta nervös ist, und kann es ihr nicht verübeln. Sie ist zwar keine Hexe, aber da der Rat sowieso schon eine seltsame Einstellung zu Beziehungen hat, sollten wir kein Risiko eingehen. Da würde es auch nicht besser, wenn wir dem Rat erzählen, was wir wirklich getan haben.

Sie schaltet das Licht ein und lässt mich eintreten. Ihre Räumlichkeiten sind meinen sehr ähnlich, nur sprühen sie vor Farbe und Leben. Ich fühle mich sofort wohl, und das, obwohl ich kaum genauer hingesehen habe.

»Mach's dir bequem.« Sie kickt ihre Stiefeletten von den Füßen und hängt den Mantel an einen gusseisernen Kleiderhaken neben der Tür. An der Garderobe hängen ein paar farbenfrohe Jacken und Mäntel. Ich ziehe meinen eigenen Pullover aus und hänge ihn auf, bevor ich aus meinen Schuhen schlüpfe und ihr in den Wohnbereich folge.

Das Sofa ist aus grünem Samt, eine Wand ist komplett von einem Bücherregal bedeckt. Auf dem kleinen, runden Esstisch steht eine Vase mit frischen Blumen. Die Küchenzeile ist aufgeräumt, nur eine Kuchenform liegt noch nicht abgewaschen neben der Spüle.

»Möchtest du etwas trinken?«, fragt sie und holt einen Wein aus dem Kühlschrank.

»Gern.« Mein Blick fällt auf ein Bild in ihrem Bücherregal, und ich gehe näher ran. Es zeigt zwei Mädchen, einige Jahre jünger. Sie sehen sich überhaupt nicht ähnlich. Lotta erkenne ich sofort an ihren blauen Augen und den Grübchen, das Mädchen daneben erinnert mich entfernt an jemanden, den ich vielleicht einmal gekannt habe. »Ist sie das? Deine Schwester?«

»Henrietta.« Lotta taucht neben mir auf und reicht mir ein Glas. »Vielleicht erinnerst du dich an sie. Sie hatte vor drei Jahren Psychologie bei dir. Das war dein erster Kurs.«

Ich lächle versonnen und erinnere mich zurück an das Mädchen, das so unvoreingenommen ihre neue Welt erkundet hat. Genau wie Lotta hat sie vor Lebensfreude geradezu gesprüht. »Ich glaube, ihr hat der Unterricht gefallen.«

»Sie hat immer von dir geschwärmt.« Lotta erwidert mein Lächeln und hebt ihr Glas, um mit mir anzustoßen. »Du warst ihr Lieblingslehrer.«

Irgendwie macht es mich traurig, dass sie von ihrer Schwester in der Vergangenheit sprechen muss. Henrietta hätte eine Beerdigung verdient, nicht eine Vertuschung durch den Rat. »Was ist geschehen?«

»Das weiß ich noch nicht.« Lotta wendet sich ab und setzt sich auf das Sofa. Ich überlege, den gelben Sessel zu nehmen, entscheide mich aber dagegen und setze mich stattdessen zu ihr.

»Wir finden es heraus«, verspreche ich ihr und lasse mir die Informationen zeigen, die sie bisher gesammelt hat. Es ist nicht viel zusammengekommen, aber genug, um zu erahnen, dass Henrietta irgendetwas auf die Schliche gekommen sein muss, was ein paar Ratsmitgliedern nicht gepasst hat.

Das erinnert mich daran, dass Lotta genau dasselbe vorhat. Sie will in der Dunkelheit graben, Dinge ans Licht bringen, die nicht dorthin wollen.

»Du solltest den Palast verlassen und nie wieder daran denken«, sage ich schließlich, weil ich mir zu große Sorgen um sie mache.

Sie schließt die dünne Mappe mit den Informationen und legt sie auf den Tisch, bevor sie sich zu mir dreht und mich ernst ansieht. »Verrat mir eins: Wenn es dein Bruder wäre, der auf mysteriöse Weise ums Leben gekommen ist, würdest du es dann einfach ruhen lassen?«

Ich seufze und reibe mir übers Kinn. »Vermutlich nicht.«

»Siehst du.« Zufrieden trinkt sie einen Schluck von ihrem Wein, bevor sie das Glas auf den Tisch stellt. »Ich weiß, dass es gefährlich ist, und ich weiß auch, dass man schlafende Hunde nicht wecken sollte. Aber ich kann nicht anders. Ich muss wissen, was geschehen ist. Vorher kann ich damit nicht abschließen.«

»Ich verstehe dich«, erwidere ich ernst, und die drei Worte zaubern ihr das Lächeln zurück ins Gesicht. Mir steigt der Wein zu Kopf – eine andere Erklärung habe ich für das beschwingte Gefühl in meinem Inneren nicht.

Vielleicht liegt es auch daran, dass ich eben erst eine Kopfschmerztablette genommen habe, denke ich, und schiebe den Gedanken sofort weg. Eigentlich will ich heute gar nicht denken. Eigentlich will ich nur sein.

Also stelle ich das Glas auf dem Tisch ab und neige mich leicht zu ihr. Ihr Körper reagiert auf meine Einladung in freudiger Erwartung, und ich bin mir zu hundert Prozent sicher, dass sie sich genauso fühlt wie ich. Deshalb zögere ich nicht lange – all der Abers zum Trotz beuge ich mich hinüber und hauche eine sanften Kuss auf diese süßen Lippen.

Sie atmet schwer aus.

Süßer Wein.

Ich inhaliere ihren Duft und warte kurz, bevor ich meine Lippen noch einmal auf ihre senke. Sie reagiert mit einem Seufzen und lässt sich in den Kuss fallen. In meinem Bauch explodiert ein Feuerwerk der Aufregung, während meine Hand den Weg in ihren Nacken sucht. Ich will mehr von dieser Frau. Ich will wissen, wie sich ihre Haut unter meinen Fingerspitzen anfühlt. Ob ihr Haar wirklich so weich ist, wie es aussieht. Ob sie so gut küssen kann, wie ich es mir vorstelle, wann immer sie sich auf die Lippen beißt.

Und bei Gott, das kann sie.

Ihre Zunge tanzt mit meiner, und die Zeit bleibt stehen, ihr Atem wird für einen Moment zu meinem Lebenselixier. Ich ziehe sie auf meinen Schoss, bis sie breitbeinig auf mir sitzt, und sie löst sich kurz von mir, um ihre Brille auszuziehen und sie auf den Tisch zu legen. Ich halte sie fest, damit sie nicht das Gleichgewicht verliert.

»Hab ich schon erwähnt, dass ich es mag, wenn du verbotene Dinge tust?«, frage ich sie mit rauer Stimme, und sie grinst. Ich küsse ihre Grübchen, bevor ich mich wieder ihren Lippen widme und sie wie flüssiges Wachs in meinen Händen wird.

Kapitel 21
Moose

Eine verlassene Hotelanlage in der marokkanischen Wüste, 2018

Tyr«, setze ich an und verstumme. Ich weiß nicht, was ich sagen soll. Was ich sagen kann, um irgendetwas besser zu machen. Denn die Wahrheit ist, es gibt nichts, was das, was geschehen ist, rückgängig machen könnte.

Es gibt nichts, was Tyros seine Wut und Trauer nehmen könnte.

Die Verzweiflung darüber, dass er plötzlich allein ist.

Ich wische mir die Tränen von den Wangen und gehe zu ihm, weil ich das Gefühl habe, ihn wegholen zu müssen. Weg von seiner toten Familie, von diesem Ort, der ihm so viel genommen hat, aus diesem Land.

»Ich hab alles verloren«, flüstert er und bettet seine Frau sanft neben seine Tochter. Er hat kaum die Kraft dafür, doch als ich ihm helfen will, hebt er abwehrend eine Hand. Er schaut beide zärtlich an und verbindet ihre Hände miteinander.

»Du hast noch uns.« Ich setze mich gegenüber von ihm auf den Boden. »Wir bringen dich nach Hause.«

»Es gibt kein Zuhause mehr«, entgegnet er leise und hebt den Blick. Seine blauen Augen sind so unglaublich leer, dass sich auf meinen Armen eine Gänsehaut bildet. »Für mich nicht. Und bald für keinen mehr.«

Ich runzle die Stirn, weil ich ihn nicht verstehe.

»Moose, ich ... sie hatten meine Tochter. Sie haben mir eine Falle gestellt, ich hab nicht aufgepasst. Ich hätte mich absichern müssen, mit dir, mit meinen Freunden. Sie wussten, ich würde alles tun, um Junah zu retten. Niemand wusste von ihr. Und dann ...«

Ich glaube, ich habe noch nie einen Mann so gebrochen gesehen, und ich fühle mich schuldig, weil ich ihn nicht davor bewahrt habe.

Er wischt sich die Tränen aus dem Gesicht und atmet zitternd ein, bevor er etwas kontrollierter weiterspricht. »Ich ... ich hab den Palast verraten«, gesteht er kaum hörbar. »Die Hexenjäger suchen nach Freya. Sie sind auf dem Weg zum Palast, Moose.« Er weint wieder. »Ich dachte, ich könnte Junah retten.«

»Schhh, ist schon gut.« Ich krabble um die beiden Frauen rum, weil ich das Gefühl habe, ihm näher sein zu müssen, um eindringlicher sein zu können. »Wir finden eine Lösung. Du musstest tun, was du tun musstest. Wenn wir erst wieder zurück sind, werden sie verstehen ...«

Mir wird klar, wie falsch das ist, was ich sagen will. Sie werden es nicht verstehen, denn in ihrer Welt dürfte er nicht einmal eine Tochter haben.

Tyros lächelt ein bitteres Lächeln und umarmt mich sanft. Er kennt mich und weiß, was ich denke. Für einen Wimpernschlag glaube ich, dass wir eine Lösung finden können, aber dann rückt er entschlossen von mir ab.

»Wir verraten es niemandem«, bringe ich hilflos hervor. »Wir brauchen dich. *Ich* brauche dich.«

»Ich kann nicht, Moose.« Er rückt von mir ab, und ich sehe, dass er das Messer aus meinem Gürtel geklaut hat. »Bitte bewahre mein Geheimnis.«

»Nein«, stoße ich hervor, als mir klar wird, was Tyros vorhat.

Tyros, der noch aus jedem Kampf siegreich zurückgekehrt ist. Tyros, der mich aufgezogen hat, als wäre ich sein eigener Sohn. Tyros, der verdammt noch mal zurückkehren muss, weil ich sonst nicht weiß, wie ich meine Welt neu ordnen soll.

»Das kannst du nicht tun. Gib mir das Messer. Komm schon, wir finden eine Lösung. Gib nicht einfach auf.«

Aber es ist zu spät. Unter all den Wunden an seinem Oberkörper fällt diese kaum auf – und doch ist sie diejenige, die ihm sein Leben nimmt.

Das Messer fällt scheppernd zu Boden. Er presst eine Hand auf die Wunde, um die Blutung zu verlangsamen, bis er sich neben seine Tochter gelegt hat.

Weinend beobachte ich, wie er mit seiner freien Hand nach ihrer greift, bevor er seine Wunde schließlich freigibt und die Augen schließt.

»Tyr«, flüstere ich, aber es ist zu spät. Er hat seinen letzten Atemzug getan.

Tötet das Biest

Kapitel 1

Emma

Österreich, 2018

»Schon wieder?« Ich schließe die Tür hinter mir und betrachte den jungen Mann, der auf der Liege Platz genommen hat. »Jascha, was machst du denn nur?«

»Er hat angefangen.« Jascha wirft mir ein unschuldiges Lächeln zu und zuckt mit den Schultern.

»Das sagst du mir jedes Mal.« Ich lache und trete an die Liege, um ihn zu untersuchen. Dreimal war er jetzt schon hier – und das innerhalb von zehn Tagen. Zwischen uns spielt sich allmählich eine Routine ein, und das fühlt sich sonderbar an, immerhin ist er viel jünger als ich.

Und doch habe ich ihn direkt in mein Herz geschlossen.

Ich lege meine Finger an seine Wange und betrachte den blauen Fleck, der vom letzten Streit mit Silas noch nicht abgeheilt ist und nun einen erneuten Treffer verzeichnet.

»Erzähls niemandem«, bitte ich ihn leise und schließe die Augen, um meine Magie wirken zu lassen. Es kribbelt in meinen Fingern, und ich stelle mir vor, wie seine Haut von innen heraus heilt.

Plötzlich legt er seine Hand auf meine. Irritiert öffne ich die Augen und schaue ihn an. Seine blauen Augen suchen in meinem Gesicht nach etwas.

»Jascha«, wispere ich, weil mir wohl bewusst ist, dass sich das hier nicht gehört. Er ist mein Schüler, mein Schützling, und dieses Brennen in meinem Unterleib, das Kribbeln in meinem Bauch ... all das sollte nicht sein.

»Danke«, murmelt er und unterbricht den Blickkontakt, bevor er meine Hand loslässt. Aber die tobenden Gefühle in meinem Inneren werden davon nicht besser.

»Ich sehe besser nach Aslan.« Ich fahre mir durch die Haare und deute auf die Creme auf dem kleinen Tisch neben dem Bett. »Dreimal täglich auf die Knöchel auftragen, du kennst das ja.«

»Emma!« Er will mich erneut berühren, aber der Fluchtinstinkt hat mich gepackt, und ehe ich mich versehe, bin ich aus dem Raum geeilt, um möglichst viel Abstand zwischen uns zu bringen.

Was ist nur los mit mir? Seit wann stehe ich auf Schüler?

Ich könnte seine Oma sein.

Ich bleibe auf dem Flur stehen und atme tief durch, bevor ich den anderen Behandlungsraum betrete und Aslan Yilmaz zum ersten Mal außerhalb des Unterrichts treffe. Ihn hat es definitiv schlimmer erwischt als Jascha. Seine Lippe ist dick und blutet.

»Hallo, Aslan.«

Er hebt den Blick und begegnet mir mit einem Lächeln, das ihn schmerzerfüllt zusammenzucken lässt. »Schön, Sie wiederzusehen.«

Ich lache, weil er trotz allem versucht, höflich zu sein. »Das sieht übel aus. Wie konnte das passieren?«

»Ach, Sie kennen doch Jascha.«

»Tue ich das?«, frage ich amüsiert und tupfe das Blut mit einem in Alkohol getränkten Tuch weg, um die Wunde besser beurteilen zu können. »Zeig mir mal ein Lächeln.«

Er gibt sein Bestes, und ich stelle fest, dass noch alle Zähne drin sind. Wenigstens das.

»Ihr solltet wirklich aufhören, euch ständig zu prügeln«, ermahne ich ihn. »Das wirft kein gutes Licht auf euch.«

»Er hat angefangen«, wehrt sich Aslan, und ich muss wieder lachen.

»Das Gleiche hat er eben auch gesagt.« Ich gebe eine Creme auf die Wunde, die dabei hilft, die Haut zusammenzuziehen, und gebe sie Aslan mit, damit er sie regelmäßig auftragen kann. »Pass einfach ein bisschen auf ihn auf. Er ist doch dein Freund, nicht wahr?«

Aslan nickt und spielt mit dem Döschen in seiner Hand.

»Dann halt ihn vielleicht mal zurück, wenn er wieder Blödsinn anstellt.«

»Ich werds versuchen«, verspricht er mir, bevor ich ihn entlasse. Erst dann fällt mir ein, dass ich Jascha nicht gesagt habe, dass er gehen darf. Einerseits hoffe ich, dass er einfach gegangen ist, andererseits würde ich ihn gerne nochmal sehen.

Ich schaue Aslan hinterher, der den Krankenflügel verlässt, und werfe einen Blick auf die Uhr. Kurz nach zwölf.

Eigentlich wollte ich längst ins Bett, aber nach der langen Ratssitzung und den erschreckenden Neuigkeiten aus Marokko war nicht mehr an Schlaf zu denken. Ich kann immer noch nicht glauben, dass Tyros wirklich tot sein soll. Irgendwie warte ich darauf, dass jemand hinter der Ecke hervorspringt und »Reingelegt!« ruft. Aber die letzten zwei Stunden sind vergangen, ohne dass sich etwas an den schrecklichen Tatsachen geändert hätte.

Die Gedanken an Tyros bringen mich auf den Boden der Tatsachen zurück, und ich traue mich, im anderen Zimmer nach Jascha zu sehen, der wirklich noch nicht gegangen ist, sondern auf dem Bett liegt, die Hände hinter dem Kopf verschränkt, und an die Decke starrt.

»Du bist ja doch noch hier«, sage ich leise, und er wendet den Blick zu mir.

Er lächelt und setzt sich auf. »Du hast mir nicht gesagt, dass ich gehen darf.«

Ich reibe mir über den Nacken und unterdrücke ein Gähnen. »Tut mir leid. Heute war ein schrecklicher Tag. Ich wollte dich nicht länger zurückhalten. Aslan ist schon gegangen. Wenn du dich beeilst, holst du ihn vielleicht noch ein.«

Aber er macht keine Anstalten zu gehen.

»Was ist denn passiert?«, fragt er und klingt dabei so einfühlsam, dass ich ihm beinahe alles erzählt hätte. Gerade rechtzeitig erinnere ich mich daran, dass vor mir ein Schüler sitzt und es meine Pflicht ist, ihn vor den Dingen zu beschützen, um die sich die Wächter und Hexen des Rates kümmern.

»Du kannst es mir ruhig erzählen, Emma. Ich bin hier, wenn du reden möchtest.«

»Jascha, du bist mein Schüler«, flüstere ich und schließe die Tür, damit uns keine fremden Ohren hören, obwohl ich nicht glaube, dass sich jemand um diese Uhrzeit freiwillig auf die Krankenstation verlaufen würde. »Du solltest solche Dinge wirklich nicht zu mir sagen.«

Er steht auf und kommt auf mich zu. Obwohl er jünger ist als ich, ist er größer.

»Und wenn ich dich mag?«, fragt er heiser. Mein Magen macht einen Purzelbaum. Was tue ich hier? Wieso fühle ich mich so?

»Dann solltest du ganz schnell diesen Raum verlassen und nie wieder herkommen«, wispere ich und versuche, mich nicht von seinen Lippen angezogen zu fühlen, die meinen gefährlich nah gekommen sind. Ich atme schwerfällig aus. »Damit würdest du uns beiden großen Ärger ersparen.«

Seine Nasenspitze berührt meine beinahe, und ich kann seinen Atem auf meinen Lippen spüren. Mir wird schwindelig vor Aufregung, doch bevor ich den Fehler meines Lebens machen kann, zieht er sich zurück und zwinkert mir zu. »Schlaf schön, Emma.«

Er öffnet die Tür, verschwindet in den dunklen Flur und lässt mich mit rasendem Herzen und Gedanken aus Glas zurück.

Kapitel 2
Hayet

Österreich, 2018

Der Duft von Zimt und Orangen füllt meine Nase, während ich das herabgebrannte Kaminfeuer beobachte. Die Glut knackt und knistert, als würde sie sich noch einmal zu einer Flamme aufbäumen wollen.

Ich trinke von meinem Tee und fühle mich an Daheim erinnert. An die Stunden im Wohnwagen mit Maman, in denen sie mir mehr über die Magie erzählt hat, die ein Teil meines Lebens ist, seit ich denken kann. Ich habe diese Welt immer geliebt. Ich war immer der Meinung, dass ich irgendwann – wenn ich groß bin und zaubern kann – meinen Teil dazu beitragen werde, mit meiner Magie die Welt zu verbessern und Menschen zu heilen.

Ich habe nicht eine Sekunde daran gedacht, dass ich vielleicht die Black Heart sein könnte, von der in der Prophezeiung gesprochen wurde.

Das kam erst, als die Ersten von uns achtzehn wurden und die Wahrscheinlichkeit, keine Magie zu besitzen, für mich stieg.

Aber all die Teemischungen und das Kartenlegen und Handlesen, das ist auch Magie. Meine Art von Magie, mit der ich schon einigen Menschen geholfen habe. Vielleicht ist das meine Bestimmung. Auf irgendeinem Jahrmarkt arbeiten und die Menschen dazu anleiten, einen Schritt in ein besseres Leben zu gehen.

Ich schaue auf, als sich jemand auf das Sofa gegenüber fallen lässt.

Aslan.

Seine Lippe ist aufgeplatzt und lässt ihn verwegen aussehen.

»Habt ihr es geschafft?«, frage ich ihn leise.

»Ich denke schon.« Er lächelt und verzieht das Gesicht, weil seine Lippe zu sehr zu schmerzen scheint. »Warum bist du noch wach?«

»Dachtest du wirklich, ich könnte schlafen, wenn ihr gerade *so etwas* macht?« Ich trinke noch einen Schluck von meinem Tee und fühle, wie sich seine Wärme in meinem Inneren ausbreitet. Heute ist einer von diesen Tagen, an denen mir ständig kalt ist. Umso wohltuender ist ein Tee, der nach der Heimat schmeckt.

»Touché«, murmelt Aslan. »Wo steckt dein treuer Begleiter?«

»Lumière? Der liegt schon im Bett und schlummert.« Ich erzähle Aslan nicht, dass Yanis und ich vorher zwei Stunden durch das Schloss gestromert sind, damit er ein bisschen Bewegung hat und mehr als die vier kahlen Zimmerwände sieht. Dass er jetzt nicht mehr bei mir ist, liegt daran, dass er etwas Freiraum eingefordert hat, um in Ruhe nachzudenken. Vermutlich ärgert er sich mittlerweile, dass er uns an den Palast begleitet hat, aber ich bin ihm immer noch dankbar dafür. Ihn in meinem Rücken zu wissen, gibt mir ein Gefühl von Sicherheit.

Ich stelle die leere Tasse auf dem Tisch zwischen uns ab und betrachte Aslan neugierig. Wir haben in den letzten Tagen viel Zeit miteinander verbracht, aber ich weiß immer noch nicht, warum er so wenig zum Schlafen kommt. Gefühlt weiß er alles über mich, aber ich nichts über ihn.

»Hast du Lust auf einen Spaziergang?«, frage ich ihn.

»Jetzt noch? Es ist Sperrstunde.« Er deutet auf die große Uhr, die über dem Kamin hängt, und blickt mich wieder an. Dann beginnt er zu grinsen. »Also ja, ich bin dabei. Ich hätte da eine Idee, aber dafür brauchen wir Jacken. Ich hole uns welche.«

Ich lache und stehe auf, um die Tasse in die Küche zu bringen, die sich gleich zwei Räume neben dem Kaminzimmer befindet. Dort räume ich sie in die Geschirrspülmaschine, bevor ich zurückkehre.

Aslan kommt kurz nach mir und reicht mir eine seiner Sweatshirt-Jacken. Dankbar schlüpfe ich in die Ärmel und hülle mich in die Jacke ein, die nach ihm riecht. Einen Moment lang atme ich tief ein und genieße es, dass ich die nächste Stunde in seinem Duft nach Sonnenuntergängen in der Wüste baden darf.

»Bereit?« Er lächelt mich an und führt mich aus dem Raum hinaus. Wir laufen eine Weile durchs Schloss, und ich fürchte, die Orientierung längst verloren zu haben, doch da entdecken wir eine Wendeltreppe, die Aslan offensichtlich gesucht hat.

»Es wird dir gefallen«, verspricht er mir, während er mir voran hinaufgeht. Ich zähle die Stufen nicht mit, aber es sind mindestens drei Stockwerke, bis wir plötzlich vor einer schweren Metalltür stehen.

»Und jetzt?«, frage ich entmutigt, weil uns die Tür einen Strich durch die Rechnung macht. Aber Aslan scheint vorbereitet zu sein und holt etwas aus seiner Jackentasche, was verdächtig nach einem Dietrichset aussieht. »Du willst ausbrechen?«, witzle ich und warte gespannt ab, bis das Schloss klickt und er sich grinsend zu mir umdreht.

»Nur für eine Weile.« Er drückt die Tür auf, und ein kühler Luftzug weht mir um die Nase. Verblüfft folge ich Aslan hinaus auf das Dach des Gebäudeteils, in dem unsere Zimmer liegen müssen.

»Das ist verrückt«, wispere ich und strecke meine Hand aus, um den Schnee einzufangen, der sanft auf das Dach fällt. »Wie bist du darauf gestoßen?«

»Ich habe mir Zeit genommen, den Palast zu erkunden.« Er legt den Kopf in den Nacken und schließt die Augen. Die Schneeflocken verfangen sich in seinem dunklen Haar und glitzern einen Moment, bevor sie zu kleinen Tropfen werden.

Ich reiße meinen Blick von ihm los und schaue mich um. Es ist dunkel, aber man erkennt trotzdem einiges. In vielen Zimmern des Palastes brennt immer noch Licht, selbst der Innenhof ist beleuchtet. In der Ferne erkennt man einige Bergwipfel, die mit Schnee bedeckt sind.

»Es ist wunderschön«, flüstere ich und gehe vorsichtig zu Aslan. Das Dach ist zwar relativ flach, aber durch den Schnee auch etwas rutschig. Einen Sturz in die Tiefe würde man wohl nicht überleben. »Danke, dass du es mir zeigst.«

»Du sahst aus, als könntest du einen schönen Moment gebrauchen«, erwidert er, und wir gehen ein paar Schritte über das Dach.

»Eigentlich wollte ich heute über dich sprechen.« Ich lache. »Du weißt schon so viel von mir, aber ich habe das Gefühl, dass du mindestens genauso viele Geheimnisse mit dir herumträgst.«

»Das tue ich.« Er hebt eine Braue. »Aber Geheimnisse heißen Geheimnisse, weil sie geheim sind.«

»Dann erzähl mir Dinge über dich, die nicht geheim sind.« Ich zucke mit den Schultern. »Wo kommst du her? Was machst du gerne? Wie hast du Jascha kennengelernt? Solche Dinge eben.«

»Hm«, macht er nachdenklich und bleibt stehen, die Hände hinter dem Rücken verschränkt. So sieht er aus, als wäre er deutlich älter als Anfang zwanzig. »Ich bin schon so viel gereist, dass ich nicht mehr weiß, wo ich herkomme. Ich reise gerne. Und Jascha habe ich auf einer Reise kennengelernt.«

Er unterdrückt ein Grinsen und ich den Drang, ihm meinen Ellbogen in die Rippe zu stoßen.

»Ich verstehe«, antworte ich und wende mich ab, um weiterzugehen. Wenn er nicht über sich reden will, muss er nicht. Auch wenn ich sehr darauf brenne, mehr über ihn zu erfahren.

Er zögert einen Moment. »Paris«, sagt er dann. »Ich habe Jascha in Paris kennengelernt. Wir haben eine Weile zusammengearbeitet, bevor wir auf Gestaltwandler gestoßen sind. Das hat alles geändert.«

Ich lächle in mich hinein, aber das sieht er nicht. Ich passe zu gut darauf auf, dass er mein siegreiches Gefühl nicht entdeckt.

»Und das mit dem Reisen ist nicht gelogen. Ich reise wirklich gerne.« Er schließt zu mir auf. »Ich mag es, andere Kulturen und Menschen kennenzulernen.«

»Sprichst du deshalb so viele Sprachen?«

»Du hast wohl mitgezählt, hm?«

Ich laufe rot an und wende den Blick ab. »Nicht direkt. Es ist mir nur aufgefallen.«

Wir erreichen einen breiten Schornstein, neben dem sich ein Vorsprung befindet, der den perfekten Platz bietet, um sich hinzusetzen. Als hätten wir beide den gleichen Gedanken gehabt, rutschen wir nebeneinander auf die schmale Stelle und genießen die Wärme im Rücken, die vom Kaminfeuer kommen muss.

»Hier lässt es sich aushalten«, überlege ich laut. »Aber ich glaube, bis zum Morgengrauen schaffen wir es nicht.«

»Wohl nicht.« Aslan lehnt den Kopf gegen das Gemäuer. »Aber wir könnten wiederkommen, wenn wir mal wieder nicht schlafen können.«

Der Gedanke, dass er mich noch einmal mit auf sein Dach nehmen möchte, lässt mein Herz schneller schlagen. Bedeutet das, dass er mich mag?

Ich beschließe, mein Glück noch etwas auszureizen. Noch habe ich nicht das Gefühl, genug über ihn zu wissen. »Verrätst du mir, was dich wachhält?«

Er stößt eine Wolke warmen Atems aus, bevor er mich unergründlich ansieht. »Du bist wirklich neugierig, weißt du das?«

Ich grinse ihn an. »Ich finde es nur fair, wenn du mir verrätst, was dich beschäftigt. Nach allem, was du mittlerweile über mich weißt …«

Er lacht auf und löst seinen Blick von mir. »Da hast du vermutlich recht. Ich bin's nicht mehr gewohnt, solche Gespräche mit anderen Menschen zu führen. Dafür habe ich zu lange alles mit mir selbst ausgemacht.«

»Das musst du jetzt nicht mehr.« Ich strecke meine Hand aus und halte kurz inne, aber jetzt ist nicht der Moment, meine Handlungen infrage zu stellen, also berühre ich seinen Oberschenkel. Verwundert sieht er mich wieder an. »Du bist nicht allein, Aslan. Wenn dich etwas beschäftigt, kannst du jederzeit mit mir drüber sprechen. Ich würde dir gerne helfen.«

In seinen Augen geschieht etwas. Etwas, das ich nicht näher betiteln kann, weil es so schnell passiert. Aber danach ist sein Blick wärmer. Er gibt mir das Gefühl, dass er anfängt, mir zu vertrauen. Dass er tatsächlich darüber nachdenkt, mich in sein Geheimnis einzuweihen.

»Warum?«, fragt er heiser. Seine Stimme klingt wie die raue Winternacht, die uns in ihre Dunkelheit hüllt. »Ich meine, warum willst du mir helfen?«

»Weil wir befreundet sind«, erwidere ich, als wäre es das Selbstverständlichste auf der ganzen Welt. Dass es das nicht ist, sehe ich an seinem Blick, und ich frage mich, was dieser junge Mann durchmachen musste, dass er das Vertrauen in Freundschaften verloren hat.

»Hayet, ich ...«, setzt er an und unterbricht sich selbst mit einem Kopfschütteln. »Ich kann nicht. Ich will dich da nicht mit reinziehen.«

Ich versuche die Enttäuschung zu verbergen, aber ihm fällt es trotzdem auf.

»Tut mir leid.« Er legt seine Hand über meine. Sein Blick sucht meinen und hält ihn fest. »Ich weiß, dass du es gut meinst. Und ein Teil von mir würde dir gerne alles erzählen, aber ... Es wäre besser für dich, wenn du nichts davon weißt und dich nicht weiter damit ... mit *mir* beschäftigst.«

Seine Worte lassen mein Innerstes zurück auf den Gefrierpunkt fallen. Ich fühle mich zurückgestoßen, obwohl ich weiß, dass er mich von sich schiebt, weil er mich mag. Aber so fühlt es sich nicht an.

»Wir sollten wieder reingehen«, flüstere ich und stehe auf. »Allmählich wird es kalt.«

Aslan erhebt sich und trottet schweigend neben mir her. Ich hatte so ein gutes Gefühl, als wir losgegangen sind, ich dachte, w-

Der Boden unter meinen Füßen wird glatt, und ganz plötzlich verliere ich den Halt. Einen Moment lang rudere ich mit den Armen, dann stürze ich und pralle mit dem Rücken auf die Dachschindeln. Einmal, zweimal, vielleicht auch dreimal – panisch versuche ich Halt zu finden und werde schließlich fündig. Ein Ruck geht durch meinen Körper, und ich nehme den kalten Wind an meinem nackten Bauch wahr, bevor mir klar wird, dass ich in der Luft pendle.

»Merde«, flüstere ich und sehe nach oben. Meine Finger winden sich um die Dachrinne, die meinem Gewicht sicher nicht mehr lange standhalten wird.

»Hayet!«

»Aslan!«, rufe ich zurück und spüre die Anstrengung in meinen Armen. Ich bin zwar nicht unsportlich, aber ein Klimmzug befindet sich nicht in meinem Repertoire.

»Merde, merde, merde«, stoße ich hervor und schlucke die aufkeimende Panik hinunter. Wenn ich jetzt hektisch werde, war's das.

Aber dann erhebt sich ein großer Schatten über mir, ich blicke auf und erkenne etwas, das aussieht wie eine Mischung aus Vogel und Dinosaurier. Vor lauter Schreck hätte ich beinahe die Dachrinne losgelassen, aber dann setzt mein Verstand ein.

Aslan ist ein Gestaltwandler.

Er fliegt unter mich und hält sich mit dem Schlagen seiner Flügel auf einer Höhe. Ich muss nur loslassen, und er fängt mich auf.

Wenn ich Glück habe.

Und heute setze ich auf mein Glück.

Kapitel 3

Ivan

Österreich, 2018

Ein summendes Geräusch reißt mich aus dem Schlaf. Ich bin genervt, weil der Wecker schon klingelt, aber als ich die Augen aufschlage, wird mir klar, dass es noch viel zu früh für den Wecker ist.

»Was ist das?«, murmle ich schläfrig und löse mich von Lotta, um mich umzusehen. Mein Handy ist es jedenfalls nicht.

Auch Lotta wird wach. »Ivan? Dein Handy.«

»Das ist nicht mein Handy«, entgegne ich.

Lotta springt auf und eilt ins Wohnzimmer, ich hetze ihr nackt hinterher, um sie vor jeder Bedrohung zu schützen, die auf uns warten könnte, und bin überrascht, dass sie an ihren Schreibtisch geht.

Sie hält ein kleines, schwarzes Ding hoch, das in ihrer Hand vibriert.

»Was ist das?«

»Die Notfallklingel am Sekretariat.« Sie sieht mich an, die Verwunderung hält nur einen Augenblick, bis sie an mir vorbeistürmt, um sich in Windeseile anzuziehen. Ich warte nicht lang, sondern suche meine eigene Kleidung zusammen, um ihr zum Sekretariat zu folgen, doch sie hält mich zurück.

»Du kannst nicht mitkommen.«

»Aber ...«

»Ivan, die Klingel habe offiziell nur ich gehört.« Sie legt eine Hand auf meine Brust. »Warte hier. Wenn es ein Notfall ist, mache ich gleich eine Durchsage. Wenn nicht, komme ich wieder und erzähle dir, was war.«

Unzufrieden nicke ich. Sie hat recht. Wenn ich sie begleite, wird - wer auch immer da unten wartet - sofort wissen, dass ich bei ihr gewesen bin. Also muss ich mich wohl oder übel geschlagen geben.

»Pass auf dich auf«, bitte ich sie.

Und sie lächelt. »Immer«, verspricht sie und stellt sich auf die Zehenspitzen, um mir einen sanften Kuss auf die Lippen zu hauchen, bevor sie verschwindet.

Die Tür fällt hinter ihr ins Schloss, und ich kann ihre schnellen Schritte auf dem Gang für einen Moment noch hören, bevor sie verklingen.

Das Notfallding hat sie mitgenommen.

Mein Blick gleitet zu den Lautsprechern, die jeder Raum des Palastes eingebaut hat, und mir stellen sich tausend Fragen. Was könnte ein Notfall sein?

Es gibt schlechte Nachrichten aus Marokko, schießt es mir durch den Kopf, und ich lasse mich entmutigt aufs Sofa sinken. Uns war immer klar, dass das Wächterleben mit Risiken verbunden ist, aber mir vorzustellen, dass es eventuell meinen kleinen Bruder ... nein, darüber will ich nicht nachdenken.

Es muss irgendetwas anderes geschehen sein. Ein weiterer Überfall auf einen Clan vielleicht – wer weiß schon, wie oft Lotta zu Notfällen gerufen wird, die uns nicht unmittelbar betreffen.

Nicht oft, widerspricht mir mein Kopf. Wenn das die Regel wäre, hätte sie nicht so verwirrt auf das Summen ihres Notfallgerätes reagiert. Dann wäre ihr sofort klargewesen, worum es sich handelt, und sie hätte nicht zuerst auf mein Handy getippt.

Apropos. Ich springe auf und gehe ins Schlafzimmer zurück, um nach meinem Telefon zu greifen, das auf dem Nachttisch liegt.

Ich fange an zu zittern, als ich sehe, dass Alex fünf Mal versucht hat anzurufen. Nervös setze ich mich aufs Bett und wähle seine Nummer. Das Klingeln dauert eine halbe Ewigkeit, aber endlich geht er ran.

»Ivan?«

»Hey, was ist passiert?«, frage ich, denn wenn alles ohne Probleme geklappt hätte, hätte er nicht versucht, mich anzurufen.

Er atmet laut aus. »Warte mal kurz.« Ich höre, wie er etwas in den Raum sagt und dann ein paar Schritte geht. Dabei atmet er noch mal laut. Ich ahne, dass er mit den Worten ringt. Er weiß nicht, wie er es mir sagen soll.

Mir wird schlecht.

»Es ist Tyros«, flüstert Alex schließlich beinahe. »Tyros ... er ist tot.«

Oh Gott.

Ich presse eine Hand auf meinen Mund, zu erstarrt, um eine vernünftige Antwort geben zu können. Tyros ist tot.

Tyros ist tot.

Tyros ist ...

»Du meinst ... aber ... wie?«, keuche ich verständnislos.

»Das muss ich dir erzählen, wenn wir wieder da sind«, entgegnet er gefasster, als ich mich fühle. Er kann mir doch nicht einfach so etwas um die Ohren hauen, und dann nicht weitersprechen. »Unser Flug zurück geht jetzt gleich.«

»Warte«, halte ich ihn zurück. »Was ist mit den anderen?«

»Malika und Junah haben es nicht geschafft«, antwortet er, aber da ich die beiden nicht kenne, trifft mich ihr Verlust nicht so sehr wie der von Tyros. »Den anderen geht es gut. Den Umständen entsprechend. Moose wurde angeschossen, aber Denise hat ihn geheilt. Außerdem haben wir einen neuen Wächter dabei. Sein Name ist Tarek. Er hat das Massaker an *Najam Ahmar* überlebt.«

Ich seufze schwer. Mir fehlen die Worte für das, was geschehen ist. Ist das der Grund, wieso der Notfallsummer ging? Weil unser Ratsoberhaupt tot ist?

»Ich muss los«, fährt Alex fort. »Sie machen gerade Boarding.«

»Pass auf dich auf, kleiner Bruder.« Ich lege auf und werfe das Handy neben mich auf das zerwühlte Bettzeug. Dann lasse ich mich zurückfallen und reibe mir mit den Händen übers Gesicht.

Ich kann kaum glauben, was er mir da erzählt hat. Ausgerechnet Tyros. Der Stärkste und Beste von uns allen. Der, der uns aufgenommen hat, als wären wir seine Familie, nachdem unsere eigene das Schlimmstmögliche durchgestanden hat. Der uns gelehrt hat, die zu sein, die wir heute sind.

Ich versuche die Tränen zurückzuhalten, aber es ist schwer, nicht um den Mann zu weinen, der wie ein Vater für mich war.

Kapitel 4

Freya

Österreich, 2018

Ich drücke im Sturm auf die Notfallklingel neben der verschlossenen Tür und frage mich, wie lange ich noch auf Lotta warten muss, bis sie endlich hier ist. Warum braucht sie so lange? Sie ist doch sonst auch mit ihrem Büro verwachsen.

Nach allem, was geschehen ist, sollte sie längst hier sein.

Sie weiß es nicht, beruhige ich mich. Wenn sie es wüsste, wäre sie hier. Und woher soll sie es wissen, wenn sie nicht im Rat sitzt und auch sonst kein großes Mitspracherecht hat?

»Ist ja schon gut. Ich bin schon da.« Ich zucke zusammen, als ich ihre Stimme am anderen Ende des Ganges höre. Ihre Schritte poltern über den Boden, und sie kommt schweratmend neben mir zum Stehen. »Was ist los?«

»Eine Katastrophe. Los, mach auf. Ich will das nicht im Flur besprechen«, dränge ich sie und höre kurz darauf den Schlüssel klacken. Nach ihr betrete ich das Sekretariat und höre, wie sie zweimal in die Hände klatscht, woraufhin die Deckenleuchten zu summen beginnen. Wie nah die Menschen mit ihrer heutigen Technik an unserer Magie dran sind, ist manchmal wirklich erstaunlich.

Ich schließe die Tür hinter mir und stelle mich an die Theke, meine Hände nesteln nervös am Saum meiner Bluse herum.

»Du musst eine Durchsage machen. An alle Wächter und Lehrer.«

»Okay.« Lotta bewegt sich durch den Raum und betätigt ein paar Schalter. »Was soll ich ihnen sagen?«

Ich reibe mir über die Stirn. Dass so etwas unter meiner Leitung geschieht, hätte ich mir im Leben nicht erträumt. Wenn ich doch bloß besser aufgepasst hätte, bessere Zauber zum Schutz aufgebaut hätte ... einen solchen Fauxpas wird mir der Rat niemals verzeihen. Ich erschaudere.

»Freya?« Lotta klingt besorgt und kommt zu mir. »Setz dich erst mal. Du siehst ganz schön erledigt aus. Soll ich dir einen Tee machen?«

Ich nicke, halte sie aber am Arm zurück. »Aber erst die Durchsage«, bitte ich sie matt. »Alle Wächter und Lehrer, die gerade keinen Dienst haben, sollen unverzüglich in den Ratssaal kommen.«

»Gut.« Lotta geht zurück zu ihrer Lautsprecherstation und spricht kurz darauf meine Bitte mehrfach ein. »Ich mache in fünf Minuten noch einmal eine Durchsage, damit es auch wirklich jeder hört«, erklärt sie mir dann und drückt meine Schulter, bevor sie mir einen Tee kocht.

In Gedanken gehe ich die Optionen durch, die ich habe. Gleich drei schlechte Nachrichten zu überbringen, *ist* eine Katastrophe. Das könnte ein Ausmaß nehmen, das ich nicht mehr kontrollieren kann. Allein Tyros' Tod könnte verheerende Konsequenzen haben. Er war der Mensch, der den Rat zusammengehalten hat. Derjenige, der Kompromisse aushandeln konnte, wenn die Lager gespalten waren. Etwas, wozu ich noch nie in der Lage gewesen bin.

»Hier.« Lotta stellt eine Tasse vor mir ab und zieht sich einen zweiten Stuhl heran, um sich zu mir zu setzen. »Was ist denn passiert?«

»In Marokko ist alles schiefgegangen«, wispere ich, froh, dass sie mir unvoreingenommen zuhört. Als einzige Nichtmagierin in diesem Palast erachte ich sie als vertrauenswürdig genug, um mit ihr über die Probleme unserer Welt zu sprechen. »Tyros ist tot.«

»Das meinst du nicht ernst?«, fragt sie schockiert nach. Ich schüttle den Kopf. »Oh, mein Gott. Tyros … ausgerechnet Tyros. Was ist mit den anderen?«

»Sie sind wohlauf und sitzen im Flugzeug. Es gab zwei weitere Opfer, eine Frau und ihre Tochter von *Najam Ahmar*. Was Alex erzählt hat, hört sich nicht schön an.«

»Das tut mir so leid.«

Dankbar nehme ich Lottas Mitgefühl an. Obwohl sie noch nicht so lange hier arbeitet und keine Hexe ist, scheinen auch ihr die Belange unseres Volkes nahzugehen.

»Waren das die Hexenjäger?«

Ich nicke. »Sie haben es auf mich abgesehen, und ich weiß nicht, warum.«

In der Vergangenheit habe ich viele Fehler gemacht, aber mir fällt keiner ein, wegen dem die Hexenjäger hinter mir her sein könnten. Irgendwo muss mir ein Detail entgangen sein. Irgendwas, das jetzt plötzlich eine immense Wichtigkeit hat.

»Aber sie wissen nicht, wo du bist. Der Palast ist doch geschützt.« Lotta greift nach meiner Hand und drückt sie. »Du bist hier in Sicherheit.«

»Nein, du verstehst das nicht.« Ich entziehe ihr meine Hand. »Sie hatten Tyros länger in ihrer Gewalt und haben ihn gefoltert. Er hat mich verraten. Er hat den ganzen Palast verraten.«

Sie atmet scharf ein. »Nein!«

»Sie sind vielleicht längst auf dem Weg hierher«, fahre ich fort und spüre, wie die Angst mir die Luft abschneidet. »Aber das ist gerade nicht unser größtes Problem.«

»Nicht?« Lotta klingt schrill. »Was kann denn noch schlimmer sein?«

»Ein Gestaltwandler ist entkommen und läuft frei im Palast herum.«

Lotta begleitet mich zum Ratssaal und tippt dabei auf ihrem Tablet herum.

»Was machst du da?«, frage ich sie.

»Ich verriegle die Tore und den Zugang zur Tiefgarage, damit niemand darüber entkommen kann.«

»Das bringt bei einem Gestaltwandler nichts. Dafür brauchen wir Magie.«

»Bei einem Gestaltwandler vielleicht nicht, die Hexenjäger dürfte es allerdings eine Weile aufhalten, sollten sie wirklich hier aufkreuzen.«

Wo sie recht hat ... Ich nicke und lasse sie weiterarbeiten, bis wir den Ratssaal erreicht haben. Kurz überlege ich, ihr zu befehlen, draußen zu bleiben, aber ihre Arbeit könnte sich für uns noch als wertvoll erweisen. Nach allem, was geschehen ist, ist es mein geringstes Problem, dass mich die Ratsältesten dafür verurteilen, einen Menschen in unsere Welt hereingelassen zu haben.

Es ist schon voll, und alle reden aufgeregt miteinander, weil kaum einer weiß, was los ist. Alex' Anruf hat mich erst nach der Ratssitzung erreicht, so dass nur ein paar wenige Wächter und Hexen eingeweiht sind.

Ich bahne mir meinen Weg durch die Menge und gehe Fragen aus dem Weg, weil ich sie lieber erst nach meiner Ansprache beantworten möchte. Kurz bevor ich das Podium erreicht habe, fasst mich jemand an der Schulter.

»Ich bin hier, Freya.«

Emma.

Erleichtert atme ich aus. Bei all der Anspannung bin ich froh, jemanden zu haben, auf dessen Unterstützung ich jederzeit zählen kann.

»Gut zu wissen«, erwidere ich und lasse mich von ihr nach vorne begleiten.

»Du schaffst das«, motiviert Emma mich und lässt mich los, als ich an der Stufe angelangt bin. Ich betrete das Podest und gehe zum Rednerpult, dort warte ich darauf, dass die anwesenden Hexen und Wächter sich einen Platz suchen und ruhig werden. Jemand schließt die Flügeltüren, und ich schalte das Mikrofon ein.

»Meine lieben Freunde«, beginne ich schließlich. »Ich habe euch noch einmal einberufen, weil am heutigen Tag einige Dinge geschehen sind, die sofortiges Handeln erfordern.«

Ein Raunen geht durch die Menge. Die Härchen auf meinen Unterarmen stellen sich auf.

Wann immer ich sonst vor dem Rat spreche, habe ich mich darauf vorbereitet. Heute weiß ich nicht einmal, wo ich anfangen soll. Die Kontrolle scheint mir mit jedem Jahr mehr zu entgleiten, obwohl ich diejenige bin, die den Rat und diese Schule gegründet hat. Aber je mehr jüngere Hexen und Wächter dazukommen, umso mehr Proteste gibt es gegen die Gesetze und Regelungen, die uns seit mehr als zweihundert Jahren begleiten. Manchmal kommt es mir fast so vor, als würden sie mich als die Böse sehen – dabei versuche ich doch bloß, sie zu beschützen.

»Soeben hat mich der Lagebericht aus Marokko erreicht«, erkläre ich schließlich. »Neben zwei weiteren Opfern vom Clan *Najam Ahmar* hat auch unser Ratsoberhaupt Tyros Mansour den Angriff der Hexenjäger nicht überlebt.«

Ich schweige einen Moment, weil sich in meiner Kehle ein dicker Kloß gebildet hat. Dadurch höre ich die Reaktionen der anderen, das Keuchen und »Was?« rufen, das Atem anhalten und hoffen, dass ich einen Witz gemacht habe. Als ich weiterhin schweige, beginnen ein paar Leute zu weinen, und es fällt mir schwer, meine Fassung zu wahren.

»Ich stelle mich heute vor euch, weil wir an diesem dunklen Tag zusammenhalten müssen. Wir müssen die Einheit sein, für die uns jeder hält, um uns den Herausforderungen der Stunde stellen zu können.« *Ich muss ihn in Schutz nehmen,* denke ich. Nach allem, was er für uns und den Rat getan hat, kann ich ihn nicht als Verräter dastehen lassen. »Tyros konnte uns vor seinem Tod den Hinweis geben, dass die Hexenjäger wissen, wo der Palast ist. Sie planen einen Angriff.«

Dachte ich, ich könnte die Menge nicht noch unruhiger machen, habe ich weit gefehlt. Nun sprechen alle durcheinander, dabei habe ich ihnen noch nichts vom Gestaltwandler unter uns erzählt.

Ich räuspere mich und bitte noch einmal um Aufmerksamkeit. »Des Weiteren haben wir ein noch viel dringlicheres Problem. Der Gestaltwandler, den wir vor knapp einer Woche in Lille festnehmen konnten, ist entkommen.«

Kapitel 5

Hayet

Österreich, 2018

Ich klammere mich um seinen Hals und presse mein Gesicht in sein Gefieder. Mein Herz rast, und ich kann nicht glauben, dass ich wirklich auf seinem Rücken gelandet bin. Die Muskulatur unter mir arbeitet, während er sich mit ein paar Schlägen seiner Flügel auf eine Höhe katapultiert, von der aus er bequem auf dem Dach landen kann.

Ich gleite von seinem Rücken hinunter und falle auf alle Viere, weil mich meine Beine nicht halten wollen.

»Hayet.« Aslan taucht neben mir auf und legt eine Hand an meine Schulter. »Bist du okay?«

Ich atme tief ein und aus und versuche, mich aufzurichten. Mein Blick fällt auf Aslan, der mich angespannt ansieht, und … ich pruste los. »Du bist ja nackt.«

Er rollt mit den Augen und löst seine Hand von meiner Schulter. »Offensichtlich geht's dir gut. Kannst du bitte woanders hinsehen?«

Ich setze mich auf die Knie und schaue in die Ferne, in der Höhe hätte ich sonst nur sein bestes Stück vor meinen Augen baumeln. Das muss nun wirklich nicht sein.

Einen Moment später taucht er wieder neben mir auf. Angezogen, als wäre er nie nackt gewesen. Die Narbe auf seiner

Brust hat sich mir trotzdem eingeprägt.

Tausend Fragen gehen mir durch den Kopf, aber da ich nicht weiß, welche ich zuerst stellen soll, lasse ich mir von ihm aufhelfen.

»Hast du Schmerzen?«, fragt er, immer noch besorgt.

Ich schüttle den Kopf und unterdrücke ein Zittern.

»Das liegt sicher am Adrenalin.« Er führt mich über das Dach zur Tür, und hält mich dabei so fest, dass ich nicht einmal vom Dach fallen könnte, wenn ich es wollte. Drinnen schließt er die Tür und hilft mir dabei, mich auf die Stufen zu setzen. »Ich würde dich gerne auf Verletzungen untersuchen. Darf ich?«

»O-okay«, flüstere ich und mustere sein ernstes Gesicht. Die dunklen Augen, die mich besorgt ansehen, die aufeinandergepressten Lippen, die blassen Wangen. Er sieht aus, als hätte er sich ganz schön erschrocken.

Er hebt seine Hand an meine Schläfe und als er sie wieder zurückzieht, klebt an seinen Fingern dunkles Blut. *Wieso spüre ich die Schmerzen nicht?*

»Ich bring dich besser in den Krankenflügel«, überlegt er laut, während er meine Jacke öffnet und den Saum meines Pullovers anfasst. »Darf ich?«

Ich nicke und helfe ihm dabei, meinen Pullover hochzuhalten, damit er mich auf Wunden untersuchen kann.

»Kannst du dich bewegen wie immer?«

»Ich denke schon.«

Er atmet schwerfällig aus und reicht mir eine Hand, um mich hochzuziehen. Dann geht er voran, um mich notfalls aufzufangen. Ich klammere mich ans Treppengeländer und folge ihm mit vorsichtigen Schritten hinunter. Meine Beine fühlen sich an, als bestünden sie aus Wackelpudding.

Aber immerhin lebe ich.

Beim Gedanken daran, dass es auch ganz anders hätte ausgehen können, wird mir schwindelig, und ich gleite auf eine Stufe, weil mich mein Körper nicht mehr tragen will. Alarmiert hockt sich Aslan vor mich hin und hält eine Hand vor mein Gesicht. »Wie viele Finger zeige ich dir?«

»Drei«, erwidere ich und fange seine Hand auf, um meine Finger mit seinen zu verschränken. »Mir geht's gut, Aslan. Ich ... Mir ist nur bewusst geworden, dass das um ein Haar tödlich ausgegangen wäre.«

Er schaut mich einen Moment schweigend an, atmet, und seufzt dann. »Ist es aber nicht.«

»Weil du ein Gestaltwandler bist«, flüstere ich und unterdrücke den Drang, ihn zu umarmen, obwohl ich mir gerade nichts sehnlicher wünschen würde als Kontakt zu einem Menschen, um mich daran zu erinnern, dass ich mich immer noch in dieser Welt befinde. Für den Moment muss ich mich mit der Wärme seiner Hand zufriedengeben, wenn ich ihn nicht aus Versehen von der Stufe schubsen möchte.

»Du wirkst nicht so, als hättest du Angst vor mir.« Er wirkt nervös und verlässt die Hocke, um sich neben mich zu setzen. Meine Hand lässt er nicht los. »Warum nicht?«

Ich spiele kurz mit dem Gedanken, ihm von Yanis zu erzählen, aber ich weiß, dass dieser mich dafür hassen würde. Egal, ob Wächter, Hexe oder Gestaltwandler, sein Geheimnis sollte bei mir sicher sein.

»In meinem Clan gab es einen Gestaltwandler«, umschreibe ich es also und achte dabei darauf, leise zu sprechen, damit uns vom Flur aus niemand hören kann. »Er war nicht böse. Und du bist es ganz offensichtlich auch nicht. Sonst hättest du mich nicht gerettet.«

Er schmunzelt. »Ich mag es nicht, dass sie den Hexen und Wächtern hier beibringen, dass Gestaltwandler von Grund auf böse sind.«

»Vielleicht liegt das daran, dass sie fast nichts über euch wissen«, mutmaße ich und denke darüber nach, wie auch Black Hearts in unserer Gesellschaft mit einem schiefen Auge angesehen werden. »Bei mir ist es doch auch nicht anders.«

»Das mag sein.« Aslan streichelt gedankenverloren mit seinem Daumen über meinen Handrücken. Ich versuche, mir nichts anmerken zu lassen, aber mein Atem stockt trotzdem für einen Moment. »Wenn sie auch nur für einen Moment innehalten würden, um Fragen zu stellen, wüssten sie längst, dass sie ihresgleichen bekämpfen.«

Ich runzle alarmiert die Stirn. »Wie meinst du das?«

Er sieht mich an, Trauer in den Augen, ein bitterer Zug um den Mund. »Ich war auch mal ein Wächter, Hayet.«

Als ich etwa vierzehn war, ist bei uns ein Spiel in Mode gekommen. Wir haben es »Gut und Böse« genannt und fast jeden Tag gespielt, nachdem der Magie-Unterricht für uns vorbei war. Jeder hatte einen Beutel Stocksteifstaub und durfte sich entscheiden, auf welcher Seite er steht, ob dunkel oder hell, schwarz oder weiß, und dann ging es los. Alle sind wie verrückt durch den *Cirque* gerannt, um sich zu verstecken, und wann immer man aufeinandertraf, musste man herausfinden, zu welcher Seite der andere gehörte. Traf man einen Gegner, versuchte man ihn mit dem Stocksteifstaub zu versteinern. Am Ende siegte die Seite, auf der sich noch die meisten Spieler bewegen konnten.

Ich habe mich immer für das gute Team entschieden und wurde oft genug mit Stocksteifstaub berieselt, weil ich meinen Gegnern zu sehr vertraut habe und immer alle wussten, dass ich mich für das gute Team entschieden hatte.

Das Spiel wurde mir unwichtig, als ich gesehen habe, wie Yanis den Lieferwagen mit den Lebensmitteln für die nächste Woche beklaut hat. Ich wollte ihn zur Rede stellen und bin ihm gefolgt, bis wir ein Frauenhaus ganz in der Nähe erreicht hatten und ich beobachten konnte, wie er das Essen an die Frauen verschenkte.

Von da an gab es für mich kein Schwarz und Weiß mehr, sondern bloß noch eine Welt von Grauschattierungen, in der Menschen manchmal schlechte Entscheidungen treffen, um anderen zu helfen.

»Hayet?«

»Hm?« Ich hebe den Blick und stelle fest, dass ich stehen geblieben bin. Meine Gedanken wirbeln durcheinander, und irgendwie ist Yanis neben Aslan aufgetaucht. Verwirrt betrachte ich den Mann, der wie ein großer Bruder für mich ist, obwohl ich nicht mal annähernd hinter seine Geheimnisse gekommen bin.

»Was machst du hier?«, frage ich ihn.

»Dich warnen«, entgegnet er und tippt sich an seine Schläfe. Ich neige den Kopf und versuche, ihn zu verstehen, aber da verschwimmt er vor meinen Augen zu einem Kaleidoskop von Farben, und mit einem Mal wummert es hinter meiner Stirn.

Stöhnend schließe ich die Augen und fasse mir an den Kopf.

»Hayet!«

Mir wird schwindelig, ich verliere das Gefühl für oben und unten und atme erschrocken ein, weil sich plötzlich alles dreht.

»Alles wird gut. Ich bring dich in den Krankenflügel.«

Aslan. Seine Stimme bahnt sich den Weg durch das Chaos in meinem Kopf und hilft mir dabei, die aufkeimende Übelkeit in Schach zu halten. Ich bitte ihn weiterzusprechen, aber irgendwie hat er wohl keine Lust. Vielleicht hat er mich auch nicht verstanden. Was es auch ist, darum kümmere ich mich später ...

Kapitel 6

Emma

Österreich, 2018

Der Rat zerbricht.

Das ist es, was ich denke, als plötzlich das Chaos ausbricht und alle durcheinander sprechen. Dieses fragile Gebilde, das bislang gehalten hat, weil Tyros der beste Klebstoff war, hat nun keinen Grund mehr, aufeinander einzugehen.

Ich stehe schräg neben dem Podium und blicke in die Gesichter. Fassungslosigkeit, Wut, Angst und Besorgnis – ich kann so viele Gefühle in der Menge lesen, dass mir selbst davon übel wird.

Dass Tyros es nicht geschafft hat, wusste ich schon. Aber dass der Gestaltwandler entkommen ist und die Hexenjäger auf dem Vormarsch sind, ist beinahe genauso schlimm. Freya ist zum ersten Mal mit ihrer Aufgabe als Ratsvorsitzende überfordert. Sie kann die Reaktionen nicht sehen, sie weiß nicht, wie sie darauf eingehen soll, und ich könnte schwören, dass sie sich Vorwürfe macht.

Ich habe das Gefühl, sie beschützen zu müssen, und mein Blick bleibt an Silas hängen, der in ein leises Gespräch mit Ivan verwickelt ist. Kurzentschlossen gehe ich zu ihm und fasse ihn an der Schulter.

»Du musst etwas tun«, sage ich und deute auf Freya, die immer noch wie paralysiert vorne steht und überlegt, wie sie der Menge Einhalt gebieten kann. »Sie braucht dich jetzt. *Wir* brauchen dich.«

Er nickt und klopft Ivan auf die Schulter, bevor er an mir vorbeirauscht und sich neben Freya stellt. Sie zuckt zusammen, und er spricht ihr leise ins Ohr. Ihre Gesichtszüge entspannen sich etwas, und sie macht einen Schritt zur Seite, um ihm den Vortritt zu lassen.

»Hey!«, ruft er so laut, dass das Mikrofon übersteuert und ein hässliches Geräusch durch den Saal schrillt. Das hilft dabei, dass sich die Wächter und Hexen wieder beruhigen und ihre Aufmerksamkeit nach vorne wenden. »Alle hinsetzen«, weist er sie an und blickt finster durch den Saal. Mit dem kurz geschorenen Haar, den kühlen Augen und dem Oberkörper voller Tätowierungen wirkt er viel gefährlicher, als er tatsächlich ist. Das kommt ihm heute zugute. »Und keiner spricht, wenn er nicht aufgefordert wird.« Er wartet, bis alle Ruhe gefunden haben, dann redet er weiter. »Wie es aussieht, müssen wir die Trauer um Tyros verschieben, bis wir die anderen Probleme gelöst haben. Ich erwarte von Ihnen, dass Sie sich professionell genug verhalten und sich alle Feindseligkeiten aufsparen, bis der Palast und damit vor allem unsere Schüler in Sicherheit sind.«

Erleichtert atme ich aus. Auf Silas ist Verlass, er wird uns aus der Krise herausführen. Da bin ich mir sicher.

»Ivan, Jean, ihr stellt ein Team zusammen, das alle Zugänge zum Schloss bewachen soll. Lotta verteilt Funkgeräte an alle, und stellt danach ebenfalls ein Team zusammen, das im Verwaltungstrakt alles überwachen und weitergeben wird.« Er vergewissert sich, dass alle ihre Rolle verstanden haben, bevor er weiterspricht. »Freya, Max und Lena kümmern sich um ein Team für die Suche nach dem Gestaltwandler. Es wird nicht lange dauern, bis ihr ihn findet. Er ist noch jung und kann seine Wandlungen nicht kontrollieren. Ihr könnt ihn mit Magie zurückhalten, aber nur Wächter greifen an.«

In meinem Bauch breitet sich ein unruhiges Gefühl aus, der Drang, die Ratssitzung zu verlassen und in den Krankenflügel zurückzukehren, erfüllt meine Sinne. Ich ahne, dass etwas vorgefallen ist oder vorfallen wird, und bewege mich in Richtung Tür.

»Emma«, hält Silas mich zurück. Ich drehe mich noch einmal zu ihm. »Du kümmerst dich darum, dass der Krankenflügel aufnahmebereit ist und alle Hexen dort sind, die sich mit Heilung und Kräutern auskennen.«

Er ahnt, dass wir die Unterstützung im Krankenflügel brauchen, und das macht mir am meisten Angst. Ich nicke ihm ernst zu und will gerade den Raum verlassen, als jemand etwas hineinruft.

»Wenn ein Gestaltwandler im Schloss ist: Wer sagt uns dann, dass nicht noch mehr hier sind? Vielleicht sind sie ja längst unter uns!«

Gar nicht gut, denke ich, aber ich halte es nicht länger aus. Ich muss in den Krankenflügel, egal, welches Feuer hier gerade auflodert – ich habe mein eigenes zu bekämpfen.

Meine Schritte hallen von den Wänden wider, und hinter jeder Ecke befürchte ich, auf einen Gestaltwandler zu treffen. Ich halte die Hände hoch, immer bereit, mich gegen ihn zur Wehr zu setzen, und doch erschrecke ich mich, als ich nach der nächsten Ecke ein bekanntes Gesicht sehe.

»Aslan.« Auf den zweiten Blick erkenne ich, dass er ein Mädchen mit dunklem Haar trägt. Sie blutet aus einer Kopfwunde.

»Bitte, Emma«, stößt Aslan hervor, und ich frage mich, wie weit er sie getragen hat. »Sie müssen ihr helfen.«

Ich eile voran und öffne ihm die Glastür zum Krankenflügel. Mit einem Wort von mir gehen alle Lichter an, und ich laufe bis zum Ende des Flurs, um ihm eine Zimmertür zu öffnen. »Hier rein. Leg sie aufs Bett. Was ist passiert?«

»Sie ist die Treppe runtergestürzt und auf den Kopf gefallen. Erst ging es ihr ganz gut, aber dann fing sie plötzlich an zu fantasieren und ist umgekippt.« Aslan legt sie sanft auf dem Bett ab. Für einen Moment frage ich mich, ob zwischen den beiden mehr ist. »Ich konnte sie gerade so auffangen, bevor sie zu Boden gefallen wäre. Ihr Name ist Hayet.«

»Wie lange ist das jetzt her?«

»Der Sturz vielleicht eine halbe Stunde. Dass sie in Ohnmacht gefallen ist, war etwa vor zehn Minuten.« Aslan zieht sich den Stuhl ans Bett und setzt sich hin. Ein klares Signal, dass er sie nicht allein lassen wird, bis es ihr bessergeht.

»Das kriegen wir wieder hin.« Ich stelle mich auf die andere Bettseite und taste nach ihrem Puls, der unruhig unter meinen Fingern flattert. Dann lege ich meine Hände an ihr Gesicht und schließe die Augen, um mich auf ihren Körper zu konzentrieren.

Ich spüre die Wunde an ihrem Kopf, als wäre es meine eigene. Sie hat keinen Bruch erlitten, dennoch war der Aufprall so heftig, dass sie eine Gehirnerschütterung hat. Auch den Rest ihres Körpers hat es übel erwischt: zahlreiche Hämatome und gereizte Nerven. Aber nichts, was ein bisschen Magie nicht wieder hinbekommen würde.

Also konzentriere ich mich auf das Summen, das mich Tag für Tag begleitet, und lasse es anschwellen, während ich es über meine Hände auf ihren Körper übertrage. Ich warte darauf, dass sich die Wunde verschließt und die blauen Flecken verschwinden, aber selbst nach einiger Zeit geschieht nichts.

Irgendwann höre ich auf und öffne verwundert die Augen.

»Was ist los?« Aslan klingt alarmiert. »Hat es geholfen?«

Er betrachtet ihren Kopf, und genau wie ich stellt er fest, dass meine Magie rein gar nichts ausgerichtet hat.

»Aber …« Ich hebe die Hände und betrachte meine Finger, als wären sie kaputt. »Was zum Henker? Wieso funktioniert es nicht mehr?«

»Was ist hier los? Ich dachte, Sie können ihr helfen.« Aslan wird unruhig und schaut sich hilflos um. Wenn ich nicht aufpasse, gerät er in Panik.

»Das kann ich auch«, erwidere ich beruhigender, als ich mich fühle, und deute nach draußen. »Kannst du mir Verbandsmaterial holen? Es liegt in Raum 451.«

Er nickt und steht auf, um den Raum in rasendem Tempo zu verlassen.

Ich atme tief ein und aus und richte meine Konzentration auf das Waschbecken in der Ecke. Mühelos kann ich den Wasserhahn mit meiner Magie auf- und wieder zudrehen. Also liegt es nicht an mir.

Schnell lege ich meine Hände noch einmal an ihren Kopf und versuche das Mädchen zu heilen. Ich strenge mich an, als müsste ich eine unsichtbare Hürde überwinden, aber auch einige Augenblicke später tut sich nicht. Das Einzige, was ich erreicht habe, ist meine Kräfte zu erschöpfen.

Aslan kehrt mit dem Verbandsmaterial zurück, und ich bin einen Moment überfordert, weil ich schon so lange niemandem mehr auf konventionelle Weise geholfen habe. Aber dann rührt sich Hayet.

Erleichtert darüber, dass sie von allein aufwacht, beobachte ich sie. Ihr Blick gleitet verwirrt durch den Raum, bis er an Aslan hängenbleibt.

»Du ... Wo bin ich?«, fragt sie heiser.

»Im Krankenflügel.« Er lächelt sie an und greift nach ihrer Hand. »Du bekommst jetzt einen von diesen wunderschönen Kopfverbänden, und ich wette, danach darfst du dich zwei Wochen nicht bewegen.«

»Hört sich langweilig an«, murmelt sie, und Aslan deutet auf mich. Sie schaut zu mir, und ich begrüße sie mit einem Lächeln.

»Hallo, Hayet. Ich bin Emma.«

»Hab schon viel von Ihnen gehört.« Sie hört sich ein bisschen betrunken an, aber ich denke, das liegt an der Verletzung. »Jascha spricht ununterbrochen von Ihnen.«

Hitze steigt mir in die Wangen, als ich an ihn und das, was er mir vor ein paar Stunden erst gesagt hat, zurückdenke.

Und wenn ich dich mag?

»Jascha redet viel, wenn der Tag lang ist.« Ich zwinkere ihr zu und bedeute Aslan, das Verbandszeug ans Fußende zu legen. »Kannst du dich aufsetzen?«

Ich helfe Hayet hoch und reinige die Wunde, bevor ich einen Druckverband anlege. Aslan besorgt ihr in der Zwischenzeit etwas zum Trinken.

»Ich muss dich das fragen, bevor ich dir Medikamente gebe. Hast du etwas getrunken oder bist du schwanger?«, frage ich sie so beiläufig, wie es geht, und doch erstarrt sie unter meinen Berührungen. Die Reaktion, die ich von fast allen Hexen kenne, die ich hier medikamentös behandle. Das hat nichts damit zu tun, dass sie tatsächlich etwas falsch gemacht haben könnten, sondern einfach nur damit, dass man davon ausgehen muss, dass sie gegen die Regeln gehandelt haben.

»Ich hab vielleicht ... den ein oder anderen Cocktail getrunken«, gesteht sie kleinlaut, und ich frage mich, ob sie so betrunken war, dass sie die Treppe hinuntergestürzt ist.

»Wie lange ist das jetzt her?«

»Ich weiß nicht. Drei Stunden vielleicht.« Hayet überlegt, und Aslan kehrt zurück. »Es waren zwei Cocktails mit wenig Alkohol. Ich habe noch nie viel getrunken, also wollte ich es auch heute nicht übertreiben.«

Ich könnte ihr Blut abnehmen und es analysieren, aber die Zeit drängt allmählich, und ich kann mich nicht die ganze Nacht um sie kümmern, wenn die Bedrohung so groß ist. Also vertraue ich darauf, dass sie die Wahrheit sagt, und suche in einem Arzneimittelschrank nach Schmerztabletten, deren Dosierung hoch genug ist, um sie die Nacht über ohne Schmerzen schlafen zu lassen.

Dankbar schluckt sie eine Tablette mit etwas Wasser und lässt sich danach aufhelfen, damit wir sie in den Schlafsaal begleiten können. Dort angekommen macht sich ein mulmiges Gefühl in meinem Magen breit, und während ich ihr ein Bett zuweise, befürchte ich, dass die Nacht gerade erst angefangen hat.

Kapitel 7

Ivan

Österreich, 2018

»Wenn ein Gestaltwandler im Schloss ist: Wer sagt uns dann, dass nicht noch mehr hier sind? Vielleicht sind sie ja längst unter uns!« Johann Laske erhebt sich und deutet anklagend auf Freya. Seine Worte lassen alle Gespräche im Raum gefrieren, und ich sehe, wie Silas die Gesichtszüge für einen Moment entgleiten.

Er fasst sich jedoch schnell wieder und beugt sich vor. »Es gibt keinen Grund zu der Annahme, dass es mehr Gestaltwandler im Schloss gibt als diesen einen.«

Ich denke an das, was Lotta mir erzählt hat. Fehlende Backgroundchecks, mögliche Sicherheitslücken, und plötzlich erscheint es mir gar nicht mehr so unwahrscheinlich, dass sich jemand eingeschlichen haben könnte, der nicht hierhergehört. Was, wenn der gefangene Gestaltwandler eine Art trojanisches Pferd war? Wer sonst sollte ihn befreit haben?

Markus' kurzer Bericht klang nicht so, als wäre die Tür von innen aufgebrochen worden. Es sieht viel mehr so aus, als wäre der Gestaltwandler mit Hilfe von außen entkommen.

Ich räuspere mich und hebe die Hand. Silas nickt mir zu. »Wir sollten dennoch alle im Palast überprüfen. Sicher ist sicher.«

Silas sieht mich einen Moment prüfend an, und ich hebe ganz sachte die Schulter – da weiß er, dass ich einen guten Grund für diesen Vorschlag habe. Er beugt sich zu Freya und flüstert ihr etwas ins Ohr. Sie denkt kurz nach und erwidert etwas, während alle angespannt den Atem anhalten.

Dann beugt sich Silas wieder vor. »Gut, keiner verlässt den Saal, bevor er nicht von Freya, Michelle oder Lena überprüft wurde. Anschließend schauen sie sich die diensthabenden Wachen an und versammeln alle Schüler im Speisesaal, um sie einem Check zu unterziehen. So sollte uns niemand entgehen.«

Sein Vorschlag findet Zustimmung, und auch wenn ich mich für einen Moment frage, ob wir damit nicht wertvolle Zeit verschwenden, fühle ich mich sicherer, wenn ich weiß, wem ich vertrauen kann.

Mein Blick gleitet zu Lotta, die dem Gespräch nur ihre halbe Aufmerksamkeit widmet. Ihre Hände fliegen über das Display des Tablets, und für einen Augenblick erinnert sie mich an Moose. Ich frage mich, was sie gerade macht.

Als hätte sie gespürt, dass ich sie ansehe, schaut sie in meine Richtung und wird rot. Ich zwinkere ihr zu, und sie widmet sich mit einem unterdrückten Lächeln wieder ihrem Tablet. Bevor jemand merken kann, dass etwas zwischen uns ist, konzentriere ich mich wieder auf Silas, der mit seinen Anweisungen offensichtlich fertig ist und Freya zur Tür begleitet. Auch seine Freundin Lena und die Sportlehrerin Michelle gesellen sich zu ihnen. Zum Back-up stelle ich mich neben Michelle, und dann geht es los. Einer nach dem anderen tritt vor und lässt sich überprüfen, bevor er oder sie den Raum verlässt.

Lotta vermerkt in der Zwischenzeit die überprüften Namen auf ihrem Tablet, um uns anschließend eine Liste mit fehlendem Lehrpersonal zu geben. Ich nutze die Zeit, um mich mit Jean abzusprechen, unser Team einzuteilen und ihnen einen Treffpunkt zu nennen.

Nachdem wir mit allen durch sind, überprüft Freya auch Silas, Lotta und mich, und ich atme erleichtert aus, dass mit ihnen alles in Ordnung ist.

»Silas, Ivan«, hält uns Freya zurück. »Wenn ihr einen weiteren Gestaltwandler findet, versucht es geheim zu halten. Einen Streit im Rat können wir gerade nicht gebrauchen.«

»Natürlich.« *Nicht,* denke ich. Das ist genau das, was der Rat braucht, um sich neu formen zu können. Ich sehe zu Silas, und er hebt eine Braue, weil er sich vermutlich genau das Gleiche denkt. Wir brauchen dringend ein geheimes Treffen.

Wir folgen Lotta ins Sekretariat, wo sie uns eine Liste mit allen fehlenden Wächtern und Hexen ausdruckt. Viele sind es nicht. Die meisten von ihnen befinden sich auf ihren Wachposten oder auswärtigen Missionen. Also statten wir uns mit Waffen aus und teilen uns auf. Silas und Lena checken die eine Hälfte, Freya und ich kümmern uns um den Rest. Michelle macht sich in der Zwischenzeit auf den Weg zum Krankenflügel, um zu sehen, wie Emma vorankommt. In meinem Magen hat sich ein nervöser Knoten gebildet. Es fühlt sich an, als würden wir uns auf eine Schlacht vorbereiten, dabei wissen wir nicht einmal mit Sicherheit, ob die Hexenjäger den Palast wirklich finden und stürmen könnten.

»Gibt es noch weitere magische Schutzmechanismen, die du ausführen könntest?«, frage ich Freya, während wir durch die Gänge eilen. »Irgendwas, was die Hexenjäger daran hindert, den Palast zu finden?«

Sie nickt. »Wenn wir mit der Überprüfung der Lehrkräfte durch sind, kümmere ich mich darum. Wann kehren die anderen aus Marokko zurück?«

Ich werfe einen Blick auf mein Handy und sehe, dass ich eine neue Nachricht von Alex habe. »Sie sind vor ein paar Minuten gelandet.«

»Gut.« Freya fährt sich durch die blonden Haare. »Wenn wir fertig sind, solltest du sie briefen und ihnen Anweisungen geben.«

»Mach ich.« Wir erreichen das nächste Wächterpaar und erzählen ihnen kurz, was geschehen ist, bevor Freya sie berührt und einen kurzen Zauber spricht, der einen Gestaltwandler enttarnen würde. Auch hier sind wir auf der sicheren Seite.

»Weitermachen«, weise ich sie an und drücke einem von ihnen ein Funkgerät in die Hand. »Bei ungewöhnlichen Vorfällen ist sofort Meldung zu machen.«

Nachdem wir fertig sind, läuft Freya zurück zum Sekretariat, um mit Lotta die Schülerüberprüfung vorzubereiten. Ich schreibe Silas eine SMS mit einem geheimen Treffpunkt, damit wir uns kurz besprechen können, und gehe dann selbst dorthin.

Im Schloss ist es ruhig. Normalerweise genieße ich die Nächte mit dem Wachdienst, weil so wenig zu tun ist. Keine Schüler, die sich prügeln, keine Hexen und Wächter, die man ermahnen muss, weil sie einander zu nah gekommen sind, und erst recht keine Bedrohungen von außerhalb. Aber heute wirkt die Stille trügerisch. Als stünde uns der Sturm kurz bevor.

Ich erreiche den Raum weit vor Silas und sehe mich kurz um.

»Sesam, öffne dich«, murmle ich dann und lausche dem vertrauten Klicken eines sich öffnenden Schlosses, bevor ich die Tür aufdrücke und den dunklen Raum betrete.

Kapitel 8

Freya

Österreich, 2018

Als ich 1801 den Rat gegründet habe, hätte ich nie gedacht, dass es einmal so weit kommen würde. Dass ich Leiterin einer Schule werde und in einem Palast in den Bergen lebe, dass ich jeden Weg in- und auswendig kenne und mich innerhalb dieser vier Wände so wohlfühle, dass ich sie niemals kampflos aufgeben würde.

Dass nun jemand mein Zuhause bedroht, meine Existenz, will ich nicht zulassen. Und doch wäre ich ohne meine treuen Wächter aufgeschmissen. Wäre das vor hundert Jahren geschehen, hätte mich der Rat vermutlich ohne Weiteres geköpft und ein neues Oberhaupt bestimmt. So habe ich wenigstens die Möglichkeit, mich in der Krisensituation zu beweisen und mir erneut Respekt zu verschaffen.

Vielleicht sollte ich die Möglichkeit auch nutzen, um ein paar gegnerische Ratsmitglieder ein für alle Mal auszuschalten.

Nein, denke ich. Das habe ich einmal gemacht und mir geschworen, es nie wieder zu tun. Wenn ich es nicht auf ehrliche Weise schaffe, habe ich es nicht verdient, an ihrer Spitze zu stehen.

Ich erreiche das Sekretariat und lasse mich von Lotta auf den neuesten Stand bringen.

»Die Wachen haben alle ihre Positionen bezogen. Sämtliches Personal und Ratsmitglieder sind überprüft, Moose, Alex und Co. sind unterwegs hierher. Michelle und Emma sind im Krankenflügel und stellen ein Team von Hexen zusammen, die sie gleich wecken werden. Außerdem habe ich ihnen drei Wächter an die Seite gestellt, die den Krankenflügel bewachen werden.« Lotta schweigt einen Moment. »Max und Olivier richten den Speisesaal her und suchen sich Unterstützung, um die Ausgänge zu bewachen und Gestaltwandler einzufangen, sollten sich welche unter den Schülern befinden. Es kann losgehen.«

»Okay.« Ich atme tief ein und aus. »Dann wollen wir mal die Schüler wecken.«

Ich höre, wie Lotta durch den Raum marschiert und ein paar Hebel bedient, kurz darauf schallt ihre Stimme durch die Lautsprecher des Schlosses. »Achtung für eine Durchsage. Wir bitten alle Schüler augenblicklich in den Speisesaal.«

Sie stellt die Durchsage auf Wiederholung, so dass ihre beiden Sätze immer wieder abgespielt werden. »So sollten alle Schüler wach werden.«

Ich bedanke mich, und mir wird schlecht. Erst jetzt fällt mir auf, dass ich seit dem Frühstück nichts mehr gegessen habe. »Ich muss kurz zurück in mein Quartier. Wir treffen uns in einer halben Stunde im Speisesaal. Bring bitte eine Liste mit allen Schülern mit. Ich will nicht, dass uns jemand entgeht.«

Kurz vor meinen Räumlichkeiten habe ich das Gefühl, jeden Moment umzukippen, weil mich der Hunger so überraschend erwischt. Eigentlich ist es kein Wunder. Nach all der Magie, die ich angewandt habe, um alle Ratsmitglieder, Wächter und Hexen zu überprüfen, braucht mein Körper neue Energie, um funktionieren zu können.

Ich schließe die Tür mit einer Handbewegung auf und betrete den kleinen Flur, in dem ich die hohen Schuhe abstreife und barfuß in den Wohnbereich gehe. Die Stille tut nach all den Ratsdiskussionen und der anstrengenden Nacht gut. Nur ein paar Minuten Ruhe, in denen ich meine Reserven auffüllen kann, werden sicher Wunder wirken.

Ich hole mir eine Flasche Orangensaft aus dem Kühlschrank und das Brot und die Schokoladencreme aus dem Küchenschrank, bevor ich mich damit aufs Sofa setze und mir ein paar Scheiben Brot schmiere, die ich im Eiltempo verschlinge und mit viel Orangensaft hinunterspüle.

Mit vollem Magen lehne ich mich schließlich zurück. Der Zucker hilft mir dabei, die fehlende Energie aufzufüllen, und ich werde mich in ein paar Minuten wieder fühlen, als hätte ich heute noch nicht gezaubert.

Ich weiß, dass Lotta mir Bescheid geben würde, wenn sie mich auf der Stelle bräuchte, und so nutze ich die Zeit, um mich zu erholen. Ein paar Minuten später stehe ich auf und gehe ins Schlafzimmer, um meine Bluse und den Rock gegen eine Sporthose und ein langärmeliges Shirt zu tauschen. Irgendwie erscheint es mir nicht sinnvoll, in hohen Schuhen und Rock herumzulaufen, wenn ein Angriff auf den Palast droht oder wir herausfinden, dass die Gestaltwandler längst unter uns sind. Dann könnte es ganz schnell zum Kampf kommen, und ich möchte mich nicht damit auseinandersetzen müssen, wie ich meine Schuhe loswerde, bevor ich mich bewegen kann.

Ein leises Klicken reißt mich aus den Gedanken. *War das die Tür?*

Ich halte den Atem an und verberge mich im Kleiderschrank, bevor ich die Tür zuziehe. Jemand, der mit mir sprechen wollen würde, hätte geklopft.

Kurz darauf höre ich das Knarzen der Tür zum Schlafzimmer und einen leisen Fluch. Ein Einbrecher! Das hat mir gerade noch gefehlt.

Es raschelt, und mir wird klar, dass der Einbrecher auf der Suche nach etwas ist. Er wird erst gehen, wenn ihm eine Entdeckung droht oder er gefunden hat, was er sucht. Und er wird mit Sicherheit auch im Kleiderschrank nachsehen wollen.

Nervös warte ich darauf, dass er sich mir nähert. Ich muss das Überraschungsmoment nutzen und ihn überwältigen, wenn er die Tür öffnet. Anders habe ich keine Chance, wenn es sich bei ihm um einen Wächter handelt.

Er kommt mir immer näher, während er mein Zimmer durchwühlt. Wut erfüllt mich, weil er denkt, damit ungeschoren davonzukommen. Und dann ist es soweit. Er öffnet die Kleiderschranktür, ich spanne mich an und springe auf ihn zu, während ich einen Zauber spreche, der ihn für einige Minuten erstarren lassen soll. Doch ehe ich mich versehe, fliege ich durch den Raum und knalle gegen mein Bettgestell, das sich mit einem lauten Quietschen über den Boden schiebt. Schnell stehe ich wieder auf und ignoriere meinen Kopf, in dem sich alles dreht, um den Zauber weiterzusprechen.

Ich höre, wie er verschwinden will, aber das kann ich nicht zulassen. Also folge ich dem Geräusch seiner Schritte und bekomme etwas Stoff zu fassen. Er ratscht, aber er reißt nicht so weit, dass der Eindringling sich freimachen könnte. Er dreht sich um, um sich von mir zu befreien, aber ich bin fertig mit meinem Zauber, und so rührt er sich nicht mehr. Erleichtert atme ich aus und lasse ihn los.

Einer Ahnung folgend lege ich meine Hand an die Wange des Eindringlings und spreche den Zauber, der einen Gestaltwandler enttarnen würde. Und tatsächlich bewegt sich die Haut unter meinen Händen, und ich spüre, wie er zu dem Menschen wird, der er wirklich ist.

Selbst seine magischen Schwingungen verändern sich. Die Tarnung war perfekt. Niemals hätte ich vermutet, dass sich in diesem Wächter ein Gestaltwandler verbirgt. Etwas an ihm kommt mir bekannt vor.

Ich schließe die Augen und lasse mich voll auf die Person vor mir ein. Darauf, wie seine Magie mit meiner tanzt, und dieser Tanz ...

»Mikael«, keuche ich und weiche erschrocken zurück. Es gibt nur einen Menschen auf diesem Planeten, der sich so angefühlt hat. Und auch wenn alles dagegenspricht, bin ich mir sicher, dass er es ist.

»Überraschung, Freya.« Seine Stimme jagt mir einen Schauder über den Rücken. Ich weiche weiter zurück, darauf bedacht, den Erstarrungszauber aufrechtzuerhalten.

»Du lebst«, flüstere ich. Schaurige Bilder von der Nacht seines Todes erfüllen meinen Kopf. »Das kann nicht sein. Ich ... ich habe dich sterben sehen.«

Mir wird klar, dass genau das der Grund für seine Anwesenheit sein muss. Er weiß, was geschehen ist, und er ist hier, um Rache zu nehmen.

»Tja, ich bin wieder aufgewacht«, erwidert er kalt. »In einem Meer voller Leichen und Blut. Erinnerst du dich?«

Mir rutscht das Herz in die Hose. Natürlich erinnere ich mich. Jede verdammte Nacht denke ich an den Moment zurück, der mein Leben vollkommen verändert hat. An den Schmerz und die Angst, weil ich angefangen habe zu bluten. Die Wut darüber, dass Mikael nicht bei mir war, um mich zu beschützen, als ich unser gemeinsames Kind verlor. Die Panik, weil ich fast gestorben bin.

Und die alles entscheidende Berührung, die ihm das Leben genommen hat.

»Ich kann das erklären«, stoße ich hervor und dränge die Erinnerung an das von mir geschaffene Chaos zurück. An all die toten Clanmitglieder, Hexen und Wächter, die meine Panik einfach zerrissen hat. Ein Blutbad.

Weil ich mich nicht unter Kontrolle hatte.

»Ich will keine Erklärung.« Er bewegt sich auf mich zu, und mir wird klar, dass ich vor lauter Schreck vergessen habe, den Zauber aufrechtzuerhalten. Schnell strecke ich die Hände aus und beginne, ihn zu murmeln. Doch da ist Mikael schon bei mir und legt eine Hand auf meinen Mund und eine Klinge an meinen Hals. Ich unterbreche den Zauber. »Ich weiß, dass du es hast, Freya. Gib mir mein Herz zurück, und ich lasse dich leben.«

Kapitel 9
Hayet

Österreich, 2018

Ich finde einfach keine bequeme Position.

Egal, wie ich mich hinlege, immer brummt mein Schädel, als wäre ich vor eine Wand gelaufen. Ich wünschte, es würde aufhören.

Dass Aslan weg ist und mich nicht mehr von meinen höllischen Kopfschmerzen ablenken kann, gefällt mir nicht. *Versuch etwas zu schlafen*, meinte er, und ich frage mich, ob er jemals eine Gehirnerschütterung hatte. Wenn ja, wüsste er, dass man unmöglich schlafen kann, wenn dieser verdammte Kopf keine Ruhe gibt.

Also habe ich es mir zur Aufgabe gemacht, Emma und Frau Hartmann zu beobachten, die sehr beschäftigt wirken, dafür, dass es noch mitten in der Nacht ist. Ich frage mich, ob das etwas mit der Durchsage zu tun hat, die vor einiger Zeit durch die Flure geschallt ist und der Grund für Aslans Verschwinden war. Wahrscheinlich ist er bei den anderen im Speisesaal.

Was würde ich dafür geben, jetzt auch dort zu sein und mitzubekommen, was los ist.

Emma und Frau Hartmann kommen durch den Flur zurück in den Schlafsaal. Ich schließe die Augen und stelle mich schlafend, um ihnen ein Gefühl von Sicherheit zu vermitteln.

»... soweit alles vorbereitet«, meint Emma. »Jetzt müssen wir nur noch die Hexen einweihen.«

»Meinst du nicht, dass wir sie damit vielleicht unnötig beunruhigen würden?«

»Sind sie das nicht sowieso schon? Immerhin haben wir sie mitten in der Nacht aus den Betten hierher geschleift.«

»Wohl wahr.« Frau Hartmann seufzt, und ich höre Schritte näherkommen. »Hast du schon etwas von Silas oder Ivan gehört? Haben sie den Gestaltwandler schon gefunden?«

Ich unterdrücke ein scharfes Einatmen. Jetzt weiß ich, worum es hier geht. Sie suchen nach Melvin.

»Noch nicht. Ich denke, sie sind erst mal damit beschäftigt, alle Schüler zu überprüfen, bevor sie den Palast durchkämmen. Aber lass uns hier nicht darüber sprechen.«

Merde.

Aslan.

Yanis.

Melvin.

Ich muss hier raus. Ich muss sie warnen, bevor sie den Wächtern und Hexen in die Finger geraten. Hoffentlich ahnen sie etwas und folgen der Durchsage nicht.

Einen Augenblick später höre ich eine Tür ins Schloss fallen und öffne die Augen, um mich umzusehen. Ich bin allein. Wenn ich jetzt nicht gehe, verpasse ich womöglich meine einzige Chance.

Also schlage ich die Decke zurück und strecke die Beine über dem kalten Steinfußboden aus. Mein Kopf wummert trotz der Schmerzmittel, aber darauf kann ich jetzt keine Acht geben. Alles andere ist wichtiger.

Meine Schuhe stehen neben dem Bett, ich schnappe sie mir und laufe in Richtung Ausgang, bevor Emma oder Frau Hartmann auf die Idee kommen, nach mir zu sehen. Es wird ihnen früh genug auffallen, dass ich weg bin.

Ich betrete den Flur mit den Behandlungszimmern, und mir wird schnell klar, dass ich hier nicht allein bin. Schülerinnen laufen eilig durch die Zimmer und tragen Tücher,

Verbandszeug und müde Gesichter umher, es wird ab und zu leise getuschelt, weil keine weiß, was los ist, aber alle höchst beunruhigt scheinen.

Ich atme tief ein und mische mich ins Getümmel. Mit ein bisschen Glück merkt keine, dass ich nicht zu ihnen gehöre. Tatsächlich schaffe ich es bis zum Ausgang, aber dann fasst mich plötzlich jemand am Arm.

Mist. Ich drehe mich um und sehe Hugo Seidel in die Augen. Der Bibliothekar mustert mich ernst. »Ich könnte schwören, dass du im Bett liegen solltest«, wispert er.

Ich beiße mir ertappt auf die Lippen und deute auf den Lautsprecher. »Aber alle Schüler sollen doch in den Speisesaal kommen.«

»Das gilt nicht für die, die mit einer Gehirnerschütterung in den Krankenflügel eingeliefert wurden.«

»Woher ...«

Er lacht auf. Seine weißen Zähne blitzen im Halbdunkel des Flures auf. »Denkst du, ich weiß nicht, auf wen wir aufpassen?«

Jetzt entdecke ich auch den zweiten Wächter, der bislang im Schatten auf der anderen Seite der Tür gestanden hat. Haben mich die anderen Schülerinnen deshalb ignoriert? Weil sie wussten, dass mich die Wächter sofort einfangen würden?

Herr Seidel manövriert mich in Richtung Tür, aber da mir klar wird, dass ich nichts erfahren werde, wenn ich nicht mit ihm spreche, stemme ich mich dagegen.

»Ich geh erst wieder ins Bett, wenn Sie mir sagen, was hier los ist«, stoße ich hervor.

Der andere Wächter lacht, und ich unterdrücke den Drang, ihm eine obszöne Geste zu zeigen.

»Eine Übung«, erwidert Herr Seidel und schiebt mich weiter, »die du gerade störst, weil du nicht das machst, was man von dir verlangt.«

»Eine Übung?«, wiederhole ich skeptisch, aber sein Gesichtsausdruck gibt nichts preis. Da ich sowieso keine Chance gegen zwei Wächter habe, gebe ich mich geschlagen und lasse mich von ihm zurück zu meinem Bett bringen. Emma wirft mir einen neugierigen Blick zu, aber sauer wirkt sie nicht. Vielmehr scheint es, als hätte sie sogar Verständnis dafür, dass ich nicht ruhig liegen bleiben kann, wenn gerade so etwas vor sich geht.

Mein Kopf wummert, und auch mein restlicher Körper tut weh, während ich mich wieder vorsichtig hinlege. Herr Seidel geht nicht sofort wieder, sondern setzt sich überraschenderweise an meine Bettkante und wartet darauf, dass Emma den Schlafsaal verlässt.

»Hör zu«, flüstert er dann. »Es befindet sich ein Gestaltwandler im Schloss, der noch keine Kontrolle über seine Daseinsform hat. Damit ist er eine große Gefahr für alle Mitschüler und Lehrer.«

Ich unterdrücke das Schuldbewusstsein, das sich allmählich den Weg nach draußen bahnen will.

»Wir versammeln alle Schüler in der Aula, um sie besser schützen zu können. Einen Angriff auf einen Schüler können wir nicht verantworten.« Er lächelt mich sanft an. »Das verstehst du sicher.«

Ich nicke und schaffe es nicht, ihn anzusehen. Immerhin haben wir diese Gefahr auf unsere Mitschüler losgelassen. Ich kann nur hoffen, dass die anderen Melvin irgendwo sicher eingesperrt haben und sich um ihn kümmern.

»Hayet?«

»Hm?«

»Bist du wirklich von einer Treppe gefallen?«

Ich halte für einen Moment den Atem an. Weiß er, dass ich vom Dach gefallen bin? Weiß er, dass Aslan ein Gestaltwandler ist?

»Ja«, krächze ich.

»Und du wurdest ganz sicher nicht gestoßen oder von einem Tier angefallen?«

»Sie fragen, ob ich dem Gestaltwandler begegnet bin?«, fasse ich seine Fragen zusammen. Er nickt, und ich schüttle den Kopf. »Bin ich nicht. Ich habe eine Stufe übersehen und bin ausgerutscht.«

Herr Seidel sieht nicht aus, als würde er mir glauben. Das mit dem Lügen sollte ich nochmal üben. »Wenn du etwas weißt oder siehst, sagst du am besten sofort Bescheid.«

»Mach ich.« Ich lächle ihn an und verziehe sofort das Gesicht, weil die Schmerzen durch meinen Kopf pulsieren.

»Emma kann dich nicht heilen, oder?«

Stirnrunzelnd betrachte ich den Mann, der irgendwie sehr viel Ahnung hat. »Woher wissen Sie das?«

Er sieht sich noch einmal um und beugt sich dann vor. »Meiner Theorie nach absorbieren Black Hearts Magie, was praktisch ist, wenn jemand sie verfluchen will. Wenn sie aber Hilfe benötigen …« Er hebt die Hände. »Keine Chance.«

Er steht auf, doch ich packe ihn am Handgelenk, weil mir ein Verdacht kommt. »Woher wissen Sie so viel über Black Hearts?«

Sein Schlucken kann ich auch vom Bett erkennen, und er blickt mich nicht an, während er antwortet. »Ich habe viel gelesen.«

Er löst sich von mir und lässt mich alleine, aber es ist zu spät. Mir ist längst klar, dass er entweder eine Black Heart kannte - oder selbst eine ist.

Kapitel 10

Ivan

Österreich, 2018

Mit einem Wisch meiner Hand erschaffe ich eine leuchtende Kugel und lasse sie an die Decke des Raumes gleiten. Sie bietet uns genug Licht, ist aber von außen nicht zu sehen. Das ist der Vorteil an der Magie. Sie zeigt sich nur denjenigen, denen sie sich zeigen soll.

Während ich auf Silas warte, spiele ich mit der Größe der Kugel. Ich lasse sie abwechselnd anschwellen und wieder auf ein Minimum zurückgehen, bis ich zufrieden mit der Präzision meiner Magie bin. Jahrelanges Training macht sich eben doch irgendwann bemerkbar.

Ich frage mich, ob Alex seine Magie auch trainiert oder ob er sie verkümmern lässt, aus Angst davor, dass jemand dahinterkommen könnte.

Sein achtzehnter Geburtstag ist mir noch zu gut in Erinnerung. Für den Kuchen habe ich mich nachts in die Schulküche geschlichen und musste sogar einen zweiten backen, weil der erste nichts geworden ist. Wie auch, wenn ich so gut wie nie selbst koche oder backe? Die Schokolasur war klumpig, die weiße Lebensmittelfarbe hat sich nicht ordentlich spritzen lassen. Aus einem *Happy Birthday, Alex* ist ein *Boppy Hlrfbdoy, Alox* geworden, das sich nur mühsam mit den bunten Geburtstagskerzen verdecken ließ. Aber er hat sich trotzdem gefreut wie noch nie, als ich ihm den Kuchen morgens in sein Quartier gebracht habe.

Ich hatte mir vorgenommen, an diesem und den darauffolgenden Tagen ganz besonders darauf zu achten, ob mir irgendetwas magisch an ihm vorkommt. Meine eigene Magie hatte ich ein paar Jahre zuvor am Tag nach meinem Geburtstag entdeckt, und ich habe es ihm verheimlicht, weil ich ihn nicht unnötig beunruhigen wollte. Immerhin hätte es ja sein können, dass er nicht so viel von unserer Mutter geerbt hatte wie ich.

Aber meine Gedanken waren unberechtigt. Schon als er die Kerzen ausgepustet hat und der Kuchen dabei an die gegenüberliegende Wand geschleudert wurde, war mir klar, dass er mein Schicksal teilt. Nur, dass er es nicht begrüßt, sondern von sich schiebt, weil er von klein auf gelernt hat, dass die Männer unserer Welt keine Magie haben. So muss er genau wie ich Angst davor gehabt haben, von den anderen als Außenseiter gesehen zu werden.

Die Tür geht mit einem leisen Klicken auf und reißt mich aus den Gedanken. Silas betritt den Raum.

»Wie sieht's aus?«, frage ich ihn.

»Die Schüler sind alle im Speisesaal. Wir können gleich mit der Überprüfung beginnen.«

Ich nicke und springe von der Tischplatte, auf der ich gerade noch gesessen habe. »Meinst du, wir können die Situation zu unseren Gunsten ausnutzen?«

Er zuckt mit den Schultern, bevor seine grauen Augen mich finden. »Ich hab keine Ahnung. Im Moment fällt es mir auch ehrlich gesagt schwer, darüber nachzudenken. Die Bedrohung betrifft uns alle, und ich finde, wir sollten keinen Unterschied zwischen Befürwortern und Gegnern machen, sondern alle beschützen.«

Ich erwidere seinen Blick nachdenklich. Natürlich hat er recht. Zuallererst sollten wir unsere Pflicht erfüllen, dann können wir darüber nachdenken, wie wir die Situation nutzen können, um die Revolution voranzutreiben.

»Wir können schlecht hingehen und im Kampf gegen unsere eigenen Leute vorgehen – selbst wenn es sich bei ihnen um Arschlöcher handelt.« Silas seufzt und verschränkt die Arme vor der Brust.

»Du hast ja recht«, gebe ich mich geschlagen. »Ich hatte nur gehofft, dass wir endlich vorankommen. Wir überlegen nun schon seit Monaten und sind noch keinen Schritt weiter. Das könnte unsere erste richtige Chance auf eine Veränderung sein.«

»Lass uns einfach abwarten, okay? Wer weiß, was die Nacht und der Morgen noch bringen. Vielleicht löst sich das eine oder andere Problem von ganz allein.«

»Gut.« Ich ziehe meine Lichtkugel an meine Hand zurück und betrachte sie für einen Moment nachdenklich. »Aber wenn sich nichts ändert, müssen wir uns bald einen Plan B überlegen. Ich habe es satt, bloß rumzusitzen.«

»Meinst du, ich nicht?« Silas blickt mich wütend an. »Ich würde gerne meine Nächte bei Lena verbringen und sie nicht nur im Traum besuchen. Und eigentlich würde ich ihr auch gerne einen Heiratsantrag machen und ein Kind mit ihr bekommen. Ich hab's genauso satt wie du, dass in unserer Welt nichts davon möglich ist.«

Ich hebe abwehrend die Hände. »Sorry, Mann. Ich weiß, dass das auch schwer für dich ist.«

»Es ist nicht nur schwer, es ist absolut beschissen. Ich hasse dieses Leben. Der einzige Grund, warum wir noch nicht abgehauen sind, ist der, dass ich noch Hoffnung auf eine Veränderung habe.« Er schnaubt. »Also erzähl mir bitte nicht, du wärst der Einzige, der es satthat.«

»Es tut mir leid«, wiederhole ich mich, dieses Mal ernsthafter. Seine Wut überträgt sich auf mich. Ich habe zwar keine Hexe an meiner Seite, aber ich kann mir annähernd vorstellen, wie er sich fühlen muss. Den magischen Teil von mir würde ich auch gerne nicht weiter verstecken müssen. »Ich bin auf deiner Seite, okay? Und ich verspreche dir, dass wir das hinbekommen.«

Silas lacht traurig auf und legt einen Arm um meine Schultern. »Und wenn es soweit ist, wirst du der verdammt nochmal beste Trauzeuge für uns sein.«

»Das will ich hoffen«, erwidere ich und lösche das Licht in meiner Hand, bevor er die Tür öffnet und wir auf den verlassenen Flur treten.

An der nächsten Ecke trennen wir uns, damit Silas zurück zum Speisesaal gehen und ich im Sekretariat und damit unserer heutigen Kommandozentrale vorbeischauen kann. In meinem Magen macht sich ein mulmiges Gefühl breit, während ich durch die stillen Gänge eile.

Am Telefon hat Alex nicht viel gesagt, aber es reichte, um mich zu beunruhigen. Die Hexenjäger haben Hexen in ihren Reihen. Logisch betrachtet dürften wir sie also gar nicht mehr Hexenjäger nennen, denn wer mit Hexen kämpft, kämpft nicht gegen sie. Aber was bezwecken sie dann mit dem Auslöschen ganzer Clans und einem gezielten Angriff auf den Palast?

Suchen sie nach etwas? Wenn ja, wonach?

Ich höre ein paar leise Stimmen und werde langsamer, um sie zu orten, bevor ich mich an den nächsten Gang heranschleiche und mein Messer zücke. Mit angespannten Nerven pirsche ich um die Ecke und sehe in der Ferne drei Schülerinnen, die sich verwirrt umschauen.

Ich erkenne Louisa und stecke das Messer weg. Was macht sie hier? Sie sollte längst im Speisesaal sein.

»Ivan!«, ruft sie erleichtert, als sie mich erkennt. Die anderen beiden Mädchen drehen sich um. In einer von ihnen erkenne ich Louisas Zimmergenossin, die andere ist mir unbekannt.

»Was macht ihr noch hier?«, frage ich und versuche nicht allzu wütend zu klingen. Dass sie nicht auf direktem Weg zum Speisesaal gegangen sind, hat sicher einen guten Grund.

»Wir haben uns verlaufen.« Louisa trägt ein schwarzes Nachthemd, einen roten Cardigan und die Boots, die sie schon auf der Reise hierher anhatte – ein Indiz dafür, dass sie sich beeilt hat, in den Speisesaal zu kommen. »Aber wir waren uns uneinig, und dann sind wir hier gelandet, wo keiner von uns bisher gewesen ist.«

»Ich bring euch ein Stück«, biete ich an, weil ich Alex' Mädchen schlecht hier stehen lassen kann. Er würde mir den Kopf abreißen, wenn er davon erfahren würde. »Ich bin sowieso gerade unterwegs zum Verwaltungstrakt.«

»Danke.« Sie lächelt mich an und bedeutet den beiden anderen Mädchen, mir zu folgen, bevor sie anfängt, mich auszufragen. »Was ist denn los?«

»Ein Gestaltwandler ist entkommen«, erkläre ich leise. Ich hoffe, dass die anderen beiden kein Deutsch sprechen und mich nicht verstehen. »Wir suchen gerade den ganzen Palast ab und bringen alle Schüler in den Speisesaal, damit sie in Sicherheit sind.«

Louisa erschaudert. »Ein Gestaltwandler? Hier im Palast?«

»Mach dir keine Sorgen. Wir finden ihn.« Ich lächle ihr aufmunternd zu, doch sie runzelt die Stirn. »Was ist noch los, Ivan? Weißt du schon, wie es in Marokko gelaufen ist?«

Ertappt presse ich die Lippen zusammen. Ihr zwischen Tür und Angel von Tyros zu erzählen, fühlt sich nicht richtig an.

Sie keucht und bleibt so abrupt stehen, dass eines der anderen Mädchen beinahe in sie hineingelaufen wäre.

»Mach dir jetzt keinen Kopf um Marokko. Darüber können wir morgen in Ruhe sprechen.« Ich unterdrücke die traurige Gewissheit, dass Tyros tot ist, und sehe ihr in die Augen. Aber das, was sie sieht, scheint ihr Angst zu machen, denn sie fasst sich ans Herz und weicht zurück.

»Du ... ist ... ist jemand gestorben?«, flüstert sie mit weit aufgerissenen Augen.

Ich atme schwerfällig aus und spüre, wie sich ein Kloß in meinem Hals festsetzt. Verdammt, jetzt ist weder der richtige Zeitpunkt noch der richtige Ort, um zu trauern. Aber nun, da sie gefragt hat, muss ich ihr die Wahrheit sagen.

Ich nicke, räuspere mich – und erkenne den Moment genau, in dem in ihr etwas zerbricht.

»Drei Tote«, entgegne ich wispernd. »Tyros, Malika und –«

Klirr.

Ich reiße mich von ihrem Anblick los. Gerade rechtzeitig, um zu sehen, wie die Scheiben zerbersten und das Glas in unsere Richtung fliegt. Ich baue ein Schutzschild auf und werfe mich auf Louisa, um sie vor dem Glasregen zu schützen.

Im nächsten Moment spüre ich, wie sich etwas mit meinem Schutzschild verbindet. Wie sich die Magie umwebt und stärker wirkt. Ich blicke auf und sehe, wie eines der anderen Mädchen konzentriert zu mir sieht. Es ist ihre Magie.

Ich nicke ihr dankbar zu und springe auf, um mich dem entgegenzustellen, was gerade geschehen ist. Bevor ich sie sehe, spüre ich sie. Die Magie, die gegen unser Schild prallt und zurückgeworfen wird.

Sie trifft einen der Männer, die durch die Fenster reingekommen sind. Sie müssen sich übers Dach abgeseilt haben, wie in einem dieser Action-Filme, die Silas so gerne ansieht.

Der getroffene Mann fällt zu Boden, zuckt und bleibt dann reglos liegen. Mir werden gleich mehrere Dinge bewusst: Die Hexenjäger greifen tatsächlich unseren Palast an. Sie benutzen Magie. Und sie töten, wen sie in die Finger kriegen.

Kapitel 11

Emma

Österreich, 2018

Hayet ist endlich eingeschlafen. Nach ihrem halbherzigen Fluchtversuch hat sie wohl entweder die Kraft verlassen oder ihr ist klargeworden, dass die beiden Wächter am Eingang des Krankenflügels sie sowieso wieder einfangen würden, und sie hat sich entspannt.

Ich öffne das Fenster, um etwas frische Morgenluft hereinzulassen, und kreise meine Schultern, damit sich meine Nackenmuskulatur entspannt. Gefühlt bin ich schon seit vierundzwanzig Stunden angespannt.

Es ist noch immer dunkel, und auf den Dächern liegt frischer Schnee. Ich atme tief ein und aus und wiederhole das Ganze ein paar Mal, damit der Sauerstoff die Müdigkeit vertreibt, doch im nächsten Moment denke ich, er lässt mich fantasieren. Denn plötzlich sehe ich mehrere Gestalten auf dem Dach gegenüber.

»Michelle«, flüstere ich entsetzt.

Sie unterbricht ihre Arbeit und kommt zu mir.

»Sag mir, dass du das auch siehst.«

»Ach du Scheiße.« Sie presst eine Hand auf ihren Mund, und wir beobachten, wie die Männer sich nahezu gleichzeitig abseilen. Zwei Stockwerke tiefer splittern plötzlich die Scheiben, und sie verschwinden im Inneren des Gebäudes.

»Oh Gott«, stoße ich hervor und fühle mich wie gelähmt. »Sie sind hier.«

Auch Michelle ist einen Augenblick lang zu schockiert, um etwas zu sagen, aber dann schließt sie das Fenster und rüttelt an meiner Schulter. »Los jetzt, Emma. Wir müssen den anderen Bescheid sagen.«

Ich schüttle mich aus meiner Erstarrung und nicke ihr entschlossen zu. Wir haben diesen Ernstfall noch nie geprobt, aber wir kennen den Palast und seine Flure wie unsere eigenen Hosentaschen. Also haben wir eine Chance.

»Du kümmerst dich um die Hexen. Erzähl ihnen, was sie erwarten wird, und sag ihnen, dass sie uns rufen sollen, wenn es um einen Fluch geht. Alle anderen Verletzungen sollen sie zumindest so weit heilen, dass es nicht lebensbedrohlich ist.« Michelle nickt. »Ich sag den Wächtern Bescheid und gebe über Funk durch, dass die Hexenjäger hier sind.«

Ich eile durch den Flur mit den Behandlungszimmern nach draußen, wo Hugo und Olivier mit stoischen Mienen stehen.

»Sie sind hier«, stoße ich hervor. Hugo und Olivier sehen mich verwirrt an. »Die Hexenjäger. Sie sind hier.«

»Woher …«, setzt Olivier an, aber ich unterbreche ihn.

»Ich brauche ein Funkgerät. Wir müssen den anderen Bescheid sagen.«

Hugo greift an seinen Gürtel, aber dann entgleiten ihm die Gesichtszüge. »Ich hab keins. Es gab nicht genug für alle.«

Hilflos blicke ich zu Olivier, der ernüchternd die Hände hebt.

»Wieso zur Hölle haben wir hier kein Funkgerät?«, fahre ich sie wütend an und mache dann auf dem Absatz kehrt, um selbst zum Sekretariat zu laufen und in der Kommandozentrale Bescheid zu geben. Hugo eilt mir hinterher. »Du kannst ruhig dableiben. Ich kann auf mich selbst aufpassen.«

»Das darf ich nicht.«

Grummelnd akzeptiere ich seine Anwesenheit – immerhin haben Freya und ich die Regeln selbst gemacht: keine Hexe läuft während einer Bedrohung ohne Wächter herum. Nur, dass ich gut genug auf mich selbst aufpassen kann. Aber einen weiteren Wächter mit meiner Magie zu beschützen, werde ich wohl hinbekommen – sollten wir auf dem Weg Hexenjägern in die Arme laufen.

Wenigstens hilft mir das Laufen dabei, die Wut über so viel Unfähigkeit zu vergessen. Wer auch immer dafür verantwortlich war, wird noch etwas zu hören bekommen.

Wir rennen durch die Gänge und halten nicht an. Erst als wir den Verwaltungstrakt erreichen, bremse ich vor der schweren Sicherheitstür und drücke sie auf. Durch das Sekretariat kommen wir zur Kommandozentrale, in der bereits einiges los ist.

Silas entdeckt uns und kommt uns entgegen.

»Sie sind da«, stoße ich schweratmend hervor. »Im Lehrgebäude. Viertes Stockwerk.«

Silas drückt meine Schulter und deutet auf die Bildschirmwand am anderen Ende des Flures. »Wir haben gesehen, wie sie durch die Fenster gekommen sind.«

Ich lache japsend auf. Natürlich. Überwachungskameras. Wozu sind wir verdammt nochmal hierhergelaufen?

»Ich will ein Funkgerät«, fordere ich zähneknirschend. »Der Krankenflügel hat keins. Das geht so nicht.«

Silas nickt, und ich bin froh, dass er meine Wut ernst nimmt. Er erklärt mir, dass sie keine mehr haben. »Am besten gehst du zum Speisesaal und nimmst dir eins von den dortigen Wächtern mit.«

»Okay.« Ich wende mich zum Gehen, aber dann knackt das Funkgerät an Silas' Gürtel.

»Ivan an Zentrale. Ich melde das Eindringen von mindestens sieben Hexenjägern.«

Ich drehe mich noch mal um und starre auf das Funkgerät, das Silas nun in der Hand hält. Der ganze Raum scheint den Atem anzuhalten.

»Des Weiteren vermelde ich eine ... tote Schülerin.«

Es dauert einen Moment, bis seine Worte zu mir durchdringen. Dann wird mir klar, dass das hier kein schlechter Scherz ist, sondern ein Krieg, auf den wir überhaupt nicht vorbereitet sind. Und dass eine Schülerin zwischen die Fronten geraten ist, ist ... so schlimm, dass mir dafür die Worte fehlen.

Silas hebt das Funkgerät an sein Gesicht und drückt eine Taste. »Verstanden.«

»Ich brauche Hilfe«, spricht Ivan weiter. »Eine Schülerin ist verletzt. Die Hexenjäger sind Richtung Wächterquartier weitergezogen.«

»Schafft er es, sie zum Krankenflügel zu bringen?«, frage ich mit angehaltenem Atem. Silas wiederholt meine Frage.

»Negativ.«

Ich nicke entschlossen und lasse mir seinen genauen Standort geben. Silas blickt mich besorgt an, erklärt Ivan aber trotzdem, dass ich kommen werde, um ihm zu helfen.

»Also los«, wende ich mich an Hugo und verlasse den Raum. Als ich sicher bin, dass uns Silas nicht mehr hört, spreche ich weiter. »Du gehst zum Speisesaal und besorgst mir ein Funkgerät. Und bring Geschirrtücher und etwas vom Erste-Hilfe-Material aus der Küche mit. Wir treffen uns oben.«

»Aber –«

»Nichts aber. Unsere Freunde brauchen Hilfe«, gehe ich ihm dazwischen. »Und ich kann verdammt noch mal auf mich selbst aufpassen.«

»Na gut.« Hugo hebt abwehrend die Hände, bevor wir uns trennen und er in die andere Richtung davonläuft. Erleichtert, dass ich auf mich selbst gestellt bin, renne ich los.

Den Palast so leer zu erleben ist beinahe gruselig, aber irgendwie bin ich froh, dass uns der Gestaltwandler, den wir eigentlich suchen, dazu bewegt hat, alle Schüler im Speisesaal zu versammeln. So können wir sie am besten beschützen – zumindest, wenn sie wirklich dort sind.

Ich finde Ivan ohne Probleme. Das kaputte Glas knirscht unter meinen Füßen, und ich sehe sofort, dass hier auf magische Weise gekämpft wurde. Die steinernen Wände sind schwarz, in einer Wand klafft ein großes Loch, als wäre eine Bombe dort explodiert.

Ein blondes Mädchen liegt regungslos auf dem Boden, ein weiteres hockt daneben und hat ihr die Hände auf die Brust gelegt, als könnte sie sich nicht entscheiden, ob sie sie mit Magie heilen möchte oder es lieber mit medizinischer Wiederbelebung versuchen soll, aber sie scheint unverletzt zu sein. Das dritte Mädchen lehnt wie weggetreten an der Wand und hält sich die Hände auf den Bauch. Ivan kniet neben ihr und presst ihre Hände fester auf die Haut.

Das Blut sickert durch ihre Finger.

Weil selbst ich die Tote nicht wieder zurückbringen kann, lasse ich mich sofort auf die andere Seite der Verletzten fallen, die an der Wand lehnt.

»Emma«, stößt Ivan erleichtert hervor. »Schön, dich zu sehen.«

»Ich wünschte, das könnte ich erwidern. Aber andere Umstände wären schöner.« Ich löse seine Hände ab. »Wie ist das passiert?«

»Das ist Louisa. Sie hatte einen großen Glassplitter in der Wunde und hat ihn rausgezogen.« Er wischt sich mit dem Unterarm über die Stirn. »Der Blutverlust hat sie bewusstlos werden lassen. Kann ich dir helfen?«

Ich schüttle den Kopf und deute auf das Mädchen mit den dunklen Haaren und der pinken Strähne, die immer noch verzweifelt über ihrer blonden Freundin hockt. »Kümmre dich um sie.«

Er nickt, und ich konzentriere mich auf die Schwingungen, die ich von Louisa empfange. Sie sind kaum erkennbar, weil das Mädchen schon so viel Blut verloren hat. Dennoch finde ich sie und verbinde mich damit. Ich lasse mein eigenes Summen anschwellen und stelle mir vor, wie sich das Gewebe unter meinen Händen von allein wieder verschließt. Faser für

Faser verbinden sich an den Stellen, an denen sie entzweigerissen wurden, bis die Haut unter unseren Händen wieder rosig wird, und nur noch das alte Blut und das zerrissene schwarze Nachthemd daran erinnern, dass sie eine tödliche Verletzung hatte.

Louisa schlägt die Augen auf und blinzelt mich verwirrt an. »Was ist passiert?«

Kapitel 12

Freya

Österreich, 2018

Ich kann dir helfen«, krächze ich. Das Messer an meinem Hals fühlt sich verdammt echt an. »Ich habe es aufbewahrt. All die Jahre.«

Mikael schnaubt. »Wozu? Um dich daran zu erinnern, wie viele unschuldige Leben du genommen hast?«

Ich beiße mir auf die Lippen, um die Tränen zu unterdrücken. Obwohl es so lange her ist, tut es immer noch weh. »Ich habe dich geliebt. Das, was geschehen ist, wollte ich nicht.«

»Das ändert nichts.«

»Bitte, Mikael, du musst mir glauben.« Wie automatisch gleiten meine Hände zu meinem Bauch. Eine Bewegung, die ich nicht mehr losgeworden bin, seit ich schwanger war. »Ich habe es in dieser Nacht verloren. Ich fing an zu bluten, und ich hatte solche Angst, und du … du warst nicht da.«

Jetzt fange ich doch an zu weinen. Wie kann ein so alter Schmerz immer noch so sehr wehtun?

»Gib mir jetzt nicht die Schuld daran«, erwidert er dunkel. »Ich bin nicht zum Reden hier. Ich will mein Herz, und dann verschwinde ich.«

»Es ist nicht hier.« Ich versuche Zeit zu schinden, um eine Lösung zu finden, wie ich ihm seine Wut nehmen kann.

Unter all der Angst und der Trauer um das, was geschehen ist, empfinde ich auch Freude darüber, dass er noch lebt. Und Neugier, weil ich wissen möchte, wie er es geschafft hat, ohne sein Herz zu überleben. Und Sehnsucht … Sehnsucht nach dem Mann, den ich einmal bedingungslos geliebt habe.

Die Hoffnung auf eine zweite Chance keimt in mir auf.

»Wo ist es dann? Bring mich hin.«

»Gut«, flüstere ich und hebe beschwichtigend die Hände. »Es ist im Kellergewölbe. Hinter dem Weinkeller gibt es einen geheimen Raum. Dort bewahre ich alles auf, was mir wichtig ist.«

»In Ordnung.« Ich spüre, wie er das Messer von meinem Hals nimmt. »Du gehst voraus. Und keine Spielchen.«

Er lässt mich los, und ich spiele für einen Moment mit dem Gedanken, meinen Zauber zu sprechen und mir Silas oder Ivan zu Hilfe zu rufen. Aber andererseits möchte ich, dass Mikael mir vertraut, und das wird er nur, wenn ich genug Zeit habe, um mit ihm über alles zu sprechen.

Ich höre es rascheln, und er bedeutet mir mit einer sachten Berührung zu gehen. Ich erzittere, atme einmal tief ein und aus und gehe dann zur Tür, um auf den Flur hinauszutreten. Ich schließe die Tür hinter uns ab und leite ihn zur Wendeltreppe, die uns zwei Etagen hinunterführt, ohne dass wir jemandem begegnen sollten.

Aber ich habe mich geirrt. Im Wächterquartier höre ich Schritte und dann ein erschrockenes Keuchen.

»Freya?«

Silas.

»Was zum Teufel …?« Ehe ich mich versehe, höre ich, wie Mikael auf Silas zustürmt. Ich will ihn zurückhalten, aber er ist viel zu schnell, und ich greife ins Leere. Im nächsten Augenblick höre ich einen von beiden erstickt aufstöhnen.

»Nein«, flüstere ich bei dem dumpfen Geräusch eines zu Boden fallenden Körpers. Silas atmet schwer, und dann plötzlich gar nicht mehr. Mir wird klar, dass Mikael ihn so schwer verletzt haben muss, dass er … »Silas«, stöhne ich entsetzt auf.

»Weiter«, fordert Mikael und greift nach meinem Ellbogen, aber ich reiße mich los. Ich muss Silas helfen. Ich kann ihn nicht einfach hier liegenlassen.

»Komm jetzt!« Mikael umfasst mich mit beiden Armen, so dass ich mich nicht mehr wehren kann und schleift mich weiter. »Wir haben nicht ewig Zeit.«

»Warst du das?«, frage ich wütend. Die Hoffnung auf einen Neuanfang ist jetzt jedenfalls verpufft. »Hast du die Hexenjäger auf mich angesetzt? Gehören sie zu dir?«

Mikael schnaubt. »Und wenn es so wäre, würde es nichts ändern. Ich bin nur wegen meines Herzens hier. Alles andere interessiert mich nicht.«

»Du kannst nicht einfach herkommen und meine Freunde abschlachten, als wären sie bloß wilde Tiere«, fahre ich ihn an.

»Das sagt die Richtige.«

»Was damals geschehen ist, war ein *Versehen.*« Allmählich spüre ich die Verzweiflung in mir aufsteigen. Ich will nicht wissen, was er mit mir macht, wenn er erfährt, dass ich ihn angelogen habe, um mehr Zeit rauszuholen. »Das gerade ... das war Mord.«

»Gewöhn dich besser dran«, grummelt er und lässt mich zumindest so weit los, dass ich wieder eigenständig gehen kann. Ich denke kurz darüber nach, zu Silas zurückzulaufen und zu sehen, was ich retten kann, aber dann spüre ich den Dolch in meinem Rücken. »Wenn du mich in eine Falle lockst, wirst nicht nur du sterben.«

Ich hebe abwehrend die Hände und bleibe stehen, um die Orientierung wiederzuerlangen.

»Was?«, zischt er.

»Einen Moment.« Ich schließe die Augen und überlege, ob sie ihn überwältigen könnten, wenn ich ihn geradewegs in die Kommandozentrale führen würde. Aber ich will nicht noch mehr unschuldige Leben darein ziehen. Lotta, Ivan, all diese Menschen, die nichts mit unserer Geschichte zu tun haben. Vielleicht sollte ich ihm einfach geben, was er will. Wenn er Wort hält, und so schätze ich ihn nach all den Jahren immer noch ein, wird er einfach verschwinden. »Ich glaub, ich habe mich geirrt. Ich habe die Schachtel doch nicht dort unten versteckt.«

»Machst du Witze?« Wütend reißt er mich herum. »Freya, ich schwöre dir, wenn du mich verarschst, wirst du das bitter bereuen.«

»Ist ja gut.« Ich seufze und spüre seinen angespannten Atem auf meinem Gesicht. »Ich habe dich angelogen. Für einen Moment dachte ich … habe ich gedacht, wir … wir könnten das hinbekommen. Ich meine, du lebst. Ich … freue mich wirklich darüber, dass du noch lebst. Kannst du dir das vorstellen?« Ich schlucke und unterdrücke die Tränen. »Weißt du, wie schrecklich ich mich gefühlt habe? Wie leer? Ich habe alles verloren in dieser Nacht. Unsere Heimat, unser Baby ... dich. Und das Wissen, dass es ganz allein meine Schuld war, lastet noch heute auf mir.«

»Freya, hör auf«, spricht er leise. In seiner Stimme schwingt so etwas wie Mitgefühl mit. Steckt der Mann, der mich damals rettete und den ich so sehr geliebt habe, vielleicht immer noch in ihm? Habe ich vielleicht doch noch eine Chance auf Wiedergutmachung? Auf ein glückliches Ende, wie wir es uns immer erträumt haben?

»Nein«, entgegne ich verzweifelt. »All die Jahre habe ich gedacht, du wärst tot. Gestorben durch meine Magie. Und jetzt tauchst du hier auf und erwartest von mir, dass ich tue, was du sagst, ohne Fragen zu stellen?«

»Du willst die Antworten ohnehin nicht hören.« Er atmet tief ein und pustet warme Luft auf meine Haut. Für einen Moment wünsche ich mir nichts sehnlicher, als dass wir alles, was geschehen ist, vergessen und er mich einfach nur in seine Arme nimmt. Mir war nicht bewusst, dass er mir immer noch so sehr fehlt.

»Und wenn doch?«, wispere ich und hebe unwillkürlich eine Hand, um sie an die Stelle zu legen, an der sich einst ein wundervoll schlagendes, starkes Herz befunden hat.

Mikael weicht keuchend zurück.

Und mein Herz bricht ein weiteres Mal. Er hat Angst vor mir und dem, was ich mit meiner Magie anrichten kann.

Entmutigt lasse ich die Hand sinken und die Schultern fallen. Im nächsten Moment höre ich es.

Schritte hinter mir.

»Freya!« Mikael zieht mich hinter sich, und ich frage mich verwirrt, was das werden soll.

»Da ist sie!«, ruft plötzlich einer von denen, die auf uns zukommen. Die Angst schnürt mir den Atem ab. »Tötet sie!«

»Fuck«, stößt Mikael hervor, und ich zucke zusammen, weil ich es nicht gewohnt bin, so neumodische Schimpfwörter aus seinem Mund zu hören. »Lauf. Ich halte sie auf.«

Ich reiße mich aus meiner Erstarrung und bilde ein Schutzschild um uns beide. Es ist so stark, dass die Hexenjäger und ihre Flüche an der Barriere abprallen. »Ich gehe nicht ohne dich.«

»Können wir uns in diesem Magie-Ding bewegen?«

Ich nicke, also setzen wir uns in Bewegung und eilen den Gang entlang. Ich achte penibel darauf, dass meine Barriere kein Leck hat. Ein geübter Hexer könnte so etwas sofort durchdringen.

»Tötet das Biest!«, brüllen sie, und im nächsten Moment prallen wir zurück, weil uns von der anderen Seite weitere Hexenjäger entgegenkommen. Mein Schildzauber zerbricht, und es dauert keine paar Sekunden, da geht Mikael stöhnend zu Boden. Angespannt erwarte ich, dass mich ein Zauber trifft, doch als nichts geschieht, hocke ich mich neben ihn, um nach seinem Puls zu tasten. Erst dann geht mir auf, dass er ohne Herz auch keinen Pulsschlag hat.

Jemand fasst in mein Haar und reißt mich brutal hoch. »Endlich habe ich dich«, raunt er, doch nichts an ihm kommt mir vage bekannt vor.

»Erinnerst du dich, Freya Erikson?«, fragt er leise.

Ich überlege fieberhaft, aber die Stimme kenne ich nicht. Ich packe seine Hand in meinen Haaren und tauche in seine Schwingungen ab, irgendetwas daran kommt mir vage vertraut vor. Nur was? War er ein Schüler hier? »Was wollt ihr von mir?«

Er lacht auf und drückt mir ein Messer an die Kehle. Zum zweiten Mal heute wird mein Leben bedroht, und dieses Mal fürchte ich mich eindeutig mehr. »Was denkst du denn? Meinst du wirklich, das Auslöschen eines ganzen Clans bleibt ungesühnt?«

Ich kann nicht anders, ich muss lachen. Kann es denn wirklich sein, dass dieser eine Fehler meines Lebens an einem einzigen Tag auf mich zurückkommt? Alles auf einmal?

»So, du findest das lustig?« Der Mann reißt mich rum und rammt mir sein Messer in den Bauch. Ich schnappe nach Luft, als heiße Schmerzen durch meinen Körper jagen. »Ich sag dir: Es ist nicht lustig, wenn man sich als kleiner Junge in einem Meer voller Leichen verstecken muss, damit eine so grausame Hexe wie du einen nicht findet.«

Er spuckt mir die Worte nahezu entgegen. Seine Wut frisst sich in meine Gedanken und lässt mich machtlos zurück. Die Erinnerungen schwappen über mich hinweg.

»Rafael«, keuche ich, weil ich seine Schwingungen nun zuordnen kann. Der damals noch kleine Junge muss meinen Magie-Ausbruch im *Wandelaar de magie* überlebt und all die Jahre nach einem Weg gesucht haben, sich dafür zu rächen, dass ich ihm seine Familie und seine Identität genommen habe.

»Du erinnerst dich.« Ich kann das Schmunzeln in seiner Stimme hören, und fühle mich schrecklich, weil ich ihm seine Unschuld genommen habe. Hätte es mich nicht gegeben, wäre sein Leben in ganz anderen Bahnen verlaufen.

»Bitte nicht«, flehe ich ihn an, doch es ist zu spät. All die Jahre auf der Suche nach seiner Rache haben ihn eiskalt werden lassen. Ich habe nicht die geringste Chance, das Unabdingbare aufzuhalten.

Im nächsten Moment fühlt es sich an, als würde er mein Inneres einmal durch den Fleischwolf drehen. Er zieht das Messer zurück und stößt mich von sich.

Ich falle zu Boden, unfähig, mich noch aufrechtzuhalten. Eine Hand auf den Bauch gepresst, versuche ich die warme Flüssigkeit aufzufangen, die sich unweigerlich ihren Weg nach draußen bahnt. Schritte entfernen sich, und ich krieche über den Boden, um zu Mikael zu gelangen. Neben ihm breche ich vollends zusammen.

Nach all den Jahren, all der Zeit, in der ich ihn so sehr vermisst habe, sind mir wenigstens diese paar Minuten gegönnt gewesen. Mein Herz füllt sich mit Dankbarkeit darüber, dass ich meine große Liebe noch einmal treffen durfte, und ich akzeptiere, dass mein Ende gekommen ist.

Ich bin bereit, diesen Weg zu gehen.

Kapitel 13

Ivan

Österreich, 2018

»Emma.« Ich halte sie zurück und bedeute Hugo, der kurz nach Emma eingetroffen ist, mit den anderen vorzugehen. Ich ziehe Emma in einen verlassenen Aufenthaltsraum.

»Was ist los?« Sie klingt beunruhigt, und das kann sie auch sein.

Ich ziehe mein T-Shirt aus, und ihr stockt für einen Moment der Atem. »Du wurdest getroffen.«

»Passiert den größten Helden«, erwidere ich und zucke mit den Schultern, als wäre es keine große Sache, aber ich weiß, wie schwer Flüche zu heilen sind. Das hier könnte auch in die Hose gehen.

Der Fluch hat mich knapp oberhalb des Hüftknochens getroffen. Von dort aus breitet sich die Magie mit ihrer Schwärze in alle Richtungen aus.

»Ich kann dich jetzt nicht heilen.« Emma legt ihre Hand auf die Stelle, doch ich spüre sie nicht. Die Magie hat die Nerven dort lahmgelegt. »Ich kann den Fluch nur einsperren, und dann versuchen wir ihn später zu heilen.«

»Versuchen?«

Sie zuckt entschuldigend mit den Schultern. »Ich kann dir nicht versprechen, dass es klappt.«

»Egal. Mach einfach was, bevor noch mehr Gewebe Schaden nimmt.«

Sie legt beide Hände an meinen Hosenbund, was mir in einer anderen Situation vielleicht sogar gefallen hätte, und schließt die Augen, bevor sie sanfte Worte murmelt. Ich warte angespannt darauf, eine Veränderung zu spüren, doch selbst nachdem sie den Zauber beendet hat, fühle ich mich nicht anders. Der schwarze Rauch unter meiner Haut breitet sich allerdings nicht weiter aus.

»Das war's.« Sie sieht mich neugierig an. »Ivan ... sag mal, kann es sein, dass du ... dass du Magie hast?«

Ich reiße erstaunt die Augen auf. Das hat sie gespürt? Wo ist die innere Barriere hin, die ich mit so viel Arbeit aufgebaut habe, damit niemand die Magie in mir spürt?

Eilig ziehe ich mein T-Shirt über. »Nicht, dass ich wüsste.«

Sie runzelt die Stirn, lässt das Thema aber fallen, weil wir dringendere Probleme haben. Wir verlassen den Raum, und ich schnappe mir mein Funkgerät, um mich auf den neuesten Stand zu bringen.

»Ivan an Zentrale. Bitte kommen.«

Es knackt. »Zentrale hier.«

»Lotta?«, hake ich ungläubig nach. Wieso beantwortet sie den Funkspruch? »Wo ist Silas?«

»Ich weiß nicht«, antwortet sie, und ich kann die Sorge aus ihrer Stimme hören, obwohl sie durch den Funk verzerrt ist. »Freya ist weg. Silas wollte nach ihr sehen, aber er ist noch nicht wieder zurück. Was ist mit euch? Geht es dir gut?«

»Ja, hier ist alles in Ordnung. Die Hexenjäger sind schon vor einiger Zeit losgegangen. Bisher ist uns keiner begegnet.«

»Das ist nicht die einzige Gruppe«, erklärt sie hastig. »Durch die Außenüberwachung konnten wir mehrere kleinere Gruppen beobachten, die das Gebäude an verschiedenen Stellen betreten haben.«

Ich schlucke und raufe mir die Haare. Ein so großes Gebäude voller Eindringlinge ist der Super-GAU. »Wie ist die Situation im Speisesaal?«

»Sie sind noch dabei, die Schüler zu überprüfen. Aber Ivan, es wird sicher nicht mehr lange dauern, bis die Hexenjäger den Speisesaal finden. Ich will mir nicht ausmalen, was dann geschieht.«

»Wir machen uns auf den Weg dorthin«, verspreche ich ihr, auch wenn ich nicht weiß, was wir gegen eine Armada an Hexen ausrichten sollen, die es darauf abgesehen haben, uns alle umzubringen. Die Prognose für diese Nacht sieht ziemlich düster aus. Aber das erzähle ich ihr nicht. Stattdessen belüge ich sie. »Wir werden sie besiegen. Mach dir keine Sorgen.«

»Das hoffe ich«, flüstert sie zurück, und ich stecke das Funkgerät zurück an meinen Gürtel. Emma und ich laufen einen Moment schweigend weiter.

»Dir ist doch hoffentlich klar, dass unsere Chancen nicht besonders gutstehen«, fragt Emma dann.

Ich zucke mit den Schultern. »Was sollen wir machen? Aufgeben und uns abschlachten lassen? Kommt nicht infrage. Wir kämpfen, und wir werden siegen.«

»Glaubst du da wirklich dran oder versuchst du, mich zu schützen, wie du Lotta schützen wolltest?«

Ich atme schwer aus. »Was, denkst du, wird geschehen, wenn wir alle den Glauben daran verlieren?«

Den Speisesaal haben die Hexenjäger glücklicherweise noch nicht entdeckt. Die Wachen vor der Tür nicken uns zu, bevor einer von ihnen uns die Tür öffnet und ich nach Emma den Raum betrete, in dem es überraschend leise ist.

Ich entdecke Louisa und Azalea an einem Tisch mit einem Wächter, den ich bislang noch nicht getroffen habe. Er ist aschfahl und sieht aus, als würde er jeden Moment einfach umfallen und liegenbleiben. Ich frage mich, ob sie ihm gerade von der toten Schülerin erzählt haben.

Mir fällt auf, dass ich immer noch nicht weiß, wie dieses Mädchen hieß. Der Gedanke treibt mir unvermittelt einen Kloß in den Hals, und ich frage mich, was für eine Art Mensch man werden muss, wenn solche Dinge nicht mehr wichtig sind.

Um mich abzulenken, benachrichtige ich Lotta darüber, dass wir im Speisesaal angelangt sind. Wenn ich ehrlich zu mir selbst bin, möchte ich bloß ihre Stimme hören und mich vergewissern, dass es ihr gut geht. Am liebsten würde ich sie anweisen herzukommen, aber wir brauchen sie in der Kommandozentrale. Ich kann nur beten, dass die Hexenjäger sie nicht entdecken.

Max und ein paar andere Wächter stehen am Podium, der Rest der Hexen und Wächter hat sich auf den Raum verteilt und dreht aufmerksame Runden. Die Schüler haben sich an die Tische gesetzt und unterhalten sich. Hier und da schnappe ich Fetzen von Spekulationen auf und frage mich, ob wir sie allmählich einweihen sollten.

»Was meinst du?«, gebe ich die Frage an Emma weiter. »Sagen wir es ihnen? Wir könnten die Wächter mit Messern aus der Küche ausstatten. Je mehr Kämpfer, desto besser – sollten die Hexenjäger uns entdecken.«

Sie stimmt mir zu, und wir erreichen das Podium, auf dem Max gerade den nächsten Schwung Schüler aufruft, um sie zu überprüfen. Er ist gerade mal halb durch.

»Das geht zu langsam«, stelle ich fest. »Die Hexenjäger könnten jeden Moment auftauchen.«

Max sieht mich entschuldigend an. »Das dauert nun mal.«

»Dann machen wir das jetzt anders.« Ich steige die wenigen Stufen hoch und lasse mir das Mikrofon geben. »Liebe Schülerinnen und Schüler, wie euch sicher aufgefallen ist, ist das hier keine Übung, sondern ein Ernstfall. Deshalb bitte ich euch, mir einen Moment gut zuzuhören.« Ich vergewissere mich, dass die Leute aufhören zu reden und ich ihre volle Aufmerksamkeit habe. »Eine Gruppierung von Hexenjägern hat den Palast erreicht. Sie befinden sich bereits im Inneren des Gebäudes, und deshalb müssen wir uns beeilen. Ich möchte alle Schüler, die noch nicht aufgerufen sind, auf der linken Seite des Raumes sehen. Alle anderen dürfen auf die rechte Seite gehen. Alle Wächter, die keine festen Positionen haben, kümmern sich darum, dass alle Schüler mit Messern aus der Küche ausgestattet werden.« Die Menge wird unruhig, also beeile ich mich besser. »Jeder Schüler sucht sich bitte eine Hexe und beschützt sie um jeden Preis. Heute ist der Tag gekommen, an dem ihr eure Wächter-Fähigkeiten unter Beweis stellen müsst. Ich erwarte volle Konzentration eurerseits. Nur zusammen können wir das schaffen.«

Ich reiche das Mikrofon an Max zurück und springe vom Podest, während Bewegung in den Raum kommt.

»Das mit den motivierenden Kriegsreden musst du noch üben«, meint Emma.

Ich zucke entschuldigend mit den Schultern. »Ist auch *mein* erstes Mal.«

»Ich hätte nicht gedacht, dass dieser Satz jemals aus *deinem* Mund kommt.« Sie grinst mich müde an, bevor sie mich stehen lässt und sich zu den Hexen in der Mitte des Raumes gesellt.

Nun geht es deutlich schneller. Während Emma und ein paar andere Frauen die Schüler überprüfen, formieren sich auf der gegenüberliegenden Seite des Raumes ein paar kleinere Gruppen mit Hexen und Wächtern. Zufrieden beobachte ich, wie die Schüler das Gelernte aus den Strategie-Kursen anwenden und die Gruppen sich aus erfahrenen Wächtern und Hexen und Neulingen mischen. Hier geht es nicht darum, wer mit wem in einer Gruppe sein will, sondern wie jede Gruppe die besten Überlebenschancen hat.

»Ivan?«

Ich drehe mich um und blicke Max entgegen. »Ja?«

»Sollen wir die Wachen vor der Tür verstärken?«

Einen Moment lang überlege ich, dann schüttle ich den Kopf. »Haben wir hier nicht irgendwo das eine Schild rumliegen, *Wegen Renovierung geschlossen* oder so?«

Er zuckt mit den Schultern. »Ich kann Marie oder Elisa fragen.«

»Wenn wir es finden, hol alle Wächter rein und häng das Schild vor die Tür. Vielleicht schenken sie dem Raum dann keine Beachtung.«

Er nickt.

»Und wenn du damit fertig bist, läufst du zur Kommandozentrale und kümmerst dich um Lotta. Ich weiß nicht, wer noch dort ist, aber irgendwie scheint es, als wäre sie allein. Ich will nicht, dass sie zwischen die Fronten gerät.«

»Gut.« Er zieht von dannen, und ich widme mich der Überprüfung. Louisa und ihre neuen Freunde sind an der Reihe.

Ich traue meinen Augen nicht, als sich vor mir der Schüler, der mir eben noch aufgefallen war, in einen erwachsenen Mann verwandelt. Emma schreit erschrocken auf, denn er zieht sie an sich und hält ihr ein Messer an den Hals. Er wusste, was geschieht.

Kapitel 14

Mikael

Österreich, 2018

Ich schlage die Augen auf. Mein Körper fühlt sich an, als wäre er von einem Bus überrollt worden. Um mich herum ist es dunkel, bloß am Ende des Ganges leuchtet eine einsame Neonröhre.

Als ich mich aufsetze, flackern jedoch auch die Röhren über meinem Kopf auf und tauchen den Gang ins Licht. Ich wünschte, ich hätte mich nicht bewegt.

Das Bild vor mir lässt mir für einen Moment den Atem stocken. Da ist so viel Blut, das mir merkwürdig grell in die Augen sticht. Es zieht sich in einer Schliere über den Boden und endet unter dem Körper neben mir.

Sie muss gedacht haben, ich wäre tot.

Nur dass ich ohne mein Herz niemals sterben kann.

Ich lehne mich erschöpft gegen die Wand. Mein Körper braucht noch einen Moment, um sich vom Sterben und Auferstehen zu erholen, und ich spüre den Kloß in meinem Hals, der schon ewig nicht mehr da war. Habe ich lange gedacht, ohne Herz könnte ich keine Emotionen mehr empfinden, spüre ich den Schmerz jetzt allzu deutlich.

Ich weiß nur nicht, ob ich ihn wegen ihr spüre oder wegen dem, was ich durch sie verloren habe.

Nachdenklich betrachte ich Freyas blasses Gesicht. Die blonden Haare, die wie ein blondes Bett unter ihrem Kopf ausgebreitet sind, die getuschten Wimpern, die auf ihren bleichen Wangen liegen, die vollen Lippen, die sich einst zu einem süßen Lächeln verzogen haben. Ich hatte fast vergessen, wie sie aussieht. Es verdrängt, weil die Erinnerung an sie zu schmerzhaft gewesen ist.

Der Moment, in dem ich sie zum ersten Mal wiedergesehen habe ... vor ein paar Tagen im Speisesaal ... das war überwältigend. So viele Erinnerungen an unsere gemeinsame Zeit sind zurückgekommen und mit ihnen die Gefühle, die ich schon kurz danach verdrängt habe, um nicht mehr verletzbar zu sein.

Aber jetzt, wo sie so still vor mir liegt, weiß ich, dass es endgültig vorbei ist. Für uns gibt es keine Aussprache, keine Versöhnung, keine zweite Chance ...

Ich verschränke die Arme über meinen Knien und lehne meine Stirn darauf, um sie nicht länger ansehen zu müssen. Je länger ich hier sitze, umso klarer wird mir, dass mit ihr auch meine Hoffnung gestorben ist.

Ohne ihre Hilfe werde ich mein Herz vielleicht niemals finden und bin dazu verdammt, ein unendliches Dasein auf dieser Erde zu fristen.

»Aslan?« Hayet öffnet müde die Augen und sieht mich an. Der Krankenflügel ist wie ausgestorben, es war ein Leichtes, mich an dem verbliebenen Wächter vorbei zu schleichen und mich an ihr Bett zu setzen.

»Schhh«, mache ich und greife nach ihrer Hand. »Ich bin hier.«

Sie drückt meine Hand und rollt sich auf die Seite, um mich anzusehen. »Wo warst du?«, fragt sie leise. »Ich hab mir Sorgen gemacht.«

»Die Durchsage. Ich war im Speisesaal.« Den Teufel werde ich tun und Hayet davon erzählen, wer ich in Wahrheit bin und was ich getan habe. Schlimm genug, dass ich damit leben muss, Freya einfach liegenzulassen und mich wieder in meine Rolle als Aslan einzufinden.

»Aber …« Sie setzt sich auf und verzieht schmerzerfüllt das Gesicht, ehe sie sich umsieht. »Das verstehe ich nicht. Sie suchen nach Melvin. Im Speisesaal wollten sie alle Schüler auf Gestaltwandler überprüfen.«

Gut, dass ich nicht dagewesen bin, denke ich im ersten Moment. Im zweiten Moment fällt mir ein, dass Jascha vermutlich der Durchsage Folge geleistet hat und nun in einer ziemlich bedrohlichen Situation stecken könnte.

Sofort will ich aufstehen, um nach ihm zu sehen, doch Hayet hält mich am Arm zurück und schwingt die Beine aus dem Bett. »Du sagst mir jetzt sofort, was du weißt«, fordert sie wütend. Ihre Haare sind zerzaust, unter ihren Augen liegen tiefe Schatten. Sie sollte das Bett wirklich nicht verlassen. »Ich hab echt die Schnauze voll, hier zu liegen und keine Ahnung zu haben, was hier vor sich geht.«

Ich drücke sie zurück in die Kissen und bin froh, dass sie sich nicht wehrt. »Es ist alles in Ordnung, Hayet.«

»Du lügst.« Sie verschränkt die Arme vor dem Bauch und sieht mich trotzig an. »Ich liege hier und mache mir solche Sorgen um dich, und du hast nichts Besseres zu tun, als mich weiter anzulügen?«

»Du solltest dich nicht aufregen«, erwidere ich, besorgt darüber, dass der Ärger nur zu noch mehr Kopfschmerzen führen wird. »Leg dich einfach hin und –«

»Vergiss es.« Sie schüttelt den Kopf. »Ich kann dir ansehen, dass du fix und alle bist. Irgendwas ist passiert, und du sagst mir jetzt sofort, was.«

Dass sie es mir so deutlich ansehen kann, hätte ich nicht gedacht. Erschüttert lasse ich mich zurück auf den Stuhl gleiten. Normalerweise habe ich ein verdammt gutes Pokerface. Wieso bin ich plötzlich ein offenes Buch?

»Sprich mit mir, Aslan«, fleht Hayet mich an. »Nichts kann so schlimm sein, dass ich es nicht verstehen könnte. Ich will dir helfen. Bitte, lass mich dir helfen, Aslan.«

Plötzlich ertrage ich es nicht mehr, dass sie mich Aslan nennt. Das fühlt sich so unendlich falsch an, dass der Kloß in meinem Hals zurückkehrt und mir das Atmen erschwert.

»Aslan ... Was. Ist. Los?«

Ich schüttle den Kopf, schließe die Augen, balle die Hände zu Fäusten, doch es hilft nichts. Ich kann die Worte nicht länger in mir behalten. »Ich heiße nicht Aslan.«

Sie bricht in ein Lächeln aus. »Das habe ich mir schon gedacht, seit du deine Flügel ausgebreitet hast, um mich aufzufangen.«

Erleichtert atme ich aus. Sie ist nicht wütend, weil ich sie angelogen habe.

»Verrätst du mir deinen wahren Namen?« Hayet fängt meinen Blick auf. Ihre Augen sind dunkel und liegen voller Zuneigung und Wärme auf mir, sie zeigen mir, dass ich ihr vertrauen kann.

Ich kann es nicht nur.

Ich will es.

An diesem Morgen, der alles verändert hat, brauche ich das. Ich brauche jemanden, der mich in den Arm nimmt und mir sagt, dass wir eine andere Lösung finden. Jemanden, der mich tröstet, weil meine letzte Chance auf den Tod soeben von mir gegangen ist, und jemanden, der mir verspricht, dass ein ewiges Leben nicht so grauenvoll ist, wie ich es mir ausmale.

»Mikael«, stoße ich hervor. »Mein Name ist Mikael. Und vielleicht kennst du das Märchen, das man sich in unserer Welt erzählt. Das, was dich als Hexe daran hindern soll, etwas mit einem Wächter anzufangen.«

»Du meinst *Ein Märchen von Gut und Böse*? Mikael und ... Freya?« Ich sehe den Moment, in dem es Klick macht. In dem ihr klar wird, dass Freya eben nicht nur ihre Direktorin ist, sondern jene Frau, von der die Gute-Nacht-Geschichten in unserer Welt handeln. Sie beugt sich vor und sieht mich ernst an. »Ich dachte, Mikael wäre am Ende gestorben.«

»Das ist er nicht«, erwidere ich und spüre, wie mich sämtliche Hoffnung verlässt. »Um genau zu sein, kann ich nicht sterben. Niemals.«

Kapitel 15

Emma

Österreich, 2018

Ich spüre das kalte Metall an meinem Hals, noch ehe ich registriere, was gerade geschehen ist. Der ganze Raum scheint die Luft anzuhalten, ich nutze den Moment, um ein Schutzschild um uns herum aufzubauen. Die Kugel eines übereifrigen Wächters möchte ich nicht abbekommen.

»Keiner bewegt sich, sonst ist sie tot«, droht eine dunkle Stimme an meinem Ohr, die mir vage bekannt vorkommt.

Mein Blick findet den von Ivan, der ein paar Schritte nach vorne gemacht hat, seine eigene Waffe auf uns gerichtet. Ich schüttle kaum merklich den Kopf, um ihm zu bedeuten, dass er nicht schießen darf.

Er mustert mich noch einen Moment scharf, bevor er schließlich die Waffe ergeben auf den Boden legt. »Keiner schießt«, gellt seine Stimme durch den Raum, und ich höre und sehe, wie die anderen Wächter ihre Waffen senken.

»Tut mir leid, Emma«, flüstert Jascha mir zu, bevor er sich langsam mit mir dreht, um sich zu vergewissern, dass alle Ivans Befehl Folge leisten.

»Du weißt, dass das ein Selbstmordkommando ist, oder?«, entgegne ich, wütend darüber, dass ich es nicht früher erkannt habe. So oft habe ich ihn berührt und nie gespürt, dass er anders ist als alle anderen. Dass er jetzt seine eigene Haut retten möchte, kann ich ihm nicht verübeln.

»Besser so, als es nicht versucht zu haben.« Er zieht mich langsam zur Tür, und ich frage mich, ob ich ihn überwältigen kann. Aber wenn ich das hier tue, wäre er im nächsten Moment ein toter Mann. Und irgendwie kann ich das nicht.

Verdammtes Herz.

Wieso findet es ausgerechnet einen Gestaltwandler toll?

»Aufmachen«, weist er einen der Männer an, die an der Tür stehen. Ich kann den Wächter schlucken sehen, überlegen, ob er diesem Befehl wirklich Folge leisten soll, aber ich nicke ihm zu und versuche dabei selbstsicher zu wirken. *Ich habe einen Plan,* versuche ich ihm zu sagen, doch in Wahrheit bin ich ahnungslos. Das Fünkchen Plan in meinem Kopf besteht darin, Jascha hier lebend rauszubekommen.

Und wenn da jemals jemand hinter kommt, wird mir eine Enteignung bevorstehen, wenn ich nicht als Verräterin flüchten will.

Das große Tor öffnet sich knarzend, und Jascha zieht mich in den Gang, der uns zur Eingangshalle führen wird. Ich weiß nicht, ob er im Gegensatz zu mir einen Plan hat, aber sobald die Tür hinter uns ins Schloss fallen wird, werden die Wächter alles daransetzen, ihn zu töten und mich lebend zurückzuholen.

»Du bringst mich in den Innenhof, und ich lasse dich gehen«, fordert er, sobald wir draußen sind. »Ich will dir nicht wehtun, aber ich werde es, wenn du mir keine Wahl lässt. Verstanden?«

»Ja«, erwidere ich, und der Druck an meinem Hals lässt nach. Sofort greift er nach meiner Hand und rennt los. Der Schwung lässt mein Schutzschild für einen Moment wackeln, aber dann folge ich ihm. Er wäre nicht der erste Gestaltwandler, gegen den ich kämpfe, aber er ist der erste, zu dem ich eine Beziehung aufgebaut habe.

»Jascha«, schnaufe ich, während wir die Eingangshalle durchqueren und auf den Ausgang zusteuern. Er läuft einen halben Schritt vor mir, so dass ich sein Gesicht nicht sehen kann, aber sein Haar ist dunkler, und er ist etwas größer als seine Jascha-Gestalt. Heißt er überhaupt so? »Ich will Antworten.«

»Die würde ich dir gerne geben, aber dafür reicht die Zeit nicht.« Wir erreichen das Tor, und er drückt einen Flügel auf. Dabei erhasche ich einen Blick auf sein Gesicht, auf die feinen Gesichtszüge und die Nase, die schon einmal gebrochen gewesen ist. Auf dunkle Augen, die besorgt aussehen.

Auf Lippen, von denen ich immer noch weiß, wie sie sich anfühlen.

»Willem«, stoße ich hervor und reiße meine Hand von ihm los, als hätte ich mich an ihm verbrannt. Das muss ein Streich sein. Er spielt mit mir. Willem ist längst tot.

Er erstarrt und dreht sich vollkommen zu mir. »Du kennst meine wahre Gestalt?«

Verwirrt runzle ich die Stirn. Ich versteh die Welt nicht mehr. Er sieht aus wie Willem, er spricht wie er, aber wieso erkennt er mich nicht? Habe ich mich so sehr verändert?

»Verarschst du mich?«, platze ich heraus, doch ehe er antworten kann, hören wir im hinteren Teil der Halle eine Tür aufgehen. Ich schaue hin und erkenne, dass es nicht die Wächter sind, die uns eingeholt haben. »Hexenjäger!«

Jascha oder Willem oder wer auch immer er in Wahrheit ist, hat die Tür schon aufgedrückt und schiebt mich in den Innenhof. Wir rennen weiter, und ich habe keine Ahnung, wie ich entkommen soll, wenn er mich gleich einfach stehen lässt.

Einen Gestaltwandler kann ich besiegen, eine Armada von Hexenjägern ... eher nicht.

»Lauf«, fordert er mich auf, und ich frage nicht zweimal nach. Meine Hand gleitet aus seiner, aber ich renne weiter. Für einen Moment denke ich, dass er sich für mich opfern wird, um die Hexenjäger so lange aufzuhalten, bis ich in Sicherheit bin, aber dann schießen scharfe Schmerzen durch meine Schultern, und ich verliere den Boden unter den Füßen.

Ehe ich mich versehe, fliege ich plötzlich durch die Luft, und der Palast wird immer kleiner unter mir. Ich blicke hinauf und sehe jede Menge braunes Gefieder, das im Wind erzittert. Das Schlagen der enorm großen Flügel reißt mich aus der Erstarrung.

»Ach du Scheiße«, flüstere ich, während wir immer weiter aufsteigen. Es wird kalt, als wir den Schutzkreis des Palasts verlassen, und ich beginne zu zittern, weil ich mich überhaupt nicht sicher fühle. Wenn seine Vogelkrallen mich loslassen oder ich mich ein einziges Mal falsch bewege, werde ich in die Tiefe stürzen und niemals herausfinden, was es mit Willem auf sich hat.

Kapitel 16

Ivan

Österreich, 2018

Fuck, schießt es mir durch den Kopf, als die Tür hinter dem Gestaltwandler und Emma ins Schloss fällt. Sofort beuge ich mich hinunter, um meine Waffe aufzuheben und rufe ein paar Anweisungen durch den Raum. Wo ist Silas, wenn man ihn braucht? Oder Alex? Daniel?

Wieso sind meine besten Männer nicht hier?

Ich weise ein paar andere Wächter an, mir zu folgen und drücke die Tür auf. Vorsichtig verlasse ich den Saal und sehe mich um, am Ende des Ganges entdecke ich Emma und den Gestaltwandler und gebe meinen Männern ein Zeichen, mir zu folgen, doch bevor sie alle den Saal verlassen können, steht uns plötzlich ein Hexenjäger im Weg.

Ich vergeude keine Sekunde, sondern schieße, doch die Kugel prallt einfach ab und fliegt an mir vorbei. Hinter mir geht jemand stöhnend zu Boden.

Sofort baue ich eine Barriere auf, aber die wird nicht lange halten. Ich habe heute schon zu viel Magie genutzt, und der Fluch, der mich getroffen hat, schwächt mich zusätzlich.

»Alle rein«, schnaube ich angestrengt, während hinter dem Hexenjäger immer mehr Frauen und Männer auftauchen. Ein Teil von ihnen folgt dem Gestaltwandler und Emma, der Rest sieht sich grimmig meiner Barriere entgegen. »Was wollt ihr, verdammt nochmal?«

Mein wütender Ausruf scheint genug zu sein, um sie zum Zuschlagen zu bewegen. Einer der Männer in der ersten Reihe hebt die Hand, und im nächsten Moment prallt ein Fluch an meiner Barriere ab. Die Erschütterung geht mir durch Mark und Bein, das Magiefeld bricht, und ich versuche eilig, es zu flicken. Aber da ist es schon zu spät. Die ersten Flüche schießen durch die Luft, und nur mit viel Glück schaffe ich es in den Speisesaal, ohne ein weiteres Mal getroffen zu werden.

Die Tür fällt hinter mir ins Schloss, und ich erblicke die gesamte Schüler- und Lehrerschaft, die sich bereitgemacht haben, um dem Kampf entgegenzublicken. Ich laufe in die schützende Magie der Hexen, bevor die Tür auffliegt und die Hexenjäger den Raum stürmen.

Und dann versinkt alles im Durcheinander. Schreie, Flüche, laute Magie und leise, Schüsse, Klingen – ich selbst kann mich nur noch auf mich konzentrieren. Darauf, zu überleben und dabei möglichst viele Menschen zu schützen. Ich bin froh, dass die Hexenjäger nicht mehr so viele Flüche anwenden können, wenn sie angegriffen werden, und schnappe mir selbst ein Messer, das in einem toten Körper steckt, um den nächsten dieser Mistkerle fertigzumachen.

Die Waffe fliegt durch die Luft und bleibt in der Schulter eines Hexenjägers stecken, bevor ich ihn erreiche. Der dunkel gekleidete Mann hebt eine Hand, um seine Schulter anzufassen und fällt auf die Knie. Mein Blick fällt auf das Lebensbaumamulett, das er an einer Kette an seinem Hals trägt. Ich ziehe das Messer aus seiner Schulter und stoße ihn mit einem groben Tritt zurück. Den Rest erledigt hoffentlich die Zeit.

Im nächsten Moment passe ich nicht auf und werde von einem Tritt erwischt, der mich zu Boden fallen lässt. Ich rolle mich ab und springe auf, ignoriere die Schmerzen in meiner Hüfte und drehe mich zu meinem Angreifer, der die

Hände hebt, um mir einen Fluch zu verpassen. Sein grimmiges Gesicht wirkt konzentriert, die dunkle Kleidung hängt bereits in Fetzen von seinem Körper herunter.

Ich komme ihm zuvor und schleudere ihm einen eigenen entgegen, in der Hoffnung, dass in dem Chaos niemand sieht, wie ich Magie benutze. Die Flüche treffen sich in der Mitte, und das gibt mir genug Zeit, um einen physischen Angriff zu starten. Ich stürze mich auf ihn, ringe einen Moment mit ihm, bevor ich den richtigen Griff um seinen Hals anwenden kann. Mit einem lauten Knacken breche ich ihm das Genick.

Er sinkt leblos zu Boden, und ich mache mich auf die Suche nach einer neuen Waffe.

Ich halte nicht inne, um zu sehen, wie viele Gegner mir noch entgegenkommen. Ich funktioniere einfach. Wie eine Maschine lege ich einen um den anderen Angreifer um, ignoriere das Ratschen eines Messers an meinem Oberarm und die blauen Flecken, die ich von sämtlichen Aufprallen und eingesteckten Schlägen kassieren werde. Das Adrenalin treibt mich an, es hilft mir dabei, nicht aufzugeben, auch wenn mein Körper längst am Ende ist.

Und irgendwann stehe ich auf, und es stürzt sich tatsächlich niemand mehr auf mich. Ich atme schwerfällig ein und kann mich umsehen.

Der Speisesaal gleicht einem Schlachtfeld. Überall ist Blut, überall liegen leblose Menschen. Aus mehreren Ecken höre ich Weinen und Wimmern.

Mein Messer fällt klirrend zu Boden. Ich sollte mich freuen, dass wir es geschafft haben. Dass immer noch Hexen und Wächter von uns stehen, weil sie stark genug waren, der Bedrohung standzuhalten. Aber ich fühle mich einfach nur leer.

Mein Kopf kann mit all dem Blut und den Leichen nicht umgehen. Ich bin überfordert, erschöpft, und irgendwas ist inmitten des Kampfes in mir kaputtgegangen. Mein Blick verschwimmt, und ich atme tief ein, um den Schwindel zu bekämpfen.

»Ivan.« Louisa taucht vor mir auf. In ihren blauen Augen steht die Angst, doch ich bin einfach erleichtert, sie zu sehen.

»Gott sei Dank, dir geht's gut«, stoße ich hervor und nehme sie in den Arm. Vielleicht, weil ich sie mag. Vielleicht auch, weil sie mich meinem Bruder näherbringt. Vielleicht auch einfach, weil ich gerade eine Umarmung brauche, um nicht zu zerbrechen.

»Ich ... ich glaube nicht«, antworte sie und löst sich von mir. Eine Träne läuft über ihre Wange und tropft zu Boden, während sie ihr Nachthemd hochzieht, um ihren Bauch zu entblößen. Der schwarze Nebel breitet sich unter ihrer Haut aus.

»Nein«, flüstere ich entsetzt. Ausgerechnet Louisa. »Komm mit.«

Ich ziehe sie zu einem der Tische, bevor ich mich nach einer Heilerin umsehe. »Michelle!«, rufe ich laut genug, dass die Gruppe neben mir nervös zusammenzuckt.

»Ivan.« Louisa packt mein Handgelenk, und ich spüre die Schwingungen, die von ihr ausgehen. Die schwarze Magie, die sich daruntergemischt hat. Ich sehe in ihre blauen Augen, die mich panisch anblicken. »Was ist das? Was hat das zu bedeuten?«

Ich presse die Lippen aufeinander, bemühe mich, die Tränen zurückzuhalten. Sie ist so ahnungslos. Sie hat unsere Welt doch gerade erst kennengelernt.

Ich reiße mich von ihr los. »Michelle!«, brülle ich durch den Raum. »Oder irgendjemand anders, der Flüche heilen oder unterbrechen kann!«

Ich kann sie nicht einfach sterben lassen. Das würde mir Alex niemals verzeihen.

Die Hexen und Wächter um uns herum sehen uns mitleidig an, aber entgegen aller Hoffnung teilt sich die Menge nicht, um jemanden hindurch zu lassen, der ihr helfen könnte.

Nein.

Wieso? Wieso ist das Leben so verdammt ungerecht? Wieso war Emma hier, um meinen Fluch zu unterbrechen, aber nicht mehr, um Louisa zu helfen? Wo sind Michelle und Freya, wenn man sie braucht?

Ich nehme Louisa an den Händen und sinke mit ihr zu Boden, dann lege ich einen Arm um ihre Schultern und drücke sie an mich.

»Ich habe Angst«, flüstert sie. »Ich will noch nicht sterben.«

»Ich weiß«, entgegne ich und beginne zu weinen. So war das nicht geplant. Ich hätte sie beschützen müssen. Ich hätte jeden einzelnen von ihnen schützen müssen. »Es tut mir so leid, dass ich nicht da war.«

Ich streichle ihren Kopf und drücke ihr einen Kuss auf die Stirn. Sie hebt eine Hand, und wir beobachten, wie sich der schwarze Rauch bis in ihre Fingerspitzen ausbreitet.

»Was wartet auf der anderen Seite?«, fragt sie weinend. Ich fange ihre Hand auf und ziehe sie so auf meinen Schoß, dass sie mich ansehen kann und nicht ihren Körper, der vor ihren Augen immer schwärzer wird.

»Auf der anderen Seite wartet eine grüne Wiese auf dich«, erkläre ich ihr und gebe mir die größte Mühe, meine Stimme nicht brechen zu lassen. »Und dort sind ganz viele Blumen in allen Farben. Wenn du die Augen schließt, kannst du es dir jetzt schon vorstellen.« Sie beißt sich auf die Unterlippe, nickt und schluchzt noch einmal, bevor sie meinen Vorschlag befolgt und die Augen schließt. Ich reibe mir mit der freien Hand über die Augen, um die Tränen zurückzuhalten. »Dort wird die Sonne scheinen. So strahlend hell wie an einem Sommertag. Du findest einen großen Baum, der dir Schatten spendet. Du setzt dich dort hin, lehnst dich an die Rinde und atmest tief ein.« Ihr Hals wird schwarz. Ich streichle ihr das Haar aus der Stirn und schlucke mehrfach, bevor ich weitersprechen kann. »Es riecht nach Sommer und Baum und Natur, und irgendwie auch nach dem Meer, das gar nicht so weit entfernt sein kann. Und unter all diese Gerüche mischt sich der eine, den du überall wiedererkennen würdest.« Meine Stimme bricht, weil mir klar wird, wie schrecklich das für Alex sein muss, weil ich sie nicht beschützen konnte. »Alex.

Er ist dort. Er sitzt unter dem Baum und wartet auf dich.« Die Schwärze hat Louisa fast komplett erobert. Ich brauche einen Moment, um mich zu fassen und weiterzusprechen. »Er nimmt dich in den Arm, und du kuschelst dich an ihn, weil du weißt, alles ist gut. Du bist nicht allein. Du wirst niemals allein sein.«

Ich sehe das Lächeln auf ihren dunklen Lippen, sehe, wie ihr Brustkorb aufgehört hat, sich zu bewegen. Ich sehe, dass es vorbei ist.

Und ich fühle mich, als hätte der schlimmste Teil gerade erst angefangen.

Kapitel 17

Louisa

Talamh Fuar

Ich schmecke Salz auf meinen Lippen und habe den Duft von frisch gemähtem Gras in der Nase. Mein Blick gleitet in die Ferne, über den Klippenrand hinaus, auf das blau glitzernde Meer, das ruhig vor mir liegt. Die Sonne wärmt meine Haut, und als hätte er meinen Namen gesagt, spüre ich Alex in meinem Rücken. Lächelnd drehe ich mich um und sehe ihn unter einer alten Eiche stehen.

Er schmunzelt und fährt sich durch die zerzausten Haare. »Du hast auf mich gewartet.«

»Ich würde immer auf dich warten«, entgegnet er und streckt eine Hand aus. Mit schneller schlagendem Herzen gehe ich auf ihn zu, nehme seine ganze Gestalt in mir auf, das Funkeln in den Augen, die Grübchen, die sich mit jedem meiner Schritte vertiefen, seine starken Hände, die mich jetzt schon ein paar Mal gerettet haben. Manchmal kann ich mein Glück kaum fassen, dass er mich wirklich so toll findet. Kurz bevor ich ihn erreiche, schließe ich für einen Moment meine Augen und wünsche mir, dass dieses Glück niemals endet.

Ich öffne sie wieder, hebe die Hand und greife nach seiner, doch –

Ich greife ins Leere.

Mit einem heiseren Aufschrei verliere ich das Gleichgewicht und stolpere nach vorn. Verwirrt öffne ich die Augen. Sind das ... Ich kneife die Augen nochmal zusammen und öffne sie wieder, aber die Fliesen vor mir bleiben die gleichen.

Ich kauere auf dem Boden des Speisesaals, und um mich herum herrscht Chaos. Da sind so viele leblose Körper, so viel Blut, so viel Atem anhalten und bangen, dass mir augenblicklich übel wird.

»Ivan. Ivan!« Eine Stimme reißt mich von dem Anblick vor mir los. Ein Mann löst sich aus der Menge – Dr. Kaminski, erinnere ich mich vage. Von seinem weißen Hemd ist nicht mehr viel zu sehen. Es ist blutgetränkt und hängt ihm in Fetzen vom Leib. Er lässt das Kurzschwert in seiner Hand auf den Boden fallen und läuft an mir vorbei.

Ich blicke ihm hinterher und atme erschrocken ein.

Bin ...

Bin ich das?

Nein.

Kopfschüttelnd weiche ich zurück. Das Bild vor mir ist so surreal. Das kann nicht sein. Ich hebe meine Hand vor Augen, um mich zu vergewissern, dass sie nicht schwarz ist. Dass ich nicht aussehe wie das leblose Mädchen in Ivans Armen, das nicht nur meine Frisur, sondern auch meine Kleidung trägt.

»Ivan, sie ist tot.« Dr. Kaminski legt eine Hand auf Ivans Schulter, doch er reagiert gar nicht. Sein Blick ist immer noch auf das Gesicht des leblosen Mädchens gerichtet. Er ist blass wie ein Gespenst. »Wir brauchen dich jetzt. Du musst dich zusammenreißen. Ich übernehme das.«

Ich übernehme das?

Was will er übernehmen? Die Trauer? Den Schock?

Ivan schluckt und hebt seine freie Hand, um dem Mädchen in seinen Armen die Augen zu schließen. Dann reibt er sich mit dem Handrücken über die Stirn und verschmiert dabei noch mehr Blut in seinem Gesicht. Aber es wirkt, als wäre es ihm egal. Als wäre ihm alles egal.

»Ivan«, wispere ich ängstlich. Wieso steht er nicht auf? Wieso lacht er nicht und erklärt mir, dass das hier nur ein Traum ist? »Sag doch was.«

Dr. Kaminski erhebt sich und dreht sich um. In seinen grauen Augen schimmert die Sorge, es wirkt, als wäre er der Situation nicht gewachsen, und trotzdem erhebt er die Stimme.

»Alle Verletzten neben das Podest, die ... Toten auf die Seite.«Er deutet erst auf die eine Seite des Raumes, dann auf die andere. »Die Hexenjäger dorthin. Keiner verlässt den Speisesaal, bevor nicht klar ist, ob wir in Sicherheit sind.«

Seine Anweisung bringt Leben in die Leute, die wie versteinert darauf gewartet haben, dass etwas geschieht. Dr. Kaminski setzt sich in Bewegung und kommt genau auf mich zu. Bevor ich reagieren kann, ist er bei mir und ... läuft einfach durch mich durch.

Mir wird schlecht. Die Haare auf meinen Armen stellen sich auf, und ich drehe mich blitzschnell um, um ihm hinterherzusehen. Dann schaue ich an mir herunter.

Wie kann das sein?

»Ein merkwürdiges Gefühl, nicht wahr?« Die Stimme jagt mir einen Schauder über den Rücken. Mir ist sofort klar, dass sie nicht aus der Welt kommt, in der sich Ivan befindet.

Sie spricht mit mir. In dieser Welt.

Ich sehe mich um, doch zwischen all den Schülern und Wächtern kann ich zunächst nichts Ungewöhnliches entdecken, aber dann löst sich eine Frau aus der Menge, die bisher unauffällig an der Wand gelehnt hat.

Sie hat braunes Haar und ein blasses Gesicht. Hätte sie mich nicht angesprochen, wäre sie mir überhaupt nicht aufgefallen. Aber jetzt geht sie durch die Menge, weicht niemandem aus, zuckt nicht einmal zusammen, während sich ein paar der Körper für einen Moment mit ihrem verschmelzen.

»Wer bist du?«, frage ich sie argwöhnisch und weiche zurück. Wenn ich eins gelernt habe, dann dass ich niemandem einfach so vertrauen sollte. Sie sieht vielleicht gewöhnlich aus, aber allein die Tatsache, dass sie mich als Einzige sehen kann, sollte mir schon zu denken geben.

»Jemand, der sich sehr über deine Anwesenheit freut.« Sie hebt eine Braue, bleibt ein paar Meter vor mir stehen und verschränkt die Arme vor der Brust. An ihrem Gürtel blitzt ein Dolch auf. »Ich war hier viel zu lang alleine.«

Das teuflische Grinsen in ihrem Gesicht bringt mein Herz zum Stolpern. Ich zögere nicht lange, sondern renne los, direkt auf den Seitenausgang zu, der normalerweise abgeschlossen ist. Heute bete ich dafür, dass die Tür offen ist und strecke eine Hand aus, um an der Türklinke zu rütteln, doch als ich sie berühren will, falle ich einfach nach vorne. Ich kann mich gerade so auffangen und laufe blind für meine Umgebung weiter, weg von der Frau mit dem Dolch und dem irren Blick. Doch ihre Stimme bleibt mir trotzdem im Ohr.

»Och, komm schon, der Spaß hat doch gerade erst angefangen!«

Du hast noch nicht genug?

Scanne den QR-Code und entdecke brandneuen Bonus-Content zum Sammelband!

oder folge dem Link:
www.kimleopold.de/black-heart-chroniken-2-bonusmaterial/

Hochemotionale Momente, spannende Twists und zwei Brüder im Kampf gegen das Schicksal.

Nach dem Angriff der Hexenjäger ist am Palast der Träume nichts mehr so, wie es einmal war. Während in dem magischen Internat von den Opfern Abschied genommen werden muss, wird die Hoffnung auf eine bessere Zukunft schon bald von neuen Geheimnissen überschattet. Denn nicht nur der König der Rebellen setzt alles daran, sein Ziel zu erreichen, auch Ivan schreckt vor nichts zurück, um seinen Fehler wiedergutzumachen …

Mitreißend, berührend, hoffnungsvoll — Im dritten Sammelband »Zuversicht und Verzweiflung« geht es rasant weiter!

Scanne den QR-Code, um direkt zum Buch zu gelangen!

oder folge dem Link:
www.kimleopold.de/black-heart-chroniken-bd-3-zuversicht-und-verzweiflung/

Ausserdem erhältlich

Zwei YouTube-Stars. Zwei unterschiedliche Welten. Eine große Liebe!

oder folge dem Link:
www.kimleopold.de/the-colors-of-your-soul

Wenn New Girl auf Gossip Girl trifft — ein Neuanfang in der Stadt, die niemals schläft

oder folge dem Link:
www.kimleopold.de/liliennaechte

Du und ich – a match made in heaven!

Ich bin Kim, Autorin von knisternden New Adult Liebesromanen und Fantasy. Mein Lieblingsjob? Dich in fesselnde Welten zu entführen, in denen Romantik und Abenteuer Hand in Hand gehen.

Wenn du nach romantischen Büchern suchst, die nicht nur dein Herz schneller schlagen lassen, sondern auch tiefgründige Botschaften vermitteln, bist du bei mir an der richtigen Stelle. In meinen Geschichten versteckt sich neben Liebe, Leidenschaft und einer Prise Humor nämlich auch ganz viel Inspiration, deine eigenen Träume zu leben und dich selbst zu lieben.

Bist du bereit fürs Abenteuer? Dann zögere nicht länger — melde dich zu meinem Newsletter an, um keine weiteren Veröffentlichungen mehr zu verpassen.

Auf www.kimleopold.de findest du einen Überblick über bisher veröffentlichte Bücher und bekommst tolle Bonusmaterialien!

Zeitfracht Medien GmbH
Ferdinand-Jühlke-Straße 7,
99095 - DE, Erfurt
produktsicherheit@zeitfracht.de

FSC
www.fsc.org
MIX
Papier | Fördert
gute Waldnutzung
FSC® C083411